L'enfant Chat

Cet ouvrage a été originellement publié par
Zebra Books, Kensington Publishing Corp.
475 Park Avenue South, New York
N.Y. 10022 sous le titre:

CAT'S CRADLE

Publié avec la permission de
l'Agence littéraire Scott Meredith, Inc.
845 Third Avenue, New York
N.Y. 10022, U.S.A.

© 1986, William W. Johnstone
© 1987, Les Éditions Quebecor pour la
       traduction française

Dépôts légaux, 4e trimestre 1987
Bibliothèque nationale du Québec
Bibliothèque nationale du Canada
ISBN 2-89089-381-2

LES ÉDITIONS QUEBECOR
Une division du Groupe Quebecor Inc.
4435, boul. des Grandes Prairies
Montréal (Québec)
H4T 1E3

Couverture:
    conception graphique: Nicole Villeneuve
    illustration: © 1986, Richard Newton

Distribution: Québec Livres

William W. Johnstone

L'ENFANT CHAT

Traduit de l'américain

par

Louis-Lucien Gauvin

et

adapté par

Jean Côté

Les Éditions
Québecor

PASSION ANCESTRALE

L'enfant et la chatte trottinaient à travers les bois sombres. Aux hommes qui avaient modifié leur cycle de repos, la fille lança une kyrielle de vieux anathèmes. **Elle** et **Pet** étaient éveillées depuis trop longtemps pour rechercher encore le sanctuaire et la sécurité du sommeil.

Le seul contrôle qu'elles avaient sur leur destinée consistait à survivre. Mais, pour l'instant, elles devaient manger, et bien manger, pour refaire leurs forces déclinantes. Car l'épreuve qui les guettait serait éprouvante. Elles savaient que des hommes armés se mettraient à leurs trousses. Déjà, à plusieurs reprises, elles étaient passées par là.

Les oreilles de la chatte se dressèrent. Elles se figèrent, écoutèrent le bruit des respirations saccadées. Devant eux, la lune éclairait une automobile stationnée. Dans l'air vaporeux du printemps, des voix jeunes leur parvinrent.

Aussi silencieux que la mort, le chat et la fille s'approchèrent de la voiture. En quelques secondes, les chuchotements des occupants se changèrent en hurlements... et le sang éclaboussa les vitres des portières et les coussins des banquettes. Un moment, des soubresauts frénétiques firent tanguer le véhicule. Un miaulement sinistre, sauvage, suivi d'un grotesque claquement de lèvres, emplit l'air ambiant.

Alors, une fois de plus, le silence s'empara à nouveau de la forêt. Dans la lunette arrière apparut le visage sanglant d'une enfant.

Une chatte était à ses côtés.

Elles se regardaient, souriaient de satisfaction.

Dédié au shérif R.M. «Mitch» Mitchell et au shérif suppléant en chef B.B. Harmon ainsi qu'au personnel de Madison Parish, Département du shérif de Louisiana.

LA CONCEPTION

Il s'agissait d'un rite très ancien. Une sorte de supplication faite aux dieux des âges obscurs. La femme y jouait le rôle de victime. Elle se trémoussait, criait, se débattait, hurlait sa peur face à ce qui l'attendait, spectacle préparé par d'invisibles créatures auxquelles elle ne croyait pas vraiment.

Bientôt, elle deviendrait une croyante.

Sous les cieux d'une nuit opaque, qui ne verrait pas avant longtemps l'aurore d'une démarche civilisée, la femme fut entraînée jusqu'à l'autel du sacrifice, drapée de noir; l'étoffe dont on l'avait revêtue était ornée de reproductions sauvages de chat. Des centaines de torches brûlaient, et les flammes vacillantes formaient ici et là des milliers d'ombres, colorant la vaste étendue de sable d'un pourpre sombre.

Sur une grande pierre carrée, un vieux chat était assis, seul. Il regardait la femme, alors que cette dernière était traînée de force vers l'autel. Sans sourciller, le visage sans expression, il fixait la scène de ses yeux jaunes.

D'ennui, il bâilla.

Il se demandait si cette conception allait enfin être celle qui le délivrerait de sa vie trop longue. Il l'espérait. Les dernières expériences avaient produit de si terribles monstres qu'il avait fallu les détruire. Des créatures d'horreur, à plusieurs têtes. Et d'autres si affreusement laides qu'il était impossible de les décrire.

Le vieux chat se sentait fatigué. Fatigué de tout ça. Il désirait sa compagne auprès de lui. Depuis des centaines d'années, ils avaient été ensemble, s'étaient aimés, comme seules des soeurs peuvent le faire.

Mais il savait qu'elle était morte depuis plusieurs années.

En fait, le chat était une chatte.

L'animal se mit à sourire. Il venait de comprendre que cet accouplement, acceptable, serait fort réussi.

La bête n'ignorait pas que sa vie tirait à sa fin. Une nouveau-née prendrait sa place. Elle savait toutes ces choses, en souhaitait l'avènement, se réjouissait de sa mort prochaine et du commencement de nouvelles vies.

Beaucoup trop âgée pour se délecter de la vue des ébats sexuels, la vieille chatte détourna les yeux de la scène. Même mentalement, elle ne pouvait pas se rappeler en quoi consistait le plaisir. D'un mouvement lent, elle entama la descente de l'escalier qui donnait sur la tribune où elle était assise un moment auparavant.

Au moment de la pénétration, la femme cria. Dans la nuit sombre et chaude du désert, les grognements s'exhalèrent. Et quand les vents soufflèrent sur la foule, la femme gémit. Tout était consommé.

Sans même regarder derrière elle, la chatte marcha le long des marches. Des mains calleuses mais gentilles s'en emparèrent et la déposèrent sur un oreiller de soie.

La vieille chatte ferma ses yeux fatigués par l'âge.

Et c'est ainsi qu'elle mourut.

LA NAISSANCE

Comme cela avait été prévu, la mère mourut en couches. Comme cela devait être. Le cadavre fut jeté aux crocodiles qui en firent un festin.

Comme cela avait été prévu, elle avait mis bas des jumelles parfaites, l'une animale, l'autre humaine. Les yeux de la fille étaient noirs, et ses cheveux avaient la couleur de l'ébène. Une marque de naissance, une patte de chat, apparaissait à son bras gauche. Le chaton était noir lui aussi, mais avec des yeux jaunes. Un jaune étrange. La nourrice, qui allaita — dans la peur et la douleur — les nouveau-nées, fut tuée après deux mois d'allaitement. Le cadavre subit le même sort que celui de la mère. Prêtres et prêtresses qui avaient officié à la cérémonie furent enfermés — pour mourir à leur tour — dans une tombe scellée. Ainsi, car eux et elles savaient, le secret serait bien gardé.

Tout cela se passait peu avant l'ère chrétienne, alors qu'un homme nommé Jésus marchait en Palestine, répandant son message. Quelques années avant que le Nazaréen fût cloué à une croix de bois brut pour y mourir et ainsi sauver le monde.

La fille portait le nom d'**Anya** et la chatte se nommait **Pet.** Elles avaient vu la crucifixion du Christ... dont elles s'étaient fort réjouies.

Alors, elles furent enterrées vivantes... et restèrent là jusqu'à ce que leur temps fût venu. Comme il en avait été pour leurs dieux. Il fallut des siècles avant que les archéologues, ravageant leur sépulture, fouillant les entrailles de la terre, ne descellent leur tombe, libérant l'horreur de leur destinée.

ANGLETERRE, 1865

— Quelle nuit détestable, Love! dit l'homme, luttant contre le vent violent et s'efforçant de refermer la porte.

La bourrasque s'abattait sur la petite maison de campagne bâtie sur la côte du nord de l'Angleterre.

Sans se retourner, tout en remuant la longue cuillère de bois dans un ragoût odorant qui mijotait dans une énorme marmite noircie, suspendue dans l'âtre de la cheminée, elle répondit:

— C'est comme ça.

Elle savait que ce qu'elle allait ajouter allait soulever l'ire de son mari, mais elle le dit quand même:

— À cause du mauvais temps, ces êtres invisibles sont lâchés dans la nature.

L'homme la regarda d'un oeil sévère.

— Bah! rétorqua-t-il. Femme, je ne veux plus de ce discours dans ma maison. Les messagers royaux n'ont cessé de répéter que ces anomalies cesseraient. Tout ce bavardage sur les loups-garous et créatures prenant forme humaine développe un sentiment d'insécurité chez les ignorants et les superstitieux. Ces choses n'existent que dans l'imagination des gens. Es-tu une ignorante, femme? Mets la nourriture sur la table et assieds-toi avant que je ne te fasse goûter à ma courroie.

La femme marmonna d'un air sombre, mais assez bas pour que son mari ne l'entende pas. Elle remplit les bols et s'assit, ne portant que peu d'attention à son compagnon.

L'homme bénit la nourriture, demanda à Dieu son aide contre la prochaine levée des taxes et pria pour avoir la force de supporter le bavardage d'une femme ignorante.

Un léger coup se fit entendre à la porte d'entrée.

— Ne réponds pas! supplia la femme, toute pâle.

— Femme, es-tu sourde? As-tu perdu tout sens de la compassion? Ce n'est pas une nuit à laisser un être vivant dehors, la morigéna l'homme d'une voix exaspérée.

— Un être vivant? lui lança-t-elle.

— Folle que tu es!

Ce disant, l'homme se dirigea vers la porte. Il ne réalisa pas tout de suite que ses chiens n'avaient pas aboyé. Il ouvrit... et le vent et la pluie lui cravachèrent le visage.

La femme alla s'asseoir sur un banc, près de la table.

D'abord, l'homme ne vit rien. Puis, comme un éclair zébrait le ciel, il baissa les yeux et aperçut la forme mouillée d'une petite fille. Toute pâle, elle portait une chatte dans ses bras et elle ne devait pas avoir plus de neuf à dix ans. Quant au félin, il semblait plus mort que vif.

La bête regarda l'homme de ses yeux froids.

— Eh bien, ma petite, tu vas attraper la crève à te promener par un pareil temps! s'exclama l'homme.

— Si vous me donnez un abri dans votre hangar pour la nuit, je nettoierai votre maison au réveil, supplia la fillette.

— Je serais bien mesquin d'exiger pareil retour pour un simple geste de générosité naturelle. N'est-ce pas, petite fille? Entre, ainsi que ton chat, et soupe avec ma femme et moi.

L'homme s'effaça pour laisser passer la petite fille et il ferma la porte.

Toute crainte disparut du visage de la femme lorsqu'elle aperçut l'enfant et son animal familier. La fillette sourit lorsque la chatte s'échappa de ses bras et s'installa confortablement à proximité du foyer où brûlait une énorme bûche. Distante et silencieuse, ignorant tout le monde, elle fit sa toilette se léchant consciencieusement.

La femme donna à l'enfant une serviette pour se sécher et une robe usée, le temps que ses vêtements mouillés sèchent à leur tour. Elle lui servit un bol de ragoût et un quignon de pain.

— Quel est ton nom, petite fille? lui demanda l'homme. Et que fais-tu errant ainsi par une telle nuit?

— Mon nom est Anya, répondit l'enfant, et je voyage.

Ses grands yeux ne révélaient rien de son agitation intérieure. Ils restaient limpides, sans émotion.

— Sans parent aucun? As-tu fait une fugue? s'étonna la femme.

— Non, Madame, je n'ai pas de parents.

Le doute se refléta dans les yeux de la femme.

— Alors, serais-tu une romanichelle?

Soudainement, un sourire éclaira le visage de l'enfant, ce qui la fit paraître encore plus innocente.

— Non, Madame. Je suis seule, tout simplement. À part Pet, ma chatte qui m'accompagne partout.

À la mention de son nom, la chatte cessa de se lécher, leva la tête, regarda l'enfant... puis reprit sa toilette.

— Tu vas loin, comme ça? s'enquit l'homme.

— Je vais à Londres. Je serai au service d'un gentleman de haute lignée et de sa femme.

— Ahhh, bien! approuva la femme, hochant la tête. Tu te reposeras cette nuit et quand viendra le matin, nous te donnerons de la nourriture pour le voyage.

— Je vous remercie, Madame.

Plus tard, dans la quiétude du cottage endormi, sur sa paillasse placée à gauche du feu, Anya régurgita sa nourriture non digérée. Ces aliments fournis aux deux femelles ne convenaient pas du tout à leur système digestif.

Comme le mauvais temps tournait à l'ouragan, la chatte et l'enfant quittèrent leur couche et se dirigèrent à pas feutrés vers le lit où l'homme et la femme dormaient profondément sous les couvertures épaisses.

Anya et Pet partageaient la même secrète pensée. Au moment où Pet sauta sur le lit, Anya se pencha en avant, la bouche près de la gorge de ses hôtes.

— Terrible! Terrible! répétait le policier, repoussant les curieux rassemblés en foule autour du cottage. C'est une scène qu'aucun d'entre vous ne pourrait supporter.

Toute force anéantie, l'orage avait cessé, laissant dans son sillage un ciel d'un gris sale. Et la mort.

— Est-ce vrai? Ont-ils été tous les deux saignés à blanc et déchiquetés? demanda un quidam.

Le policier lui répondit d'une voix tremblante:

— Je n'ai pas la liberté de commenter quoi que ce soit. Et vous ferez bien de garder vos commentaires pour vous. À votre place, je ne répandrais pas de fausses rumeurs.

Habillé de noir et transportant une petit sac en cuir, un jeune homme sortit de la maison de la mort... et vomit sur le terre-plein. Il s'essuya la bouche avec un mouchoir, fit signe au policier qui venait vers lui.

— Monsieur?

— Est-ce que la femme et l'homme étaient propriétaires d'un chat? demanda le jeune médecin.

— Non, Monsieur. Des chiens... mais pas de chat.

— Alors, d'où proviennent ces pistes de chat?

Le policier hocha la tête.

— Je l'ignore, Monsieur. Et je ne sais où les chiens sont partis.

— Je veux que les restes de l'homme et de la femme soient placés immédiatement dans des cercueils.

— Oui, Monsieur. Nous ferons comme vous le désirez.

En bordure de la foule réunie autour du cottage, une enfant, avec une chatte dans les bras, surveillait, de ses yeux noirs sans expression, les allées et venues. Elles avaient, l'une et l'autre, le visage bouffi et gonflé.

La coloration de la peau de l'enfant s'était sensiblement améliorée. Puis, elle détourna les yeux de la scène... et s'éloigna.

BOSTON, 1890

Même si une douzaine de meurtres aussi grotesques que brutaux étaient survenus depuis un mois, la police de Boston était aussi perplexe et aussi loin de la solution que possible.

Elle pensait qu'il y avait sûrement un fou à lier en liberté.

Un monstre de cruauté.

La matrone de l'orphelinat regarda la petite fille aux yeux noirs et déclara:

— Je n'abriterai pas ce sale animal. De toute façon, je ne vous veux pas ici. Vous êtes une fautrice de désordre. Les autres enfants vous fuient. Moi, je suis une bonne chrétienne et je ne vous renverrai pas à la rue. Mais vous devez vous débarrasser de cette chatte. Jetez-la hors de l'orphelinat! Comprenez-vous?

— Oui, Madame, acquiesça l'enfant.

Cette même nuit, l'orphelinat flamba jusqu'aux fondations. Une douzaine d'enfants, ainsi que la matrone, périrent dans le sinistre. Après enquête, la police en arriva à la conclusion que les enfants étaient mortes — mâchouillées — avant que n'éclate l'incendie.

Quelques personnes affirmèrent qu'elles avaient vu une petite fille, un chat dans les bras, quitter l'orphelinat juste avant que le feu ne se déclare. D'autres prétendaient avoir entendu des cris horribles provenant de l'étage où l'incendie avait pris naissance. Mais, aucune de ces déclarations ne permit aux enquêteurs de réunir, à partir des faits épars, des preuves définitives.

SAINT-LOUIS, 1915

Pour un moment, la série de meurtres sembla prendre fin. Toutefois, durant plusieurs semaines, la ville entière vécut dans un état de quasi-panique, Même si personne n'osait le publier, plusieurs citoyens croyaient qu'un vampire errait dans la ville en liberté.

— Mais d'où sortait-elle, cette petite fille? s'était informé le directeur de l'orphelinat, auprès de l'infirmière en chef.

— Elle est arrivée comme ça, par la porte d'entrée principale, il y a environ trois semaines. Elle était habillée à la mode des années 1980. Très pâle, elle avait l'air d'une enfant mal nourrie. La chatte qui l'accompagnait n'avait l'air guère mieux. Et nous avons toutes les bonnes raisons du monde de croire qu'elle fugue toutes les nuits... avec la chatte. Curieusement, à leur contact, plusieurs de nos enfants sont devenus très malades. Quant à cette dernière affirmation, il n'y avait aucun doute dans la voix de l'infirmière.

— Extrêmement malades... et sans que nous sachions pourquoi, avait précisé l'infirmière en chef. L'une d'entre elles est tellement faible, qu'elle peut à peine lever la main ou même soulever la tête. De plus, comme si le sang avait quitté son corps, elle est devenue toute pâle.

— Êtes-vous en train de prétendre que cette petite fille et sa chatte ont quelque chose à voir avec la soudaine poussée de maladie qui sévit ici?

Ni le directeur ni l'infirmière en chef ne virent la chatte assise sur le rebord extérieur de la fenêtre, quatre étages au-dessus du niveau de la rue. L'auraient-ils aperçue qu'ils auraient noté que les yeux de l'animal avaient changé de couleur. Ils étaient non plus jaunes, mais noirs... comme ceux de la fillette dont on parlait avec suspicion et qui se nommait **Anya**.

La chatte semblait écouter avec beaucoup d'attention. La tête légèrement penchée de côté, ses yeux noirs, sans ciller, fixaient la scène.

Quelqu'un frappa à la porte du cabinet du directeur.

— Entrez! tonna ce dernier.

Une femme accorte entra. Habillée de blanc, son vaste visage sympathique exprimait une sourde inquiétude.

— Mme Bradford, dit-elle en apercevant l'infirmière en chef.

— Oui.

— La jeune Missy est morte.

— Morte!

Le directeur et l'infirmière en chef bondirent de leur siège.

— Mais de quoi? demanda l'homme.

La garde-malade semblait perplexe, confuse et effrayée en même temps.

— Monsieur, ce que je peux vous dire, c'est qu'il semble ne plus y avoir de sang dans le corps de l'enfant.

Ni l'animal ni Anya ne furent retrouvés.

LA NOUVELLE-ORLÉANS, 1940

Au grand soulagement du NOPD, les crimes inexpliqués avaient diminué en nombre, mais on était incapable d'en trouver le ou les auteurs. Dans chacun des cas, il y avait davantage qu'un meurtre en soi: les meurtres s'identifiaient au macabre, à l'inhumain. Sang sucé et cannibalisme.

Le gros policier, affecté à la patrouille à pied de la rue, s'efforça de rattraper son souffle. Il notait que la fillette était bigrement rapide sur ses petites jambes. Dans la ruelle sombre, il jeta un coup d'oeil, avec la certitude d'avoir vu quelque chose qui bougeait très lentement. Là, juste à côté de l'édifice.

Mais que diable cela pouvait-il être? Sainte Mère de Dieu! Ça n'avait rien d'humain, mais ce n'était pas un animal. Ça ressemblait plutôt à un assemblage de deux.

Le policier s'approcha de la chose... et, les yeux exorbités, se figea de frayeur et d'horreur. Comme s'il avait une hallucination, il secoua la tête. Le regard fixe, il fit un effort pour bien regarder. Impossible! Il s'approcha un peu plus, ferma les paupières, les rouvrit.

Inimaginable.

Mais c'était vraiment là.

Un gros chat? Non! Une petite fille. Non. Oh! mon Dieu! C'était... ils étaient joints... ensemble... en un.

Le pauvre pandore les avait surpris dans leur période la plus vulnérable, quand la chatte reprenait sa forme féline et la fille sa forme humaine.

Tous les deux étaient couverts de sang.

Lorsque la torche électrique les balaya de plein fouet, la chatte et la fille regardèrent le policier, le jet de lumière se réfléchissant sur leurs crocs sanglants et hargneux.

La peur rendit le policier très alerte. Bruits de pas et de

pattes s'approchaient rapidement. Il récita une prière et prit ses jambes à son cou.

En faction de l'autre côté de la rue, son collègue conversait avec une dame... du soir.

— Murphy! Tue-le! Pour l'amour du ciel, tire dessus! cria-t-il.

Murphy se saisit de son revolver et regarda sauvagement autour de lui. La dame de complaisance joua un peu plus du postérieur, cherchant à le vendre à un client éventuel.

— Tuer quoi, Rufus? hurla Murphy.

Autour de lui, la rue était vide.

Le patrouilleur Rufus Grémillon lança un regard prudent au-dessus de son épaule, s'arrêta, regarda dans toutes les directions. Il n'y avait pas âme qui vive derrière lui et dans la ruelle. Pas de monstre. Rien.

Rufus se plia en deux, s'efforçant d'atténuer le point qui le tenaillait au côté. Il se remit à respirer normalement.

— Plus de *bagosse* pour moi, Murphy, proclama-t-il. À partir d'aujourd'hui, je jure de ne plus boire. Jamais! C'est fini!

Murphy le regarda, intrigué. Il avait quasiment fait dans son pantalon quand Rufus s'était mis à hurler.

— Mais qu'est-ce que tu as vu dans ce coin-là?

— Un aperçu de l'enfer, Murphy. Une vision de l'enfer.

Et jamais plus Murphy ne parla de cette aventure à qui que ce soit.

Les tueries s'arrêtèrent.

NEW YORK, 1965

La nourriture étant abondante dans la grande cité new-yorkaise, la fille et la chatte devenaient grasses et paresseuses.

Chaque soir se terminait par un festin. Le moment du rajeunissement cyclique du quart de siècle approchait. Elles en étaient très près. Mais elles n'avaient pas encore trouvé l'endroit convenable à un long repos où, sans être dérangées, elles auraient vécu dans la quiétude et la paix.

Ce n'était pas trop tôt.

Les résidents de New York devenaient un peu plus nerveux chaque jour, plus craintifs, hésitant à se promener seuls la nuit. Trop de corps avaient été trouvés, mordus, vidés de leur sang.

Cette nuit était la dernière; encore une fois, elles pourraient festoyer dans cette ville. Demain, l'enfant et sa compagne se proposaient de partir pour trouver l'endroit espéré où il ferait bon se reposer et dormir... longtemps.

La fille avait noté un certain nombre de choses importantes. Non seulement les années passaient, mais aussi les coutumes, les langues... et les modes vestimentaires. S'il était facile de s'y adapter, il devenait de plus en plus difficile, pour une enfant, de voyager seule à travers les États-Unis. Presque impossible, à moins de voyager en pleine nuit. Même alors, il fallait se montrer prudent. Sans présumer des nouveaux problèmes que leur nouveau cycle leur apporterait.

LIVRE UN

Cruel, mais tranquille et suave,
Innocent, énigmatique et digne,
Ainsi Tibère aurait pu s'asseoir,
Si Tibère avait été un chat.

                                  Arnold

1

Comté de Ruger, Virginie, 1985.

— Papa?

— Hummm?

Dan Garret baissa son journal et regarda son fiston. Non, c'était inexact, se dit mentalement le père. Son fils était déjà un jeune homme, junior à l'Université.

— Que faisiez-vous en 1965?

Dan Garrett sourit et lança une oeillade ironique à son fils unique.

— J'arpentais le plancher de l'hôpital en attendant que tu naisses.

— Voyons, papa, sois sérieux! dit Carl, rigolant de bon coeur.

— D'accord. Mais qu'avais-tu particulièrement à l'esprit quand tu évoques 1965?

— New York.

— Big Orange, reprit Dan, avec un large sourire.

— Mais non, papa, dit sa fille, c'était connu sous le nom de **Big Apple**.

Dan cligna de l'oeil en direction de sa femme.

— Je me rappelle que c'était une sorte de fruit.

— Vous êtes impossible, reprit la fille grimaçant sa désapprobation.

Carl se tourna vers Carrie, sa soeur.

— Si vous êtes tous les deux dans le vrai, je vous dis merci. Je prépare justement un essai sur les meurtres impunis au cours des dernières années. Il y a eu quand même pas mal de meurtres fantastiques à New York, en 1965.

— Vraiment? dit Dan.

— Vraiment? reprit Carrie, en écho.

Carl ferma les yeux.

— Oui.

— Toute une série de meurtres très singuliers, dit Carrie sentencieusement.

Carl opina du bonnet, confirmant sa propre déclaration.

— Juste. Exact.

Le père entra dans le jeu à pieds joints. Il n'était pas certain de la bonne réponse et craignait qu'on la lui demande. Sa femme, enseignante à l'école secondaire, lui sourit.

— Tu es une fautrice de querelle, se moqua-t-il.

Regardant à nouveau son garçon, il demanda :

— Et au sujet de ces meurtres dans le Big Grape?

Carrie corrigea :

— Big Apple, c'était là, papa.

— Tais-toi, Dink, contra Carl, l'appelant par le surnom qu'elle détestait.

Sa main derrière le magazine, afin que ses parents ne la voient pas, Carrie raidit le majeur en le dirigeant vers le haut, à l'intention de Carl.

— Vilaine! Vilaine! se moqua-t-il.

Les yeux de Dan firent le tour de la pièce et se posèrent tour à tour sur les membres de sa famille.

— Est-ce que j'ai manqué quelque chose?

Le frère et la soeur se mirent à rire de bon coeur.

Sur le ton un peu haut que les deux complices connaissaient, Dan demanda :

— Qu'est-ce qui se passe? Du calme. Assez c'est assez!

Carl reprit le fil de la conversation.

— Voyez-vous, les victimes des meurtres de New York ont tous été vidées de leur sang.

— Humm! Plutôt vulgaire, s'exclama Carrie.

— Si ça ne te fait rien, Carl, intervint la mère, nous venons de souper.

Le garçon sourit. Trop amusant pour rater le coup, se dit-il.

— Non, ça ne me fait rien du tout. C'était bon.

— Tout doux, Carl, reprit Dan en regardant son fils.

C'était le temps de retraiter, de prendre ça aisé, de se modérer. Carl tint compte de l'avertissement verbal de son père.

26

— Très bien. De toute façon, poursuivit-il, retournons aux meurtres du Vampire.

Cette fois, Dan replia son journal et le déposa sur le guéridon.

— Les quoi?

— C'est comme ça que les appelait le Département de la Police de New York. Les meurtres du Vampire. Et je ne blague pas en mentionnant que les corps étaient vidés de leur sang. Et ce n'est pas tout...

Il sourit, s'efforçant de présenter sa meilleure imitation de Vincent Price, animateur à la télévision de faits étranges.

— Tu as l'air de Pat Boone, lui lança sa soeur avec rudesse.

— Laisse tomber l'autre botte, mon garçon, s'interposa Dan.

— Les corps ont été partiellement dévorés, termina Carl.

Evonne Garrett se leva de sa chaise, se dirigea vers la porte d'entrée et dit:

— Viens, Carrie, allons sur la galerie. C'est gentil et tranquille.

L'adolescente, qui venait d'avoir 17 ans, protesta:

— Ah! non, maman! Ça s'en vient trop intéressant ici.

Dan se mit à rire de bon coeur.

— Qu'y a-t-il, Vonne. Chaque fois qu'il y a un film d'horreur à la télé, rien ne peut t'en distraire.

— Ce n'est pas pareil, Dan. Il s'agit d'un film. Maintenant, nous parlons de choses... réelles.

Lorsque sa femme eut quitté la pièce, Dan, riant sous cape, se tourna vers son fils.

— Eh bien, continue.

— En 1965, que faisiez-vous, papa?

— En 1965, j'étais avec le FBI, mon garçon. Cinq ans plus tard, j'ai été blessé par balle et mis au rancart. À ce moment-là, je suis revenu dans mon village du comté de Ruger pour entrer au département du shérif. Puis, j'ai posé ma candidature pour le poste de shérif. À ma grande surprise, je fus accepté. Le reste, c'est une autre histoire.

— Et vous n'avez jamais entendu parler des meurtres du Vampire?

— Probablement que, dans le temps, j'en ai entendu parler, Carl. J'ai oublié tout simplement.

— Étiez-vous de retour à Washington en 1965?

— Entre 1965 et 1969, j'ai voyagé à travers tous les États-Unis d'Amérique.

— Travaillant sur des cas de droits civils?

— Pas tellement ça. Je faisais partie d'une équipe spéciale.

Carl et Carrie savaient que leur père ne leur dirait pas de quoi il s'agissait. Aussi, connaissant sa discrétion, ils arrêtèrent là les questions.

— Tiré par balle et décoré par le Président, dit Carl, un tantinet moqueur. Mais l'Homme ne se rappelle pas des meurtres du siècle.

— Attribue cela à l'âge, mon garçon.

Carl et Carrie éclatèrent de rire.

— C'est vous qui l'avez dit, pas nous!

De la galerie où elle se berçait sur sa chaise préférée, Vonne s'enquit, d'une voix forte:

— Avez-vous fini de discuter de Jack l'Éventreur?

— Oui, ma chère, dit Dan conciliant. Tu peux rentrer et nettoyer les résultats du carnage.

Un bruissement du feuillage des framboisiers provint de la galerie.

Le comté de Ruger, en Virginie, est situé au centre d'une contrée de collines verdoyantes, dans un État riche d'histoire, tranquille et pacifique. On y trouve beaucoup de vieilles résidences. La capitale est Valentine, la plus grande ville du comté. C'est un grand bourg de 3 600 habitants. Trois villes sont incorporées dans le comté de Ruger: Bradford. Ashby et Callaway, dont la population est au total, approximativement, de 10 000. Si on omet les bagarres occasionnelles entre conjoints, la violence y est assez rare.

Agent du FBI, puis député shérif et, depuis dix ans, shérif de ce comté, Dan Garrett (et ses ajoints) gardait une main ferme mais flexible sur les administrés. Connaissant les trouble-fête, il pouvait intervenir avant que des choses graves ne se produisent. Ce n'était pas toujours le cas, mais presque. Dans le domaine de la sécurité publique, on pouvait dire que Dan Garrett avait une très bonne moyenne.

Petit, bien équipé et dirigé par un personnel hautement compétent, le seul hôpital du comté se trouvait à Valentine. Il avait été construit dans les années 1930, par le vieux médecin généraliste Ramsay. Son fils, le docteur Quinn Ramsay, avait pris la relève du père en modernisant l'établissement. Quinn assumait aussi le rôle de coroner et sa femme, une parmi les autres, était drôlement ferrée sur l'histoire de la Virginie, et plus spécifiquement sur l'arbre généalogique de sa propre famille. La rumeur voulait que le pauvre interlocuteur qui se trouvait piégé à une réunion où se trouvait Alice, et assez imprudent pour lui donner la réplique, se retrouvait avec un oeil en moins, la bouche sèche et ses souliers rivés dans le plancher.

Un jour, au téléphone, alors qu'elle discutait avec Alice, l'une des amies de la famille Ramsay s'était évanouie.

Un fermier du coin avait été accusé de parler un peu franc à propos d'Alice:

— Cette maudite femelle pourrait faire mourir un poteau de clôture.

Cependant, confronté avec son affirmation, il nia avoir prononcé une phrase aussi lapidaire.

Pour élever des enfants, Ruger était un bon environnement. Beaucoup de coutumes et manières dites dépassées par le temps étaient encore en usage dans cette région et de nombreuses personnes considéraient que les anciennes méthodes restaient parmi les meilleures.

Il n'y avait qu'un seul cinéma à Valentine, un autre — en plein air — à Bradford. On y trouvait quelques guinguettes, très peu, servant uniquement de la bière. Pour les alcools, les citoyens n'avaient qu'à se les procurer dans les magasins appartenant à l'État. Si des non-résidents n'approuvaient pas cette manière de vivre, elle convenait parfaitement aux résidents de Ruger ou du moins à la plupart d'entre eux. De plus, le comté leur appartenait.

Il n'y avait pas non plus de station de radio ou de télévision dans le comté. Les citoyens pouvaient toujours capter la musique et les émissions en provenance de Richmond, situé à 70 milles de là, ou encore de Charlottesville ou Lynchburg. Et si cela ne répondait pas au goût du téléspectateur, il pouvait toujours installer une antenne satellite dans sa cour arrière. C'était tout.

Outre une couple de moulins à bois, on trouvait également quelques manufactures, toutes localisées à Valentine.

Les Blancs étaient plus nombreux que les Noirs et, en règle générale, il y avait une cohabitation pacifique, quoique les premiers se fassent fort d'ignorer les seconds. De temps à autre éclatait un incident racial mineur, mais ça ne dépassait pas les provocations verbales entre les deux groupes. Si le shérif arrivait à temps sur la scène de l'altercation. Blancs et Noirs retournaient à leurs affaires immédiatement. La meilleure chose à faire, la solution la plus simple, c'était encore de s'arranger à l'amiable... sans faire de vague.

Environ 9 950 bonnes gens vivaient dans le comté, plus cinquante-cinq paumés et une enquiquineuse royale: Alice.

La plus haute montagne du comté, d'environ 12 000 pieds, portait le nom d'Éden. Elle abritait une mine appartenant au gouvernement. Bizarre. Les ouvriers abattaient la montagne à partir du faîte, plutôt que par sa base. Opération ultra-secrète et ultra-confidentielle.

On ne révélait pas ce qui se faisait à l'Éden, mais les gens du coin, habitués, ne s'en formalisaient pas. De toute façon, personne n'allait sur cette montagne minable, pleine de cavernes; des gens s'y étaient déjà perdus. Quinze ans plus tôt, un ivrogne, après deux jours d'errance, avait pu ressortir des cavernes de cette maudite montagne, passablement effrayé. Il s'était aventuré là, alcoolique, pour en sortir avec le goût de la religion. Depuis, baptiste converti, il n'avait pas bu une once d'alcool. D'un seul coup, ses cheveux étaient devenus gris. Dans l'une des cavernes, il prétendait qu'il avait vu une petite fille et une chatte. Elles dormaient et il n'avait pu les réveiller. Elles dormaient d'un sommeil de mort.

Évidemment, personne n'avait cru l'histoire d'Eddy Brown.

Pas encore.

Les bruits, les grincements, les grognements réveillèrent la fille et la chatte.

Toutes deux se sentaient dans un état de grande confusion et d'irritaion. Bien avant le temps normal du réveil, le cycle de repos avait été perturbé. Pis encore. Si elles ne trouvaient, très vite, un endroit où se reposer, elles ne pourraient plus se rendormir comme il fallait. À moins que cette montagne ne fût leur destination finale. Peut-être...

Dans la caverne où elles avaient trouvé refuge, Anya et Pet s'observaient... dans le noir. En plein jour ou enveloppées par l'obscurité, elles voyaient très bien. Dès que les grondements auraient cessé, elles trouveraient un autre refuge. S'il n'était pas trop tard. Confusément, elles sentaient que, peut-être, c'était le cas. Elles auraient alors à supporter, pour un certain temps, une forme humaine et une forme de chat, les deux jouant à l'existence. Ça leur était déjà arrivé, mais elles savaient comment s'en arranger. Toutefois, aucune d'elles n'aimait ça. Les risques d'être découvertes telles qu'elles étaient augmentaient en conséquence. À moins que ce ne fût l'endroit ou le lieu de résidence des Anciens. Possible.

Personne ne leur avait dit que leur règne sur la Terre ne serait facile. On ne leur avait rien précisé sur cette question. Du moins, elles savaient qu'il fallait survivre, chercher et essayer de trouver la source de vie: la force.

Des voix parvinrent jusqu'à elles. Des lampes-torches lançaient leur lumière dans le noir. Tout cela irritait de plus en plus la chatte et la fille. Quelle audace et quelle prétention de les réveiller en plein sommeil!

— Oh! Un instant, Jimmy. Nous sommes dans une autre caverne. Reculons.

— De toute manière, c'est à peu près le temps de s'arrêter. Tu veux voir ce qu'il y a là ou attendre à demain matin?

— Allons-y, maintenant. Aide-moi à agrandir le trou et nous éclairerons le tout.

Anya et Pet étaient piégées. Le mineur bloquait leur fuite. Et lorsque le trou fut élargi, un rugissement remplit la caverne. Des bottes épaisses frappèrent le sol de la caverne. Elles entendirent le clic de la torche électrique qui ne s'alluma pas.

À plusieurs reprises, le mineur fit claquer le bouton de la torche. Sans succès. Il se mit à jurer, secoua la torche.

— Jimmy, passe-m'en une autre. Celle-ci ne veut pas s'allumer.

Il huma l'air des lieux. Jésus, quelle odeur! Comme des

corps non lavés depuis longtemps. De la chair fétide. Et quelque chose en plus que le mineur n'arrivait pas à déterminer. Alors, l'homme trouva les mots justes: du sang vieilli. Et démoniaque. Le démon. Pourquoi pensait-il à cela?

La lourde torche en main, l'ingénieur inspecta immédiatement les approches de la caverne pour savoir si quelques failles n'étaient pas décelables. Tout avait l'air très bien.

Jimmy cria:

— Tout va bien?

— Ouais! Mais Dieu, quelle odeur désagréable!

— Du gaz?

— Non. Ce n'est pas du gaz. Je n'sais...

En provenance de l'angle droit de la caverne, il entendit un léger frottement sur la pierre. Instantanément, il s'arrêta, écouta... intensément. Seul régnait le silence. Des rats, pensa-t-il.

Il balaya l'ensemble de la caverne avec sa torche. Le faisceau ne cueillit ni humain ni bête. L'homme se dirigea vers le détour formé dans la caverne. À nouveau, ses narines furent assaillies par la terrible odeur. Doucement, il leva sa torche pour parcourir l'angle d'où semblait provenir l'odeur.

Une frayeur soudaine cloua l'homme sur place. Le jet puissant de la torche éclairait une petite fille qui tenait une chatte dans ses bras. La robe qu'elle portait, déchirée, sale, démodée, était en morceaux, loques pendant le long de son corps délicat. Elle ne pouvait avoir plus de neuf ou dix ans. Elle avait l'air littéralement affamée, comme le chat dans ses bras.

Alors, la bête ouvrit les yeux, et le jaune glacé se réfléchit dans la lumière crue.

La voix étranglée, Al s'exclama:

— La fille!

Ces mots réveillèrent l'écho endormi de la caverne.

La fille et la chatte unirent leurs voix rauques pour protester contre l'intrus. Le feulement inhumain stoppa l'ingénieur qui recula de plusieurs pas.

— Dieu du ciel! Al!

— Qu'est-ce que c'est? cria Jimmy.

— Descends, Jimmy! Tout de suite!

— J'arrive, tiens le coup!

La fille et la chatte bondirent sur Al. Sous la lumière éclatante, les yeux de la fille brillaient comme des escarboucles. D'un coup, elle fit tomber la torche de la main de l'ingénieur et ses ongles longs et sales s'abattirent sur son visage, y traçant de longs sillons. Le sang jaillit des plaies béantes. La chatte se retrouva sur la tête de l'homme, lacérant avec ses griffes de ses pattes avant, le visage de Al. L'une des pattes fit choir le casque et l'autre lui arracha un oeil. Aveuglé par la douleur et la peur, il retraita vers l'arrière, perdit pied dans le noir, tomba lourdement, sa tête heurtant violemment le mur de roc.

Avant de sombrer dans l'inconscience, il entendit un rire diabolique, profond, comme celui d'un démon ricanant. Son esprit fut emporté par le raz de marée d'une terreur sans borne. C'était horrible.

Alors, dans son esprit, il vit le visage de...

2

Dan Garrett se leva, étira sa carcasse élancée. Même s'il était arrivé à l'âge mûr, l'homme pouvait encore porter les mêmes jeans qu'il enfilait à l'école. Plusieurs fois par semaine il s'entraînait sérieusement; cependant, la balle qui lui avait fracassé le genou, alors qu'il travaillait pour le FBI, lui interdisait le jogging. Lorsqu'il était très fatigué, il boitait un peu.

Dan se passa les doigts dans sa chevelure poivre et sel et frotta le poil rude d'un menton mal rasé.

Vieillir, pensait-il. Arriver de son travail, ouvrir une bouteille de bière, attraper le journal, s'asseoir et lire tranquillement, puis tomber rapidement de sommeil. Magnifique.

Il avait presque terminé la lecture d'un article quelconque quand la sonnerie du téléphone crépita. Il s'empara de l'écouteur.

— Dan?

— Lui-même.

— Quinn Ramsey à l'appareil. Est-ce que je te dérange durant ton souper? Bien. Ne mange pas et ne va pas au lit le ventre plein, ironisa le médecin.

Dan rigola un moment des facéties de son vieil ami. Ils avaient été à l'école ensemble, avaient gradué ensemble et fréquenté ensemble l'université.

— Peiné de te déranger, Dan. Parfois, j'ai du mal à laisser mon travail au bureau et je le transporte même chez moi.

— Crois-moi, Quinn, je te comprends. Qu'est-ce qu'il y a?

— Eh bien, Dan, peux-tu venir à l'hôpital?

— Ça m'a l'air sérieux?

— C'est... Effrayant est le mot exact.

— D'accord, je serai là dans quelques minutes, Quinn.

Dan se dirigea vers la porte, s'arrêta, réalisant qu'il avait oublié son pistolet de service.

Il hocha la tête et se mit à rire. Après tout, ça ne devait pas être aussi grave que cela.

Dan sortit de la section des soins intensifs et se débarrassa du masque et des gants. Son visage ruisselait de sueur et ses yeux avaient la couleur glauque d'un verre fumé. Il regarda le docteur Ramsey.

— Pour l'amour du ciel, Quinn, peux-tu me dire ce qui est arrivé à cet homme?

— Nous ne le savons pas exactement, pas plus que l'homme qui l'a conduit ici. Ils travaillaient à l'intérieur de la montagne de l'Éden. Leur journée était presque terminée. Al, celui que tu viens de voir — et dans quel état — se trouvait dans l'une des caves. Il l'inspectait, Jimmy, son compagnon qui l'a transporté jusqu'ici, n'en sait pas davantage. Il était resté dans une cave située un peu plus haut, à côté de l'ouverture par laquelle Al s'est jeté dans ladite caverne. Il l'a entendu crier et hurler. Qui ou quoi se trouvait là? Il n'y avait plus rien lorsque Jimmy parvint à rejoindre son compagnon. Ce que nous savons exactement se résume à ceci: l'homme a été rudement secoué au point qu'il souffre d'une commotion cérébrale. Il a eu un oeil arraché, et il a été lacéré à la tête, au visage et au bras.

Le shérif Garrett ne sacrait jamais; aussi étonna-t-il le RN qui se tenait tout près, en laissant échapper:

— Mais cet homme a l'apparence d'une maudite momie! On dirait qu'il a cinq cents ans.

— Je sais, Dan. Reprends-toi. Crois bien que ma réaction a été aussi violente que la tienne. L'état dans lequel est la victime est précisément la raison qui m'a poussé à te faire porter un masque, gants et défroque et que tu as dû voir à travers une vitre. Nous avons gardé la victime dans un environnement absolument stérile. Ça va mieux maintenant, l'ami?

— Ouais. Excuse-moi pour la sortie un peu brusque,

Quinn. Mais quel âge cet homme a-t-il?

— Son permis de conduire indique 32 ans.

Dan se sentit pâlir. Un moment, il pensa défaillir. Il prit quelques bonnes respirations, fit craquer ses jointures, une vieille habitude qu'il s'efforçait de perdre.

— Quand a-t-il... ahh! le processus de vieillissement s'est accéléré depuis quand?

— Apparemment, à l'instant même où il fut attaqué par ce ou celui qui lui a soutiré le sang. J'ai mis le docteur Goodson, de l'Université, sur l'affaire. En ce moment, il est au laboratoire. Le docteur Goodson fut... plutôt bouleversé par l'apparence de l'homme. C'est bien la première fois que je vois le visage du professeur changer de couleur. Il m'a enseigné à l'Université.

Dan secoua la tête.

Il ne connaissait pas le docteur Goodson.

— Qui est Goodson? demanda-t-il.

Le Dr Ramsey, avec une certaine affectation, expliqua:

— J'explique tout ça en termes de profane.

— S'il te plaît?

— Le docteur Goodson a publié un livre, parmi tant d'autres, sur le vieillissement. S'il y a quelque chose qu'il ne sait pas là-dedans, c'est que personne ne le sait.

— En effet, l'Université a l'une des meilleures facultés de médecine du pays, dit Dan sentencieusement.

— La meilleure, corrigea Quinn.

— Tu n'aurais pas de parti pris? N'est-ce pas, Quinn? répliqua Dan en souriant.

— Naturellement pas, dit ce dernier d'un ton sec.

Du doigt, Dan désigna la section des soins intensifs:

— À propos du gars allongé là-bas, qu'est-ce que ton expert a raconté?

Quinn Ramsey sembla à nouveau très inconfortable.

— Exactement les paroles du docteur Goodson?

— Exactement.

— Maudite merde!

L'enfant et la chatte trottinaient à travers les bois sombres. Aux hommes qui avaient modifié leur cycle de repos, la fille lança une kyrielle de vieux anathèmes. Elle et Pet étaient éveillées depuis trop longtemps pour rechercher encore le sanctuaire et la sécurité du sommeil.

Le seul contrôle qu'elles avaient sur leur destinée, consistait à survivre. Mais, pour l'instant, elles devaient manger, et bien manger, pour refaire leurs forces déclinantes. Car l'épreuve qui les guettait serait éprouvante. Elles savaient que des hommes armés se mettraient à leurs trousses. Déjà, à plusieurs reprises, elles étaient passées par là.

Les oreilles de la chatte se dressèrent. Elles se figèrent et écoutèrent le bruit de respirations saccadées. Devant eux, la lune éclairait une automobile stationnée. Dans l'air vaporeux du printemps, des voix jeunes leur parvinrent.

Aussi silencieuses que la mort, la chatte et la fille s'approchèrent de la voiture. En quelques secondes, les chuchotements des occupants se changèrent en hurlements... et le sang éclaboussa les vitres des portières et les coussins des banquettes. Un moment, des soubresauts frénétiques firent tanguer le véhicule. Un miaulement sinistre, sauvage, suivi d'un grotesque claquement de lèvres, emplit l'air ambiant.

Alors, une fois de plus, le silence s'empara à nouveau de la forêt. Dans la lunette arrière apparut le visage sanglant d'une enfant.

Une chatte était à ses côtés. Elles se regardaient, souriaient de satisfaction.

— Al, l'ingénieur, est mort.
— Mort de quoi? De quoi? insista Dan.
Le diagnostic de Goodson fut bref.
— De vieillesse.
— Mais l'homme n'avait que 32 ans.
Le docteur Goodson s'assit, fixant le dessus de la table. Son collègue Ramsay en fit autant, et regarda Goodson. Debout, dominant les deux hommes de science, Dan les examinait tour à tour attendant des réponses sensées.
— Donc, vous n'en savez rien ou vous me cachez la vérité, dit-il. Choisissez.
Goodson leva les yeux vers le shérif.
— Nous l'ignorons, Dan. De toute ma vie professionnelle, je n'ai jamais vu pareille chose. C'est la vérité.
— Combien de gens sont au courant?
— Du vieillissement rapide?

— Oui.

— Le personnel de la salle d'urgence. Un RN. Le docteur Harrison. Le personnel des soins intensifs. Vous. Moi. Le shérif Garrett.

— Ça fait beaucoup de monde.

Songeant à son propre âge, le docteur Goodson soupira.

— Je dois faire venir ici quelques spécialistes de CDC. Cela nous dépasse complètement. L'air perplexe, il ajouta, après un moment: Où est l'homme qui l'a amené ici?

— Je lui ai donné un sédatif et je l'ai mis au lit, répondit Quinn.

— Avez-vous remarqué s'il avait des coupures ou des égratignures sur la peau? Réfléchissez bien, docteur.

— Non... mais il ne portait pas de gants. À quoi pensez-vous?

Subitement, l'idée germa dans le cerveau de Quinn.

— Mon Dieu! Si cet homme avait quelque coupure que ce soit... et que le sang de l'ingénieur l'ait infecté. Damnée affaire! Allons le voir, dit-il en se levant.

Jimmy regarda sa main et eut des nausées. Elle s'était ratatinée; maintenant, il ne la sentait plus. C'était comme si une partie de lui-même était morte. En effet. S'étant levé pour rejoindre John, il avait regardé sa main de plus près. Pas complètement sorti du lourd sommeil dans lequel l'avait plongé la piqûre du sédatif, il paniqua... ne sut que faire. Finalement, il enfila ses vêtements de travail souillés et sortit de l'hôpital. Il ne vit personne sur son chemin. Il savait qu'il devrait revenir pour obtenir de l'aide. Diable, il avait été incapable de secourir Al. Sous ses yeux, il s'était ratatiné pour se transformer en momie. Bon Dieu! Ce qui était arrivé à Al était normalement impossible.

Jimmy souleva sa main froide, rabougrie et laide. Non! Impossible! Il n'en croyait pas ses yeux. Le vieillissement s'étendait jusqu'à son épaule. Cela avait l'air... c'était hideux.

Il lui fallait faire quelque chose. Y penser. Il tremblait de la tête aux pieds. Une panique sauvage et irraisonnée s'empara de son esprit. Il n'arrivait pas à penser correctement. Mais il devait faire quelque chose... et vite. Que disait la Bible? Arracher son propre oeil s'il offensait son âme... Quelque chose du genre.

Alors, très bien. Si c'était la volonté de Dieu, il en serait fait ainsi.

Trébuchant, tombant, se relevant et marchant entre les rangées de camions et d'équipements alignés sur le site de la mine, Jimmy se dirigea vers la remise à outils. Il tâtonna en ouvrant le cadenas, alluma le plafonnier et commença à fouiller parmi les outils, les rejetant d'un bord et de l'autre. Finalement, il trouva ce qu'il cherchait.

Une hachette.

Prenant un bout de corde, Jimmy l'attacha aussi serrée que possible autour de son bras, juste au-dessus de l'épaule, bloquant l'aller et le retour du sang. Il souleva son bras et l'appuya sur le pare-choc d'un camion. Avec la hachette, aussi tranchante qu'un rasoir, il frappa aussi fort qu'il le put. L'écho de son hurlement remplit la nuit tranquille. La moitié de son bras tomba en rebondissant sur le gravier.

Malgré la douleur, Jimmy put entendre un rire sardonique, diabolique. Un éclair zébra le ciel. Une odeur lourde, sulfureuse, se répandit dans l'air.

Alors, Jimmy entrevit le visage de...

Il se mit à hurler et perdit conscience.

3

Dans la cafétéria maintenant désertée de l'hôpital, le shérif Dan Garrett réunit tous ses adjoints. En silence, horrifiés et choqués, mais un peu sceptiques, les policiers présents écoutaient les explications de Dan sur ce qui était arrivé.

Puis, il montra à tous le corps de Al.

Il n'y eut plus de sceptiques parmi eux.

Dan parla aussi de Jimmy, le compagnon de Al, et ordonna qu'on se mit à sa recherche.

— Trouvez-le. Quand vous l'aurez localisé — pas de si, mais quand — n'essayez pas de vous en emparer seul. Et, pour l'amour du Ciel, n'y touchez pas! Je répète: N'y touchez pas! Rapportez seulement l'endroit où il est et restez à distance tout en le surveillant. Allez, maintenant!

Quand tous ses hommes furent partis, Dan s'assit dans la pièce contenant l'équipement radio de l'hôpital. Il dirigerait l'opération à partir de là. Il entendit l'écho de bruits de bottes provenant du hall et il leva la tête. Le sergent Scott Langway, de la Patrouille de l'Autoroute de Virginie, entra.

— Dan, je suis venu aussitôt que possible, dit-il. Bel embouteillage à l'est d'ici, juste sur la frontière du comté. Personne n'est blessé sérieusement, mais la circulation est bloquée sur une longueur de deux milles au moins. Qu'est-ce qui se passe?

— Je laisse le docteur Ramsey te l'expliquer.

Parlant rapidement, le médecin résuma la situation, n'oubliant aucun détail. Quand il eut terminé, le policier ne bougea pas durant dix secondes. Puis, il regarda son collègue et le médecin.

— Est-ce que quelqu'un se moquerait de moi? éructa-
t-il.

— C'est pas une blague, rétorqua Dan.

— Je veux voir l'homme.

— Venez avec moi, suggéra Quinn.

Pour sa part, Dan n'avait pas du tout envie de revoir le
cadavre à l'allure de momie. En l'absence des deux autres, il
en profita pour téléphoner à sa femme. Elle avait conservé
les habitudes de la femme d'un agent en mission du FBI, ne
posa aucune question, lui rappela seulement qu'elle tenait
au frais un bon repas qu'il pourrait faire réchauffer à son retour à la maison.

— Prends bien soin de toi, conclut-elle avant de raccro-
cher.

Dan se rassit et examina le gobelet de papier placé devant lui qui contenait du café fort et glacé. Il s'efforça de ne
pas penser aux horribles possibilités de cette... nouvelle situation.

Il essaya... mais sans succès.

Comme tout policier de métier, depuis longtemps sous
le harnais, il se posait différentes questions. Pourquoi moi?
Pourquoi ici? Pourquoi sur mon temps de service. Pourquoi?

Et comme toujours, il n'arrivait pas à trouver une réponse satisfaisante.

Hébété par la peur et la douleur lancinante de son bras,
Jimmy s'éveilla. Il examina son membre mutilé. Le sang
suintait du moignon retenu par le tourniquet de fortune qu'il
avait posé avant de s'amputer à la hache. Juste devant lui,
dans la poussière, la partie amputée était une chose laide et
vieillie. Rien qu'à la regarder, Jimmy en eut un haut-le-
coeur. Il ne pouvait croire qu'il avait eu le courage de faire
ça.

Et maintenant, quoi? Pardieu, de quoi avait-il rêvé?

N'étant pas aussi faible qu'il aurait pu le penser, il s'assit. Son bras — ou ce qui lui en restait — devenait de plus en
plus douloureux... mais la douleur était supportable. Lorsque
la lumière des phares d'une automobile balaya le terrain de
stationnement de la mine, il leva la tête. La voiture s'immobilisa, faisant crisser le gravier.

— Ne bougez pas! ordonna une voix. Surtout, ne bougez
pas!

Jimmy leva son moignon ensanglanté... et lança:

— Ça va, maintenant. Je l'ai amputé.

— Nom de Dieu! grogna le policier.

Sa main fouilla pour trouver son micro, s'en saisit, l'é-chappa, le reprit d'une main tremblante... et appela. Sa voix défaillit, ce qu'il détesta, mais il n'y put rien. Bon Dieu! Le cas impossible: il avait amputé son propre bras. Le jeune adjoint éprouvait une solide envie de rendre son dîner.

— Reste là! J'arrive, lui ordonna Dan.

En moins de cinq minutes, une demi-douzaine d'auto-mobiles et une ambulance pénétrèrent dans le stationne-ment. Dans l'une des voitures, derrière le volant, était assis le sergent Langway, de la VHP, sérieusement secoué mora-lement. Plus tôt, il avait vu le cadavre de l'ingénieur... mais il aurait souhaité s'épargner cette vision.

Des hommes aux visages masqués et aux mains gan-tées s'approchèrent de Jimmy, assis sur le gravier, le dos appuyé à la camionnette. D'une voix à peine audible, en état de choc et s'affaiblissant, il demanda:

— Est-ce que j'ai fait ce qu'il fallait faire, docteur?

Quinn répondit, la voix légèrement étouffée sous son masque:

— J'en suis certain, fiston.

Il jeta un coup d'oeil sur le bras et la main desséchée:

— Ramassez ça, dit-il à un aide, et faites bien attention.

La radio de Dan émit un croassement métallique; il y mit fin en se saisissant du micro émetteur.

— Toutes les auto-patrouilles au central, hurla-t-il.

— Trente-cinq de Ruger à neuf, répliqua le répartiteur.

Au diable le protocole. Dan appela le central.

— Allez-y, numéro neuf.

— Je viens de trouver Mary Louise Turner et Billy Mack Evans près de Whispering Creek, sur le vieux chemin de Hogg. Ils étaient nus... dans la voiture de M. Evans. Du sang partout. Les corps ont été mordus et partiellement dé-vorés. Vous avez entendu, shérif?

— Dix-quatre. Demeurez sur place, numéro quatre. J'y vais, répondit Dan.

Le sergent Langway et Dan se regardèrent.

— Ça va être toute une nuit... très longue, Dan.

— Ouais! répliqua Dan.

Parmi les policiers, les médecins, les infirmiers ou les brancardiers, personne ou qui que ce soit ne pouvait prétendre avoir vu une chose aussi horrible que ce qui avait été fait au jeune couple. Après un premier examen rapide, le docteur Goodson ordonna aux policiers de s'éloigner. Les médics, tous assermentés par la police de l'État, devaient garder le silence sur toute l'affaire. Sous la lumière crue des projecteurs, ils pouvaient contempler le carnage. Dan donna aussi des instructions sévères à ses gens:

— Silence sur tout. Rien à la presse... mais rien du tout. Si quelqu'un bavarde parmi vous, j'aurai sa peau, rôtie et servie à point. Compris?

Tous comprirent, sachant très bien que le shérif ferait exactement ce qu'il disait.

Le docteur Goodson interpella Quinn:

— Regardez, dit-il pointant du doigt le bras amputé. Voyez où la chair a commencé à vieillir, là, autour des morsures.

— Le processus de vieillissement s'arrête donc au moment de la mort, répliqua Quinn.

— Oui. Les morsures sont d'apparence humaines et animales. Nous avons au moins un fou en liberté.

Regardant par-dessus l'épaule du médecin, Dan intervint:

— Une folle. Peut-être.

— Goodson se tourna vers lui.

— Pourquoi dites-vous cela, shérif?

— À cause de la dimension des morsures humaines. Une petite bouche a pu faire ça. Et ces pistes ne sont pas animales. Les autres sont celles d'un chat ou d'une chatte.

Goodson regarda à nouveau le sol.

— Vous avez raison, concéda-t-il. Vous êtes très observateur, shérif.

— Ouais. Une folle avec un animal domestique tueur, conclut Dan, d'un ton sec.

Compagnon de chambre de Carl, à l'Université, Mike expliquait:

— Saviez-vous, mon cher ami, que dans l'ancienne Égypte il existait une religion secrète qui croyait que le chat était une personne?

Sans lever le nez de son livre, Carl répliqua:

— Mike, si tu m'appelles encore une fois mon cher bon ami, je vais t'organiser le portrait!

— Ma parole, t'es vraiment susceptible aujourd'hui.

— Occupé, l'ami, très occupé.

— Tu te souviens de cette remarque au sujet du travail sans loisir, et ainsi de suite...

— Mike, si tu ne reviens pas sur terre, tu vas tout simplement te faire foutre hors de l'Université. Tu serais mieux de réaliser ça tout de suite.

— Comme le vieux William l'a écrit un jour, «Ça me laisse tout à fait indifférent».

Carl se mit à rire. Comme son père, il était maigre et sec. Il bascula sa chaise vers l'arrière, loin de son pupitre et de ses livres, s'étira et bâilla un bon coup. Le jeune homme lissa de sa main sa tignasse rebelle et frotta ses yeux fatigués. Le dernier paragraphe de la page si souvent photographiée attira son attention. Il s'approcha et lut:

> *«La série de meurtres restés sans solution à Saint-Louis présentait plusieurs connotations macabres. En plus de marques de dents humaines, il y avait des morsures attribuées aux rats mais qu'on reconnut comme était celles d'un chat domestique. Le même chat avait mordu les victimes à belles dents, en même temps que la jeune personne. Car les morsures d'origine humaine étaient probablement celles d'une femelle.»*

Carl regarda Mike.

— Que disais-tu au sujet des chats traités comme des personnes?

— Ahhh! Je t'ai attrapé, n'est-ce pas? Où est et qu'est devenu ce peu de confiance dans les capacités académiques de votre humble serviteur?

— J'ai confiance en tes capacités de hâbleur, ironisa Carl. Et puis, je croyais que ces gens adoraient Ra?

— Erreur, païen, Ra était le Dieu Soleil de Heliopolis. Un homme à la tête d'aigle. Ceux dont tu parles faisaient sans doute partie d'une toute petite secte composée d'hommes et de femmes. Pas beaucoup plus que 2 000 croyants. Les grands prêtres et grandes prêtresses jouissaient, selon la rumeur du temps, de pouvoirs surnaturels. Par exemple,

44

la chatte et la déesse pouvaient changer de forme, une pouvant devenir l'autre. Elles étaient tous les deux adorées. Il paraît qu'elles pouvaient vivre très longtemps, des centaines et des centaines d'années.

Carl hocha la tête.

— Mike, tu as une mémoire tout simplement fantastique. Une souvenance tout à fait impressionnante. Malgré ça, tes notes de classe sont médiocres.

Mike sourit.

— Tu veux devenir président de mon club d'admirateurs?

— Idiot, marmonna Carl. Mais raconte-m'en un peu plus sur ces adorateurs.

— Es-tu sérieux? Je pensais plutôt que tu voulais te transformer en petit cochon?

— Un officier de police, Mike. De plus, les cochons ne sont pas laids du tout.

Mike feignit le plus grand dégoût.

— Ah! mon Dieu, épargne-moi! Pourquoi veux-tu connaître les anciennes religions? Les porcs ne sont pas seulement beaux, ils sont notoirement stupides.

Carl sourit ironiquement.

— Aimerais-tu venir chez moi, en fin de semaine, et répéter ça à mon père?

Mike roula les yeux.

— Oh... non! Par ailleurs, ton père est un cochon instruit. Il y a une grande différence entre lui et le porcelet ordinaire.

Carl éclata de rire. Avec Mike, il ne pouvait se fâcher. Ce dernier adorait taquiner et Carl ne l'ignorait pas. Son ami n'avait rien contre la police. Il était bâti comme une armoire à glace ou un super-frigo, un ours très, très en santé et fort comme un boeuf. Un des farceurs de l'école avait voulu se mesurer avec Mike, une fois. Une fois seulement. Mike l'avait réduit en compote. Rien qu'en muscles, Mike avait deux mètres et plus de haut et la moitié aussi large. Il était plutôt conciliant, mais il ne fallait pas le pousser trop loin, ni trop longtemps. S'il se fâchait, gare!

C'était aussi un étudiant fort brillant, avec une seule préférence, une seule dans la vie, et ce n'était pas précisément celle que ses parents aimaient le plus. Ces derniers lui avaient donné une généreuse allocation dont il ne pourrait retirer le capital qu'à 25 ans. Jusque-là, il vivait sur les intérêts de l'argent gelé dans une maison de fiducie. Ça représentait quand même une somme considérable.

Mike insista.

— Les gens du Chat. Des dieux et des déesses, mon vieux. Les grands prêtres et tout ce que ça comportait de disciples et de croyants. On ne connaît pas grand-chose à leur sujet. Leur religion était entourée de secret. La religion et le culte et tout ce qui s'y rapportait, à l'époque où le Sahara resplendissait de verdure et de fertilité.

— Le désert du Sahara? Vert? De quoi parles-tu?

— Fertile comme la Virginie. Je ne parle pas de chênes et de noyers. Toutefois... eh bien, il était fertile. Avec la possibilité de faire pousser de quoi alimenter une population. Le Sahara a commencé à se désertifier sept ou huit mille ans avant J.-C. Tout cela est confirmé par des peintures murales retrouvées sur un plateau sablonneux situé dans le Tassali N'ajjer. C'est à peu près durant cette période que le culte du Chat ou de la chatte florissait. Quand la région se mit à mourir, ils ont émigré quelque part. À vrai dire, personne n'en sait vraiment rien car tout se passait en catimini et ceux qui n'appartenaient pas à cette religion avait grand-peur d'eux.

— De quoi se nourrissaient-ils?

— Je te demande pardon.

— Eh bien, étaient-ils cannibales?

— Oh! oui. Assoiffés de sang. C'étaient des enragés et des barbares. C'est écrit... mais je ne me rappelle plus où j'ai lu ça. Seul le grand-prêtre pouvait féconder la femme élue. Ils assuraient ainsi la naissance de jumeaux, un bébé et un chaton femelles. Mais ils n'y arrivaient pas infailliblement, car des monstres pouvaient en résulter. Tout cela était relié au satanisme ou à quelque chose du genre. La morsure de la fille ou de la chatte produisait parfois d'étranges effets sur le corps, le modifiant. Dans les écrits, il est dit que la fille et la chatte, à leur neuvième et dixième année, étaient enterrées vivantes. Mais elles ne mouraient pas. Elles pouvaient aller et venir librement, spécialement lorsqu'on les appelait.

— C'est fort étrange comme histoire, Mike. Comment se fait-il que je n'ai jamais entendu parler de cette bande de

46

sectaires sauvages?

— Parce que personne n'a pu prouver quoi que ce soit. C'est un mythe. Personnellement, je pense qu'il s'agit de non-sens.

Carl examinait le rapport des meurtres.

— Ouais, probablement, grogna-t-il.

Les corps — ce qui en restait — de Billy Mack et Mary Louise furent ficelés comme des momies et transportés à l'hôpital. Le docteur Ramsey, assisté du docteur Goodson tous deux gantés, masqués et recouverts d'un sarrau blanc, commencèrent l'autopsie. Macabre au mieux, celle-ci présentait une difficulté supplémentaire pour Ramsey; il avait mis au monde Billy Mack et Mary Louise.

Avec horreur, les deux praticiens découvrirent que les coeurs manquaient, que l'entière cavité stomacale avait été dévorée, que les yeux, les lèvres et la plus grande partie de la langue manquaient. Par la dimension des morsures, les morsures humaines, les médecins savaient que l'assaillante était une toute petite personne; pas plus grande qu'une enfant. Une enfant sauvage, sûrement aliénée. Quelle autre explication pouvait-on donner?

Quinn leva la tête; ses yeux rencontrèrent ceux de Goodson.

— Lycantrophie, peut-être?

— J'y ai pensé. Mais de quelle espèce? demanda Goodson.

— Êtes-vous sérieux! s'exclama Quinn.

— Très.

La lycantrophie est une forme d'aliénation par laquelle un individu se pense transformé en loup ou en bête sauvage. La seconde définition est qu'un être humain a véritablement pris la forme d'un loup.

— Un loup-garou?

— En admettant qu'une telle chose existe, ce dont je doute, dit Quinn. Mais qu'arrive-t-il des autres morsures? Un loup et un chat ou une chatte travaillant de concert?

— J'essaie seulement d'envisager toutes les possibilités, docteur, fit remarquer Goodson.

Quelque chose, un souvenir passé, ancien, le tenaillait.

Il n'arrivait pas à se rappeler très bien de quoi il s'agissait. Ça lui reviendrait peut-être.

Les deux médecins se lavèrent soigneusement les mains et se changèrent. Dans le hall, Quinn rencontra Dan Garrett et le sergent Langway.

— Avez-vous prévenu les parents? demanda Quinn alors que Goodson retournait au laboratoire.

Les deux gardiens de la paix étaient dans un état de demi-choc. Ça n'avait rien à voir avec la peur, la peur d'un danger physique. À maintes reprises, ils avaient utilisé leur arme de service. Les deux hommes avaient déjà tué en service commandé. Plus d'une fois, ils avaient contemplé des victimes ensanglantées et broyées dans des accidents de la route. Ils avaient été les témoins involontaires d'incestes et de cruels traitements infligés aux enfants. Ils avaient vu le pire et le meilleur de l'humanité.

Cependant, aucun d'entre eux n'avait connu une pareille expérience, comme celle de la nuit précédente. Ils pensaient que le pire restait à venir.

Leur intuition était juste.

Quinn se râcla la gorge. Les policiers le regardèrent.

— Avez-vous prévenu les parents? redemanda le médecin.

Langway hocha la tête.

Dan, lâchant un profond soupir, répondit à la question.

— Que leur dire, Quinn? Comment peut-on les empêcher de voir les corps, alors que la voiture est intacte. Allons-nous leur dire la vérité? Si nous le faisons, quelles en seront les conséquences? Et la presse? Et la panique des citoyens... si nous racontons tout aux journalistes. Les maniaques des cinq États environnants vont se précipiter sur le nôtre. C'est ce que vous voulez?

— Sans compter les citoyens tirant sur des ombres, renchérit Langway.

Dan acquiesça.

— Je ne vais pas mentir à la presse, mais à cause des parents, je ne dirai pas tout, sauf qu'ils ont été assassinés. C'est un fait. Ils ont été horriblement mutilés. Indéniable. Quinn, je te laisse la responsabilité de voir à ce que les funérailles aient lieu avec les victimes placées dans des cercueils plombés. Toi et Ed Hathaway, du salon funéraire, avez quand même, dans le passé, partagé quelques secrets. N'est-ce pas?

— Certainement... mais dans combien de temps les spécialistes du lab en auront-ils fini, ici, sergent? s'enquit Quinn auprès de Langway.

— Une couple d'heures. Ils collaboreront avec vous pour les dernières formalités.

Dan interpella un adjoint:

— Scott, votre équipe en a-t-elle fini avec l'auto?

Le policier fit oui de la tête.

— Alors, mettez-la à la fourrière. Recouvrez-la soigneusement avant de la transporter, ajouta-t-il. Ne la laissez pas examiner par des personnes non reliées à l'enquête. Diable, qu'est-ce que je raconte? Je n'ai pas à vous apprendre votre travail.

Le policier fit un signe d'assentiment.

Chuck Klevan, l'adjoint-chef, intervint:

— Il nous faut gagner du temps... un peu de temps pour respirer.

— Exact, dit Langway.

— Comment est le mineur qui s'est amputé le bras? demanda Dan.

— Son état est sérieux... mais stable, grimaça Quinn avec un sourire forcé. Il a perdu beaucoup de sang. Il est en état de choc. Mais son geste désespéré semble avoir enrayé le processus de vieillissement.

— Espérons-le, murmura Langway.

4

Anya et Pet trouvèrent un abri dans une maison désertée construite près de massifs boisés. Elles ne pouvaient aller plus loin cette nuit-là, car les deux étaient gorgées par
l'orgie de sang et de chair. Elles savaient que les ennuis se
multiplieraient, mais elles n'ignoraient pas qu'elles survi-
vraient. Elles savaient qu'elles étaient à la source même de
leur queste. Les Anciens étaient dans les environs. Elles
avaient commis l'erreur de rechercher la Source dans les
grandes villes. Durant des années, elles avaient opté pour la
facilité. Elles reconnaissaient leurs torts. Désormais, tout
allait rentrer dans l'ordre, mais il leur fallait gagner un peu
de temps. À peine quelques jours. L'esprit d'Anya était plein
des messages reçus. *La Queste était terminée!* Elles étaient
si près de la liberté.

La fille et la chatte se regardèrent; même s'il faisait
nuit, elles y voyaient comme en plein jour. La communication s'établissait télépatiquement.

Elles partageaient ainsi des messages et des souvenirs.
Des messages anciens et des réminiscences. L'un d'entre
eux n'était pas aussi ancien que les autres. Pas pour elles.

Elles avaient dormi durant des centaines d'années. Personne ne les avait appelées. Aujourd'hui, elles comprenaient
pourquoi. Elles réalisaient qu'elles étaient parmi les derniers survivants de la secte. Il y en avait d'autres, mais dispersés et peu nombreux, ignorant où étaient l'un et l'autre.

Alors, les explorateurs armés de leurs pelles, pics et
pinceaux, étaient venus dans les vieilles terres du temps
passé, creusant le sable et perturbant le lieu ou Anya et Pet
reposaient.

Pour avoir dérangé ce qui n'aurait pas dû l'être, ces archéologues avaient connu la terreur. Cette expédition avait disparu de la surface de la terre sans laisser de trace sur le sable qui bougeait au gré des vents, silencieux pour toujours, sauf pour ceux qui connaissaient les langages antiques.

Anya et Pet avaient fait surface dans un monde qui ne ressemblait en rien à celui dans lequel elles étaient nées et avaient grandi. Libérées de leur enterrement souterrain, n'ayant personne pour les guider, elles s'étaient dirigées vers la mer. Clandestinement, elles avaient voyagé à bord d'un navire qui faisait route vers l'Angleterre. De là, elles avaient navigué jusqu'en Amérique du Nord. Moins peuplée que leur pays d'origine ou autres pays qu'elles avaient visités, elles sentirent qu'elles pourraient très bien survivre dans cette contrée, jusqu'à ce que les Voix les appellent à leur lieu de repos final. Ni Anya ni Pet ne pouvaient réaliser qu'elles agissaient mal en quoi que ce soit. Elles appartenaient à un autre temps, à un autre espace ; elles accomplissaient seulement ce que leur destinée leur ordonnait de faire.

Anya et Pet se reposèrent durant plusieurs heures. Puis, une sorte de brouillard les enveloppa, pendant qu'elles échangeaient leurs formes corporelles. Pet devenant Anya et vice versa.

Glissant sur ses pattes silencieuses, la chatte sortit de la maison, gagna les bois, inspectant toutes les résidences qu'elle rencontrait sur son parcours. La chatte arriva finalement à une maison dont la fenêtre d'une chambre était ouverte. Pas de chien. La chatte humanoïde se glissa, déplaça le crochet de la moustiquaire, se glissa à l'intérieur et, tout aussi silencieusement, fit le tour de la maison endormie. Elle déboucha sur une chambre d'enfant, y vit des jeans, un sous-vêtement, des chemises et des souliers de tennis qui pouvaient lui convenir comme fille. Un à un, elle transporta les vêtements jusqu'à la fenêtre à la moustiquaire déplacée et les jeta à l'extérieur. Elle emprunta le même chemin qu'elle venait de parcourir plusieurs fois et, patiemment, transporta un à un les différents articles et les cacha soigneusement. Puis elle retourna à la maison abandonnée et se glissa à nouveau dans la brumasse protectrice qui recouvrait ce qui était son être. Une fois encore, elles redevinrent l'une une fillette toute petite et menue, l'autre une chatte.

Elles se reposèrent.

— Par le diable, qui êtes-vous? demanda Dan à la jeune femme.

— Mlle Smith, répliqua-t-elle.

— Peste! ne put s'empêcher de dire le sergent Langway.

— Laaaa Mlle Smith? demanda Quinn à son tour.

— La seule et unique, répondit-elle avec un sourire.

Tous, à l'exception de la jeune recrue, savaient qui était Mlle Smith. Ils savaient aussi que le sourire qu'elle affichait était faux. Très agréable physiquement, le teint hâlé, les yeux aussi noirs que l'ébène, Mlle Smith était jolie. À 22 ans, elle avait remporté un Pulitzer. Dans le milieu de la presse, on avait même prétendu qu'on les prenait maintenant au berceau. À 22 ans, Mlle Smith avait accumulé plus de mentions littéraires que toute autre dans sa profession. Certaines mentions sentaient la gauchisme à un point tel, que Mlle Smith marchait de travers, depuis, du côté gauche. Elle avait vu la chute de Somoza au Nicaragua. Naturellement, elle s'était montrée très dure pour le dictateur latino-américain. Elle avait hanté l'Amérique Centrale, expédiant article sur article, prenant une position toujours subtile contre la politique étrangère de son propre pays.

Une enquiquineuse, une bêcheuse, une emmerdeuse toujours célibataire, car aucun homme sensé ayant de l'allure n'en voulait. Et les autres, Mlle Smith les envoyait paître.

Reconnue pour un reporter qui avait du flair, elle ne jouait pas toujours fair-play; pas toujours honnête, cette journaliste d'enquête avait beaucoup plus d'ennemis qu'elle comptait d'amis, à condition qu'elle en eût. Elle pouvait se montrer désagréable, vulgaire, extrêmement odieuse, rusée et impitoyable. Comme beaucoup de ses collègues, elle critiquait — sans aucune nuance — la gent policière, s'imaginant que tous les policiers sortaient du même moule, peu importe le pays où ils se trouvaient. Dans les années soixante, Mlle Smith aurait sûrement été une révolutionnaire. Si elle avait eu l'âge pour le devenir.

52

À l'hôpital, tous les hommes présents se demandaient si elle avait saisi des bribes de conversation pour que sa curiosité ait été alertée.

— Madame Smith, s'enquit le docteur Ramsay, que peut-on faire pour vous?

La journaliste le regarda droit dans les yeux.

— Pour commencer, dites-moi ce qui se passe ici?

— Qu'est-ce qui vous fait croire que quelque chose se passe ici? intervint Langway.

La Smith se mit à rire au nez du policier, ne sachant pas, ou s'en fichant complètement, qu'elle venait de se faire un autre ennemi.

Insolente, elle répliqua:

— Avant que vous me demandiez ce que je fais ici, même si ce n'est pas de vos affaires, je vous dirai que je me dirigeais vers Richmond quand j'ai aperçu la lumière des réflecteurs. Je me suis arrêtée un moment, j'ai observé... et je vous ai suivi jusqu'ici. Alors, qu'est-ce qui se passe? Je suis journaliste... .j'ai le droit de savoir.

— Eh bien, Mademoiselle, dans ce comté normalement tranquille, expliqua le shérif Garrett, nous avons eu un accident à la mine toute proche: un homme a été tué et un autre blessé sérieusement. Pour couronner le tout, deux jeunes gens ont été assassinés dans la même soirée. Dans le comté de Ruger, c'est beaucoup pour une seule année, encore plus pour une seule nuit. Voilà ce qui se passe.

— Vraiment, shérif?

— Vraiment, Mademoiselle.

— Je n'sais pas si vous mentez ou si vous êtes un pot de merde.

Dan se leva, étira sa longue carcasse mince et haute et fit face à la jeune femme, regardant de haut ses cinq pieds quatre pouces.

— Mademoiselle, je ne sais pas ce que vous faites ici, ou même pourquoi vous tenez tant à perdre votre temps à enquêter sur les événements de la nuit. Mais, personne, pas plus vous qu'un autre, ne me parle sur ce ton. Je n'ai aucun grief contre la presse, qu'elle soit écrite, parlée, imprimée ou électronique, passée ou présente. Vous pouvez vous adresser à Pat Leonard qui dirige le journal local, ou encore au personnel de *News Leader* ou du *Time Dispatch,* à Richmond. Vous pouvez bavarder avec n'importe lequel reporter de la télévision ou des autres journaux de notre région. Quand vous l'aurez fait, vous saurez que je coopère pleinement avec eux. Mais n'essayez pas de jouer au dur avec moi.

— C'est une menace? lança Mlle Smith.

— C'est un hôpital ici, jeune fille, intervint Quinn d'un ton ferme. Gardez votre sang-froid ou je vous fais éjecter!

Mlle Smith rougit, reporta à nouveau son regard sur Dan, qui l'écrasait de toute sa hauteur.

— C'est un avertissement, dit-il. Si vous cherchez légitimement de la nouvelle, très bien. Si je peux vous donner des informations, je le ferai ouvertement et de bon gré. Par ailleurs, si je pense qu'un renseignement peut nuire à l'enquête que je mène, je ne vous le donnerai pas.

Des yeux, Dan Garrett chercha Pat Leonard, propriétaire et éditeur de l'hebdomadaire local; il était dans le corridor, cherchant à rejoindre le groupe. Apercevant Mlle Smith, qu'il reconnut aussitôt, les yeux de Pat s'agrandirent de surprise.

— Avez-vous terminé votre sermon, shérif?

— Pour ce soir, oui.

— Comme c'est bien! répliqua Mlle Smith, le ton sarcastique.

— Dan, est-ce vrai au sujet de Billy Mack et de Mary Louise? demanda Pat Leonard.

— Malheureusement. Toutefois, je n'ai pas encore prévenu les parents. Alors, retient la nouvelle jusqu'à ce que je t'appelle. D'accord?

— Certainement, Dan, acquiesça Pat.

Mlle Smith se tourna vers le reporter.

— Depuis quand les journalistes sont-ils aux ordres de la police?

Pat la regarda, soupira et hocha du chef.

— Vous êtes un gentil minet, dit-elle. Se tournant vers Dan, elle demanda: Quel âge avait les jeunes gens?

— Seize ans tous les deux, Mademoiselle. Nés et élevés dans le comté, tout le monde les connaissait.

— Ouais, ouais, je sais. Une belle famille unie, n'est-ce pas? Et la troisième victime?

— Il s'agit d'un mineur travaillant à la montagne de l'Éden. Je ne peux vous donner son nom car nous n'avons pas encore pu localiser son plus proche parent. Y a-t-il autre chose, Mademoiselle?

Avec l'intuition d'un vrai reporter, très semblable à celui d'un bon flic — ce qu'elle n'aurait jamais admis — elle sut qu'il mentait. Mais pourquoi? se demanda-t-elle. Par le Diable, qu'est-ce qu'ils ont à cacher dans ce coin perdu et tranquille?

— Non, shérif, rien du tout. Je m'en vais.

— Au revoir, Mademoiselle.

Mlle Smith regarda Pat.

— Viens-t-en, Tiger. Tu peux m'acheter un hambourgeois.

Elle se retourna et marcha vers la sortie, suivie de près par Pat Leonard. Beau cul, pensa le jeune troupier.

La journaliste partie, Langway demanda:

— Tu crois qu'elle t'a cru?

— Je ne sais pas. Peut-être. Pourtant, mon intuition me dit que non. Damnée femelle! La dernière chose dont nous avons besoin en ce moment, c'est bien d'un régiment de journalistes et de photographes fouillant là où ils n'ont pas d'affaire.

Quinn appuya, le ton convaincu:

— Je suis d'accord avec toi là-dessus. Mais nous avons un autre problème. L'ingénieur assassiné.

— Justement. Je suggère que nous le gardions au congélateur jusqu'à ce que les spécialistes du CDC arrivent.

Le docteur Goodson, surgissant du petit laboratoire de l'hôpital où il se trouvait depuis l'autopsie, approuva:

— Bonne suggestion. Je connais les gens du CDC. Ce sont mes bons amis. Messieurs, nous avons des problèmes sérieux à résoudre.

Tous les yeux convergèrent vers le médecin.

— J'ai testé la salive répandu sur les blessures des trois victimes, par leurs assaillants. Deux choses me chicotent. Avant que je vous parle, laissez-moi d'abord vous dire que je n'ai jamais vu quelque chose qui ressemble à ce que je viens d'observer depuis une heure déjà. Jamais! Elle aurait pu provenir de la même personne... ou chose. Naturellement, nous savons tous que c'est impossible.

Le sergent Langway affichait un air perplexe. Il se sentait tout mêlé.

— Diable! Qu'est-ce que vous racontez, docteur?

— Première chose. La salive n'est ni humaine ni animale. C'est... je ne sais pas ce que c'est. Deuxième chose: en admettant que les deux, humain et animal, aient participé à l'action, ils sont... bien... ils ne font qu'un.

— Vous voulez rire! s'exclama Quinn. C'est impossible!

— Merde! lança le jeune troupier, d'une voix faible.

L'air pensif, Goodson poursuivit:

— Oui. Je suis très conscient de tout, Quinn. C'est pourquoi j'ai fait plusieurs vérifications. Les résultats se révèlent toujours les mêmes. Cependant, même si c'est hautement contagieux, l'air ne le véhicule pas. Sur ce point précis, nous pouvons au moins nous détendre un peu. Les meurtres des deux jeunes gens ne peuvent être gardés confidentiels bien longtemps. Quand les parents le sauront, la presse interviendra; c'est une matière à nouvelle. Après cela, je vous souhaite tous bonne chance.

Le sergent Langway devra informer ses supérieurs des événements qui se sont déroulés ici cette nuit. Si nous ne sommes pas trop malchanceux, nous aurons 72 heures avant que les journalistes n'aient vent de ce qui s'est passé. La presse arrive toujours à savoir ce qu'elle veut. La police de l'État en a terminé avec les cadavres des jeunes gens. Le croque-mort peut venir les prendre en multipliant les précautions. On m'a dit qu'il savait se taire. Aussitôt que les cadavres seront prêts, les cercueils seront scellés. Ce n'est pas absolument régulier, mais il vaut mieux que les parents ne soient pas au courant de tous les détails sanguinaires. Je ne suis plus un jeune homme, je dois me reposer maintenant... Ce n'est pas fini. C'est de la nouvelle nationale et même internationale. Ça fera au moins la une des grands quotidiens.

— Devons-nous tenir le Gouverneur au courant? demanda Langway.

— Ça dépendra de vos supérieurs, répondit Goodson haussant les épaules. Avant que cette affaire ne soit terminée, je suis certain qu'il saura tout.

Sur ce, le vieux médecin se retira.

— Optimiste, ce bonhomme, conclut Langway.

— Je crois qu'il en sait davantage qu'il nous en raconte, commenta Quinn.

— Ouf! s'exclama Dan. Je dois voir maintenant les parents. Quelle corvée!

56

5

Le reste de la nuit se passa paisiblement; médecins et policiers se sentirent soulagés.

L'automobile de la mort, couverte de toiles solidement attachées, fut touée à la fourrière du comté de la Patrouille de l'Autoroute de Virginie.

Ce vendredi matin, l'aurore qui traversait à peine la couche nuageuse couvrant le comté se traîna péniblement durant de longs moments. Avant que le shérif Dan Garrett n'ait sorti du lit ses très longues jambes, le brouillard s'était transformé en une pluie fine et froide... très froide pour ce début de mai.

Assis sur le rebord du lit, revivant par séquences rapides les événements de la nuit passée, tantôt en technicolor, tantôt sanglants, morbides, déchiquetés, ratatinés, Dan se frotta le visage.

Momentanément, il réussit à sortir ce cinéma de son esprit. Il se doucha, se rasa, s'habilla, n'endossa pas son uniforme, choisissant plutôt des vêtements civils. Dans la cuisine de la maison endormie, avec pour seule compagnie la bruine qui enveloppait celle-ci, Dan se versa un café, très fort, mit deux tranches de pain dans le grille-pain et ramassa la note que sa femme avait laissée sur la table à son intention.

> — *Après l'école, nous avons une réunion de professeurs. Je rentrerai tard à la maison. Carrie passe la nuit chez Linda. Carl sera chez Mike durant la fin de semaine. Tu as marmonné, sursauté et bougé toute la nuit. Peu importe sur quoi tu travailles, j'espère que tu pourras en finir très bientôt.*
> *Je t'embrasse.*

— Moi aussi, chérie, moi aussi, mais faudra pas trop y

compter. Mais pourquoi donc je pense comme ça? se demanda-t-il.

Il haussa les épaules, tartina sa rôtie et but son café. Il enfila ses bottes, assujettit son équipement (courroie et étui) dans lequel il glissa son .38 spécial. Fermant à clé derrière lui, il se mit au volant de sa voiture et conduisit jusqu'à son bureau.

Il ouvrit la radio et son humeur s'améliora légèrement quand l'animateur fit tourner une chanson familière du bon vieux temps, Sam Cooke chantant *You Send Me*. Dan chantonnait avec le crooner quand sa radio de service le rappela à la dure réalité.

— Ruger un, dit-il tenant le micro près de ses lèvres.

— Voyez le docteur Ramsay à l'hôpital, shérif, annonça le répartiteur. Il vient de vous demander au téléphone.

Il trouva Quinn et le docteur Goodson assis avec deux inconnus dans la salle de séjour, deux nouveaux venus, les docteurs Alderson et Doucette. Ce dernier parlait avec un accent étranger, celui des habitants de Montréal et de Québec où Dan s'était déjà rendu en touriste. On se serra les mains, du café fut servi et l'on s'assit.

Dan, le ton sombre, parla le premier:

— Les bonnes nouvelles d'abord, Quinn.

En signe de dénégation, le docteur secoua la tête.

— Il n'y a pas de bonnes nouvelles, Dan.

— Sans blague! Alors, apprends-moi les mauvaises.

Quinn poursuivit, la voix enrouée:

— Ce qui est arrivé hier soir aux deux ingénieurs est impossible à croire.

La tasse de café que tenait Dan s'immobilisa à mi-chemin.

— J'te demande pardon?

D'une voix douce et bien timbrée, le docteur Doucette expliqua:

— Médicalement parlant, ce qui est arrivé à l'ingénieur dépasse l'entendement. Nous avons examiné le cadavre ce matin et procédé ici à quelques travaux préliminaires de laboratoire. Sans avoir été embaumé, l'homme est devenu une momie. Nous avons trouvé des traces de myrrhe, de cassis, de carbonate de soude, de miel et de différentes épices. Cette façon de conserver les corps de la corruption n'a pas

58

été utilisée depuis la disparition de l'antique civilisation égyptienne. Tout cela est pratiquement impossible à croire.

Dan posa sa tasse de café sur un guéridon tout proche et demanda:

— De la myrrhe? Comme dans la Bible?

— Tout juste, reprit Alderson.

— Qu'est-ce que le cassis?

— Une variété de cannelle. Provient de l'écorce de l'arbre appelé cassia.

— Cela s'appelle aussi senna, intervint Doucette. Ça vient généralement d'Arabie. Il y a aussi des variétés de senna sauvage dans l'est de l'Amérique du Nord.

Le sergent Langway entra dans la pièce. Il se tint debout appuyé sur le chambranle et écouta attentivement. Un collègue l'accompagnait, le capitaine Taylor, qui fut présenté à la ronde. Ils se versèrent du café et s'assirent.

— Il a fallu qu'il soit embaumé par ici, dit Taylor la main levée.

— Certainement pas par quelqu'un des alentours, précisa Quinn.

— Qu'en est-il du bras amputé? demanda Dan.

— La même chose. Momifié, renchérit Alderson.

Dan expulsa lentement l'air de ses poumons en sifflotant.

— J'ai également examiné les poils rasés et les fragments de peau près des blessures des jeunes gens, ajouta Goodson. Même chose.

Le capitaine Taylor sembla très embêté.

— Le sergent Langway m'a mis au fait. Ça tombe sous ma juridiction. Je suis flic, pas médecin. On m'a donc mandaté pour collaborer entièrement avec vous tous. En ce qui touche le médical de l'affaire. Cependant, ce qui est arrivé aux jeunes est classé comme meurtre. Là commence ma responsabilité. Malheureusement, que nous le voulions ou pas, même si je préférerais que tout ça soit ignoré du public, les gens finiront par en savoir tous les détails. Et quand ça arrivera, quelle corrida! Nous serions mieux d'en discuter pour définir la manière dont nous allons opérer.

Avec impatience, Alderson agita la main.

— Je ne suis pas concerné par le travail de la police. Ma seule obligation est de voir que ce... enfin, cette personne qui est le porteur soit trouvée et isolée aussi rapidement que possible. Évidemment, je dois tenir compte de la panique possible qui s'emparerait de la population à la révélation des faits. Mais le public doit savoir ce qui se passe.

— Je ne crois pas que nous puissions, dans cette affaire, dissocier le légal du médical, soutint Goodson. Tout se tient. J'ai prévenu l'Université que je reste ici pour un certain temps. À partir de maintenant, il va falloir s'activer.

— Quand préviendrons-nous la presse? demanda Dan.

— En étant aussi près de la vérité que possible, dit le capitaine Taylor. Sans provoquer la panique générale. Je crois que nous pouvons légalement retenir, sans perturber l'enquête en cours, reteni... bah, certains aspects des événements. Nous pouvons révéler que les jeunes gens ont été massacrés et mutilés. C'est un fait. Nous n'avons pas à publiciser le fait qu'ils... il avala sa salive avec difficulté... aient été mangés. Pour l'ingénieur, il a été tué dans un accident de la mine. Comme il s'agit d'un projet fédéral sur la montagne de l'Éden, le Bureau devra être averti. Faites ça ce matin, sergent.

— Oui, Monsieur.

— Le type au bras mutilé... ça va être délicat, fit remarquer Dan. Nous devrions le garder en isolation pour un certain temps. Pour le moment, il est préférable de ne pas rendre son cas public.

— D'accord. Mais que Dieu nous protège si cette détestable femelle reporter, Mlle Smith, découvre, preuves à l'appui, que nous gardons une partie de l'information par devers nous.

— Mlle Smith! s'étonna le capitaine. Mais qu'est-ce qu'elle a à voir dans cette affaire?

On le mit au courant.

— Avec elle, nous marchons sur des oeufs, suggéra Taylor. Avertissez vos gens! Qu'ils ne la harcèlent pas! Ne lui cédez pas mais ne la pressez pas. Cette enragée féministe a lancé des poursuites antipolicières contre la motié des corps policiers des États-Unis d'Amérique.

— De toute façon, elle ne m'aime guère, dit Dan.

— Cette femme frustrée n'arrive même pas à s'aimer elle-même précisa Taylor.

Sans être vues, la chatte et la fille se faufilèrent silencieusement vers l'endroit où les vêtements étaient cachés. La fillette s'assit sur un tronc couché et regarda sa compagne qui la contemplait. Elles savaient que leur recherche tirait à sa fin. L'attente commençait, pleine de dangers, car elles devaient demeurer sur place, dans ce coin de pays, sans être découvertes par les humains.

— Le temps est proche. Vous devez appeler votre caste, dit simplement Anya à Pet.

La chatte dressa la tête, sembla sourire.

Afin de se trouver un motel, Mlle Smith avait roulé jusqu'à Richmond. Quelque chose de gros, d'important, de sensationnel se passait actuellement dans le comté de Ruger et, pardieu, elle allait en avoir le coeur net. Quand les flics mentaient, ce qu'ils savaient faire en experts, quelque chose de vilain se cachait derrière leurs mensonges.

À cet intant précis, Carl Garrett n'arrivait pas à se concentrer sur ses cours. Ce que lui avait raconté Mike, la nuit précédente, le chicotait. Un vague souvenir d'un événement profondément enfoui dans sa mémoire voulait refaire surface... et n'y parvenait pas. Mais ça reviendrait. Peut-être... Du moins l'espérait-il.

Assis, seul, dans la salle de séjour des médecins de l'hôpital, sirotant un thé léger, le docteur Goodson butinait dans de profondes pensées. Il n'avait pas tout dit à ses collègues. Il avait déjà vu ce type de vieillissement rapide et la momification des corps qui s'ensuivait. Il y avait de cela maintenant 45 ans, peu avant son entrée à la Faculté de médecine. À l'occasion d'une année sabbatique de son père, qui voulait poursuivre des recherches en Égypte, il l'avait accompagné. Il se rappelait le rire tonitruant de ce dernier, écoutant les explications d'un guide sur la maladie d'un indigène et la mort qui en découla. Son père, prétextant qu'il s'agissait d'une manifestation d'ignorance et de superstition, avait écarté la version de l'homme.

Maintenant, 45 ans plus tard, le fils n'était plus aussi certain que son père avait eu raison.

Et Anya et la Chatte se reposèrent.

Le front froid qui avait erré à partir de l'ouest semblait vouloir se fixer pour un temps au-dessus du comté de Ruger. Les derniers jours, vendredi, samedi et dimanche, le ciel resta maussade et gris; la brume, occasionnellement, collait au sol et le temps fut frais et humide. Puis, la température se réchauffa légèrement, signe de la fin du mauvais temps.

Pourtant, le lundi matin, les résidents du comté se réveillèrent avec des orages furieux qui firent trembler les vitres des fenêtres et rendirent hasardeuse la circulation routière. Quelle journée pourrie pour un enterrement, quoiqu'un enterrement soit rarement un événement gai!

Billy Mack et Mary Louise furent rendus à la terre humide. Personne n'avait été autorisé à regarder leurs dépouilles. Le docteur Ramsey, cousin éloigné de la famille Evans, avait rempli le I.D. officiel. Et personne, sauf les médics et les policiers, ne fut mis au courant de tous les faits. Les jeunes gens avaient été tués et mutilés gravement. Point final. La voiture était toujours à la fourrière. L'enquêteur aux assurances y avait jeté un coup d'oeil prolongé, assez longtemps pour vomir son déjeuner et déclarer que le véhicule était irrécupérable.

Le public savait que le ou les criminels étaient encore au large. Les gens s'armèrent donc et s'enfermèrent à double tour.

Alors, comme dans n'importe quelle région rurale, les nouvelles d'un étrange accident survenu à la mine commencèrent à circuler. Les opérations avaient cessé et les mineurs avaient quitté la ville. La réouverture de la mine était remise aux calendres grecques.

Comme les mineurs alimentaient le commerce de la petite ville, les habitants commencèrent à se poser des questions ouvertement.

Mlle Smith, toujours prête à écouter, prêtait une oreille complaisante aux bobards, attentive, opinant du chef avec des ah! et des oh! au bon moment.

— Madame, j'ai appris que l'ingénieur a été drainé de son sang. Une chose terrible à voir. Naturellement, ce n'est qu'une rumeur.

— Vraiment? rétorquait Mlle Smith.

— Oui, Madame.

— On m'a dit, toujours le «on» indéfini, qu'ils ont rencontré une poche de gaz. C'est ce que j'ai entendu dire. Ils ne rouvriront jamais la mine.

— Comme c'est malheureux!

— C'est la volonté de Dieu, que sa volonté soit faite, déclara une vieille femme à Mlle Smth en se signant.

Cette dernière approuva sèchement et continua sa promenade le long de la rue principale.

Un autre citoyen en vint à la conclusion suivante:

— Je ne pense pas qu'ils savent ce qui est vraiment arrivé. Et je ne pense pas qu'ils le sachent jamais.

Mlle Smith ne put s'entretenir avec Eddy Brown, et seulement lui, selon ses dires, savait ce qui s'était passé dans la caverne. Mais il n'allait pas pour autant bavarder. Il ne voulait être la risée de qui que ce soit. Eddy résolut que le temps idéal pour sa retraite annuelle était arrivé. Le silence. La prière. La méditation. Et par-dessus tout, se la fermer. Ne rien dire de ce qu'il avait vu et senti, sûr de son fait, étant absolument sobre à ce moment-là. Quelle sensation de dégoût il avait ressentie!

En prenant d'infinies précautions, Anya et Pet ne se déplacèrent que la nuit. Une fois de plus, le dimanche, dans la soirée, elles avaient bien mangé, faisant un festin d'un pochard qui titubait le long du chemin de gravier près de l'endroit où elles se cachaient. Cette fois, Anya s'empara d'une somme d'argent trouvée dans la poche du veston de l'homme. Pet la regardait curieusement, ne comprenant pas très bien. Avant, elles n'avaient jamais utilisé de billet ou de monnaie.

— Plus tard, je t'expliquerai, lui dit Anya.

— Elles repartirent, délaissant dans le fossé le cadavre à demi dévoré.

Elles arrivèrent à un chalet en bois, en pleine forêt, s'en approchèrent rompues de fatigue. Il était vide. Selon toute apparence, personne ne s'y était abrité depuis longtemps. Elles pourraient donc s'y reposer.

Eddy Brown se sentait heureux de fuir la ville. Toutes ces histoires de meurtres et la fameuse montagne de l'Éden le rendaient nerveux. Même si le chalet ne se trouvait qu'à quelques milles de Valentine, il était isolé. Avec plaisir, Eddy pensait à son prochain séjour.

Depuis son retour de la guerre en 1986, il n'avait jamais gardé bien longtemps un emploi. N'étant pas allé au front, il ne put donc rendre responsable un traumatisme contracté au combat pour justifier son penchant pour la bouteille. Ce qu'il aimait, c'était flâner, lever le coude avec les copains, chanter la romance des flots bleus à quelques belles... et boire. Il épousa une femme disposant d'un solide compte en banque. Après seulement cinq ans de mariage, sa conjointe tomba d'une échelle et se rompit le cou. Le cher Eddy hérita de tout. Il n'eut plus jamais à travailler pour gagner son pain.

Dès lors, il devint l'ivrogne attitré du coin. Il avait trouvé dans sa douleur une bonne excuse pour prendre un coup.

Le jour où il s'était égaré sur la montagne de l'Éden, il avait été témoin de cette terrible scène. Bof! pas exactement terrible... mais ça l'avait effrayé. Tellement, qu'il était redevenu un bon Baptiste. Heureusement, car son temps sur terre, dans son état physique actuel, se détériorait rapidement.

Eddy sortit de son automobile et marcha jusqu'au perron de son petit chalet. Devant la porte principale, il déposa sa valise, ouvrit avec sa clé et entra.

Il aperçut la chatte et la fille, celles-là mêmes qu'il avait vues dans la cave. Sauf que la fille était habillée différemment. Au lieu d'une robe sale, elle portait des jeans.

La panique s'empara d'Eddy quand la fille et le félin se mirent à grogner, infectant l'air ambiant d'une odeur nauséabonde qu'il put identifier. La vieillesse émanait de l'odeur. Alors, elles s'élancèrent vers lui.

Il hurla quand l'animal lui sauta au visage, les griffes lui labourant la chair. La fillette avait aussi bondi sur Eddy, ses petites dents acérées lui arrachant la chair du bras. Le sang chaud gicla. La fille et la chatte essayèrent de le faire tomber.

Eddy cria de terreur. Il réussit à s'échapper, traversa la pièce, plongea tête première par une fenêtre, roula sur ses pieds et courut comme un fou vers la forêt. Il se sentait la tête légère, mais attribua son état à un regain d'énergie.

Du sang glissa sous la porte et s'arrêta à la base de la valise restée sur le perron.

La pluie augmenta d'intensité, les éclairs déchirant le ciel et le tonnerre roulant sur la contrée.

Anya et Pet suivirent un moment Eddy dans la forêt, mais elles abandonnèrent la poursuite quand elles sentirent le changement s'opérer en lui. Elles retournèrent au chalet et se reposèrent.

Le mardi, le jour se leva clair et beau. Dans les cafés et autres endroits de rencontre, les conversations tournaient autour de la tempête de la nuit précédente. Les bris de ligne de pouvoir électrique, les arbres déracinés et les toits emportés des granges témoignaient de la violence des éléments. Heureusement, personne n'avait été sérieusement blessé.

Les hommes du CDC étaient toujours en ville, ainsi que le docteur Goodson, tous besognant dans le laboratoire de l'hôpital local, tous ayant la mine basse.

Évidemment, le F.B.I. avait montré le bout du nez.

Prenant le café dans le bureau du shérif, l'agent spécial Dodge demanda:

— Qu'en penses-tu, Dan? Crois-tu que notre ou nos assassins ont quitté votre région?

— Je n'en sais rien, répliqua Dan. C'est terrible de souhaiter à un autre flic que ce soit maintenant sa responsabilité, mais j'en suis rendu là.

Taylor emplissait à nouveau sa tasse à la grande cafetière.

— Je pense qu'ils sont partis. Je crois qu'ils — peu importe ce qui en est — ont réussi à se tortiller dans la petite ouverture de la cave pour s'y cacher. Le pauvre diable a été celui qui les a découverts. En le poursuivant, ils sont tombés tout simplement sur les deux jeunes gens. Est-ce que quelqu'un est d'accord?

Avant que quiconque puisse répondre, la radio grésilla.

— Ruger 14, à la base. Votre attention s'il vous plaît.

— J'ai justement trouvé un DB pas loin des rails de C.&O., sur le chemin Willis. Le même M.O. que les autres. C'est à peine arrivé.

— Ne bougez pas! ordonna Dan. Nous y allons.

Il regarda le captaine Taylor.

— Je suis content de n'avoir pas gagé mes culottes aujourd'hui! s'exclama le troupier. Je les aurais perdues.

6

L'homme se nommait Donald Drake. Il n'habitait pas le comté de Ruger. Partiellement dévoré, son sang avait été vampirisé. Le docteur Ramsay put établir que l'âge du macchabée oscillait entre 24 et 36 ans.

Les policiers échangèrent des regards. Les agents du FBI examinèrent les restes mutilés et hochèrent la tête. L'un d'entre eux, un jeune homme, se précipita dans les buissons pour vomir.

— Il est depuis longtemps avec le Bureau? demanda Dan l'air innocent.

— Un peu moins d'un an, admit un gradé en charge. C'est la première fois qu'il a l'occasion de se vider l'estomac sur un aussi beau spectacle. On lui donnera sûrement la médaille du Mérite.

— Il l'aura gagnée à la dure, renchérit le capitaine Taylor.

Il regarda Dan et soupira.

— Je sais. Cela complique tout. Nous devrons passer le secteur au peigne fin, dit Dan. Je dois aussi renseigner la population sur ce qui se passe. Ça va faire mal, mais honnêtement, je n'ai pas le choix. Elle a le droit de savoir. Autrement, je manquerais à mon devoir. Mais que diable m'emporte, dès que la presse en sera informée, ça va être un cirque du tonnerre de Dieu!

Avant que quiconque puisse être d'accord ou non, la radio de Dan se mit à crépiter:

— Ruger neuf à Ruger un.

— Tach.

Les fréquences réajustées, Ruger expliqua:

— Je suis stationné en face du chalet d'Eddy Brown, shérif. Y'a quelque chose de louche.

— Qu'est-ce que c'est, numéro neuf?

— J'sais pas trop, shérif. La voiture d'Eddy est stationnée dans l'entrée, le moteur est froid. Ça fait un bout d'temps qu'elle est là. Pas de traces, la pluie les a toutes effacées. Pourtant, sa valise est déposée sur le perron. Y m'semble que ça fait un bon bout d'temps qu'elle est là aussi. J'vérifie ou non?

Dan hésita un moment. Il connaissait le numéro neuf et savait que l'intuition de ce vieux troupier s'avérait juste la plupart du temps.

— Négatif. Restez sur place, dans votre voiture, portières barrées et glaces levées. Le corps d'appui arrive. Le groupe ETA sera là dans dix minutes environ, ajouta-t-il.

— Dix sur quatre, Monsieur.

Le capitaine Taylor appelait déjà pour demander que l'un de ses hommes se rende sur les lieux de Ruger neuf.

Dan tourna le dos au cadavre.

— Marquez bien l'endroit où le corps est tombé, ordonna-t-il. Photo et expertise. Encerclez d'une clôture de câble et cherchez un indice si mince soit-il. Chuck, appelez Pat Leonard au journal, et dites-lui de venir à mon bureau à midi, pour une conférence de presse. Demandez-lui aussi de prévenir ses collègues.

— La féministe libérée, sauf d'elle-même, est toujours en ville, fit remarquer Chuck à son chef. Elle est curieuse comme une belette, méchante comme un serpent à sonnettes, en plus d'être une vipère de la plume.

— Je sais, explosa Dan qui se sentait fatigué et harassé. Je n'y peux rien. Nous sommes toujours dans un pays libre. Même pour une gauchiste comme elle.

Anya et Pet avaient quitté le chalet par une fenêtre arrière, quand l'auto-patrouille de l'adjoint du shérif arriva sur les lieux. Elles étaient à deux milles de là, lorsque le patrouilleur de l'autoroute stationna son véhicule à proximité du chalet. Très prudemment, le revolver à la main, l'adjoint et le troupier s'approchèrent. L'adjoint fut le premier à signaler le sang séché à la base de la valise. Le montrant du doigt à son collègue, il dit:

— Nous inspectons l'intérieur ou nous appelons la centrale?

Le troupier hésita.

— Si l'homme a subi quelque accident naturel, qu'il est en train de perdre son sang pendant que nous sommes là à attendre, nous aurons l'air idiots. Allons-y!

Les deux policiers grimpèrent sur le perron; le premier bifurqua à droite, l'autre à gauche. Ils regardèrent par les fenêtres et aperçurent le sang sur le plancher, la fenêtre arrière fracassée.

Aucun signe de la présence d'Eddy Brown ou de qui que ce soit. Lentement, ils firent le tour du chalet, se retrouvèrent face à face à l'arrière.

— Rien, avouèrent-ils mutuellement.

Ils inspectèrent le sol. Les pluies abondantes avaient lavé toute piste et forcément le sang giclant des plaies d'Eddy. Puis, ils repérèrent un tas de brindilles cassées et des touffes d'herbe déracinées par le passage d'Eddy, alors que ce dernier fuyait dans le bois.

La forêt se dressait devant eux noire et inhospitalière. Ils refusèrent d'y entrer. Ne sachant pas ce qu'ils y rencontreraient, leur décision s'inspirait du simple bon sens. Bien plus que l'effet de la peur, il s'agissait d'un choix logique par rapport à l'inconnu.

L'adjoint s'adressa à son compagnon:

— Appelons pour voir, recommanda-t-il.

Mais avant même qu'ils aient pu rejoindre leur véhicule, ils entendirent le bruit lointain des voitures qui approchaient... suivant la même route qu'eux. À bord, le shérif Garrett, le capitaine Taylor et l'agent fédéral Dodge.

— Qu'en est-il? s'enquit Dan.

L'adjoint résuma la situation.

— Entrons, dit Dan approuvant d'un signe de tête.

Dès qu'il fut à l'intérieur du chalet, Garrett suivit des yeux la piste de sang séché qui courait de la porte d'entrée jusqu'à la fenêtre brisée. Il releva les empreintes des petites espadrilles de tennis.

— Ne touchez pas au sang, c'est probablement contagieux, recommanda-t-il.

— Mais pas transmissible par l'air? demanda Dodge.

— Pas selon le docteur Goodson et les spécialistes du CDC.

De retour à l'extérieur du chalet, Dan donna ses ordres:

— Mettez les scellés, Billy. Capitaine, pouvez-vous faire venir ici les troupes dont vous me parliez?

— Combien voulez-vous d'hommes?

— Vingt-cinq pour commencer.

— D'accord.

— Dans une heure au plus, ils seront ici. La Patrouille de l'Autoroute de Virginie peut fournir cent troupiers prêts au combat en une heure. Je peux probablement obtenir que le Bureau fédéral m'envoie rapidement quelques autres agents, ajouta Dodge.

— J'apprécierais toute l'aide possible, dit Dan.

— As-tu ton discours prêt pour les scribes? demanda Taylor.

Dan hocha la tête.

— J'aimerais bien.

— Je ne veux pas empiéter sur tes prérogatives, mais j'ai probablement plus d'expérience que toi pour répondre aux questions, proposa l'homme du Fédéral. Si tu préfères, je peux m'en occuper.

Pour cette démarche peu plaisante, il était tentant pour Dan de s'en remettre à un autre. Dieu, que c'était tentant!

— Non, c'est mon comté, ma responsabilité, dit-il.

L'annonce d'un nouveau cadavre retrouvé se répandit dans le comté telle une traînée de poudre. Dan avait ordonné à ses subordonnés de ne parler à personne au sujet des morts, mais il n'essaya pas de cacher le fait qu'il s'agissait d'un ou de plusieurs meurtriers libres de leurs mouvements et prêts à tuer à nouveau dans le comté de Ruger.

Révéler à la presse la possibilité que les tueurs, l'un ou l'autre, soient porteurs d'un virus mortel, comme le prétendait le docteur Goodson, reposait sur les épaules de Dan. Aussi en parla-t-il aux concernés.

— Nous ne savons pas de quel virus il s'agit, fit remarquer Chuck. Chaque fois que j'y pense, je me trouve à court d'explication. C'est comme un film de science-fiction. Comment allez-vous pouvoir expliquer ce phénomène?

Dan n'en savait rien.

— J'en chargerais les gars du CDC, suggéra le sergent Langway.

Le capitaine Taylor esquissa un faible sourire.

— Un jour, Scott, tu seras capitaine.

Il n'alla pas plus loin, laissant Scott ruminer cette remarque.

— Si vous racontez que ces meurtriers peuvent les transformer en momies, lança un adjoint, ils ne vous croiront pas avant d'avoir vu le cadavre de l'ingénieur et le bras de son collègue. Après ça, nous aurons un cirque déchaîné difficile à mater.

Dan se tourna vers Dodge.

— Qu'est-ce que vos gens en disent?

— Je n'ai rien dit et cela ne vient pas de moi.

— Oui, d'accord.

— Durant quelques heures, assoyez-vous dessus.

Tous convinrent que cette idée était la bonne, et qu'ils prenaient un risque effroyable.

À l'heure convenue, des reporters de Richmond, Charlottesville, Petersburg et Lynchburg étaient réunis dans le bureau du shérif. Parmi le groupe, se trouvait Mlle Smith.

Dan ouvrit le bal, débitant son exposé devant ces hommes et femmes suspendus à ses lèvres.

— Quand le mauvais sort s'installe quelque part, c'est parfois pour longtemps. Nous avons actuellement notre part de malchance. Je n'ai préparé aucune déclaration écrite. Je ferai de mon mieux.

Tout à coup, «la chose» entra dans son esprit avec la force du marteau-pilon, le plongeant dans un silence douloureux. Bien des années auparavant, Eddy Brown lui avait dit qu'il avait vu une petite fille et un chat à l'intérieur de la montagne de l'Éden. C'était bien avant qu'il soit devenu membre du F.B.I. Y avait-il un rapprochement utile? Sûrement pas. Aujourd'hui, la fille aurait plus de 20 ans.

Dan classa mentalement cette information et donna le signal de la conférence de presse. Il pria pour que personne ne demande l'exhumation des cadavres de Billy Mack et de Mary Louise. Les deux mères étaient déjà en si mauvais état de santé que la vue des corps déchiquetés de leurs enfants pourrait aussi bien les faire mourir sur-le-champ. Le choc serait terrible.

— Voici ce que nous savons, poursuivit-il. Vous êtes au courant du décès des deux jeunes gens. Il n'est donc pas nécessaire d'en reparler. Vous avez tous écrit là-dessus. Nous croyons que le mineur qui a été tué à l'intérieur de la montagne de l'Éden, premier assassiné, l'a été par le même ou les mêmes meurtriers. Surpris dans la caverne, il aurait été attaqué sauvagement. Nous croyons — il hésita sur cette affirmation — qu'il y a deux meurtriers.

— Mais pourquoi? demanda un reporter.

— Parce que les marques laissées sur les corps semblent l'indiquer.

— Nous savons que les jeunes gens ont été brutalement assassinés, shérif, mais nous ne savons pas comment. De quelles marques s'agit-il?

— Voici, reprit Dan s'efforçant de garder son visage aussi inexpressif que possible. Les corps que nous avons trouvés ont été battus, transpercés avec de multiples instruments pointus. Également, nous avons trouvé un corps, ce matin, portant les mêmes marques.

Ce n'était pas exactement un mensonge; Dan étirait seulement un peu la vérité.

— Un autre cadavre, shérif?

— Un autre mâle de race blanche, qui n'habite pas cette région, a en effet été trouvé. Assassiné. Même topo. Nous donnerons son nom quand nous aurons prévenu le plus proche parent. Un autre résident de notre comté manque à l'appel. Tout porte à croire qu'il lui est arrivé la même chose qu'aux autres. Vous saurez son nom quand nous serons absolument certain, soupira-t-il.

Mlle Smith se leva.

Jeune vétéran de nombreuses conférences de presse, elle pouvait ressentir, à son égard, l'hostilité émanant du shérif Dan Garrett et des autres policiers dans la pièce. Et ça la rendait encore plus furieuse d'être seule visée par cette haine sourde.

— Au sujet de l'autre homme, shérif?

— Quel autre homme, Mlle Smith?

— L'autre mineur.

— Il a eu un accident dans le parc de stationnement, juste en bas de la montagne. Il a perdu la partie basse de son bras. Son bras gauche. Il est à l'hôpital dans un état sérieux. Infection, choc et perte de sang.

Mlle Smith susurra, le ton sarcastique:

— Il n'a pas été attaqué par ces individus supposés inconnus?

— Je peux vous donner un non sans équivoque, Mlle Smith. Il n'a pas été attaqué par l'individu ou les individus que nous recherchons, parce qu'ils sont reliés aux meurtres sur lesquels les journalistes nous ont questionnés.

— J'aimerais qu'il nous le dise lui-même, shérif. Quand pourrons-nous le voir?

— Pour en savoir davantage, vous devrez vous informer auprès du docteur Quinn.

— Shérif, s'obstina Mlle Smith, j'ai surpris une conversation à l'hôpital, entre vous et les policiers. Vous parliez de morsures. Morsures de qui, de quoi, shérif? Et je cite ce que disait le docteur Ramsay: «Son action semble avoir arrêté le processus de vieillissement». Quelle action, shérif? Parliez-vous du mineur qui a eu ce que vous appelez un accident? Qu'est-ce qui se passe réellement, shérif?

Le visage de Dan resta impassible. Pas un muscle ne bougea. Son expression était neutre, fermée à toute émotion.

— Ce qu'exactement j'essaie de vous raconter, Mlle Smith, à vous comme aux autres, ce que vous supposez avoir entendu, par surprise, concerne uniquement les autorités policières. Quand je jugerai nécessaire de divulguer quelque information que ce soit, vous serez parmi les premiers à le savoir. Une autre question?

— Je n'accepte pas l'allusion que vous faites à l'effet que j'écoutais à la porte, shérif.

— Ce que vous ressentez ne me préoccupe pas beaucoup, Mlle Smith. Au moment où je vous parle, j'ai des choses plus importantes à l'esprit que votre petit orgueil froissé. Quand les citoyens de ce comté, hommes et femmes qui y travaillent, qui y vivent et paient des taxes, me diront que je suis dans l'obligation de vous répondre, alors je donnerai ma démission. Maintenant, veuillez vous asseoir et ayez la courtoisie ou même la simple politesse de permettre à vos collègues de poser des questions. Ils représentent les gens de notre région et ne recherchent pas le sensationnalisme à tout prix, ce qui n'est pas votre cas.

Mlle Smith se rassit, rougissante, si indignée qu'elle put à peine se contenir. «Espèce de petit péteux! Je te ferai payer cette humiliation», se dit-elle. Sa mauvaise humeur tomba petit à petit. Elle se força à sourire et, placidement, laissa retomber ses mains dans son giron.

Les collègues de Dan le regardèrent, puis le shérif ensuite. Contrairement à Mlle Smith, ils connaissaient le curriculum vitae de Garrett: diplômé cum laude de l'Université, service de contre-espionnage dans l'armée durant trois ans, agent du FBI décoré, shérif-adjoint, puis shérif de comté. Aimé et respecté. Un dur quand il le voulait. Lorsqu'il avait raison, Garrett ne prenait de leçon de personne.

Un reporter se leva.

D'un signe de tête, Dan l'invita à parler.

— Allez-vous réunir tous les agents, troupiers, adjoints et gendarmes du comté pour une chasse à l'homme, shérif?

— Exact. Mon adjoint les rencontre en ce moment même et je me joindrai à eux aussitôt que la présente conférence de presse sera terminée.

— Termine-la tout de suite, espèce d'enfoiré, fulmina Mlle Smith, intérieurement.

— Shérif, avez-vous une quelconque idée de l'état mental de ceux que vous recherchez?

— Après avoir vu les cadavres, je dois conclure à l'extrême sauvagerie de ces gens. Je n'ai jamais vu des tueries d'une telle brutalité. Ces tueurs sont-ils aliénés? Laissons le psychiatre en juger, ajouta-t-il avec un haussement d'épaules.

«Tu mens, shérif, ragea Mlle Smith en elle-même. Tu mens. La police de l'État ment, et quand les gars du FBI ouvriront leur grande trappe, ils mentiront aussi. Je suis là, assise sur une histoire qui est un vrai scoop, et je m'en vais ouvrir de gré ou de force cette boîte à vers. Et quand je le ferai, Garrett, je balaierai le plancher avec ta sale carcasse.»

Elle pensa qu'il lui faudrait contacter Kenny Allen. Pour arpenter le terrain, il était le meilleur. Elle l'appellerait aussitôt que cette farce serait terminée.

Kenny Allen avait le même âge que Mlle Smith. Ayant fréquenté les mêmes écoles, du primaire à l'Université, ils avaient beaucoup de choses en commun, d'affinités, mais particulièrement deux points de rapprochement: leur haine des policiers et celle de toute autorité. L'autorité les rendait terriblement agressifs. Tous les deux croyaient dur comme fer que la presse était la gardienne de tout ce qui était intelligent, décent et moral. S'il s'agissait d'obtenir une information et d'écrire un article, ils se fichaient totalement de nuire à quelqu'un. Leur approche était la suivante: tous et chacun avaient quelque chose à se reprocher dans sa vie. D'abord, le trouver... et peu importe qui serait éclaboussé, même si la boue qu'ils brassaient nuisait à l'enquête en cours. Quiconque barrait la route de la presse méritait un coup de pied en pleine figure.

Mlle Smith se concentra sur le cowboy Dan et sa bouche menteuse.

— Quelqu'un a une dernière question à poser? demanda Dan.

«Ouais, pensa Mlle Smith. Où veux-tu que l'on t'envoie ta couronne mortuaire? Quand j'en aurai fini avec ton ignoble personne, on ne voudra plus t'embaucher ou même y penser...»

7

Durant plusieurs jours, les hommes du shérif, le personnel du FBI et quelques volontaires sélectionnés consentirent à ratisser la campagne. Ils trouvèrent deux minuscules plantations de marihuana, une petite cache d'armes automatiques illégalement stockées, une distillerie de *bagosse* qui n'avait pas fonctionné depuis trente ans, deux émigrés salvadoriens en situation irrégulière, un bordel, les restes rouillés d'un véhicule volé deux ans auparavant et ils firent une peur bleue au révérend d'une église locale qui chevauchait allègrement la femme d'un de ses collègues.

C'est tout.

Aucun corps, aucune trace d'Eddy Brown ou des meurtriers.

Absolument rien.

— Rien, confia Dan, à Vonne, durant le souper. Ils ont probablement quitté le comté.

Le vendredi soir, Carl revint de l'Université en compagnie de son ami Mike.

— Je ne veux pas prendre cet incident à la légère, dit Carl en badinant, mais il n'y a pas eu beaucoup d'activités dans le comté depuis que Madame Zigler s'est enfuie avec le chauffeur de camion.

Dan la trouva bien drôle. Rire lui fit du bien, relâcha la tension qui le crispait. Vonne avait préparé du poulet frit, des pommes de terre pilées, un grand bol de sauce, des biscuits et du maïs sur épis. De son côté, Dan y avait été de sa fameuse (plus ou moins) tarte aux pommes.

Mike mangea avec appétit.

— Je ne bouffe pas aussi bien à la maison, avoua-t-il, essuyant un peu de sauce sur son menton. Notre cuisinière ne penserait pas à faire cuire du poulet. Nous aurions du poulet grillé à la machin... ou quelque chose comme ça. Aussi souvent que possible, j'évite de manger à la maison.

Les Garrett savaient que ce n'était pas la plus ou moins bonne cuisine qui tenait Mike loin de la maison de ses parents, aussi souvent que la décence le permettait. Il ne s'entendait pas avec eux. Mike, un garçon aux goûts simples et sans aucune prétention, était tout le contraire de ses parents, des parvenus qui aimaient en mettre plein la vue à leurs concitoyens. Hors les filles et la table, et pas nécessairement dans cet ordre, la seule passion de Mike était l'archéologie, discipline dans laquelle il se révélait très brillant. Malheureusement, ses parents ne voulaient absolument pas que leur fils unique poursuive ses études dans ce domaine. Quelle horrible chose! Creuser la terre comme un terrassier. Qu'est-ce que les voisins en penseraient? Ça ne convenait pas du tout à leur fils.

Les voisins pensaient surtout que les Pearson devenaient pédants et pompeux. Ils auraient applaudi à tout rompre, s'ils avaient su les intentions de Mike. N'eût été que pour contredire la morgue bête des parents Pearson, méprisants à l'égard du travail manuel.

Les parents de Mike avaient donc insisté pour que le fils sue sang et eau, gradue en administration des affaires pour ensuite prendre, progressivement, la direction du commerce familial. À cause de cette insistance, les notes de Mike, dans les sujets obligatoires imposés par ses parents, étaient à la la limite de l'échec. Heureusement, il possédait une mémoire fabuleuse et retenait facilement tout ce qu'il entendait aux cours. Il racontait à Carl que, pour lui, la meilleure façon d'acquérir des connaissances dans le domaine de l'archéologie était de lire tout ce qui tombait sous la main. Une fois qu'il aurait l'âge requis, son héritage lui reviendrait et il opterait pour le diplôme de son choix.

— Rien sur le pauvre Eddy Brown? s'informa Vonne.

— Rien, dit Dan. S'il est vivant, nul doute que ce sera un miracle.

— La chasse à l'homme est terminée, papa? demanda Carl.

— À peu près. À peu près. La plupart des travailleurs et les supplétifs du FBI ont quitté les lieux.

— Eddy Brown, récidiva Vonne. Quand donc et à quel sujet ai-je entendu parler de lui?

Dan le savait. Il se tint coi.

— Ah! oui. N'est-ce pas celui qui prétendit avoir vu quelque chose de très étrange, lorsqu'il s'est perdu dans les méandres des cavernes de l'Éden? demanda Vonne à son mari.

— Il me semble, répondit Dan, conscient que tous les yeux étaient fixés sur lui.

— Qu'est-ce qu'il a vu? interrogea Carl.

— Une petite fille et un chat ou une chatte. Endormis. Il a essayé de les réveiller, mais en vain. Je me rappelle ce détail maintenant, ajouta Dan.

Personne ne le crut.

Mike et Carl échangèrent un regard entendu.

Dan s'en aperçut et dit:

— Vous deux savez quelque chose que je devrais savoir.

Carrie se leva et s'excusa.

— Après que tu m'auras aidée à nettoyer la table et laver la vaisselle, tu pourras partir, dit Vonne lui faisant signe de se rasseoir.

Carrie ne protesta pas. Les enfants agissaient comme on leur commandait, quand on le leur commandait. Vonne et Dan avaient établi cette règle et y tenaient mordicus, même si les autres parents n'agissaient pas de cette façon.

Dan et les garçons aidèrent à débarrasser la table, après quoi ils allèrent s'asseoir sur le perron de la galerie, devant l'entrée principale. Alors, poussé par Carl, Mike raconta à Dan tout ce dont il se rappelait au sujet de l'étrange religion et les racontars sur la naissance des jumelles, l'une humaine, l'autre animale.

— Et ces racontars ont persisté durant des milliers d'années? demanda Dan.

— Oui, Monsieur. Il y a probablement de l'exagération dans les ouï-dire, mais aussi une part de vérité. Ce que je veux expliquer, c'est qu'un groupe de fidèles rendaient un culte à des chattes, il y a de cela plusieurs milliers d'années. Comme bien d'autres mythes, celui-ci, avec les années, a été considérablement embelli.

— Tu dis qu'elles avaient ou étaient supposées posséder des pouvoirs surnaturels? questionna Dan.

— C'est vrai.

Mike fit une pause.

— Autre chose? demanda Dan.

— J'essaie de me rappeler, Monsieur Garrett. Ah! oui. Les fidèles de ce culte faisaient commerce avec le démon. Aimeriez-vous que je fasse quelque recherche sur le sujet, Monsieur?

— Peux-tu le faire sans mettre en danger ta réussite scolaire?

Le rire de Mike sonna clair comme une trompette dans la nuit.

— Monsieur Garrett, mes succès scolaires sont les moindres de mes soucis. Ah! enchaîna-t-il, tenant le doigt levé et fermant les yeux à demi avec l'air d'un conspirateur. Maintenant, je l'ai! Vous pensez que ces fous enragés ont peut-être retrouvé les antécédents de cette religion et la pratiquent actuellement. N'est-ce pas?

Ce n'était pas ce que Dan pensait, mais bien ce qu'il voulait que Mike crut. Le jeune homme tomba dans le panneau.

— C'est ça, Mike. M'aideras-tu? Tu comprends, il faut que ce soit confidentiel.

— Nos lèvres sont scellées, shérif. N'est-ce pas, mon bon ami? fit Mike en expédiant un coup de coude amical dans les côtes de Carl.

Carl se contenta de soupirer.

Dans un motel de Richmond, Mille Smith rencontra Kenny Allen. Depuis le départ des patrouilleurs et des super-cochons du FBI, l'intérêt de la presse pour les événements mystérieux survenus dans le comté de Ruger s'était estompé. Mais Mille ressentait encore douloureusement les sarcasmes du shérif, qu'elle considérait irrévérencieux envers la liberté de la presse qu'elle respectait par-dessus tout et dont l'intouchabilité était indispensable au maintien de la démocratie. Le fait que les autres reporters, présents le jour de la fameuse conférence de presse, avaient trouvé amusantes les remarques polies et acerbes de Garrett à son égard ne lui traversait même pas l'esprit.

Le premier Amendement de la Constitution des USA, reproduit dans une très belle calligraphie, était suspendu dans un encadrement au mur de son appartement à Washington. Mille prenait très au sérieux le premier Amendement. Elle l'avait lu et relu plus de fois que n'avaient pu le faire les Pères de la Constitution. Elle l'avait assimilé sérieusement, religieusement, presque fanatiquement. Si Mille avait été une personne pieuse, elle aurait sûrement construit un autel, le premier Amendement devenant la pièce centrale d'un culte fervent.

Elle regardait Kenny, n'en croyant pas ses oreilles.

— Es-tu en train de me raconter que tu ne peux rien trouver de sale ou même de douteux dans la vie de Garrett?

Kenny secoua sa tête de grosse grenouille. Une grenouille très laide. S'il avait porté et coiffé ses cheveux fins, longs et filandreux, un peu plus court, ça l'aurait grandement amélioré. Il n'avait pas le physique à s'afficher, élégamment, avec les cheveux longs. Il ressemblait à une grenouille laide et poilue, les verrues en moins. Mais une grenouille avait sûrement plus de principes et de scrupules que lui.

L'homme est Monsieur Net, répliqua Kenny. États de service sans tache.

— Super-spectre militaire, cracha Mille.

Elle n'aimait pas non plus les militaires, ces amoureux de l'uniforme aussi méprisables que ces cochons de flics. Pires peut-être. Un de ces militaires avait déjà donné une raclée à son frère, après que ce dernier eut craché sur un sergent.

— Il a dû certainement rater un quelconque cours ou un diplôme dans sa vie? insista Mille.

— Mais non! Je te dis que l'homme est sans tache, trancha Kenny.

— Pas de parties gaillardes dans le cadre d'une quelconque Fraternité? Pas de course aux jupons? Pas d'ivrognerie? Allons, Kenny!

— Garrett n'a été membre d'aucune Fraternité. Il n'en a jamais eu le temps. Il travaillait pour payer ses cours à l'Université. Depuis qu'il est assez vieux pour boire, il n'a jamais bu plus que trois bières d'affilée. Je ne crois pas que l'homme a été ivre une seule fois dans sa vie. C'est un policier de premier ordre, Mille. Tu perds ton temps et ton argent.

— C'est mon temps et mon argent, lui rappela-t-elle.

Soupirant, Kenny haussa les épaules. Elle pouvait se payer ça. Elle n'avait pas à suer pour gagner son pain.

— Ne me dis pas que cet enfant de chienne n'a jamais eu une aventure avec une autre femme que la sienne?

— Un bon mari, Mille.

— Pouah! Foutaises!

— Je te le jure, Mille, répliqua Kenny en branlant du chef. J'ai passé sa vie au peigne fin. De la tête aux pieds. Néant.

— D'accord. Peut-être n'a-t-il jamais eu un prisonnier persécuté dans sa prison?

— Oui, un.

— Ahhhh!

— Il a licencié l'adjoint qui avait maltraité le prisonnier et l'a fait poursuivre ensuite!

Au diable! Mille avait l'air complètement dégoûté.

— À ta place, Mille, j'arrêterais les frais.

— Pas du tout. Bien. Et sa famille? Ses enfants?

— Blancs comme neige. Prennent pas de drogue, ne fument pas et boivent très peu. L'aîné fait sa première année à l'Université. La fille est à l'école secondaire. Super blancs.

— Je suppose que le fils veut devenir un flic comme son père.

— Exact.

— Que veut faire la fille?

— Ça, je ne saurais le dire.

— Et la femme Garrett. Elle a épousé un porc, donc c'est une pas grand-chose.

— Parfaite, Mille. La maîtresse-femme de l'Évangile. Très respectée et aimée dans son milieu.

— Kenny, c'est trop beau pour être vrai! Tu sais aussi bien que moi que chaque individu cache un squelette dans son placard.

Kenny but sa dernière lampée de bière, ouvrit une autre bouteille tout en tirant une bouffée de son joint. Il le passa à Mille. Elle aspira longuement et le lui remit.

— Qu'est-ce qu'il y a, Mille?

Elle lui fit signe de se taire et resta assise, un long moment, fixant les peintures grotesques au mur du motel. Son esprit galopait. Si Mille Smith avait été un peu moins amorale, elle aurait probablement pu devenir une journaliste respectée, de classe internationale, car elle était brillante et dotée d'un esprit aigu. Mais son attitude était déviée par le souvenir de son frère aîné (dopé, drogué, revendeur, voleur, manifestement violent durant les années 60, et terminant sa vie devant le revolver d'un policier). Le fait que ce frère ait eu un dossier judiciaire long comme le bras, ses activités s'étendant à un nombre incroyable de ville, qu'il ait attaqué un policier avec un couteau, alors que ce dernier essayait de le raisonner, que son frère ait transgressé les conditions de la liberté surveillée, qu'il n'ait pas tenu compte des contraintes imposées par l'habeas corpus, etc., tout cela n'avait aucune importance pour Mille Smith. C'était son frère.

Mille sortit de son mutisme.

— Très bien. Un objet pointu! C'est ce que ce stupide shérif a affirmé. La rumeur prétend même que les victimes ont été déchiquetées. En 1965, mon frère était inscrit à l'Université Columbia. Je me rappelle qu'il m'avait parlé d'une série de meurtres survenus dans sa ville. Et autre chose aussi. De quoi s'agissait-il? Elle sourit. Je l'ai! Les corps étaient déchiquetés, vidés de leur sang et partiellement dévorés par un humain ou un animal. Dans un cas, au moins, la chair autour de la morsure s'était... détériorée. Non. Avait vieilli!

Mille s'assit toute droite sur sa chaise. Citant le docteur Ramsey, elle enchaîna: «Son action semble avoir arrêté le processus de vieillissement.» Crois-tu, peut-être, que la même chose arrivée à New York puisse se répéter ici?

— Mille, je ne crois pas aux fantômes, ni aux loups-garous, ni aux phénomènes surnaturels.

— Moi, j'y crois, Kenny. Du moins, je crois en ce qui est inexplicable.

Elle lui libella un chèque substantiel. Elle pouvait se le permettre. Après qu'un agent en service eut tiré sur leur fils et l'eut malencontreusement tué, les parents Smith avaient poursuivi le service de police devant les tribunaux. Le juge avait ordonné de dédommager la famille pour la perte de ce frère chéri, précieux et merveilleux. Comme Mille adorait ses parents et son frère, ces derniers lui donnèrent l'argent.

— Kenny, tu vas à New York. Trouve tout ce que tu peux concernant les assassinats en question et reviens aussi vite que possible.

— Kenny partit une heure plus tard.

Ayant obtenu son diplôme en journalisme, il avait vite découvert qu'il n'était pas très doué. Gagnant sa croûte en travaillant à temps partiel pour une agence de détectives privés, Kenny avait entamé, par hasard, sa véritable carrière : l'investigation. Harcelant sa victime jusqu'à ce qu'elle lui raconte quelque chose — la vérité autant que possible — celle-ci finissait, pour se débarrasser de cet avorton étrange, laid et nauséabond, par cracher le morceau.

Mille Smith s'étira sur le lit et fuma une autre cigarette de marihuana. Ell esquissa un sinistre sourire de satisfaction.

— Maintenant, shérif, j'aurai ta peau *définitivement,* marmonna-t-elle.

En arpentant la forêt qui s'éclaircissait au fur et à mesure qu'elle avançait vers la limite de Valentine, la créature trébuchait.

Elle leva la tête, analysa, par le biais de ses yeux jaunes en amande, la situation dans laquelle elle se trouvait. La tête lui faisait mal. Le contraire aurait été surprenant, car son cerveau, plein de pus, se corrompait peu à peu, détruisant intérieurement ce qui avait été le siège de l'intelligence. Le visage s'était transformé, de même que les yeux. La peau était ridée et noire. Du cou jusqu'en bas du dos, avait poussé une laize d'épais et longs cheveux noirs. La créature arracha la chemise déchirée devenue encombrante et la jeta avec violence. Le pantalon, lui aussi en miettes, tel un torchon usé, battait au vent à chaque pas, découvrant les jambes poilues.

Une bave épaisse glissa le long des lèvres de la créature, dégoulina sur sa poitrine velue. Elle secoua sa tête douloureuse et grogna. Le filet de bave fut éjecté.

Titubant le long de la route déserte, la créature se glissa, sans être aperçue, dans l'aire boisée située à proximité d'un champ, juste derrière une section résidentielle de la banlieue de Valentine. Au moment où la créature émergeait péniblement de la voûte sombre des arbres, un objet clinquant tomba et rebondit avec un bruit métallique. Une épingle surmontée d'un écusson s'était détachée de la ceinture. Elle tomba sur le macadam de la route. On pouvait y lire que le porteur s'était fait remarquer par dix années d'assistance fidèle à une église locale.

Félicitations, Eddy Brown.

Bon retour.

8

Le lundi matin

La sonnerie du téléphone sortit Dan du premier bon sommeil qu'il avait pu prendre depuis deux semaines. Tâtonnant pour attraper l'écouteur, il le fit tomber par terre.

Jurant tout bas, pendant que Vonne étouffait ses rires sous l'oreiller, Dan retrouva finalement l'écouteur, le plaqua du mauvais côté contre son oreille. Il le remit dans le bon sens et grommela un «allô» ensommeillé.

— Terriblement enthousiaste, fit remarquer Vonne.

— Shérif? C'est Andy, dans le bas de la ville.

— Ouais, Andy. Qu'y a-t-il?

— Ah! shérif. Nous sommes dans un imbroglio. L'une des voisines du chef, Mme Mitzus Milford, lui a téléphoné, il y a de cela une heure environ, pour lui demander de venir voir sa cour arrière; il y avait là une sorte d'énorme créature affreuse. Le chef y est allé.

Dan attendit. Il n'arrivait pas à comprendre la tension qu'il ressentait soudainement.

— D'accord, Andy. Alors?

— Il n'en est pas revenu, shérif. Son téléphone ne répond pas et personne ne répond à la résidence de Mitzus Milford.

Une sueur soudaine perla sur le front de Dan. Un malaise quasi insoutenable, insidieux et violent lui retourna les tripes. Avant qu'il ne disparaisse, cela fit le tour de son système digestif.

«C'est pas fini! Nom de Dieu, ça recommence!» pensa Dan.

— Vous êtes là, shérif?

— Ouais, ouais, Andy. Je saute dans mon pantalon. J'appelle à mon bureau et nous serons là bientôt pour vérifier. Tu peux nous rencontrer là?

— Shérif, il n'y a personne d'autre que moi ici, répliqua le vieil homme.

«Trop vieux pour porter l'insigne et tu as peur, pensa Dan. Tu tiens uniquement à cet emploi pour compléter ton manque à gagner. Et je ne te blâme pas d'avoir peur, il y a de quoi!»

Depuis une bonne dizaine d'années, Dan négociait pour que Valentine utilise, sous contrat, les services du shérif; son département était en mesure de s'occuper et du comté et de la ville. Le personnel de Dan, mieux entraîné et mieux équipé que celui du corps municipal de Valentine, pouvait mieux répondre aux besoins de la population, si bien qu'un nombre croissant de municipalités du comté louaient les services du Département du shérif et s'en portaient bien.

Mais Valentine résistait. Peut-être un jour, se disait Dan.

— Shérif?

— Ouais, Andy. J'enfile mes bottes. Ne bouge pas de ton bureau. Je m'en occupe.

— Merci, shérif. Probablement qu'il n'y a rien là, n'est-ce pas?

— Certainement, Andy. Vaut mieux ne pas prendre un pari là-dessus. Je te rappelle plus tard.

Dans l'obscurité, il sentit les yeux de Vonne. Elle le fixait. Il se tourna vers elle.

— Des ennuis, Dan?

— J'en ai peur.

Il allongea le bras vers l'appareil téléphonique... puis le retira. Il téléphonerait de sa voiture de patrouille.

En route, il lança un appel radio et s'informa pour savoir qui patrouillait dans le secteur. Il demanda à l'appariteur de dire au patrouilleur de le rencontrer à la résidence de Mitzus Milford.

Roulant dans les rues paisibles de Valentine, il n'arrivait pas à expliquer ce sentiment curieux et étrange qui lui donnait le frisson, ni à s'en débarrasser. C'était comme une immense sangsue qui collait à sa peau, un vampire invisible. Il stoppa son véhicule pour vérifier son fusil de chasse scié; il était chargé de chevrotine. Trois pouces magnum.

Il poursuivit son chemin.

Pour une région rurale très peu peuplée, Dan s'était débattu, tel un diable dans l'eau bénite, pour obtenir et constituer une force de l'ordre en nombre suffisant. Il pouvait compter sur dix adjoints bien entraînés, bien équipés. Onze, s'il ajoutait au nombre le shérif-adjoint, Chuck Klevan. Diplômés en droit, formés dans des écoles spécialisées, les policiers formaient un groupe efficace. Trois avaient subi l'entraînement donné par le FBI. Pour le salaire offert, Dan voulait et avait ce qui se trouvait de mieux. Il s'assurait aussi, par le biais du recyclage, que ses hommes soient au courant de tous les changements de la Loi et des procédures légales.

L'adjoint Susan Dodd travaillait de nuit, dans ce secteur du comté. C'était la seule femme du service, mais une policière de premier ordre, ne demandant et ne recevant aucune faveur, pas plus que n'en recevaient ses collègues masculins. Comme PM, Susan avait servi trois ans dans l'Armée. Sans être physiquement une force de la nature, elle ne reculait jamais et n'hésitait pas à utiliser son bâton si nécessaire. Quelques résidents un peu trop bagarreurs, cherchant à la harceler et à l'intimider, en avaient fait l'expérience. Habile au judo et au karaté, il ne fallait pas se frotter trop violemment à Susan.

Elle attendait à la résidence de Milford. Elle sortit de sa voiture de patrouille et rencontra Dan sur le trottoir.

Des deux côtés de la rue s'étalaient les maisons noires et tranquilles. Derrière la maison du chef de police de Valentine et de celle de Madame Milford, courait une vaste clairière.

— Je n'ai rien vérifié, shérif. Je vous attendais. Écoutez un moment; est-ce que vous ne sentez pas quelque chose d'insolite?

Dan se tint sur place, tranquille, attentif, tous les sens éveillés. Ce sixième sens intangible que tout bon policier développe à la longue le forçait à écouter... à sentir. En fait, il concluait à l'avance que personne n'était vivant à l'intérieur de la maison de Milford.

— Je le sens, Susan. Souhaitez que nous soyons tous les deux dans l'erreur.

— J'ai déjà prié, shérif.

Doucement, Dan monta les marches une à une. Il sonna d'abord... garda le doigt sur le bouton, sans interruption, durant 15 secondes. Il attendit. Aucune réaction. La maison demeura silencieuse et noire.

— Êtes-vous allée inspecter la maison du chef, Susan? Il est veuf, lui rappela Dan.

Pendant que Susan se rendit vérifier la maison voisine, Dan se tint sur le perron large et confortable. Il n'y avait personne et Susan revint rapidement à la maison des Milford.

— Pas âme qui vive, shérif. Le lit du chef est en désordre et son arme est hors de son étui. Sa voiture est stationnée dans le garage. Le capot est froid.

— Bien. J'ai tâté la poignée... c'est barrée. Allez chercher votre fusil de chasse.

Son arme dans la main droite, Susan rejoignit Dan devant la maison Milford.

— Suivez le côté gauche, je vais sur la droite. Sifflez quand vous serez arrivée à l'autre bout. Ce n'est pas nécessaire de nous trouer la carcasse.

Susan acquiesça d'un signe de tête.

— Ils allèrent comme prévu, les cercles orangés de leurs torches électriques éclairant le chemin.

Susan siffla.

— Qu'avez-vous trouvé? demanda Dan.

— Du sang, shérif, beaucoup de sang.

Dan la rejoignit rapidement. Il s'agenouilla, prenant soin de ne pas brouiller les pistes. Il aperçut les restes d'une chemise de nuit déchirée en petits morceaux et des rivelets éparpillés de sang répandu. Dan balaya la scène avec sa torche. Dans les buissons, il vit des fibres de longs cheveux noirs accrochées.

Susan renifla l'air ambiant. Avec répulsion, son odorat perçut la puanteur.

— Quelle est cette odeur?

— Aucune idée, ça vient de là, dit Dan éclairant de sa torche une flaque de sang. Surtout, n'y touchez pas!

Dans une maison voisine, les lumières s'allumèrent.

— Police du shérif, cria Dan. Laissez vos lumières allumées... mais ne sortez pas de chez vous.

— D'accord, Monsieur, répondit l'homme.

Dan examina la flaque blanche douteuse. Il hocha la tête.

— De quoi me rendre malade. Susan, allez voir dans la maison des Milford. Utilisez le téléphone pour appeler l'appariteur. Demandez que Chuck vienne ici.

— J'appelle aussi la police de Valentine?

— Pas encore.

Dan se retrouva seul, accroupi près des flaques de sang et de bave et des morceaux de la chemise de nuit. Ce qu'il voyait et sentait n'augurait rien de bon. Des morceaux de chair humaine déchiquetée. Il eut soudain la sensation que des yeux le regardaient intensément. Doucement, il se tourna dans la direction du regard, se leva, ses yeux fouillant les poches noires qui le séparaient de la créature. Automatiquement, il arma son fusil. Simple réflexe de policier. Derrière la maison, les buissons crépitèrent furieusement. Un gémissement parvint à ses oreilles.

— Nick? appela Dan. Nick Hardy.

Il y eut un second gémissement. Humain, mais à peine.

Dan n'aperçut pas la forme allongée qui glissait vers lui, doucement, suivant de près les buissons situés du côté de la maison.

Il n'entendait plus aucun gémissement, mais il percevait un long sifflement. Il regarda autour de lui. Rien de visible. La porte arrière s'ouvrit et Susan en sortit.

— Andy a déjà appelé Chuck. Ils s'en viennent. Il me semble avoir entendu un gémissement quelque part.

— J'ai entendu. Vous avez entendu? Et autre chose aussi.

— Quoi?

— Aucune idée. Allumez les lumières extérieures.

La cour arrière fut soudainement illuminée, rendant plus denses les poches d'obscurité des buissons et des haies de l'immense cour.

— Merde! jappa Susan, la voix nerveuse.

La voix mystérieuse et cachée lança un appel.

— Oh! Jésus, À l'aide!

— Nick! cria Dan incapable de localiser l'endroit d'où la voix provenait.

C'était trop faible et trop profond de résonnance.

— Shérif, regardez! dit Susan.

Dan se retourna d'un coup, fixa la direction indiquée par Susan.

Son estomac se souleva, au bord de la nausée. Mais comme un bon policier, il reprit le contrôle de son esprit.

Une jambe lacérée et partiellement dévorée gisait près de la haie; la pantoufle multicolore était encore accrochée au pied.

Ensemble et en même temps, Susan et Dan entendirent le chuintement faible mais continu, et ce bruit ne fit qu'augmenter la tension des deux policiers. Comme les phares d'une voiture balayait la scène en tournant dans l'entrée de la maison Milford, un hurlement inhumain déchira le silence de la nuit.

Les portières claquèrent.

— Dan? C'est nous Chuck et Billie.

— Vos fusils de chasse, tout de suite! ordonna Dan. Attention! Je ne sais pas à quoi nous faisons face.

Une fois encore, le hurlement se fit entendre.

— Nom de Dieu! qu'est-ce que ça peut être? demanda Billie.

— Je ne sais pas. Mais quelque chose a dévoré Mme Milford et possiblement le chef, cria Dan.

— Jésus-Christ! jura Chuck.

Le sifflement animal se renouvelait plus près, beaucoup trop près.

— Gare! cria Susan. Son fusil cracha dans la nuit.

Dan se retourna vivement et aperçut la plus vilaine chose qu'il ait vue de toute sa vie, sauf dans un film d'horreur. C'était... Christ! Il ne pouvait la décrire. Un homme? Était-ce possible? Nu à partir de la taille et recouvert de poils.

Dan leva son fusil et fit feu sachant qu'il avait manqué sa cible. Comme il disparaissait, l'homme, plutôt le monstre, grogna et siffla.

Dan lança un commandement.

— Chuck, Billie! Couvrez le côté nord.

— Qu'est-ce que nous cherchons exactement? demanda Chuck.

Dan hésita.

— Il a la stature d'un homme de haute taille, nu à partir de la ceinture, couvert de longs poils, le visage noir et ridé.

Billie jeta un coup d'oeil à Chuck.

— Est-ce qu'il est sérieux?

Dan l'entendit. Il hurla:

— Grouillez-vous!

Ce disant, il plaça une autre cartouche dans son fusil au canon scié. Pas de chance à prendre. Un lance-flamme aurait mieux fait l'affaire ou même un bazooka. Dans les circanstances, un peloton de bérets verts aurait été plus utile encore.

Dan s'élança vers l'arrière de la cour de la résidence des Milford. En chemin, il faillit perdre ce qui lui restait de souper dans l'estomac.

Les intestins de Nick Hardy étaient répandus sur le sol et suspendus aux buissons en filaments gris ensanglantés.

Les yeux de Dan parcoururent le corps. La chair d'un bras avait été mâchouillée ainsi que celle d'une des jambes de la cheville au genou. Dans la lumière indirecte provenant du perron, la blancheur de l'os brillait. Un énorme trou béant apparaissait dans ce qui avait été un estomac. Sur le sol, partout, le sang avait giclé.

Sa main levée faiblement vers celle de l'autre homme, Nick murmura:

— Dan.

Il agonisait.

— Je suis ici, chef, j'arrive.

Nick parlait dans un souffle.

— Ne me mens pas, jeune homme. Je suis fini et tu le sais. C'était monstrueux, Dan. Ses yeux sont jaunes... en amande. Comme un chat. Noir et ridé comme une momie. Le corps couvert de poils. Il a dévoré la vieille Milford... puis s'est retourné contre moi.

— L'a dévorée?

Mais Nick ne parlait plus. Pas en ce bas monde. Ses yeux roulèrent dans leur orbite, le corps se raidit dans les bras de Dan, se relâcha, libéré des peines et des angoisses de la vie.

Dan pensait *aux yeux jaunes et en amande. Comme un chat. Le visage d'une momie.* Que diable était-ce?

Dans la partie nord de la résidence, on entendit un fracas: poubelles renversées. Un bruit sonore, un sifflement, un rugissement, lourd et pesant, parvint jusqu'à Dan. Il en eut la chair de poule.

Aucun humain ne pouvait émettre un pareil son. Bruissements, grattements, raclements accompagnaient le bruit de gorge. Dan tendit l'oreille. Les râlements provenaient d'un champ plein de mauvaises herbes qui limitait le carré d'habitations à la bordure de la ville.

— Il se dirige vers le champ, cria Dan. Tirez dans cette direction. Mais tirez donc!

La fusillade éclata. Fusils de chasse et revolvers crachant du plomb dans le champ tout proche. D'avance, Dan savait que les dés étaient pipés. Les projectiles fendaient l'air sans toucher la cible.

— Chuck, rugit Dan. Attrape la radio... et appelle le sergent Langway. Demande autant de patrouilleurs que possible. Va!... Hors de ce champ! cria-t-il après avoir retrouvé son souffle. Personne n'entre là! Susan! Ramène tous les adjoints ici sur le chemin de terre, derrière le champ. Voitures pointées vers le champ, phares allumés. Va!

À la vitesse à laquelle se déplaçait le monstre, Dan savait que cette... chose serait loin bien avant que ses adjoints ne soient en position.

Il fit des fouilles pour retrouver les restes de Mme Milford. Pas grand-chose ne fut retrouvé.

L'aurore ensoleillée éclaira Valentine envahie par des policiers armés et des citoyens quelque peu éberlués... et apeurés.

Évidemment, avec des journalistes aussi.

— Je me fous de ce que vous aimez ou n'aimez pas! déclara Dan, au surintendant des écoles et au directeur de l'école secondaire. J'ai dit que les écoles resteraient fermées jusqu'à ce que je décide qu'elles ouvrent à nouveau. C'est clair?

Mickey Reynolds, directeur de l'école secondaire, toisa Dan, froidement.

— Je ne prends pas d'ordre de toi.

Le ton de Dan était sans réplique.

— Pardieu, essaye donc, voir!

Au moment où le shérif se préparait à le quitter, Mickey saisit Dan par le bras et lui fit faire demi-tour. Mais quand il vit le regard sans émotion du shérif, Mickey sentit une sueur froide lui couler dans le dos.

D'une voix basse et glaciale, Dan lui dit:

— T'as cinq secondes. Si, après, ta main dégeulasse est encore sur mon bras, je t'enfermerai tellement loin dans la prison du comté qu'il te faudra tout un jeu de miroirs pour voir la lumière.

Mickey lâcha le bras. Rapidement.

— Tu ne peux m'empêcher de me rendre à mon bureau.

— Comme tu veux, Reynolds, répliqua Dan en s'éloignant.

Avec un reniflement de mépris, Mickey lança:

— Monstre! mais pas assez fort pour que Dan entende. Des monstres? Vraiment. Ridicule!

Il marcha jusqu'à son automobile et roula en direction de l'école.

Le surintendant des écoles publiques savait très bien qu'une inimitié réciproque opposait Dan et Mickey. Et ça, depuis leur tendre enfance, sur les bancs de l'école.

Mais dans cette affaire, Dan Garrett avait raison.

La sécurité des enfants passait en premier lieu.

La créature, AKA Eddy Brown, était si bouffie qu'elle savait qu'il lui fallait trouver un endroit pour dormir et digérer le lourd repas qu'elle venait d'ingérer.

Elle n'était pas confuse, désorientée ou effrayée. Sans savoir pourquoi, elle connaissait l'endroit et comment s'y rendre sans être repérée. Elle se dirigea vers un amas d'édifices. Elle retournait en arrière, dans une autre vie, supposait-elle, son cerveau pourri incapable de former des pensées claires. Se cacher dans l'obscurité de l'un de ces édifices. Mais lequel? Alors la mémoire lui revint.

Par une fenêtre à ras du sol, elle parvint à se glisser. Là, dans un soubassement, parmi des boîtes, des caisses à claire-voie et autre matériel poussiéreux depuis longtemps oublié, elle s'installa. Elle se fit un nid sur un tas de vieilles bouteilles de vin. Elles semblèrent familières à la créature. En quelque sorte.

Dans le sous-sol de l'école secondaire de Valentine, elle se reposa.

9

Le capitaine Taylor fit remarquer à Dan:

— Le couvercle du silence a explosé. C'est largement ouvert, maintenant.

L'air sombre, Chuck entérina.

— Et la presse se ramasse ici, mais je ne vois toujours pas la féministe, ajouta-t-il. Les féministes donnaient la nausée à Chuck. Complètement. Il avait vu des photos des fameuses et infâmes marches à New York, quelques années auparavant, celles des viragos agitant leur soutien-gorge en guise de drapeau; il en avait presque avalé sa prothèse dentaire.

Taylor rétorqua:

— Tu la verras. Elle veut ta peau, Dan, dit-il en se tournant vers le shérif.

— Je l'sais. Elle l'aura probablement, admit Dan.

Curieux que Dan s'exprime ainsi, pensait Taylor. Il venait tout juste d'arriver du quartier général et n'avait pas encore examiné les corps déchiquetés et à moitié dévorés. Il ne croyait pas ce que racontait Dan au sujet de la créature.

— Est-ce bien un monstre, Dan? demanda Taylor.

— Absolument. Je l'ai vu ainsi que Susan. Nous avons tous les deux tiré dessus. Je ne sais pas ce que c'est. Seulement, je sais que je n'en ai jamais vu auparavant. Même pas dans mes pires cauchemars. Est-ce relié aux autres meurtres? C'est à voir.

Le capitaine Taylor hocha la tête. Il n'aventura rien de précis, tout simplement rien.

Le sergent Langway s'avança.

— Capitaine, nous avons retrouvé beaucoup d'empreintes de pas. *La chose* marche pieds nus. D'après la profon-

94

deur des traces, elle doit peser 200 livres. Elle s'est frottée à plusieurs buissons, car nous avons découvert beaucoup de poils très longs et noirs.

— Ouais, répéta Dan. Elle était couverte de poils longs. Avec des yeux en amande. Comme un chat.

S'il avait écouté son humeur, Taylor aurait fait endosser une camisole de force à Dan Garrett.

— À cette heure de la nuit, il ne faisait pas très clair, dit-il.

— Pas tellement... mais je me rappelle très bien ce que j'ai vu.

— Et nous avons trouvé des dépôts, enchaîna Langway. Les gars du lab sont en train d'en faire l'analyse.

— Dépôts? Excréments? s'enquit Taylor.

— Non, Monsieur. De la bave plutôt.

— Elle avait six pieds de haut, précisa Dan. Son pantalon étaient en haillons... et elle portait une ceinture de cuir.

Taylor répéta, comme pour lui-même :

— Six pieds de haut, 200 livres, couverte de poils noirs et longs, un pantalon en haillons, une ceinture de cuir. Des yeux de chats. L'ordinateur va en avoir une indigestion.

Les yeux de Dan parcoururent les collines ceinturant la ville. Une égratignure faite à leur proie, pensa-t-il, pouvait transformer un être humain en momie. Mais pouvait-elle provoquer d'autres changements dans l'organisme humain? Peut-être. Qui sait s'il ne touchait pas du doigt la vérité, toute la vérité. Ça valait un essai.

Pointant un doigt en direction de la cabine d'Eddy Brown, il dit :

— Elle est là-haut, en face. D'ici, vous pouvez presque l'apercevoir. Nos hommes ont suivi la piste qu'aurait prise Eddy alors qu'il cherchait à échapper à ceux qui l'ont attaqué. Vous venez avec moi, capitaine?

— Ouais. Mais je ne sais à quoi vous voulez en venir.

— Supportez-moi un certain temps, capitaine. C'est vraiment incroyable.

— Plus incroyable que six pieds, deux cents livres, une créature couverte de poils très longs qui mange les humains?

— Oui.

La voix du capitaine était sèche comme le désert.

— Oh! très bien. Allons, procède.

— Premièrement, expliqua Dan, je veux trouver l'endroit où la créature a traversé l'autoroute.

— Si elle l'a traversée, rectifia le capitaine.

— Elle a traversé l'autoroute, confirma Langway.

Taylor plissa les yeux. Il se demanda s'il n'était pas temps que son sergent prenne des vacances. Un très long repos.

— Comment en êtes-vous arrivé à cette brillante conclusion, sergent?

— Eh bien! Monsieur, les marques de pas sont très erratiques. Alors, à moins que la chose n'ait trébuché et titubé en plein centre-ville, elle a dû traverser le chemin.

— Voilà ce dont Langway avait besoin. Du repos, grogna Taylor.

— Hummm! Très bien, sergent. J'accepte votre hypothèse. Pour le moment. Continue, Dan.

— Quand nous aurons trouvé l'endroit où la...la chose a traversé l'autoroute, nous la ferons barrer à cet endroit pour que nous puissions fouiller les hauteurs de chaque côté. Attention!...

— En dehors d'une chambre matelassée et de poupées en caoutchouc pour vous deux, et pas d'instruments contondants, qu'est-ce que vous voulez, Dan? demanda Taylor.

Cherchant l'échappatoire, Dan répondit:

— Sais pas.

Il savait et pensait que le capitaine le prenait de plus en plus pour un aliéné. Pour le moment, il lui fallait jouer prudemment. Si Taylor avait pu lire dans ses pensées, il serait parti en vitesse à la recherche d'hommes en blanc portant une camisole de force.

— Je le saurai quand je le verrai, dit-il.

— Quand aurons-nous une déclaration officielle de votre part, shérif Garrett? demanda un reporter perdu dans la foule.

Dan se tourna vers le capitaine.

— Pourriez-vous vous occuper du barrage sur la route?

— D'accord, Dan, je...commença-t-il, avec une pointe d'humour. Je m'en occupe. (L'oeil en coin, il regarda Langway. À bien y penser, le sergent avait un regard étrange.) Barrez la route, Scott. Trouvez l'endroit où le monstre a traversé l'autoroute et commencez à fouiller les environs.

— Oui, Monsieur.

Taylor à ses côtés, Dan se dirigea vers les reporters formant groupe. Il ne vit pas Mille Smith. Elle n'y était pas... pas encore.

D'un signe de la main, Dan demanda le silence, très conscient des mini-cassettes et micros pointés vers lui. Il s'éclaircit la voix et commença:

— Le chef de police de Valentine, Nick Hardy, et sa voisine, madame Gladys Milford, ont été assassinés la nuit dernière. Le chef Hardy enquêtait, après avoir reçu un appel de madame Milford se plaignant qu'un maraudeur se promenait dans son jardin. Cette région, comme vous le savez, est maintenant ceinturée par un cordon de patrouilleurs de l'État de Virginie, d'adjoints du comté et de plusieurs pelotons de la Garde Nationale de Virginie. Nous ignorons combien de gens sont impliqués dans les récents meurtres et les assassinats antérieurs qui font toujours l'objet d'une enquête. Aussitôt que nous en saurons plus, nous vous le ferons savoir. Merci.

Ignorant les questions lancées ici et là, Dan et le capitaine Taylor quittèrent les lieux. L'agent Dodge, du FBI, s'avança à leur hauteur pour les accompagner. Il arrivait en pleine confusion générale.

Dodge félicita Dan.

— Vous apprenez vite. Être bref, puis s'en aller...pronto.

— Ici, dans le comté, mon expérience est minime avec la presse, admit Dan.

— Vous avez oublié bien vite l'entraînement du FBI, le taquina Dodge.

— Travaillant dans l'ombre comme je l'ai fait durant des années, j'ai été assez mal préparé pour cette fonction.

— C'est vrai, acquiesça Dodge. J'avais oublié que vous travailliez avec cette fameuse escouade... n'est-ce pas? Parlez-moi des meurtres récents?

Dan informa alors l'agent fédéral avec un sourire désenchanté; il termina, disant au capitaine Taylor:

— Vous n'avez pas encore vu les corps, n'est-ce pas?

— Et non, pas encore.

— Pourquoi n'allez-vous pas les voir avec le capitaine Dodge! Je vous verrai plus tard sur le site des fouilles, suggéra Dan.

— Bonne idée. Nous nous verrons là-bas, Dan. À propos, enchaîna l'agent fédéral, qu'est-ce que vos gars recherchent près du chemin.

Flegmatique, Garrett répondit:

— Une créature de 200 livres, six pieds de haut, poilue comme un singe, avec des yeux en amande, qui mange les humains.

L'agent fédéral bégayait et bredouillait encore quand Dan se mit au volant de sa voiture.

— Quel salaud tu es! dit Taylor, rejoignant Dan à l'endroit où l'on poursuivait les recherches. Tu aurais dû m'avertir. Je connais Nick depuis au moins 20 ans.

— J'ai cru bien faire en vous faisant découvrir la vérité de visu. Vous vous rappelez cette phrase: «Incrédule comme saint Thomas»?

Taylor respira deux ou trois bons coups. Il branla du chef plusieurs fois et avoua:

— Très bien, Dan. Excuse-moi pour l'éclat. Je regrette de m'être moqué de toi et de Langway. Accepté?

— Certainement. Nous sommes tous dans le même bateau. Allons-y! Au travail!

Un adjoint intervint.

— Là, shérif, j'ai trouvé quelque chose.

Dan examina la petite broche. Elle avait été écrasée à quelques reprises par des véhicules, mais les inscriptions étaient quand même visibles. Il ne voulait pas vraiment lire au revers, par crainte que sa théorie se confirme.

— Une broche donnée par une église du coin pour dix ans de fidélité au culte.

— Qu'est-ce que vous en pensez? demanda Dodge.

— Ça dépend des initiales gravées au dos.

Chuck prit la broche dans la main de Dan et la retourna.

— E.B. lut-il. Ses yeux rencontrèrent ceux de Dan. Penses-tu ce que je pense, Dan?

— Ouais, dit Dan, du tac au tac.

La broche n'était pas vraiment une preuve, mais cet indice venait confirmer son hypothèse de départ.

Prenant à son tour la broche, Taylor l'examina: E.B. Quoi? Il cessa net de parler et regarda Dan, Eddy Brown.

Voyons Dan, arrête un peu! Oh! la, la! Je n'peux en prendre plus. Je n'ai pas envie de m'retourner l'esprit à l'envers. Tu ne penses pas...tu n'crois pas...tu ne veux pas dire?...Non, non, non! Jamais, Dan!

Dan fixa l'homme du FBI. Il y avait quelque chose d'insolite dans les yeux de l'agent fédéral. Quelque chose que Dan ne pouvait préciser. Qu'est-ce qu'il faisait dans le coin? Pourquoi était-il revenu? Ces meurtres ne tombaient pas sous sa juridiction. Il avait amené une demi-douzaine d'hommes. Soudainement, Dan n'eut plus confiance en Dodge. Il s'agissait d'une simple intuition, car rien ne venait confirmer cette impression.

— Est-ce que tu gardes des informations par devers toi? demanda Taylor, insistant.

— En quelque sorte, capitaine, admit Dan. Voilà, j'ai parlé avec le personnel médical, ce matin. Quand vous et Dodge y êtes allés voir les restes mortels de Hardy et Milford, Goodson ne vous a pas montré le bras amputé, n'est-ce pas?

Dan jeta un bref regard à Dodge. Les yeux de l'homme étaient impénétrables.

— Ma foi, non, rétorqua Taylor, du moins pas à moi. Mais nous avons été séparés durant quelques minutes, ajouta-t-il, indiquant Dodge. Il est allé avec le docteur Ramsey. Mais de quoi s'agit-il?

— Il grossit, dit Dan.

— Quoi! fit Taylor abasourdi. Foutaise! Dan. Mort. Les membres amputés ne croissent pas. Ou quoi? s'enquit Taylor, dans un murmure.

— Le bras de l'ingénieur augmente proportionnellement. De mort, il est redevenu vivant. C'est de la matière vivante.

Taylor se frotta le visage. Difficilement, il marmonna: «Au diable Dan et Scott.» Il avait sûrement besoin de repos.

— En croissant, qu'advient-il?

Le faciès de Dodge était impassible. Il savait au sujet du bras.

— Les médecins l'ignorent, expliqua Dan. Ça croît, tout simplement... de la matière comme on pourrait l'appeler, que le bras rejette ensuite. Goodson prétend qu'il semble rechercher une autre forme qu'il ne peut reproduire. Autre chose: le sang de Jimmy est de type O positif. Les médecins sont incapables de catégoriser le type du nouveau sang qui anime le bras amputé. Ce n'est pas de la même couleur que l'autre.

— Pour l'amour du ciel, de quelle couleur est-ce donc? demanda Taylor.

— Une sorte de vert tirant sur le rouge.

— Mais le bras est humain? reprit Taylor.

— Goodson affirme ne pas savoir ce que c'est, dit Dan.

Le capitaine regarda Dodge, mais l'agent fédéral se contenta de garder le silence.

— J'ai le net sentiment, Dan, que tu as un autre pavé à jeter dans la mare.

— Chuck vient de me donner des nouvelles fraîches de l'ingénieur décédé, Al.

— Quoi encore? Il me semblait qu'il s'était transformé en momie.

— Affirmatif. Seulement, il est aussi...parti.

10

Mickey Reynolds débarra la porte de son bureau et y entra. Un moment, il s'appuya contre le montant de la porte. Il n'aimait guère l'endroit vidé de ses élèves. Trop tranquille. Pas normal. Sans les enfants, l'édifice semblait mort. Depuis toujours, Mickey aimait les enfants. Il était bon administrateur, bon chrétien et bon citoyen respectueux des lois.

Toutefois, il n'aimait pas Dan Garrett... ne l'avait jamais aimé.

De la première année scolaire jusqu'à la fin de leur cours universitaire, Dan et lui avaient été à l'école ensemble, chacun dans des disciplines différentes. Depuis l'enfance, Mickey aimait Evonne. Dan Garrett était arrivé dans le décor et l'avait désarçonné.

Il prit place dans son fauteuil, derrière son bureau. Il sourit, puis se mit à rire, la tête renversée sur le dossier de la chaise basculante. Vraiment, pensa-t-il, tout ça n'était pas vrai. Il n'avait jamais été en selle avec Evonne.

Mickey soupira. Dan avait raison de faire fermer les écoles. Et quand il avait raison, il ne fallait pas blâmer le shérif.

L'amour, la vie!

Mickey ferma les yeux et remua quelques souvenirs du bon vieux temps enfouis dans sa mémoire. Les classes de 1957. Mon Dieu! par où le temps avait-il fui?

Il ouvrit les yeux et fit tourner son fauteuil vers les étagères du fond où les vieux albums devaient être rangés. De quoi avaient-ils l'air au secondaire? Mickey ne s'en souvenait plus. Il y avait si longtemps. Puis Mickey se rappela soudain que, lors de la rénovation de son bureau, il y avait quatre ou cinq ans, les ouvriers avaient transporté tous ses albums dans le soubassement. Mickey se demandait si quelqu'un avait nettoyé les bouteilles de vin d'un âge et d'un goût incertains qui s'entassaient dans le soubassement et qu'il avait vues la dernière fois qu'il était descendu au sous-sol.

— Eh bien! claironna-t-il, se levant de son fauteuil pivotant. Rien à faire aujourd'hui. Pourquoi ne pas perdre un peu de temps dans le monde de la nostalgie?

Il sortit de son bureau, se dirigea vers l'escalier qui menait au soubassement... et agrippa le jeu de clefs qui pendaient à sa ceinture.

À la réunion du chapitre local des Filles de la Confédération, Alice Ramsay récita sans broncher son allocution.

— Et Mesdames...

D'une main ferme et rassurante ou encore avec un ennui total, selon ses humeurs, elle menait de main de maître cette rencontre mensuelle des snobs en jupon, appartenant, arbre généalogique à l'appui, aux familles des fondateurs des puissants États-Unis d'Amérique du Nord.

— Souvenez-vous que, le mois prochain, Madame Grace Grillingham, du Club des 69 de Richmond, sera ici. Ici même dans cette maison. Je sais qu'aucune d'entre vous ne voudra manquer ça!

Alice était douée par les bons effets d'entraînement.

Les respectables dames présentes à la réunion applaudirent vivement.

Le Club des 69 était composé des descendants des 69 familles du premier établissement de Blancs en Virginie.

Évidemment, forcément et naturellement, Alice en faisait partie.

Un soir, alors que les Garrett rendaient visite aux Quinn, à leur résidence, et qu'ils examinaient les centaines de candidatures au membership du Club des 69, Dan s'était permis de faire un brin d'humour.

— Je ne vois pas, avec tous ces descendants, comment leurs honorables ancêtres ont pu semer une seule récolte, alors qu'ils baisaient matin, midi et soir, avait dit Dan avec amusement.

Alice, qui se trouvait tout près, avait entendu. Durant une année entière, elle n'adressa plus la parole à Dan.

Emily Harrison, femme du docteur Harrison, appartenait aussi au Club des Filles de la Confédération. Apparte-
nance un peu marginale, car on ne savait pas de quel côté
son grand-père avait combattu. Retrouvé pendu à un arbre
situé près du chemin, la partie haute de son corps était af-
fublée de la tunique bleue, et l'autre arborait le pantalon gris
réglementaire. Mais l'association accepta quand même
Emily comme membre, lui laissant le bénéfice du doute.
Après tout, n'était-elle pas femme de médecin.

La réunion terminée, Alice prit sur elle de retenir
Emily.

— Avez-vous une idée de ce qui se passe à l'hôpital, actuellement?

— Non, répondit Emily étonnée. Mais y a-t-il quelque
chose que je devrais savoir?

Emily poussa un profond soupir.

— Les meurtres, Alice!

— Rien que ça? Bof! Le shérif Garrett va s'en occuper.
C'est un excellent policier, même si parfois il passe outre à
l'étiquette.

— Hein! s'exclama Emily.

— Aucune importance, chère.

— Humm! fit Emily.

— Quand l'incident est survenu, vous n'étiez pas là.

Mille mercis pour les petites faveurs, ironisa Emily intérieurement.

Alice poursuivit son intensif bavardage:

— Les femmes ne devraient pas s'occuper des choses
affreuses. Ce n'est pas dans l'ordre.

Emily jeta un regard ambigu à son hôtesse et opina du
bonnet. Infirmière à la salle d'urgence de l'hôpital, avant de
marier Bill Harrison, elle en avait vu de toutes les couleurs.
S'il y avait quelque chose de plus épouvantable que tout ce
qu'elle avait vu, elle se demandait bien ce que ça pouvait
être.

— Venez, chère, insista Alice. Allons prendre une tasse
de thé et discuter de la réunion du mois prochain. Jusque-là,
nous avons tant à faire.

Emily jeta un coup d'oeil à la ronde. Plus personne.
Toutes avaient quitté. Peste! Je suis prise pour rester,
pensa-t-elle.

On frappa soudain à la porte arrière.

— À cette heure, qui ça peut bien être? tempêta Alice.

— Il n'y a qu'une façon de le savoir, soupira Emily.

— Oh?

— Ouvrir la porte.

— Oui, mais j'ai renvoyé les domestiques.

— Eh bien! Vous savez où sont les verres. Versez le thé pendant que je vais voir.

Les coups à la porte s'accentuèrent.

Alice sortit de la pièce et se dirigea vers l'arrière de la maison. Marcher n'était pas tout à fait exact, glisser convenait mieux à sa démarche. Se déplaçant sur un coussin d'air lui convenait mieux.

Emily trouva les verres, les remplit de glace et versa le thé. Déjà sucré. Yerkkk! Elle détestait le thé sucré. Le liquide contenait tellement de sucre qu'elle sentait d'avance ses dents se transformer en cubes.

De l'endroit où elle était, elle entendit un son curieux... qu'elle ne pouvait localiser. Comme un bruit de gorge étranglée. Elle se retourna. Alice se tenait dans l'encadrement de la porte, le visage aussi blanc qu'un drap, tremblant de tous ses membres.

— Alice, qu'est-ce qui se passe?

— Ahhh! C'est... c'est... répondit Alice, pointant son doigt vers l'arrière de la maison.

— Quoi?

 Mon... mom... momie.

Choc, pensa Emily. Cette femme est en état de choc. Elle s'élança vers Alice, la gifla violemment, la saisit ensuite par les épaules... et la secoua rudement.

— Bon Dieu, parlez-moi, Alice!

Alice dirigea ses yeux vers la porte. Emily regarda à son tour... et figea sur place. La première pensée qu'elle eut fut que quelqu'un se moque de nous. Elle connaissait bon nombre de farceurs qui ne reculaient devant rien pour une bonne blague, même se déguiser en monstre.

Cependant, Emily réalisa très rapidement que, dans le cas présent, il ne s'agissait pas d'un déguisement. Trop affreux. Il aurait fallu un maquilleur-expert d'Hollywood pour réussir pareille horreur. Et l'odeur qui se dégageait de la momie était insupportable. Elle reconnaissait l'odeur, celle

de la pourriture, de la chair rongée par les vers se nourris-
sant dans la chair même.

La momie, exactement ce qu'Alice avait essayé de dire,
cette chose desséchée, ridée et puante, fit un pas hésitant
vers elles, incertaine sur l'environnement. Elle ouvrit la
bouche et cria. Instantanément, l'air se remplit d'une odeur
exécrable.

Emily ne fut pas longue à réagir.

Saisissant Alice par le bras, elle la jeta pratiquement
dans le corridor.

— En vitesse! commanda-t-elle.

L'homme-momie hurla encore et avança lourdement à
travers la pièce, renversant d'un seul coup la lourde table.

Les femmes se précipitèrent dans la garderie. Emily
ferma violemment la porte et la barra. Puis, elle se saisit
d'un lourd sofa.

— Prenez l'autre bout, Alice.

— Mais, chère! s'exclama Alice recouvrant soudainement la voix. Nous ne pouvons soulever cela toutes seules.

Emily siffla entre ses dents, ses yeux dardant ceux d'A-
lice:

— Madame, faites ce que je vous dis!

Le ton autoritaire fit bouger Alice.

S'arc-boutant, elles soulevèrent le lourd meuble et le
mirent en travers de la porte. Emily désigna le téléphone.

— Vite, appelez le shérif!

D'un coup d'oeil, elle inspecta la pièce. Les sons guttu-
raux émis par la chose approchaient. Puis, elle se mit à frapper le mur, cherchant à entrer dans la garderie, et faisant
dégringoler quelques lithographies à l'intérieur de la pièce
où elle se cachaient.

Emily aperçut le fusil de chasse de Quinn. Le cabinet
qui le contenait était fermé à clef. Elle s'empara d'un tison-
nier, brisa la vitre, se saisit d'un calibre .12, vérifia s'il était
chargé.

Il ne l'était pas.

— Ah, non! gémit-elle.

Elle trouva une boîte de cartouches entamée et chargea la culasse. Elle entendait Alice, parler au téléphone
d'une voix paniquée.

— Dites-leur de venir ici, vite, le feu au cul! criait

105

Emily.

Emily reprit les mots d'Alice sur un ton hystérique, et le répartiteur local en fut estomaqué. D'habitude, madame Ramsay n'utilisait pas un tel langage.

Alice raccrocha.

— Que vont-ils faire? demanda Emily fermant le magasin du fusil, prête à tirer.

— Ils ont répondu: «Oui, Madame». Tu sais comment te servir du fusil?

— J'le sais. Avec mes jeunes frères, je chassais le lièvre en Alabama.

La porte de la garderie commença à céder. Un grognement haletant et sauvage emplissait le corridor.

— Si cette laideur ambulante entre ici, je lui fais sa fête.

— Emily?

— Ouais, Alice.

— Je suis heureuse que vous soyez ici au lieu des autres cervelles d'oiseau qui hantent mon salon.

Emily sourit, regarda son hôtesse.

— Alice, vous êtes un immense canular.

Madame Ramsey sourit.

— Évidemment, je le suis, mais n'est-ce pas plus amusant comme ça? Et surtout, ne le répète à personne ou je dirai à toutes que ton grand-père était un sympathisant yankee.

— Mais il l'était, Alice.

La bête immonde fracassa la porte. D'un coup violent, il fit voler la chaise sur le sofa qui lui obstruait l'entrée.

La momie sauta dans la pièce.

Mickey fouilla le soubassement chichement éclairé. Il examina les boîtes une par une. Pas de veine. Un bruit le fit se retourner, son coeur se mit à battre plus vite... et une certaine crainte s'empara de lui.

— Qui est là?

Mais l'obscurité resta sans voix.

— Venez ici! ordonna Mickey.

Un sifflement haineux fut la réponse à son ordre. Il n'avait jamais entendu un pareil son avant.

— D'accord, les enfants, se fâcha Mickey. Venez par ici. Il n'y a pas d'autre place où aller. Allons, soyez braves et montrez-vous!

Son cerveau se mit à réfléchir. S'il ne s'agissait pas d'enfants, mais de ces enragés de la nuit dernière? Seigneur, Dieu! sa vie était sérieusement en danger.

Le chuintement furieux reprit. Mickey ne se souvenait pas d'avoir déjà entendu ça. Prudemment, il inspecta les alentours. Sur un treillis de bois, il vit un 4 par 4 et s'en saisit. L'air ambiant s'emplissait d'une odeur nauséabonde. Le madrier dans la main, il recula.

Définitivement, ce n'était pas des enfants, se dit-il. Mais de quoi s'agissait-il au juste?

Le chuintement se transforma progressivement en un hurlement rageur. Un gros félin? Une panthère, peut-être? Non, vraiment. Quelle idiotie! Il n'y avait pas de panthère dans les environs depuis des génératioins.

Mais qu'était cette terrible odeur? Une odeur... puis il se rappela, de chair en putréfaction.

Mickey prit son madrier à deux mains... et recula lentement. Peu importe la nature de l'agresseur en puissance: un bon coup sur la tête le calmerait sûrement.

Mickey fut soudainement projeté sur le plancher. La chute fut tellement brutale, qu'il en eut le souffle coupé. Une douleur atroce élançait dans sa jambe gauche. Criant de peur, il rua avec l'autre jambe. Alors, il vit ce qui l'avait attrapé. Il hurla de terreur.

Ce qu'il voyait n'était pas vrai. Il beugla de frayeur.

Sentant les dents pénétrer plus profondément dans sa chair, il abattit le madrier sur la tête du monstre. Sur le coup, la créature retraita, gémissante et se confondit avec l'obscurité. Mickey en profita pour ramper vers l'escalier, pendant que les cris et les coups aveugles donnés par la bête remplissaient tout l'espace. Mickey grimpa péniblement les marches... et parvint à atteindre le hall. Il barra la porte menant au soubassement. Il se traîna jusqu'au bureau de l'infirmière, trouva la trousse de premiers soins, l'ouvrit, badigeonna sa plaie d'iode. Il s'appuya au mur, reprit son souffle, rassuré par les capacités aseptisantes de l'iode.

Il faut que je téléphone, se dit-il alors que la douleur obscurcissait lentement son cerveau... appeler la police. Dan avait raison. Des monstres avaient tué Madame Milford et le chef de police.

Mickey n'était pas conscient de l'état d'euphorie passive dans lequel il glissait peu à peu... comme si un autre être prenait le contrôle de son esprit et de son corps.

C'était exact.

— Avant de téléphoner... je vais me reposer. Me reposer... dois me reposer.

Il ferma les yeux et un étrange sentiment s'empara de lui. Il plongea alors dans un sommeil proche du coma... et des rêves étranges, plutôt des visions, lui remplirent l'esprit. Son sang combattait d'anciens envahisseurs. Contre ceux qui existaient bien avant que le corps humain fut perçu et étudié par des hommes, il perdit conscience... sombra.

Le fusil gronda et la crosse se rabattit contre l'épaule d'Emily : le bruit de la détonation remplit toute la maison. Touchée à l'épaule et au bras gauche, un cri de douleur s'échappa de la gorge de la créature. De la bave verte éclaboussa les murs.

À nouveau, Emily fit feu.

Cette fois-là, le projectile toucha le monstre au côté droit. Encore plus de bave gicla par la déchirure faite dans la chair ridée et malodorante.

Hurlant, marchant lourdement et vacillant, la créature se dirigea vers la porte arrière de la maison.

À cet instant, les deux femmes entendirent le son mourant de la sirène.

Une voix d'homme cria :

— Madame Ramsey! Où êtes-vous, Madame Ramsey?

— Ici, dans la garderie! répondit Alice. Attention! Le monstre a fui par la porte arrière... il y a seulement un moment.

— Vraiment!

Le jeune patrouilleur courut le long de la maison et entra en collision avec le monstre. Ce dernier plaça ses deux mains dans la bouche du policier, une main tirant vers le haut, l'autre vers le bas. Il déchira et arracha la tête ne laissant que la mâchoire du bas et les tendons du cou.

Le sang pissa dans les airs, tel un geyser. Tenant la tête ensanglantée dans sa main, le monstre sortit de la cour intérieure des Ramsey et pénétra dans la cour intérieure de la maison voisine.

108

Alice courut vers le perron arrière, vit les dents brillantes de la mâchoire du policier... et le corps sanglant tressautant sur le sol; restituant son repas précédent, elle s'appuya contre le garde-fou de la galerie, prête à succomber à l'hystérie, quand Emily survint derrière elle. Elle jeta un regard au corps encore agité de spasmes, se fit violence pour ne pas vomir... et courut vers le téléphone, entraînant Alice, claqua et ferma la porte arrière à double tour.

Emily signala le numéro du shérif.

— Emily Harrison à l'appareil. Je suis à la résidence des Quinn. Nous avons été attaquées par une créature monstrueuse. Elle a tué un agent de ville en lui déchirant la tête en deux. S'il vous plaît, envoyez quelqu'un ici tout de suite. Je suis armée d'un fusil, je sais comment m'en servir, faites-vous connaître quand vous serez dans l'coin. Maintenant, hâtez-vous!

— Oui, Madame.

Dan entendit le message le premier et fut le premier à être sur les lieux. Il laissa tourner le moteur de son automobile, prit son fusil. Le capitaine Taylor et le sergent Langford arrivèrent en trombe dix secondes plus tard.

— Alice! Emily! Où êtes-vous? appela Dan.

La porte d'avant s'entrouvrit. Deux visages pâles et tendus mirent le nez dehors. Dan abaissa son arme. Les deux femmes avaient l'air passablement secouées, mais elles n'étaient pas blessées. Emily pointa le doigt vers l'arrière de la maison.

— Ça va, Mesdames?

— Assez, dit Emily, faiblement. Cette horreur puante est partie par là, shérif. Le jeune agent est étendu au détour de la maison. Il est mort ou à peu près.

— Rentrez dans la maison et enfermez-vous à clef.

Emily et Alice retournèrent à l'intérieur... et se barricadèrent.

Un adjoint arriva sur place à son tour, les pneus de son automobile crissant sur le macadam.

Dan le héla:

— Téléphone à l'hôpital. Dites aux docteurs Ramsey et Harrison que leurs femmes sont saines et sauves. Expliquez-leur ce qui est arrivé. Exécution!

— J'ignore ce qui est arrivé, shérif, dit l'adjoint. J'arrive de Seattle où, la nuit dernière, je devais prendre un prisonnier et le ramener ici.

Dan hocha la tête.

— Excuse-moi. Appelle l'hôpital et dis-leur que la momie évadée est dans les parages.

— L'évadée... quoi?

Dan ignora la réaction de son adjoint.

— Dis aux docteurs Ramsey et Harrison de réunir leur équipe et de rappliquer ici dare, dare. Ils sauront de quoi il s'agit.

— Oui, Monsieur, murmura l'adjoint, grognant quelque chose à voix tellement basse que le shérif n'entendit point... clairement.

Imaginant bien de quoi il s'agissait, Dan n'en blâma pas pour autant le jeune homme.

Susan longea le trottoir avec son auto-patrouille.

— Encâblez cette superficie, lui cria-t-il.

Dan, Taylor et Langway arpentèrent prudemment le chemin serpentant le long de la maison. Ils s'arrêtèrent, l'air incrédule, pour contempler la scène du carnage et restèrent immobiles, sans dire mot, durant 30 secondes.

Puis une odeur écoeurante attaqua leur odorat.

Langway s'exclama:

— Peuh! Qu'est-ce que cette odeur?

Dan suivit des yeux une longue traînée de bave verte qu'il avait déjà vue ailleurs.

— Cette matière dégueulasse, qu'est-ce que c'est?

Un cliquetis de caméra se fit entendre derrière eux. Tous se tournèrent pour apercevoir Mille Smith. L'air moqueur, provocante, elle sourit aux policiers.

— Mais oui, shérif, reprit-elle d'une voix encore plus douce. Qu'est-ce que cette matière gluante? J'aimerais tellement entendre vos explications.

11

Mickey regarda l'heure à sa montre. Cependant, il n'arrivait pas à voir clairement les chiffres, car ils changeaient continuellement devant ses yeux. Les chiffres modernes étaient remplacés par d'autres, appartenant à un système inconnu, que l'esprit de Mickey ne pouvait assimiler. Pas encore.

Son évanouissement avait peut-être duré 30 minutes. De toute façon, il s'en fichait.

Mickey essaya de se rappeler ce qu'il pouvait bien faire étendu de tout son long sur le plancher de l'infirmerie de l'école. Alors, il se souvint...examina sa jambe. Du genou en descendant, la peau était fanée et noire.

Un grand sentiment d'indifférence, que Mickey n'avait jamais connu jusque-là, le saisit tout entier. Essayant de comprendre l'étrange langage qui emplissait son cerveau, son esprit capotait. Il savait qui il était et devinait qu'il était cette personne en partie seulement.

Il était devenu quelqu'un d'autre, mais ne savait pas qui.

— Peste! s'exclama-t-il, d'une voix rauque et résonnante qu'il ne se connaissait pas.

Il se mit à rire un moment, se jeta sur ses mains et ses genoux. Il se leva, sa jambe blessée supportant tout son poids. Curieusement, il ne ressentait aucune douleur provenant de la blessure provoquée par les terribles morsures. Il ne trouva pas ça plus étrange qu'il le fallait. Il chercha la raison pour laquelle il se trouvait à l'école et pourquoi l'établissement était désert.

Il n'y parvint pas.

Mickey ne se souvenait plus de la créature rencontrée

dans le soubassement, pas plus qu'il n'était certain de son propre nom, de ceux de ses enfants et de sa femme.

Sa femme. Ouais! Son visage se profila dans sa mémoire. Dieu, qu'il la détestait elle et ses enfants braillards! Pourquoi s'était-il accouplé avec cette femelle?

S'accoupler? Ouais. S'accoupler.

— Ah! oui, se dit-il tout haut, en s'avançant chancelant le long du corridor qui menait vers son sanctuaire de travail, le bureau du directeur.

Le bureau du directeur?

Tout ça à cause de ce maudit Dan Garrett qui lui avait volé l'autre femelle. Quel était son nom déjà? Evonne. La belle Evonne. Vonne, pour les intimes.

Se sentent tout confus, Mickey fit une pause sur le chemin conduisant à son bureau. Juste à ce moment, on frappa à la porte principale et le bruit retentit dans tout l'édifice désert. Il se reposa, récupéra un instant au coin du corridor. Pour quelque obscure raison, il savait que personne ne devait le voir boiter. Il ignorait pourquoi, sauf que ça devait se passer ainsi.

Il jeta au dehors un regard furtif. Pendant que son esprit cherchait à s'accrocher au temps présent, ses yeux brûlaient d'une flamme sauvage.

Elle était là.

Jolie, petite, délicate Denise. Debout, toute seule...attendant qu'on lui ouvre. Mickey s'humecta les lèvres, se remémorant certains souvenirs. Denise, la fille la plus riche du comté. La petite boudeuse qui conduisait la Cadillac jusqu'à l'école et qui se pensait meilleure que quiconque.

Les souvenirs assaillaient brutalement Mickey. Tout ce que son père avait à faire, c'était de dire un mot par ci par là pour que Denise obtienne tout ce qu'elle voulait. Et même plus. Dieu était mieux de protéger celui ou celle qui ne pensait pas ou ne voyait pas comme elle. Car papa, très riche, arrangeait toujours ça au gré de sa fille.

Mickey se souvint de la mercuriale que Tom Moore lui avait servie. En public, encore. Et il lui avait fallu ne pas bouger et tout encaisser sans piper un mot.

Mickey sourit. Marchant vers la porte, il l'ouvrit.

— Oui, Mlle Moore.

— Il me faut prendre quelque chose, Monsieur Reynolds.

112

Avec un léger mouvement de tête, elle passa devant lui en coup de vent.

Pas de «comment allez-vous, Monsieur?». Non. Ou «s'il vous plaît»? Ou «excusez-moi de vous déranger, Monsieur». Elle entrait comme si l'endroit lui appartenait.

Les yeux de Mickey se recouvrirent d'un voile. Il se sentit retourner dans le temps. Des scènes sanglantes de tortures et d'autres scènes de famine...lui traversèrent l'esprit, au fur et à mesure que le sang corrompu circulait dans ses veines. Il se rappelait avoir été près d'un autel, debout, tenant un couteau...qu'il plongeait dans un magnifique corps nu attaché à une pierre rectangulaire. Dans la pierre étaient gravées des reproductions de félins.

Mickey sourit, éclata de rire...très fort. Un immense pouvoir, sauvage, ancien, barbare, remplissait tout son être. Il fixa le postérieur de Denise, moulé dans un jean serré.

— Eh! la putain! lança-t-il.

Elle s'immobilisa dans l'escalier, comme si quelqu'un l'avait frappée entre les deux épaules. Elle se retourna et regarda l'homme.

— Je vous demande pardon?

L'oeil hagard, Mickey s'avança vers elle, un sourire impitoyable sur les lèvres.

Elle resta là bouche bée...comme fascinée.

Dan prévint la femme.

— Vous avez franchi une aire sous contrôle policier, Madame Smith. Comment avez-vous échappé à la surveillance de mon adjoint? Surtout, ne me dites pas que vous n'avez pas vu le cordon de police réglementaire!

Mille Smith rétorqua:

— Votre bla bla bla n'est pas constitutionnel, shérif. En dépit de ce que vos copains 'SS' aimeraient faire, nous sommes en pays libre.

— Ce que vous considérez avec dédain n'est pas inconstitutionnel, Madame Smith. Ne réalisez-vous pas que votre vie est en danger ici?

D'autres adjoints arrivaient sur les lieux et Dan leur ordonna d'étendre le cordon au voisinage. Mille Smith prit deux autres photos, comme il se préparait à partir.

Susan arriva au pas de course, s'arrêta en voyant Mille.

— Comment, diable, êtes-vous arrivée jusqu'ici?

— Tranquille, truie! C'est comme ça qu'ils appellent la femele du porc, n'est-ce pas?

Dan s'interposa.

— Susan, prenez la caméra de Madame Smith, et exposez son film. Informez-vous du coût du film et remboursez-la après que vous l'aurez escortée de l'autre côté du câble.

Susan fit un geste pour s'emparer de la caméra, mais Mille virevolta sur elle-même.

— Je vous poursuivrai en justice, je vous le promets! menaça-t-elle.

Susan mit à jour son bâton de service.

— J'ai été frappée par des cochons plus gros que vous, lui lança Mille.

— Probablement, mais je vous gage que vous n'aurez pas été frappée aussi durement, répliqua Susan.

Mille fixa les yeux hostiles de Susan. Avec un soupir de résignation, elle ouvrit sa caméra, exposa le film.

— Prenez le film et escortez Mille Smith hors de la surface encâblée, ordonna Dan.

Mille partie, Taylor fit remarquer:

— Très bien, Dan. Très au point. Cependant, devant un juge, elle pourrait avoir gain de cause sur vous.

— Mille est la dernière de mes préoccupations.

Un cri de panique et de peur résonna, suivi d'une décharge de fusil.

— Ne tirez pas! cria Dan. Département du shérif.

— Arrêtez de tirer? Au diable! D'abord, sortez cette chose hors de ma cour arrière.

Les policiers s'arrêtèrent en face du perron d'un citoyen un peu trop nerveux. Dans la main gauche, il tenait un fusil à double canon. Ses yeux papillotaient de peur.

— Qu'est-ce qu'il y a? demanda Dan.

— Jésus-Christ, shérif! Je ne sais pas. Je n'ai jamais vu une chose pareille. Ne riez pas, ça me semblait être une momie. Il s'est caché là-bas, dans mon vieil atelier. Il est toujours là, dit l'homme d'un air sombre. Une sorte de filament vert et puant lui coule de la bouche et d'ailleurs. Est-ce humain? J'sais pas.

— Y a-t-il une porte à l'arrière de ce hangar? demanda Dan.

— Non, Monsieur. Même pas une fenêtre. Juste une fenêtre de chaque côté et celle que vous apercevez à la façade. C'est tout.

— L'avez vous touché? demanda Taylor.

— Oui, mais c'est du calibre pour oiseau. Très petit. Ça ne l'a même pas ralenti. Comme vous voyez, il n'y a pas eu beaucoup de dommage.

— Très bien. Merci pour votre aide. Rentrez chez vous et n'en sortez pas.

— D'accord, shérif. Je ne suis plus là déjà.

Le voisin rentré chez lui, Taylor posa une question-piège à Dan:

— Comment, diable! allez-vous demander à une... momie de sortir les mains levées?

Armés d'un fusil à canon scié, Chuck et Herman se joignirent au cordon serré des policiers.

Chuck interrogea son chef avec un sourire contraint:

— Vous avez des ennuis avec la maison d'en face, Dan?

— Mon garçon, j'en ai ici même, répliqua Dan, le regardant.

Chuck secoua la tête.

— Cette femelle, Smith; elle a voulu frapper Susan...qui l'a étendue raide.

— Avec son bâton?

— Non, d'un coup de poing. Ces deux femmes n'ont pas l'air de bien s'entendre.

Soudainement, en provenance de l'atelier-hangar du voisin, un rugissement sauvage éclata.

Taylor et Langway levèrent leurs pistolets. Les autres en firent autant avec leur fusil de chasse. Sous la poussée de la bête humaine, la porte fut arrachée de ses gonds, les morceaux de bois volant d'un côté et de l'autre. Une odeur de cadavre décomposé se répandit dans l'air. La momie AKA AL, l'ingénieur, s'avança dans la lumière du soleil. La matière gluante verte suintait de ses blessures.

Il leva le bras et se mit à rugir en voyant les troupiers. Tenant dans sa main la tête décapitée du policier, il chargea.

— Feu! cria Dan.

Anya et Pet trouvèrent un refuge dans une sorte de garage bâti tout près d'une grande maison en briques située à environ trois milles des limites de Valentine. L'endroit était rempli de caisses et de treillis d'emballage. Une fois de plus, les deux femelles avaient très bien mangé; pour des jours à venir, elles n'auraient pas beson de se nourrir, gavées de chair et de sang humains.

Pour éviter d'être découvertes par un observateur trop curieux, elles avaient fait disparaître toutes traces susceptibles de les trahir. Poussière et toiles d'araignée avaient été laissées intactes, au premier étage où elles se cachaient. D'après leur expérience, elles savaient que les chiens ne pouvaient facilement les traquer. En modifiant leur odeur, elles pouvaient les dérouter. Anya avait changé ses vêtements, maintenant enterrés dans un trou creusé à des milles de là.

Parmi les boîtes, Anya et Pet cherchèrent un endroit où se reposer. Là, se sentant en sécurité, elles attendirent leur réincarnation.

Pendant qu'il violait la fille, Mickey grognait, gémissait. Une série de coups avaient vite convaincu Denise de se soumettre à la perversité toute nouvelle de son violenteur. Ni pleur ni supplication, rien n'y fit. Quand le viol serait consommé, Mickey avait des projets pour la fille. Des projets sanglants.

Le cerveau de Mickey était rempli de visions confuses et il recevait des instructions qu'il pouvait maintenant comprendre.

Sa jambe commençait à pourrir, mais il n'y portait aucune attention.

Les .357 magnums et les carabines .12 de chasse rugirent en même temps, le plomb creusant d'énormes trous dans le corps de la créature. Les policiers firent feu à répétition, mais la créature restait toujours debout et avançait quand même.

Visant soigneusement, le capitaine Taylor l'atteignit entre les deux yeux; la tête de la bête fut violemment projetée vers l'arrière.

116

La momie tomba et mourut une seconde fois.

Et toujours cette bave verte s'échappant de ses blessures, liquide épais, visqueux et maladorant qui donnait envie de vomir.

Rechargeant rapidement son arme, Taylor dit:

— Je n'arrive pas vraiment à y croire. Je vais sûrement me réveiller et découvrir qu'il s'agit d'un bien mauvais rêve. Chaque fois que je me prépare un sandwich au beurre d'arachides, aux cornichons, à la mayonnaise et au pain de seigle, j'ai des cauchemars.

Langway éructa.

— Berkk!

— Double berkk! dit Chuck.

Le capitaine prit un air vexé.

Gantés, masqués et flanqués de médics, les docteurs Ramsey et Harrison traversèrent le rideau de fumée du champ de bataille.

Dan regarda les médics. Il ne reconnaissait aucun d'entre eux. Il étendit un bras pour les arrêter.

— Vas-y, Chuck, je veux d'abord des photographies, dit Dan.

Chuck acquiesça...et partit quérir une caméra.

Quinn souffla à l'oreille de son collègue.

— Magnifique! C'est la chose la plus horriblement extraordinaire que j'ai pu voir de toute ma vie.

À ce moment-là, les policiers se demandaient ce que les médecins pouvaient bien se dire. Mais avant qu'ils aient élucidé la question, Chuck revint avec la caméra.

— Laissez les médics faire ça, conseilla Quinn, levant la main en signe d'avertissement. Question de sécurité.

Dan se rangea à cet avis, et les médics s'approchèrent du corps, Dan leur indiquant sous quels angles il voulait que les photos soient prises.

Un autre médic, que Dan ne connaissait pas, s'approcha de Quinn et lui murmura quelque chose. Derrière son masque, Quinn sourit...et Dan ne put rien lire dans les yeux de l'homme. Il entendit Quinn demander:

— Êtes-vous certain?

— Oui, Monsieur. Le bras a commencé à grossir et n'a montré aucun signe de rejet depuis une heure.

Dan fit semblant de s'absorber dans la phase des pho-

tos, mais il entendit distinctement la suite:
— La nouvelle croissance, qu'est-ce que c'est?
— Ça semble similaire à un foetus, Monsieur.

12

Au sujet de la supposée capacité du bras amputé à reproduire la vie, Dan espérait que Quinn lui raconterait tout.

La carcasse puante identifiée, comme celle d'un être humain, avait été recouverte et transportée par ambulance. Il ne vint pas non plus à l'idée de Dan de vérifier sa caméra, lorsque l'un des étranges médics la lui remit. Maintenant, il ne pouvait plus rien faire pour empêcher les journalistes de donner libre cours à leurs fantaisies. En moins d'une heure, une meute de reporters s'était abattue sur le comté de Ruger, incluant les représentants des principaux réseaux de télévision qui cherchaient l'un et l'autre à rivaliser dans la cueillette des informations.

Désorienté et irrité, Dan s'en remit finalement — pour répondre aux journalistes — aux autorités médicales.

— Je suis un policier, déclara-t-il aux gens de la presse. Mon travail consiste à faire respecter la loi. Mon rôle n'a rien à voir avec la science ou la médecine. Adressez-vous aux médecins.

Quinn le prévint:

— Fais attention, Dan, nous sommes assis sur un baril de poudre. Un peu plus et ce sera la panique généralisée parmi la population.

Dan trouvait étrange le sourire énigmatique du médecin; il y avait chez lui quelque chose d'inhabituel, de changé.

Mais enfin, que voulait-il cacher? Et plus important encore, pourquoi?

Aucun des médecins impliqués dans l'affaire n'avait l'intention de gâter la sauce. Ils avaient des projets qui excluaient Dan.

Aussi rencontrèrent-ils les membres de la presse en

adoptant une attitude des plus professionnelle. Naturellement, ils mentirent tels des arracheurs de dents.

Dan avait demandé à l'un des hommes de Taylor de procéder à l'enregistrement de la conférence de presse. L'écoutant peu après, Dan interrompit l'enregistrement, écoeuré. Tous les médecins mentaient, particulièrement Quinn. Selon eux, AL avait contracté une maladie exotique alors qu'il travaillait en Amérique du Sud. Bien sûr, c'était affreux, car la maladie produisait un effet très proche de la momification de la peau. Rien de plus terrible. Concernant Mesdame Ramsey et Harrison, on les soignait pour choc nerveux. Elles avaient vécu une horrible expérience.

— Ouais! s'exclama Dan. Quelle bande de farceurs!

Ce soir-là, il rentra tard à la maison. Il ne se rappelait pas avoir été aussi fatigué, épuisé, vidé physiquement et mentalement.

Ce qui écoeurait superbement Dan. C'est ce que racontait Quinn au sujet de **AL** qui avait attaqué le chef de police Hardy et madame Milford. Et ce damné Dodge ne se gênait pas pour y aller du même couplet. Voilà, les contribuables payaient pour qu'on leur raconte des histoires.

Dan se débarrassa de ses vêtements sales, prit d'abord une douche bouillante puis froide, se prépara un sandwich et se versa un verre de lait. Après avoir mangé, il s'endormit dans sa chaise. Evonne le recouvrit d'une légère couverture... et alla se coucher, laissant son mari dormir tout son saoul. Vers dix heures, Dan se réveilla et rejoignit Evonne sur la couche conjugale.

À minuit, la sonnerie du téléphone se fit entendre. Dan décrocha le récepteur.

— C'est Chuck, shérif. Regrette de vous sortir du lit. Je sais que vous dormiez. Comme moi. Nous avons d'autres ennuis. Denise Moore n'est pas chez elle et Mickey Reynolds a également disparu. Il se passe quelque chose de pas très régulier, quoi!

— C'est bien drôle! J'aurais bien besoin de rire aussi.

— Drôle et étrange, dit Chuck. Une demi-douzaine d'énormes remorques sont arrivées dans l'coin. Très confidentiel, m'a rapporté Bowie. Des équipes de l'Hydro travaillent au vieux terrain de camions, au nord de la ville, et c'est là que les remorques sont alignées bien sagement. Peintes

120

comme elles le sont, on dirait du militaire. Ça m'a l'air de laboratoires mobiles, Dan. Vous en avez déjà vus... et vous savez ce que je veux dire. Je me suis rendu sur place. Ils ont placé des gardes armés... et refusent de me laisser entrer.

Dan commençait à s'échauffer. Il bouillait intérieurement et son humeur n'avait rien de pacifique.

— Eh bien, nom de Dieu, ils vont me laisser entrer! Est-ce que le capitaine Taylor et Dodge sont sur place?

— Oui, oui, Dan. Dodge fait partie de tout le groupe.

Tout commençait à se préciser dans l'esprit de Dan.

— Fédéral, hein? D'accord. Ça devient clair. Où est Taylor?

— Au motel ainsi que Langway.

— Les reporters?

— Partis... pour la plupart. Ils semblaient satisfaits des explications fournies à la conférence de presse.

— Ouais. Quinn et Dodge y ont mis le paquet. Un bon show. Établis le contact avec Taylor et Langway. Rendez-vous à mon domicile aussitôt que possible.

Dan sentit qu'on le regardait. Vonne était tout à fait réveillée.

— Qu'est-ce qu'il y a, Dan?

— J'sais pas vraiment, Vonne. Peu importe. Ça pue.

— Tu pars au beau milieu de la nuit?

— Oui — J'sais pas à quelle heure je reviendrai.

Taylor et Langway roulèrent ensemble jusqu'au vieux terminus. Chuck, lui, était avec Dan.

— Qu'arrive-t-il avec Mickey et Denise? demanda Garrett.

— Vers 19 heures, Monsieur Moore a téléphoné au bureau pour rapporter qu'il n'avait pas vu sa fille depuis la matinée.

— Nom de Dieu! pourquoi a-t-il attendu aussi longtemps avant de nous téléphoner? Ce n'est pas à vous que je m'en prends, Chuck. Excusez-moi.

— Pas d'offense. Je pense comme vous. J'espionne pas mes enfants, mais, la plupart du temps, je n'ignore pas où ils sont. Les gens fortunés ne font pas les choses comme tout le monde, la plupart du temps. Je ne les comprends pas. Environ dix minutes plus tard, Mme Reynolds me passa un coup de fil. Son mari manque aussi à l'appel. Herman et Bowie ont enquêté sur les deux disparitions. Personne à l'École Secondaire. Pas de véhicule, rien. Tout est sous clef et obscur. Mickey est majeur et vacciné... et Denise a 18 ans. Des adultes. Peux pas faire grand-chose si tôt. Moore proclame qu'il aura notre peau et tout le bataclan. Vous connaissez la chanson.

— Moore peut crier tant qu'il veut. Très bien. Tout ce que nous pouvons faire, c'est de suivre la procédure. Chuck, je viens de me rappeler... Hummm! Il y avait des intérêts fédéraux en jeu quand cette compagnie a fait faillite. Ça tournait autour de l'impôt, des taxes et de prêts du SBA. Washington a tout fait saisir. Maintenant, c'est la propriété du Fédéral. Environ 250 acres de terre, plus les bâtisses.

Dan jura, frappa son volant du plat de la main.

— Diable!

À la croisée des chemins, Dan emprunta une autre route.

— Je sens ce que vous ressentez, avoua Chuck avec amertume. Quelquefois, j'aimerais mieux être cul-terreux que policier. Trop tard, maintenant. Depuis ma sortie de l'armée, je suis flic. Même dans l'armée, j'étais flic.

Taylor et Langway stationnèrent leur véhicule derrière celui de Dan.

Dan passa aux explications.

— Tu penses comme moi, Dan, dit Taylor. Tout ça est un écran de fumée qui recouvre quelque chose.

— Exactement ce que je pense.

— Mais qu'est-ce qu'ils peuvent bien cacher? demanda Langway.

— Je ne sais pas exactement, répondit Dan.

— Bien, si les Feds sont concernés et qu'ils ne veulent pas nous voir sur la propriété fédérale, ils auront gain de cause. J'aimerais quand même savoir ce qui se passe, dit Taylor le ton intrigué.

Une voiture très basse passa à leur hauteur et la conductrice fit résonner le klaxon.

— Est-ce que cette femelle arrive à dormir? demanda Taylor.

— Les vampires dorment-ils? ironisa Chuck.

Ils se mirent à rire de bon coeur et attendirent que les

phares de la sport de Mille disparaissent au lointain, au tournant du terminus. Les policiers poursuivirent leur route et bifurquèrent sur un chemin attenant à la route principale. Ils roulèrent ainsi plus d'un mille, arrivèrent au vieux terminus, stoppèrent devant des grilles cadenassées.

Des écriteaux venaient tout juste d'être accrochés aux grilles.

PROPRIÉTÉ FÉDÉRALE—ENTRÉE INTERDITE—LES CONTREVENANTS SERONT POURSUIVIS.

Sur un autre écriteau plus grand, ils purent lire:
ATTENTION!—GARDES ARMÉS ET CHIENS ENTRAÎNÉS PATROUILLENT CETTE PROPRIÉTÉ. N'ENTREZ PAS!

— Ces bâtards vont vite en affaire quand ils le veulent, n'est-ce pas? fit remarquer Langway.

— Très, très, conclut Dan. Qualificatif et verbe vont bien ensemble.

Il empoigna la grille et fit entrechoquer les maillons de la chaîne cadenassée.

— Arrière! cria une voix basse dans l'obscurité.

— Shérif du comté, Dan Garrett! Et ne me dites pas ce que je dois faire sur mon territoire. Grouillez-vous le cul et avancez vers la barrière pour que je vous voie!

— Doucement. Tous reconnurent la voix de l'agent Dodge. Cette affaire n'est plus de ton ressort. Ne pousse pas trop fort!

— Viens par ici que je puisse te voir, Dodge. Tu as des explications à me fournir.

Dodge s'avança, accompagné d'un autre homme.

Ce dernier refila un porte-cartes à travers les barreaux de la grille.

Dan l'ouvrit et Chuck l'éclaira avec sa torche électrique. Sur l'un des volets, apparaissait le sceau officiel du gouvernement des États-Unis, avec la mention suivante: Bureau Fédéral des Études Spéciales.

— Je n'ai jamais entendu parler de ce bureau, dit Dan.

L'homme sourit.

— En voulez-vous une autre du Département du Trésor? Ou encore du ministère de la Justice? Ou bien du I.C.C. ou du Service Secret?

— Je parierais que vous le pouvez, dit Dan, sarcastique.

Taylor s'exclama:

— Pourquoi pas la C.I.A. quant à faire?

— Voyons, voyons, capitaine, rétorqua l'homme.

Taylor ne fut pas surpris que l'homme sache son nom. L'inconnu poursuivit, gloussant:

— Vous savez que l'Agence ne peut pas opérer dans les limites continentales des U.S.A.?

À son tour, Taylor gloussa, sur le ton qui excluait la bonne humeur.

— Les gars, retournez chez vous, intervint Dodge. Ce n'est pas de votre ressort. De fait, en plus de tous les ennuis que vous avez, on signale d'autres disparitions.

— Les nouvelles vont vite, dit Dan ironiquement. Que se passe-t-il derrière ces grilles?

— Vous n'avez pas à le savoir, répondit l'homme de l'O.S.S. Si vous reposez à nouveau la question, vous pourriez vous retrouver dans une situation très inconfortable. Maintenant, s'il vous plaît, partez!

— C'est l'Amérique ou la Russie? demanda Chuck.

Mais déjà l'agent Dodge et l'homme de l'O.S.S. s'étaient fondus dans la nuit.

— Et maintenant? demanda Chuck,

— Voulez-vous appeler le Gouverneur, capitaine? Peut-être qu'il peut faire la lumière sur cette affaire.

— À première vue, ça ne me plaît pas du tout, pas du tout, répondit le troupier.

Les policiers s'apprêtaient à quitter les lieux, lorsque des silhouettes d'hommes se dressèrent derrière eux, les bottes bruissant sur le gravier fin de l'entrée. Habillés militairement, les hommes ne portaient aucun insigne permettant de les identifier. Ils tenaient des M-16.

— Messieurs, vous devez quitter cette aire tout de suite, dit l'un d'eux d'une voix neutre. Nous allons barrer le chemin en partant de la route principale jusqu'ici.

— Et si nous décidons d'agir autrement? demanda Dan.

— Oh! vous partirez, shérif. D'une façon ou d'une autre. Faites votre choix.

D'une voix basse et menaçante, le capitaine siffla entre ses dents:

— Une minute, le copain! Vos gens ont peut-être l'au-

124

torité pour m'interdire de franchir ces grilles, dit Taylor, pointant du doigt le vieux terminus assombri par la nuit, mais quand vous promenez votre postérieur sur la route plus loin, vous entrez dans mon système, sur mon terrain. Vous pouvez interpréter ça comme bon vous semble.

— En avez-vous à peu près fini, capitaine? demanda l'homme sans nom.

— Pour le moment, répliqua Taylor.

— Bien. Alors, écoutez-moi. Ceci est une affaire de la plus **haute importance nationale**. Si vous voulez vous engager dans un concours de muscle, je n'ai pas à vous expliquez qui va l'emporter. C'est vrai, vous pouvez nous embêter quelque peu sur la grande route, mais pas pour longtemps. Que je sache, vous ne contrôlez pas la voie aérienne.

Le capitaine Taylor avança la tête, le menton en avant.

— Nom de Dieu, que voulez-vous dire par là?

— Tout simplement qu'ils feront venir tout ce dont ils ont besoin par voie aérienne, dit Dan.

— Ces hélicoptères dont j'ai entendu parler, cinq cet... hier après-midi, fit remarquer Chuck.

L'homme ajouta:

— Vous êtes très rapide, shérif. Je m'en souviendrai. Maintenant, nous vous prions de quitter les lieux.

— Nous partons, dit Dan, conciliant, pensant que si le capitaine explosait, ça n'améliorerait pas les choses. Il ne pensait pas qu'on leur tirerait dessus, mais mieux valait ne pas forcer sa chance.

Hors de la propriété fédérale, ils s'arrêtèrent à proximité de la route.

— Mais que diable se passe-t-il là-bas? demanda Taylor.

— Expérimentation médicale, dit Dan, évaluant la situation. Mais pourquoi tant de précautions et de mystère?

Personne ne put répondre.

— Appelons l'appariteur, suggéra Garrett. On va savoir si les personnes disparues ont été retrouvées. Sinon, terminons-en là, et allons dormir. Demain, à mon bureau, nous nous rencontrons. On verra bien s'il y eu un quelconque rebondissement.

Dans le garage du bus de l'École Secondaire, la Cadillac blanche de Denise Moore était stationnée entre deux véhicules en réparation. Le corps nu de la jeune femme était étendu sur le capot, écartelé, ses extrémités solidement attachées. Elle vivait encore, à peine. Le sang dégoulinait sur les ailes, formant de petites mares sur le plancher de ciment. Le liens qui retenaient ses chevilles étaient imbibés d'hémoglobine. Les attaches qui retenaient ses poignets avaient été, par les vitres baissées, enroulées autour de la colonne de conduite. Violée répétitivement et torturée, d'étranges dessins de chats, d'étoiles et de monuments inconnus avaient été taillés dans sa chair satinée.

Pour accomplir ce qu'on lui commandait de faire — instruit silencieusement dans une langue qui était maintenant la sienne — cela avait pris des heures à Mickey. Sa métamorphose atteignait son point culminant. Vieilli, la peau noire et ridée, la bave coulait de sa bouche et ses yeux étaient ceux d'un fou enragé.

Mickey avait dissimulé son automobile non loin de celle de Denise. Il ne pouvait plus conduire, ne s'en souvenait plus. Fini, terminé avec Denise Moore.

Satisfait, il regarda son travail.

Puis, titubant dans les rues de la ville, il se dirigea vers sa maison... prêt à suivre les instructions qu'il avait reçues concernant sa femme.

Tout ce qui restait d'Eddy Brown, quitta en chambranlant le soubassement de l'école secondaire; il entra dans le sous-bois voisin de l'institution, marcha jusqu'au marais, pas très loin d'une petite crique. Il se tint aussi loin que possible de l'eau, dont l'odeur le rendait furieux. Il cogna le sol de son poing, refrénant des hurlements furieux. Il s'éloigna ensuite de l'odeur de l'eau... et se cacha dans un bosquet. Là, il se reposa, et la bave puante s'échappant de ses lèvres coula sur l'épaisse fourrure de poils récemment poussés sur sa poitrine.

Dan se glissa péniblement dans le lit où sa femme se trouvait déjà. Il s'efforça de rester calme, obligeant son esprit à réfléchir en vitesse aux récents événements.

Puis, il s'endormit.

126

Le capitaine Taylor se trouvait seul dans son motel situé aux limites de Valentine. Il avait presque fallu l'intervention du Congrès pour qu'il obtienne une chambre avec téléphone. Veuf, Taylor passait la plupart de son temps sur la route. Il n'aimait pas rester dans sa propre maison.

Sans sa femme, la résidence accentuait sa solitude.

Taylor décida de ne pas attendre le matin pour passer un coup de fil au Gouverneur.

Il ne fut pas surpris d'apprendre que ce dernier avait décidé de partir en vacances, à Sainte-Croix, au Québec. Assez loin pour qu'on ne puisse pas l'atteindre. En vacances pour une quinzaine au moins.

— Enfant de salaud! jura Taylor, reposant le récepteur avec un sourire méprisant.

Allongé sur son lit, le docteur Quinn Ramsey dormait paisiblement. De temps à autre, un sourire se dessinait sur son visage. Il rêvait à des choses plaisantes... aux accolades qu'on lui donnerait pour ses découvertes médicales. Quelle éblouissante découverte! Une tragédie l'avait rendu possible. Le cauchemar se transformerait en une mine d'or. Il deviendrait fameux. Il le pressentait. Toute la presse parlerait de lui.

Quelle perspective réjouissante!

Sur son lit du motel de Richmond, Mille se reposait. Tout éveillée. Peu importe. S'il le fallait, elle avait suffisamment de pilules antisommeil pour tenir le coup durant une semaine.

Cette histoire serait sans doute la plus intéressante jamais racontée. Tout un scoop! Elle serait au sommet. Il y avait de tout: la police cachait l'essentiel sur les meurtres sanglants, les preuves subtilisées ajoutaient au mystère, et, maintenant, une jeune fille et un homme d'âge mûr manquaient à l'appel, probablement retirés quelque part en train de forniquer, le vieux ayant trouvé l'occasion de satisfaire ses fantasmes. De plus, pensait Mille, le Fédéral avait le pied dans le plat, car quelque chose d'étrange et de secret se passait au vieux terminus. En un rien de temps, Mille avait su que le vieux terminus appartenait aux greffes. Tout y était.

Mais que faisaient-ils là?

Était-ce relié aux meurtres?

Sans aucun doute.

Et quelle était donc cette créature qu'elle avait aperçue, hier? Un fou vêtu d'un costume de carnaval. La conférence et ses mensonges... au diable! Les médecins abriaient toute l'histoire pour protéger un shérif cow-boy tirant sur un malade mental désarmé. Elle ne croyait pas non plus à cette histoire de femmes de médecins attaquées par un monstre.

Mais enfin, qu'est-ce que Kenny pouvait bien faire à New York? Elle était sans nouvelle de lui, mais elle savait que si un secret existait, il finirait par le découvrir.

Elle ferma les yeux et s'endormit finalement.

Le comté de Ruger, sous le ciel étoilé, reposait bien sagement. Une véritable scène de carte postale.

Sauf à la résidence des Reynolds. Quel désordre...

13

Mardi

À son réveil et à sa grande surprise, Dan se sentit tout à fait remis de sa fatigue. Il se doucha, se rasa, s'habilla et déjeuna avec Vonne. Les écoles étaient fermées, Carrie avait opté pour la grasse matinée. Autant qu'il le put, Dan parla des événements récents avec sa femme.

— Qu'est-ce que tout cela veut dire?

Dan hocha la tête.

— J'sais pas. Je crois que Quinn est dans cette affaire jusqu'au cou. Il est coroner. Hier soir, Chuck m'a appris que le corps de l'ingénieur, celui que nous avons tué, a été enlevé de la morgue. Et Jimmy a été en quelque sorte déménagé peu de temps avant que Chuck me téléphone.

— Peu importe ce qu'ils sont, est-ce possible qu'ils aient transporté le corps et Jimmy?

— Probablement — peu importe ce qu'ils sont — au vieux terminus. Impressionnant, Vonne. Assez pour que l'Hydro s'amène ici, dans le milieu et que toutes ces lignes soient montées en pleine nuit.

Vonne regarda son mari. De nouvelles rides creusaient son visage. Ses cheveux étaient un peu plus gris.

— Une bonne chose va ressortir de tout cela, dit-elle.

— Vraiment?

— Tu n'es plus dans l'coup. La vieille joute militaire. Tu te rappelles notre temps dans le service?

Il sourit.

— Ne jamais lâcher prise...

— Et c'est ce que tu vas faire, enchaîna-t-elle.

On frappa à la porte.

Dan alla ouvrir. L'agent Dodge du F.B.I. — et le shérif se demanda s'il était vraiment du F.B.I. — se tenait sur le perron.

— D'un côté, dit Dan, vous n'êtes pas le bienvenu ici, mais mon côté shérif est curieux et va vous inviter à entrer et à prendre une tasse de café.

— Merci, répondit Dodge en pénétrant à l'intérieur. Tout ce que je vous demande, c'est d'écouter ma version.

— C'est juste. Bien. J'ai raconté à ma femme tout ce que je pouvais lui dire sur l'affaire.

— Ça me convient, moi aussi je suis marié, l'ami.

Le sourire dentifrice de Dodge agaça Dan. Il était onctueux et tout à fait hypocrite.

L'homme rappelait à Dan beaucoup de ces jeunes opportunistes, politiciens ambitieux aux crocs longs et à la morale élastique. Hyènes au sourire perpétuel, Dan ne faisait confiance à aucun d'eux.

Dodge refusa l'invitation à déjeuner que lui faisait Vonne, et se contenta d'une tasse de café.

— Dan, dit-il, rien de ce qui se passe actuellement ne dépend de moi. — Dan ne le crut pas. — Ni de personne au Bureau. Tu sais que nous n'opérons pas de cette manière. — Cela était vrai, mais Dan était plus que jamais convaincu que Dodge n'appartenait pas au F.B.I. — L'opération m'a été enlevée littéralement des mains, poursuivit-il.

— C'est gros?

— Plus que tu ne penses, l'ami. Jusque dans la stratosphère ou presque. C'est très, très gros.

Tout en approuvant de la tête, Dan versa une seconde tasse de café à son invité.

— Ouais, je vois ça d'ici, Dodge. Mais dis-moi ce qu'est l'Office des Études Spéciales?

— Si tu crois qu'il s'agit de l'Agence, oublie ça. (Dan n'avait jamais cru que ce pouvait l'être.) La C.I.A. ne serait jamais aussi osée dans ses agissements, surtout pas dans une affaire de meurtres aussi effrayants et attirant la presse. L'Agence a vraiment banni ce genre d'action qui n'est pas dans ses prérogatives. L'O.S.S. sans relation aucune avec l'ex O.S.S., est sur la scène depuis peu, avec d'énormes pouvoirs. Sugar Cube connaît son existence, mais il n'y a rien qu'il puisse faire à ce sujet. Je vais être correct, Dan, en te disant que je n'en sais pas plus que toi.

130

Menteur, pensa Dan.

— C'est à la fois militaire, civil, gouvernemental. Ils ont un modeste bureau dans le Maryland. Leurs relations vont très loin au Pentagone. Ils ont beaucoup d'allant. Autre chose, on m'a tout simplement ordonné de travailler jusqu'au bout, n'importe comment, avec leurs agents.

— Laisse-moi continuer, Dodge. Beaucoup d'argent en provenance de groupes conservateurs et fondamentalement religieux, n'est-ce pas?

Dodge roula sa tasse dans sa soucoupe.

— Eh bien, sans commentaire et tout à fait entre nous, oui.

— Très bien, Dodge. Puis-je te demander autre chose? Qu'est-ce que je fais?

— Ne t'en mêle pas... et passe la main. Le reste est confidentiel. Dan, lave ton propre linge. N'essaie pas de laver celui des autres; autrement dit, arrête de pousser si fort!

— C'est à considérer. J'y penserai. Ces remorques tractées au terminus... des laboratoires portatifs?

— Oui.

— Très au point et considérables.

— Ce qui a pu se faire de mieux à mettre ensemble. Un hôpital qu'ils ont installé à cet endroit, Dan.

— Je vois. Très bien. Considérable et, forfanterie mise à part, c'est le gouvernement fédéral?

Dodge ne répondit rien.

— La créature qui a été tirée, hier, elle est là? Et Jimmy aussi?

— Affirmatif.

— Quinn Ramsey est impliqué également?

— Oh! oui, le docteur Harrison aussi. Et les nouveaux du CDC. Aussi bien t'en donner la liste.

— Ne sont pas vraiment du CDC, n'est-ce pas? Laisse tomber le bla bla, Dodge. Je sais qu'ils n'en sont pas. Ils ne l'ont jamais été.

Le sourire de Dodge contenait une bonne part d'admiration contenue.

— Comment as-tu pu en arriver à ces conclusions, Dan?

— Un de mes adjoints les a suivis. Aucun n'a volé vers Atlanta. Tous ont pris l'avion pour Washington.

— Gentil, Dan. J'aurais préféré que tu n'aies pas découvert ça. Sincèrement.

Dan hocha les épaules, marquant sa totale indifférence à ce que Dodge voulait ou ne voulait pas.

— D'accord, Dan, reprit Dodge, excédé. Tu veux le long et le large de l'affaire? Alors, voilà. Ils font partie du Centre militaire de la guerre chimique et biologique. Ça te dit quelque chose?

— Oh! oui, la recherche sans fin de l'arme imparable.

— Tu l'as, l'ami.

— Docteur Goodson?

— Selon ses propres mots, il était complètement consterné. Il en sortit pour retourner à l'Université. Puis il a changé d'avis et il est revenu avec eux. D'après lui, il pouvait peut-être empêcher le pire en travaillant avec eux plutôt que sans eux.

Bon point pour le docteur Goodson, pensa Dan. J'ai un allié dans la place. Il garda cette réflexion pour lui.

— La patrouille de l'autoroute?

— J'ai... compris qu'on leur avait fortement suggéré de ne pas faire de vagues. Précis et concis.

Très gros, se dit Dan. Énorme, trop pour qu'un shérif de comté puisse tout seul y faire face. Mais jusqu'à quel point.

— Par qui?

Dodge haussa les épaules.

Enfant de chienne de menteur! pensa Dan.

— Et tu es ici pour me dire de faire la même chose. Ce n'était pas une question que Dan posait dans une forme interrogative.

Dodge soupira, mit sur son visage un air de chien battu. Un mauvais comédien.

— Ouais, je crains que ce ne soit ça, l'ami.

Dan fit un gros effort pour maîtriser son mauvais caractère.

— Bien, l'ami, fais en sorte qu'aucun reporter ne m'approche. Sinon, sois certain que je soulèverai le couvercle de cette boîte de vers.

Dodge rougit. Ses yeux se durcirent et il pointa Dan du doigt.

— Tu veux ce doigt cassé ou simplement tordu? lui demanda Dan.

Dodge replia son doigt et baissa la main.

— Ce n'est pas nécessaire de déployer tant d'hostilité, l'ami. Je ne suis ici que pour t'aider.

Dan se mit à rire.

— Crois-moi, dit Dodge, si c'est comme ça que tu veux jouer, je peux déployer plus de muscle que toi.

— J'en suis certain... mais je jouerai légalement, Dodge. Vous êtes familier avec ce mot ou ne l'êtes-vous pas de votre côté?

— Il n'y a pas de boîte de vers, Dan.

— C'est pas sérieux.

— Comme une béquille, Dan.

— Explique.

— Il n'existe pas d'homme-momie. Détruit. Pas de bras amputé: détruit. Personne qui ne s'appelle Jimmy. Il a été relâché et il est parti loin, loin, pour une longue période de récupération. Ordre des médecins.

— Allons, allons, Dodge! C'est de la merde et vous le savez.

— Prouve-le, l'ami.

— J'ai les photos.

— Tu n'as pas de photos. Rien de pertinent sur le sujet.

— J'ai les photos des enfants, Al et Jimmy, Donald Drake. Et...

Il s'arrêta en voyant Dodge sourire de son grand sourire niais. Poisson! pensa-t-il. On m'a bien eu. Pris au piège comme un bleu.

— J'ai la curieuse impression que je ne reverrai jamais ces photos. Et pourquoi penserais-je que les médics n'ont pris aucune photo de l'ingénieur mort?

— Tu vois, tu apprends, l'ami. Toutes parties. Un accident arrive quand on utilise une caméra, tu sais?

— Je vois. (Dan vit que sa femme le regardait, le visage tout pâle.) Bien, il reste Mlle Smith. Elle a vu l'homme-momie.

— Nous travaillons là-dessus.

Le visage impassible, Dan continua:

— Dodge, il y a quelque chose dont j'aimerais te faire part. Deux aspects de la question que je voudrais exposer.

— Je t'écoute, l'ami.

— D'abord, vous n'avez pas le droit de faire courir d'autres dangers aux gens de ce comté. Puis, les meurtriers qui ont parti le bal...

— Les gens ne courent aucun danger, l'ami. Nous ne

sommes pas des sauvages, Jésus-Christ! Ce terminus est ceinturé d'une solide et haute clôture en treillis métallique, électrifiée et gardée par des hommes armés jusqu'aux dents. Tous, nous allons collaborer avec vous pour trouver les gens qui ont commis ces meurtres.

— Suppose que je n'accepte pas votre offre?

— Tu n'as pas le choix, l'ami.

— Tu me menaces, Dodge?

— Pas toi, directement. Il tourna les yeux vers Evonne. Dan saisit l'allusion.

— Espèce de...

— Quelque chose d'autre, l'ami.

— Ouais.

— Dis, l'ami.

— Sors de chez moi et en vitesse, l'ami.

Dan exposa toute l'affaire au capitaine Taylor, à Langway, à Chuck Klevan et tous les autres.

Il le fit après qu'il eut fait une recherche complète et minutieuse dans tout le département pour retrouver les photos. Les empreintes digitales avaient également disparu.

— Mais comment ont-ils pu s'introduire ici pour accomplir leur forfait? demanda un adjoint.

— Facile, expliqua Dan. L'un des appariteurs se rappelle avoir reçu un étrange appel téléphonique qui a duré un peu trop longtemps.

Questionné, l'appariteur confirma.

— Oui, Monsieur. Le même jour que la momie a été tuée, je veux dire cette nuit-là, un fou m'a téléphoné et m'a gardé sur la ligne une quinzaine de minutes environ. Jamais je n'ai entendu une pareille histoire de con. Un sourire lugubre sur les lèvres, il s'arrêta et reprit. Et pendant que j'essayais de sortir quelque chose de sensé de cette conversation abracadabrante, avec toute mon attention, quelqu'un a pu s'introduire ici et se servir. N'est-ce pas, shérif?

— Hélas! Alors que j'étais avec le FBI., je montais des opérations similaires. Mais jamais dans une station de police, que diable!

Visiblement, les adjoints étaient furieux. Des collègues, peu importait l'agence, les avaient joués. Le champ de bataille était délimité, l'ennemi identifié et voilà que la trahison...

134

— Les gars, au travail! ordonna Dan.

Les adjoints au service retournèrent sur la route, alors que les appariteurs en congé retournèrent chez eux.

Habillés en civil, quatre patrouilleurs de l'État de Virginie, que Dan connaissait plus ou moins bien, entrèrent dans la pièce.

Taylor prit la parole.

D'une certaine façon, sans qu'il n'y ait eu de précision, on m'a très sérieusement ordonné de collaborer avec cette bande de farceurs du terminus. J'ai dit à mon commandant qu'il n'était plus mon commandant; je lui ai même dit de se fourrer l'ordre dans le c... ce qui ne l'a pas empêché de m'assurer de sa collaboration.

— Est-ce qu'ils vous ont fait le jeu de la sécurité nationale? demanda Chuck. Le chant d'un vieux disque brisé. Ils l'ont fait joué pour moi.

— Oui, ils ont essayé, répondit Taylor. J'ai dit à ce Dodge de malheur de sortir de ma chambre avant que je lui fasse avaler de travers son faux I.D. Je ne crois pas qu'il soit du Bureau.

— Peut-être, rétorqua Dan. S'il l'est, il travaille également ment pour d'autres. Je crois que toutes les agences ont été infiltrées par les gens du O.S.S. Je pense qu'ils existent depuis plus longtemps que ne le prétend Dodge. Ils me semblent très puissants et secrets. Bien plus, j'ai l'assurance qu'il s'agit de la même bande que nous avons eue dans l'Ouest, dans les années 60. Ça continue, mais sur une échelle réduite.

Langway confirma cette version.

— Ouais. Est-ce qu'on a fait un film sur le sujet.

— Exactement, entérina Dan. Basé sur la vérité. Durant deux ans, j'ai travaillé sur l'affaire.

— Réussi? demanda Taylor.

— Pas beaucoup, admit Dan. Chaque fois qu'on se tournait de bord, nous nous heurtions à un mur de pierre. Protection énorme.

— Gentilles personnes, ironisa Chuck.

— Ne les sous-estime pas. Entraînés au maximum physiquement et mentalement, ils n'hésitent pas à te tuer entre deux battements de coeur. À cause d'eux, j'ai perdu un excellent collègue. Autre chose, ne croyez pas que Dodge aime son boulot. Une institution, mais...

— Voulez-vous dire qu'il se retournerait violemment contre eux? demanda Langway.

— S'il s'agit de la même bande, certainement.

— Pensez-vous que ce soit les mêmes? questionna Chuck.

— Oui, patriotique jusqu'au... fanatisme. Ils sont très dangereux.

— Ils tiennent sûrement quelqu'un de très haut placé dans notre État de Virginie, intervint Taylor. De très haut placé. De vieilles histoires déplaisantes, probablement déterrées. Mais dans la Police de l'État, ils n'ont pu attraper qui que ce soit. Pas parce qu'ils n'ont pas essayé. Mon commandant était noir de rage... et je suis modéré. Mais comme nous tous, il reçoit des ordres, précisa Taylor, avec un sourire grimaçant. Cependant, on m'a assuré que je pourrais, avec Scott, Langway et quatre autres troupiers, prendre quelques jours de congé. Que si nous voulions les prendre dans notre propre comté, ça nous concernait. J'ai répondu à mon supérieur que des vacances me plairaient ainsi qu'à Langway, sans oublier Lewis, Collin Hawkes et Forbes. Vous pouvez me croire, ce ne sont pas des manchots.

Dan approuva de la tête.

— Combien de temps... dureront vos vacances?

— Le temps que ça prendra, répondit Taylor. Et c'est définitif.

Dan examina les autres troupiers présumément en vacances et en fait libérés, paye assurée, pour un bon bout de temps.

— Vous réalisez, Messieurs, que dans cette affaire, votre emploi peut être mis en cause. Le savez-vous?

— J'ai pris un congé pour une raison tout à fait médicale, dit le troupier Lewis. Vieille blessure au Vietnam.

— Même si elle en sera la dernière avertie, ma femme attend un bébé. Quelle surprise! renchérit Collins.

Le ton neutre, Hawkes débita:

— J'ai pas mal de sur-temps à récupérer. J'en fais ce que je veux.

— Mon père est très malade et il faut que je l'aide à rentrer sa récolte, renchérit Forbes.

Chuck éclata de rire.

136

— Vous êtes bien la plus fieffée bande de menteurs que j'aie rencontrée!

Les quatre hommes affichèrent leur sourire le plus innocent. Ils avaient tous moins de 30 ans, ils étaient en parfaire conditions physiques et en voulaient...

— Dan, intervint Taylor, ces gars-là représentent une section de la Division Tactique Spéciale. Pure coïncidence, évidemment, laissa-t-il tomber, d'une voix calme.

— Naturellement, dit Dan, sur le même ton. Vous êtes tous en congé officiel?

— Exact, répondit Taylor.

Un adjoint s'arrêta devant la porte du bureau de Dan.

— Shérif, j'ai eu un appel du voisin de Mickey Reynolds. Hier soir, il y a eu un énorme chahut, et les lumières sont restées allumées toute la nuit. Le voisin affirme n'avoir rien entendu ce matin, en provenance de la maison. Tous les stores sont baissés. Il prétend que c'est inhabituel.

— D'accord, dit Dan. Chuck, présente tous ces vacanciers à la ronde. Je vais voir ce qui se passe.

— Si tu le permets, je t'accompagne, dit Taylor.

— Avec plaisir.

L'appariteur en service repassa la tête dans la porte.

— Un autre cadavre retrouvé, shérif.

Quelle journée!

Dan était écartelé entre l'idée d'enquêter sur le DB ou se rendre à la résidence des Reynolds. Va pour la résidence. Quelque chose le chicotait et son intuition le poussait dans cette direction. Il était important d'aller voir...

Habillés en civil, Taylor et Dan firent la course ensemble. Dans leur étui, sous l'aisselle, ils portaient leurs pistolets.

En face de la maison, ils stationnèrent leur véhicule, restèrent assis un moment, examinèrent les lieux. En effet, tous les rideaux étaient tirés et les stores baissés. Une impression de vide, telle un effluve malsain, imprégnait les lieux.

L'air blasé, s'attendant au pire, comme si cela était normal, Taylor dit:

— Pfuit! Aime pas ça... rien de bon là-dedans!

— Ouais, ouais. Nous sommes deux à ressentir la même chose. Bon, ben, allons-y.

Dan pressa le bouton de la sonnette, frappa à la porte... à l'ébranler. Rien.

Il tourna la poignée, la porte s'ouvrit sous la brusque poussée. Un chat bondit vers les deux hommes, sifflant et hurlant, ficha le camp en coup de vent, sauta sur le gazon, pissa un bon coup et s'assit sur un tertre en fixant les policiers de ses yeux de fauve.

— Sale bête! éructa Taylor, dans un gargouillis. Elle m'a fait vieillir de peur de cinq ans.

— Au moins cinq ans, approuva Dan. Il appela: Mickey, Betty. Quelqu'un à la maison?

Seul le silence s'imposa. Tout était immobile, plus quelque chose d'autre: une odeur très forte de transpiration et une émanation fétide familière à Dan.

Taylor s'exclama:

— Ça pue comme dans un vestiaire de gymnase qui n'a pas été nettoyé durant un mois!

— Ouais. Dan repoussa la porte, laissant pénétrer la lumière qui éclaira le foyer minuscule, éteint. Alors, Dan fit la relation avec ce qu'il avait senti dans la cour arrière des Milford.

L'intérieur de la maison ressemblait à un immense champ de bataille.

— Nom de Dieu! s'exclama Taylor, regardant par dessus l'épaule de Dan.

— Allons voir en arrière, dit Dan.

— J'y vais avec toi.

À moitié arrachée, la porte moustiquaire du perron arrière battait au vent. La porte de la cuisine était défoncée. Un grille-pain reposait parmi le pain et du verre émietté; il était bosselé et plié en deux.

— Chicane de famille, déduisit Taylor. Tu les connais, n'est-ce pas? Moi, non.

— J'pense pas. Pas le genre. Naturellement, il arrive parfois que les gens craquent. Tout peut arriver.

— Simple remarque. Les chicanes de famille sont peu nombreuses aux abords de l'autoroute. Taylor était et restait un flic de circulation routière, ayant du mépris pour ceux qui mélangeaient alcool et conduite automobiles. Simplement des corps déchiquetés, à cause de conducteurs

138

ignorants, insouciants, arrogants, et très souvent saouls, ex-pliqua-t-il.

Dan, le premier, grimpa sur le perron. La cuisine était en aussi piètre état que le salon.

Une série de dessins et de peintures murales attira leur muette attention.

— Affreuses! commenta Taylor, résumant ses impressions.

— Ouais, renchérit Dan, le doigt en avant. Des chats et chattes de toutes les dimensions et de toutes sortes. Et des dessins plus ou moins habiles de sacrifices humains. Il s'ap-procha, toucha l'un des dessins, de couleur rouge, soupira de soulagement. Crayon rouge. Je pensais que c'était du sang.

Taylor s'approcha, examina minutieusement le mur.

— Dans ce dessin, un enfant porte un chat. Qu'est-ce que ça peut bien vouloir dire? Qu'en penses-tu?

— J'sais pas.

Une voix résonna à partir du perron arrière.

— Ça en fait trois.

14

Le seul visiteur du second plancher du garage, servant de dépôt, était un chat solitaire et silencieux. Des messages télépathiques furent échangés entre Anya, Pet et le chat... qui quitta les lieux. Anya et Pet savaient qu'elles étaient en sécurité, comme elles ne l'avaient pas été depuis longtemps; personne n'avait approché l'édifice dans lequel elles s'étaient installées. L'inoccupation leur sembla tellement évidente qu'elles décidèrent d'y rester pour un certain temps. Elles se sentaient en sécurité, mais elles savaient aussi qu'elles ne devaient pas bouger. La réincarnation était proche.

Ce n'était plus tellement sûr, maintenant, de voyager dans la campagne. Trop d'hommes armés les recherchaient. Durant plusieurs jours, elles avaient essayé de quitter la région, sans doute pour tester et vérifier ce qu'elles sentaient intuitivement, mais des voix mystérieuses les forçaient à rester sur les lieux, ce qui les confirmait dans leur décision de ne pas partir. Autour d'elles régnait une agitation silencieuse.

D'anciennes voix, longtemps muettes, faisaient retentir l'écho psychique de la région. Le Maître n'était pas loin, attendant, surveillant. Anya et Pet pouvaient sentir les Anciens s'efforçant de se réincarner.

Le moment ultime approchait. En demandant l'aide de ses semblables, Pet avait rempli sa mission. Ces derniers, formés en groupes, attendaient, prêts à agir.

Anya et Pet attendaient donc, écoutant attentivement ce que leur disaient les Voix, auxquelles d'autres Voix joignaient leurs rires sataniques.

Des lamentations d'outre-tombe bruissaient dans l'éther, et seuls ceux qui adoraient le dieu de la Noirceur, du Mal et de la Pourriture pouvaient les entendre.

Ils étaient là.

Anya et Pet riaient... riaient.

— Comme une vieille cenne noire, au moment où nous nous y attendions le moins. Tu te souviens, Dan? demanda Dodge.

Dodge examinait les lieux; à la cuisine en morceaux, dévastée par une furie démoniaque, il prêta peu d'attention, les dessins sur les murs captant sa curiosité.

— Vous alliez me dire quelque chose, shérif?

— Eh bien, même si nous ne sommes pas des professionnels comme vous, dit Dodge, d'un ton sec, nous allons quand même essayer de passer à travers cette dramatique aventure. Même si nous ne sommes que des policiers du genre culs-terreux, nous allons faire notre possible.

Dodge sourit.

— Vous ne m'aimez pas beaucoup, capitaine?

Les yeux de Taylor exprimaient ce qu'il ressentait.

— Tout comme vous, capitaine, je prends des ordres et je fais mon devoir. Mais... je vous croyais en vacances?

— Je le suis. Vous aimeriez que je les prenne ailleurs, Dodge?

— Pas du tout, dit Dodge. — Fouillant dans la poche de sa veste, il en sortit un papier plié. — Ce sont les ordres du Gouverneur, Messieurs. Ce qui arrive dans votre comté, et vous savez, les amis, ce dont je parle, doit être coordonné par mon Département. Ici, c'est moi. Vous voulez lire ce papier?

Taylor lui arracha presque le document des mains... et lut attentivement.

— Légal, laissa-t-il tomber.

— Est-ce que je mentirais? demanda-t-il, innocemment, en écartant les mains.

Dan lut le document à son tour et le remit à Dodge.

— Je crois à cela... et à bien d'autres choses encore, dit Dan. De plus, je ne crois pas que vous apparteniez au FBI.

— J'ai commencé avec eux. J'étais un bon agent... et je suis encore associé avec eux. D'une certaine façon, c'est tout ce que vous en savez et que vous avez besoin de savoir.

Taylor ne pouvait plus supporter l'homme.

— Dodge, vous êtes un vrai con.

— Je regrette que vous le pensiez, capitaine. Je... euh... je le regrette vraiment.

— Bien sûr.

Dodge hocha la tête.

— Passons aux affaires. De quoi s'agit-il? enchaîna-t-il, avec un grand geste de la main.

— Nous l'ignorons, dit Dan. Nous procédions à une investigation quand tu as décidé de faire aller ta grande gueule. Peut-on poursuivre l'inspection?

— Certainement. Ne vous gênez pas pour moi.

— Par quoi tenez-vous notre Gouverneur pour qu'il signe un papier pareil? demanda Taylor.

— Aucune idée. Il doit simplement être un bon citoyen désireux de collaborer avec nous.

— C'est évident.

Dodge branla la tête.

— Je ne sais pas, les gars... je ne sais vraiment pas. Je ne sais pas vraiment. Croyez-moi, ne bousculez pas trop ces gens. Ils jouent dur. Croyez-moi.

— À entendre ça, on pourrait croire que vous avez quelques réticences à leur sujet, dit Dan.

Encore une fois, Dodge, pour toute réponse, haussa les épaules.

Le trio parcourut la maison, inspectant chaque pièce. Sur chacun des murs, il y avait des dessins et des peintures... mais aucune présence humaine. Pas de cadavre, seulement cette odeur écoeurante qui soulevait l'estomac. Même si une lutte terrible avait eu lieu, il n'y avait aucune trace de sang. Entre quelqu'un et quelqu'un d'autre. Mais qui?

— Qu'en pensez-vous, shérif? demanda Dodge.

— Pas d'idée précise. (Il arrivait parfois que Dodge se montre aimable, pensa Dan.) Ça nous rendrait la partie plus facile si vous nous disiez vraiment ce qui se passe au vieux terminus.

Dodge s'appuya contre le mur, regarda les deux policiers... et ouvrit les vannes.

— À 17 ans, j'étais dans la Marine. Un an plus tard, je fus affecté au service de l'intelligence de ladite Marine. Ils trouvèrent que j'étais un sujet brillant pour un travail qui ne demandait que quelques aptitudes. Cela me fit une belle jambe. J'ai suivi un certain nombre de cours universitaires et, licencié de la Marine, j'ai abouti au N.Y.C.C. Comme vous, Dan, et le capitaine Taylor, j'ai été un flic durant toute ma vie professionnelle. Vous voulez que je joue fair-play avec vous? D'accord. J'ignore ce que mijotent les savants de cette bande-là. Mais j'avoue que ça me fait peur. Je crois qu'ils manipulent des échantillons de sang, chromosomes et chromosphères, et le reste que Dieu sait... mais pas moi. Je vous l'ai dit, et c'est vrai, ça me fait peur. Il y a ce bras là-bas qui se transforme en un nouveau corps. Eh oui! Un corps tout neuf. Quant à cette momie-machin que vous avez liquidée, vous pensez qu'elle est morte? Oubliez ça. Elle est vivante et en bonne santé.

Dan et Taylor écoutaient Dodge, avec une curiosité mêlée de fascination et d'horreur.

— Ce que je crains, c'est que l'on en perde le contrôle. Comme cette fois, dans l'Ouest, avec le bétail. Pendant que vous étiez dans la partie sud, Dan, j'étais dans la partie nord. J'ai tout vu. C'est la même bande de gars... plus âgés, plus sagaces, plus rusés et bien plus endurcis. Je me suis opposé à l'installation des laboratoires dans votre comté. Que vous le croyiez ou pas, je suis donc sur la liste des oppositionnistes. Peu m'importe. Oui, ça me fait quelque chose. J'en ai assez de cette affaire. Je veux redevenir un flic. Hélas! j'en sais trop, beaucoup trop à leur goût. Ce que j'avais prédit arrive actuellement ici, à Ruger. Mais ils voulaient absolument que les laboratoires soient tout près. On a fait fi de mon opposition. C'est tout, les gars. Dénoncez-moi et vous ne me reverrez plus jamais. Je ne vous en blâmerai pas. Dans ces laboratoires, ils font des expériences sur l'humain. Ça, je le sais et je prendrais même un PSE ou un test au polygraphe pour le prouver.

Dan et Taylor ne doutaient pas du tout de ce que racontait Dodge. Et même s'il n'avait pas tellement envie d'entendre la réponse, Dan lui posa la question:

— Et puis, qu'arrive-t-il de tout ce que tu as prédit?

Dodge agita la main.

— Ça se répand. L'infection se répand. La chose vieillit. La maladie. Merde! J'ignore en quoi cela consiste. Les médecins et chercheurs du OSS s'en fichent éperdument. Dan,

143

ce que je viens de raconter ne doit pas sortir de cette pièce. Si tu parles, t'es mort. Vous aussi, capitaine Taylor. Mais avant que vous soyez morts, vous serez la risée du comté. Ces gars-là sont si efficaces, si compétents, qu'ils peuvent nettoyer la place et partir en moins de 25 minutes. Je les ai vus faire avec bien plus de matériel qu'ils n'en ont ici. Tout ce que vous aurez comme preuve, c'est le pouce dans l'cul!

Taylor demanda:

— Cet incident, il y a deux ans, survenu au Missouri? Quelque chose comme une fuite de produits chimiques. Ce n'en était pas, n'est-ce pas?

— Bien, plus ou moins, dit Dodge, grimaçant. Ça ne devait pas arriver. Malheureusement... Vous voyez à quel point leur couverture est habile et rapide.

— Peux-tu me renseigner sur ces médecins et chercheurs OSS? demanda Dan.

— Quand j'ai pris l'intérêt des gens de ce comté, les médecins m'ont dit qu'il n'y avait pas à se préoccuper. Que ce comté convenait aussi bien que n'importe quel autre pour contenir toute panique si jamais quelque chose clochait. Moi, je vous le dis, c'est du vrai Frankenstein. Je crois sincèrement que nous avons affaire... ne riez pas... affaire, enfin, que nous ne pouvons comprendre. Comme un pouvoir au delà de l'humain.

— Tu veux dire, comme Dieu? demanda Taylor.

— Oh! non, plutôt le contraire, corrigea Dodge.

— Wohh! dit Dodge, devenant impatient.

— Non, non, je suis sérieux. Cette momie-machin parle en une langue ancienne indéchiffrable. Un des médecins est un spécialiste amateur des langues mortes anciennes. Il m'a avoué qu'il n'avait jamais entendu un tel langage. Il a quand même réussi à saisir des bribes de langage et établir ainsi que deux plus deux font quatre à propos de certaines choses, particulièrement avec trois ou quatre mots-clés. La momie s'adresse au Dieu Noirceur. Le Maître de l'obscur. Avec tout ce que ça comporte, vous n'avez pas besoin d'un dessin.

Taylor sentit un long frisson lui parcourir l'échine. Une fois de plus, il examina les murales obscènes, regarda de très près l'une d'entre elles. Indescriptible... par son côté révoltant. Ce n'était ni animal ni humain, mais un monstre hi-

144

deux sans relation aucune avec l'être biologique qu'est l'homme.

Il se signa.

— Je pourrais jurer que ceci n'était pas là, il y a quelques minutes.

Dodge approuva.

— Je vous crois, Taylor.

La sonnerie du téléphone les fit sursauter. Dan souleva le récepteur et écouta durant quelques secondes, replaça l'appareil et regarda Dodge. Ce dernier examinait le dessin qui avait attiré l'attention de Taylor. Les contours se modifiaient à vue d'oeil.

— Dieu, qui êtes au Ciel! s'exclama Dodge, les mots s'émiettant sur ses lèvres sèches.

L'horreur dans l'âme, Dan et Taylor fixaient le dessin. En lignes humides, le dessin au crayon rouge suintait le long du mur. Les mains tremblantes, Dodge prit une serviette de table qui traînait sur la table de la cuisine et l'approcha du liquide qui rougissait le papier.

— C'est de l'hémoglobine... du sang, murmura-t-il.

Il recula, empaqueta la serviette dans un morceau de papier d'aluminium qu'il ramassa sur le plancher et mit le paquet dans sa poche.

— J'aimerais voir le rapport du lab, dit-il.

Dodge regarda le vieux troupier.

— Je ne suis pas si sûr de vouloir le voir moi-même. Vous voyez ce que je veux dire?

Il se secoua, tâta la poche dans laquelle il avait placé la serviette et regarda à nouveau le mur. Cette saloperie n'était plus visible, à part une longue traînée de sang visqueux.

— Quand avez-vous pensé que tout ce qui survenait dans cette affaire était l'oeuvre de Satan? demanda Taylor.

— Au départ, quand c'est arrivé. Ne me demandez pas comment ni pourquoi. C'était comme ça: un sentiment, une intuition, puis une certitude.

Dodge se tourna vers Dan.

— Qui donc téléphonait?

— Un de mes adjoints. Ils ont retrouvé la fille Moore, vivante... mais à peine. Elle a été violée et torturée; elle avait d'étranges coupures dans la chair, représentant des félins, des enfants et de curieux symboles. La balle est dans votre cour, Dodge. Où la conduit-on?

Dodge soupira. Il semblait tourmenté.

— Nous n'avons pas le choix, conclut le capitaine Taylor. Voici. Si elle a été infectée et que nous la sortons du comté, elle mettra d'autres vies en danger. Si nous appelons vos gens, Dodge, elle servira de cobaye humain. Tout y est, n'est-ce pas?

— C'est ça, dit Dodge, affirmatif, regardant Dan, de même le capitaine Taylor.

Le shérif examinait la plaque gluante sur le mur, la flaque de sang sur le plancher. Il décrocha le récepteur et le tendit à Dodge.

— Appelez-les, Dodge. Dites-leur d'aller la chercher à l'école. Je n'ai pas le droit de mettre en danger la vie des autres.

Les yeux de Dodge reflétèrent une profonde tristesse quand il prit le téléphone des mains de Dan.

— Je regrette profondément. Vraiment, Dan. J'aimerais que vous me croyiez tous les deux.

— Nous te croyons... et nous nous excusons, dit Taylor.

Dodge les regarda.

— Écoutez, les gars, si vous pensez que j'ai un coeur de pierre, attendez de rencontrer ceux qui font ce travail à plein temps.

Quand Dan et Taylor se présentèrent à l'école, une remorque était là, le cul entré dans le garage à remiser les autobus scolaire. Dan savait ce qu'il y avait dans la remorque. La voiture de Denise. Il jeta un coup d'oeil à l'intérieur du garage, y vit six hommes et femmes en salopettes qui terminaient leur travail. Ils restèrent silencieux, ne lui adressèrent pas la parole et Dan n'en fut pas offusqué. Il préférait qu'il en soit ainsi.

Le temps qu'il avait fallu à Dan et au capitaine pour terminer leur enquête à la maison des Reynolds et pour se rendre ensuite à l'école, toute trace de l'horrible drame avait été effacée. Dan savait qu'une inspection minutieuse révélerait la présence de sang et de chair dans les interstices du plancher et des murs, mais pour des yeux de profane, l'endroit était impeccable, propre.

Plus l'escamotage continuait, plus Dan entrait, qu'il le

veuille ou non, dans le jeu des autres... sans pouvoir s'en sortir.

L'homme qui se trouvait avec Dodge, de l'autre côté de la barrière close, la nuit précédente, grillait une cigarette appuyé sur un autobus.

Dan alla jusqu'à lui. Froid, indéchiffrable, l'homme leva une paupière.

— Comment est-ce que je vous appelle? demanda Dan.

— Lou m'ira très bien, shérif.

— Puis-je voir la fille?

— Certainement, shérif. Vous êtes plongé jusqu'au cou dans cet escamotage. Ça ne sert à rien de vous cacher quelque chose. Si vous parlez trop, ça vous retombera sur le nez.

Le ton sarcastique, Dan ajouta:

— Contre mon gré, je dois collaborer avec vous. Ce sont les ordres, Lou.

En homme qui savait apprécier, Lou répliqua:

— Et nous détenons le document donnant cet ordre, shérif.

Coincé, Dan grogna, sachant fort bien que le seul chemin à suivre était la fuite en avant.

— Très gentil, laissa-t-il tomber, le ton désabusé.

Lou extirpa une douzaine de photos-poloroïd de ses salopettes et les lui remit. Pendant que Dan regardait les photos, Lou scrutait son visage.

Au fur et à mesure que Dan et Taylor se repassaient les instantanés, ils restaient silencieux. Dan n'arrivait pas à imaginer ce que la fille avait pu endurer et rester vivante tant la torture était sauvagement raffinée. Sur quelques-unes des photos, le corps apparaissait lavé des souillures, pour que les coupures dans la chair soient bien visibles.

— Mais avec quoi l'avez-vous lavée? demanda Taylor.

— Avec le boyau d'arrosage, répondit Lou.

Dan regarda l'homme dont l'insensibilité le stupéfiait.

— De toute façon, elle va mourir. Y'a rien là.

— Après avoir subi toutes ces tortures, la fille est-elle encore en vie? demanda Taylor.

— Ouais, à peine. Elle a perdu beaucoup de sang. Les coupures elles-mêmes ne sont pas tellement profondes. Peut-être dira-t-elle quelque chose au médecin. Qui sait?

— Et si elle survit? dit Dan.

Le sourire de Lou ne se départit pas de sa dureté.

— Nous avons des spécialistes qui peuvent arranger ça. Elle ne se souviendra de rien. Comme un mauvais rêve qui s'estompe. Miracles de la médecine moderne et autres choses.

— Mourra-t-elle? insista Taylor.

— Son corps ne sera jamais retrouvé. Si, par hasard, quelqu'un le découvrait, ce sera une autre Jane Doe.

Ni Dan ni Taylor ne digéraient cette froideur cynique.

— Mais que ferez-vous de la voiture? s'enquit Dan.

Le sourire de Lou s'élargit.

— Vous voulez vraiment tout savoir, shérif?

Soudainement, Dan se sentit l'estomac en compote.

— Oubliez ça.

— Bah! Allons, les gars! lança Lou, sur un ton amical. Ce n'est rien. Durant deux ans, j'ai travaillé en Allemagne de l'Est. Si vous aviez vu ce qui se passait là-bas. Diable, les gars, la petite dame n'est pas autre chose qu'un pion parmi deux cent trente-cinq millions d'autres pions. Ça ne fera même pas clignoter la statistique de la démographie du comté. Eh!... où peut-on manger convenablement dans ce bled? J'ai faim.

15

Dan et Taylor avaient tous deux noté le sigle sur les salopettes des travailleurs: HPB Trucking. Comme ils roulaient sur le site du DB, ils aperçurent plusieurs autres de ces travailleurs, tous vêtus de la même façon. Ils faisaient leurs emplettes au supermarché du coin, achetait un journal, déjeunaient dans un comptoir-lunch, s'intégrant très bien à la société locale. Ils se montraient amicaux et courtois. Ainsi mêlés à la foule, ils pouvaient plus facilement passer inaperçus.

— Je me demande bien combien de fois le même scénario a été joué à travers le territoire du pays? se demanda Taylor, tout haut.

— Plus souvent que le citoyen ordinaire ne peut l'imaginer, lui répondit Dan. Personnellement, je connais une agence fédérale, que je ne nommerai pas, et il ne s'agit pas de la C.I.A. installée dans de nombreuses sociétés d'affaire utilisées comme façades. Financièrement, elles sont rentables. De toute façon elles n'ont qu'à demander des fonds supplémentaires à nos chers élus s'il y a un projet auquel elles veulent participer.

— Vous blaguez?

— Pas du tout.

— Pourquoi ne sont-elles pas dénoncées?

— De temps à autre, certains essaient. Mais imaginez l'armée de comptables, d'experts fiscaux, d'avocats, travaillant 24 heures par jour, seulement pour gratter la surface. Ensuite, ces sociétés sont gérées par des civils qui ne connaissent pas les véritables patrons de l'affaire. Comme le dicton le dit si bien: Tout être humain a un ou plusieurs squelettes dans son placard. Et lorsque les enquêteurs de l'agence visée trouvent un point faible chez les acccusateurs, toute attaque s'écroule.

Taylor secoua la tête.

— À long terme, je suppose que c'est nécessaire.

— La plupart du temps. Au moins, c'est ce que je me dis. J'ai aussi besoin de dormir la nuit.

— Ouais, moi aussi.

Dan fit découvrir le corps. Effroyable. Le pire jusque-là. La chair avait été mâchouillée violemment un peu partout, le sang sucé, laissant la peau blanche comme du marbre.

Dodge était sur place. Les hommes se regardèrent et Dodge rompit le silence.

— Vous le connaissez, shérif?

— Non. Un passant, probablement, auto-stoppeur certainement. Avez-vous fouillé son sac à dos?

— Un auto-stoppeur un peu con et mort, grogna Taylor. Il y longtemps que les fins filous ont cessé de transporter de l'herbe.

Soulagé que ses yeux quittent la chair torturée de l'homme étendu devant lui, Dan regarda Dodge.

— J'imagine que vous voulez ce qui en reste?

— Ouais.

— Je voudrais un coupe-fil m'autorisant à entrer et à sortir à volonté, jour et nuit, du vieux terminus.

— Je vais voir si je peux arranger ça, mais rien de promis, Dan.

— J'entends bien.

— H.P.B. Trucking existe-t-il vraiment? demanda Taylor.

— Oui, oui. Beaucoup de contrats du gouvernement fédéral. HPB a beaucoup de poids, beaucoup de SST.

— De quoi? demanda l'adjoint répondant au nom de Forest.

— Transports sécuritaires et sûrs.

— Matériel nucléaire? chuchota Taylor.

Surveillant les employés qui plaçaient le corps dans un sac de polythène étanche, pour le placer ensuite dans la camionnette, ils attendaient, debout. La lunette arrière du véhicule était légèrement obscurcie. Sur la porte, l'écriteau mentionnait: HPB Trucking.

Lisant dans l'esprit de Dodge, Dan dit:

— C'est mieux comme ça. Ça réduit la méfiance et la curiosité. Quant au personnel régulier de l'hôpital, il se charge des appels de routine, utilisant l'équipement de l'hôpital.

Taylor s'étonna:

— Mais n'ont-ils pas commencé à se fâcher, à avoir des doutes lorsqu'ils ont été déplacés?

— Pas après avoir reçu 5 000$ chacun et un sérieux sermon sur la sécurité nationale, répondit Dodge.

— Comme question de fait, H.P.B. doit faire de bons bénéfices, railla Dan.

— Aucun doute. Le... ah... les membres du personnel régulier sont syndiqués et reçoivent de bons bénéfices marginaux.

— Tout est bien qui finit bien, conclut Taylor.

Deux longues roulottes avaient été abouchées bout à bout, constituant un laboratoire très bien équipé, aux dimensions respectables.

Deux autres roulottes avaient été placées le long des autres, une de chaque côté, les portes se faisant face et se soudant par des attaches solides.

L'une des roulottes placées de côté servait d'hôpital, l'autre de morgue, de salle d'autopsie incluant un congélateur pour les cadavres.

En cas de panne d'électricité, une puissante génératrice pouvait prendre le relai en moins de dix secondes, maintenant une température constante dans les maisons sur roues.

Une autre roulotte, particulièrement longue, n'était pas utilisée, mais elle pouvait devenir opérationnelle au besoin, en quelques minutes. Mais ce besoin viendrait... et plus vite que tout le monde le pensait.

Denise reposait sur l'une des tables d'opération. Du sang rouge se précipitait dans ses veines privées du sien, par le biais d'une aiguille attachée à son bras; un antibiotique était injecté dans l'autre bras. Les chirurgiens regardaient son corps nu, torturé.

— Quel gaspillage, dit l'un qui travaillait à réparer le

côté gauche de la victime.

— Jeune, forte et en santé, fit remarquer Goodson qui l'observait. Elle a une chance de s'en sortir, faible... mais réelle.

— Soixante-quatre, lança un autre chirurgien. En la douchant avec le boyau d'arrosage, ce con de Lou nous a mis sur les bras un autre problème dont nous n'avions guère besoin.

— Ouais, pneumonie, renchérit un autre chirurgien ganté, masquée et tout de blanc vêtu. Combien de fois lui ai-je dit d'y aller mollo!

— Cette pauvre enfant a besoin d'être soignée dans un hôpital, fit remarquer sentencieusement le docteur Goodson.

Bennett, le médecin-chef de l'OSS, sourit.

— Regardez autour de vous, docteur... et vous verrez dix millions de dollars d'équipement. Environnement complètement stérile. C'est un hôpital de campagne. Il n'y a rien qu'un hôpital en dur ne puisse faire que nous ne pouvons faire ici en ce moment et dans ce cas particulier. Nous sommes des scientifiques, oui, mais aussi des médecins. Si elle peut être sauvée, elle le sera. Si vous n'aimez pas ce que nous faisons ici, vous pouvez toujours partir. Mais motus, pas un mot. Attention, Robert... ce point... un de plus. Là. Bon. Pas de cicatrice. Beau travail!

Au-dessus du masque, les yeux du chirurgien éclataient d'humeur.

— Est-ce que notre travail est suffisamment professionnel pour votre satisfaction, docteur?

Goodson grogna entre ses dents. Il devait admettre que les chirurgiens présents étaient aussi compétents que n'importe quel chirurgien dans le civil. Plus, peut-être. Que le diable les emporte! Il ne leur avouerait certainement pas ça.

Goodson resta donc silencieux, écoutant les murmures des machines.

— Pression du sang?

— Stabilisée. Ça augure bien.

— Le pouls est ferme et continu.

— J'aimerais certainement pouvoir lui parler. C'est important que nous sachions quelque chose sur la personne qui l'a attaquée.

Bennett suggéra:

— Demain, peut-être. Je veux voir de près les photos de ces dessins gravés dans la chair... les plus étranges que j'aie pu voir.

Soudainement, assailli par un flot de souvenirs, Goodson sentit ses genoux fléchir sous lui. Il savait que ça arriverait... et c'est pour ça qu'il était resté. Les mots prononcés par le vieil Égyptien émergeaient dans la lumière du rappel et de la souvenance.

Le père de Goodson s'était enquis sur les Grands Interdits. Une sorte de religion. Il avait posé la question à nombre de gens du désert, à tel point que c'était devenu une bonne blague dans les camps de Bédouins. Finalement, sa patience avait été récompensée. Un vieil Égyptien avait consenti à raconter ce qu'il savait. Il était le premier et le seul.

La peur collait les lèvres des autres.

— Vous parlez du Peuple de la Chatte, révéla le vieil homme. Personne n'a envie d'en parler à voix haute. Car personne, hors de leur groupe, ne peut les voir et survivre.

— C'était il y a si longtemps. Toute une vie. J'ai été chanceux.

— Qui sont-ils?

Le vieil homme avait jeté autour de lui un regard furtif.

— Ils sont de Satan et ils lui appartiennent.

— De l'Ange Noir?

— Vous, Chrétiens, le nommez Démon.

Le vieil homme se mourait. Il le savait. Peu importe ce qui pouvait lui arriver. Mourir, il n'avait rien à craindre. Les adorateurs de la Chatte ne pouvaient pas faire grand-chose contre lui.

D'un débit précipité, comme le babillage d'un enfant, le vieillard raconta ce qu'il savait, parla de sacrifices humains, d'un humain et un animal enfantés par une femme. Des jumelles, une fille et une chatte qui régneraient durant des centaines... des milliers d'années. Elles possédaient des pouvoirs mystérieux, se nourrissaient de chair et de sang humains. Leur morsure, très infectieuse, pouvait produire un vieillissement rapide. L'infection provoquait la momification. Elles pouvaient transformer un humain en un animal. La fille et la chatte dominaient la gent féline... et elles étaient porteuses d'infection. Si ça s'arrête-là, ajouta le vieil homme.

— Porteurs? s'enquit Goodson.

— Ce qui amène les chiens à la folie furieue.

Le père de Goodson, à partir de «si ça s'arrête là», partie de la déclaration du vieux bédouin, n'avait pas poursuivi.

Goodson s'éloigna de la table d'opération et alla s'isoler dans un autre compartiment de la roulotte. Là, il enleva son masque.

N'étant guère religieux, Goodson rejetait le concept de l'existence du Démon. Si Dieu existait, il fallait le laisser combattre le Démon. La Corporation des médecins avait d'autres préoccupations, en plus du reste, dans le comté de Ruger.

Durant plusieurs minutes, assis, seul, Goodson resta plongé dans ses pensées. Poussant un soupir, il remit son masque et rejoignit ses collègues dans la salle d'opération. Il ne pouvait garder ça pour lui tout seul. Même s'il détestait suprêmement ce que faisaient ces gens de l'OSS.

— Au sujet de l'affaire présente, il y a quelque chose que vous devriez savoir, dit Goodson.

— Oh! docteur Goodson. Vous pouvez nous éclairer?

— Il y a sur la fille des morsures humaines mêlées aux autres, n'est-ce pas?

— C'est exact. Des morsures sauvages dans les entre-cuisses et à l'estomac.

— C'est ce que je craignais. Maintenant, nous devrons faire face à un autre danger, Messieurs.

Les médecins attendirent, suspendus à ses lèvres.

— Ici, dans le comté, nous pourrions avoir sur les bras une épidémie de rage.

16

Le docteur Goodson quitta la roulotte qui lui servait de deuxième résidence. Il soupira profondément, soupir d'un vieil homme qui avait vu le meilleur et le pire de ce que l'humanité pouvait offrir, et regarda le ciel bleu de Virginie. Il avait très justement diagnostiqué que Denise était infectée par une sorte de rage.

La rage... une forme de rage, différente de tous les types qu'il avait pu isoler à ce jour. Aucun doute: la fille était infectée. Médicalement, rien ne pouvait être fait pour elle. Le virus était en train de se répandre dans son organisme comme un feu de broussaille dans une contrée sèche. Déjà, le système nerveux de Denise montrait des signes de détérioration rapide.

Goodson regarda vers le nord... et murmura:

— Jeune fou idéaliste!

La raison de cette étrange sortie, c'est-à-dire pourquoi et comment le docteur Goodson travaillait sur le projet, avec les gens des OSS, s'expliquait.

Son neveu, le fils de son frère, Benjamin Goodson, plutôt que d'être enrôlé pour la guerre du Vietnam, s'était enfui au Canada. Mais avant de partir, à titre de radical, il avait pris une part active à toutes sortes d'événements, explosions de bombes et diverses manifestations de violence. Sous différents noms, il vivait au Canada depuis des années.

Naturellement, l'OSS savait tout de Benjamin Goodson. Et naturellement, l'OSS avait menacé Goodson. S'il ouvrait sa trappe, son neveu serait enlevé, ramené aux États-Unis d'Amérique, pays de liberté, et il aurait à subir toute une kyrielle de procès. Cela signifiait prison et déshonneur. Évidemment, Goodson ne voulait pas qu'arrive une telle chose.

De la boue remuée, un peu de pression au bon endroit, et c'était le réveil des squelettes dans le placard familial. Il y avait toujours un levier, ce truc qui consistait à trouver la poignée... et à s'en servir.

Bennett sortit de l'hôpital mobile et vint se placer près de Goodson.

— La fille sera morte dans tout au plus 18 heures, annonça-t-il.

— Heureusement.

— C'est un point de vue.

— Comment arrivez-vous à fermer les yeux, la nuit, Bennett?

Ce dernier se mit à rire.

— Très bien. Merci, Goodson, chacun a son travail à faire. Certains emplois, pour certaines gens, sont plus désagréables que d'autres. Notre mission relève de la sécurité nationale. Vous vous devez de regarder la situation ainsi: quelques personnes doivent-elles mourir pour en sauver des millions?

— Taisez-vous donc, Bennett, lui intima Goodson. Il me déplaît d'entendre ce galimatias pour crétin chronique. Maudit soyez-vous, Bennett! Nous parlons de gens innocents. Nous ne sommes pas en guerre.

Bennett, avec cet air de décision qui imprégnait l'horrible humour qu'il mettait dans tout ce qu'il faisait, rigola doucement.

— Pas une guerre, docteur? Là, vous avez tort. C'est une guerre. Derrière le rideau de fer, ne croyez-vous pas qu'il existe la contre-partie soviétique? Naturellement qu'il en existe une. Non seulement ils en ont plus d'une... mais ils travaillent avec plus d'ardeur que nous. S'ils avaient vent de notre projet, ils nous tueraient tous, soyez-en certain, pour mettre la main dessus. Ils le perfectionneraient en laboratoire, en raffineraient les aspects redoutables et l'utiliseraient contre un autre pays, le nôtre, par exemple. Vous parlez de gens innocents, docteur. Comment un homme de votre expérience peut-il être aussi naïf? Eddy Brown était alcoolique. Dans sa vie, il n'a jamais fait quoi que ce soit d'utile en plus de n'avoir jamais travaillé. Milford et Hardy vivaient leurs années déclinantes et pleines de maux. Mickey Reynolds était un petit notable pompeux. Le jeune flic n'é-

156

tait personne, et de plus, on le payait pour prendre des risques. La fille sur la table d'opération? — Il pointa du pouce la roulotte-hôpital — est, était une adolescente gâtée, arrogante et égoïste. Innocents? Mon oeil, docteur.

Goodson jeta un bref coup d'oeil à Bennett. Ce grand artiste du bistouri, infatué de lui-même, était arrogant, prétentieux, mesquin, pensa-t-il.

— Vous croyez au Démon, Bennett?

— Hein! Ne soyez pas absurde. Pourquoi me posez-vous une pareille question à un pareil moment?

Goodson ne répondit pas.

— Très bien, reprit Bennett. Croyez-vous à Satan, à ses pompes et à ses oeuvres, Goodson?

— Je ne sais pas. Du moins pas il y avait une heure. Maintenant, j'en suis moins sûr.

Bennett se mit à rire aux larmes.

— Voilà, docteur, ce soir, avant de vous coucher, regardez bien au-dessous de votre lit. Vérifiez soigneusement s'il n'y a pas un quelconque fantôme ou corps astral qui se promène librement dans votre chambre ou le long des corridors ou des choses qui font boum! boum! en pleine nuit.

Il s'en alla, se marrant.

Goodson se rappela le vieil Égyptien, et marmonna:

— Je pense que je le ferai.

— Juste reçu un appel de la même femme qui a téléphoné ce matin, dit-on à Dan. C'est la voisine de Mickey et Betty Reynolds. Elle affirme que Madame Reynolds et les enfants sont revenus à la maison.

Dan regarda Taylor... et les deux hommes se levèrent avec un bel ensemble.

— A-t-elle dit ce qui est arrivé de Mickey?

— Non, Monsieur.

À nouveau, Dan et Taylor se rendirent à la résidence des Reynolds. Ils sortirent de la voiture, marchèrent tranquillement jusqu'au petit perron d'avant.

Dan Frappa à la porte.

Betty Reynolds ouvrit.

— Tout va bien, Betty?

Les yeux de la femme semblaient trop grands pour son

visage... un visage extraordinairement pâle. Elle avait des cercles autour des yeux, et portait une blouse blanche à longues manches. Difficile de voir si elle avait reçu des coups.

— Comment ça va, Betty? redemanda Dan.

La femme cligna des yeux... puis se concentra sur Dan.

— Pourquoi... mais oui, shérif.

Elle parlait d'une voix sans timbre, d'une tonalité étrange.

Taylor résista à l'envie d'inspecter les lieux. Il chassa cette pensée de son esprit. De toute façon, il était trop vieux pour croire aux esprits.

— Ah... bien, Betty. Naturellement, Mickey est à la maison?

— Mickey? Mickey? Oh! pourquoi, non, shérif. Il est à l'école.

— À l'école, dit Dan doucement.

Il cligna de l'oeil, secoua la tête, regardant Taylor, d'un air indifférent.

Taylor intervint.

— Madame Reynolds, je suis le capitaine Taylor, de la police de l'État de Virginie. Vous avez téléphoné au shérif pour rapporter la disparition de votre mari. Nous sommes venus ici, ce matin, le shérif Garrett et moi-même, pour vous parler. Votre maison avait été saccagée. Nous avons pensé qu'il y aurait pu y avoir une dispute... un désaccord quelconque. Nous...

Betty Reynolds ouvrit la porte toute grande, et les deux policiers purent voir à l'intérieur. La maison était impeccable... propre et nette comme un sou frotté. Rien de dérangé. Elle les invita à entrer.

Sidérés, les hommes se tenaient sur le pas de la porte sans pouvoir bouger ni parler. Ils n'arrivaient pas à en croire leurs yeux.

Betty rompit le silence.

— Vous avez été induits en erreur. Il n'y a eu aucun trouble ici. Mon mari est arrivé peu après mon coup de fil au bureau du shérif. Veuillez m'excuser de ne pas avoir rappelé... j'avais oublié.

Elle s'arrêta un moment, donnant l'impression d'avoir de la difficulté à maintenir en place sa mâchoire inférieure. Ses paroles étaient légèrement brouillées, et un peu de sa-

158

live débordait de sa bouche.

— Toute la matinée, je suis allée faire des emplettes à Farmville. J'arrive tout juste, il y a à peine une demi-heure.

Dan soupira, ne sachant que dire, pris au dépourvu. Visiblement, elle mentait, mais...

— Cela vous importunerait-il si nous jetions un coup d'oeil? demanda Taylor.

— Pas du tout, capitaine.

Toute la maison respirait la propreté. Pas de murs souillés, tachés, dessinés ou peints. Pas de plancher littéralement couvert de verre émietté et d'ordures. Le grille-pain, avec un renfoncement sur le côté, était sur le comptoir. Réparée la porte-moustiquaire. Plus de verre écrasé sur le plancher de la cuisine ou de verre brisé dans la fenêtre située au-dessus de la petite table, hier complètement défoncée.

Les deux policiers s'excusèrent et quittèrent le lieux.

Quand la porte se fut refermée sur eux, Betty alla vers le téléphone et appela à l'école secondaire. À l'autre bout du fil, elle sembla comprendre les grognements qui parvenaient à son oreille. Encore plus de salive dégoulina de ses lèvres. Elle grogna dans l'appareil.

Si les policiers étaient retournés sur les lieux pour jeter un coup d'oeil à la fenêtre, ils auraient vu Betty et ses enfants, âgés respectivement de 14 et 18 ans, debout dans le salon, se tenant la main et fredonnant. Assis sur l'appareil de télévision, leur chat se balançait en avant et en arrière, au rythme de la musique.

La maison était à nouveau en désordre, les planchers recouverts de débris, et les dessins et peintures tout à fait en évidence sur les murs.

Dès que la porte se fut refermée sur les deux policiers, le grille-pain tomba sur le plancher.

Dans la voiture qui les emportait vers l'école, Dan dit à Taylor:

— Elle ment, c'est certain.

— D'accord, mais pourquoi?

— C'est impossible qu'elle ait pu faire disparaître aussi rapidement toutes les traces de désordre et de vandalisme que nous avons vues à la maison, la dernière fois.

— Mais elle l'a fait, Dan. Plus rien.

— Était-ce vraiment nettoyé et replacé, Taylor?

— Un moment, fils, ne recommençons pas avec ça. Rien qu'à y penser, j'en ai la chair de poule.

— Très bien, regardons les choses posément. Avons-nous vu vraiment ces peintures et ces dessins? Tout ce que nous venons de constater, était-ce une illusion?

Taylor hocha la tête.

— Et puis, ensuite, Dan. On appelle un prêtre pour exorciser cette démoniaque démonstration?

Dan eut un sourire forcé.

— Nous devrons peut-être le faire, mais je ne connais pas de prédicateur baptiste qui y consentirait.

Un fervent catholique; cette seule idée faisait rigoler Taylor.

Le capitaine enchaîna:

— C'était bien du sang qui coulait le long du mur ce matin, du sang qui sortait d'un crayon à dessin.

— Je sais, je sais...

Durant le reste du parcours, les deux hommes restèrent silencieux. Pénétrant sur le terrain de stationnement, Dan fit remarquer:

— Je ne vois pas la voiture de Mickey.

Ils arrêtèrent le moteur et demeurèrent quelques minutes dans le véhicule. Dans cet environnement devenu soudainement hostile, ni l'un ni l'autre se sentaient à l'aise.

Dan prit son micro de radio et se rapporta.

— Envoyez du renfort, mais que les gars roulent sans sirène.

— Dix, quatre, Ruger un. On y va.

Taylor fit une blague.

— Un de ces jours, quelqu'un trouvera bien un code qui exprimera l'intuition d'un flic, hein?

— Bien entendu.

Les hommes sortirent de leur voiture et se dirigèrent vers l'école. Sans succès, ils essayèrent d'ouvrir les doubles portes de l'entrée principale. Fermées à clef. Dan cogna dedans, à ébranler les vantaux. Pas de réponse. Il regarda à travers la vitre épaisse... ne vit qu'une obscurité muette.

— Je n'aime pas du tout ce que je ressens, dit Taylor.

— Moi non plus. Attendons l'équipe de soutien.

Le véhicule de l'adjoint fonça vers l'entrée, glissant presque sur le gravier de la cour. Dan fit signe au conducteur d'arrêter. C'était Bowie.

— Vérifie si les portes arrière sont barrées. Appelle-nous si l'une d'elles est ouverte. Regarde à l'intérieur, mais n'entre pas.

D'un signe de tête, Bowie acquiesca et commença à faire le tour de la bâtisse.

— Taylor, ton personnel est plutôt jeune, fit observer Dan.

— Oui, la plupart ont moins de trente ans. Depuis que je suis en poste, j'ai renouvelé le personnel. Ce sont de bons éléments: y a pas de nouilles dans le groupe.

— Tu en as déjà eu un parmi ces derniers?

— Deux sur dix. Je les ai renvoyés tous les deux.

Bowie sortit de sa voiture et alla directement vers l'une des portes arrière de l'école. Fermée à clef. Il essaya la suivante. La poignée tourna. Il ouvrit tout grand... et jeta un coup d'oeil sur la droite. Il tourna les yeux vers la gauche et fit face à l'horreur incarnée.

Ayant terminé ses examens finals, assis dans sa voiture garée sur le stationnement du campus, Mike finissait de lire les dernières pages d'un vieux bouquin relié en cuir, aux coins usés et depuis longtemps poussiéreux. C'était l'un des rares livres existant dont le sujet portait sur les religions anciennes. Il avait acheté ce livre plusieurs années auparavant, mais il l'avait complètement oublié. S'en souvenant, il avait passé plusieurs heures pour le dénicher dans le grenier de la maison familiale.

Publié en Angleterre, au milieu du XIXe siècle, le livre n'avait jamais été réédité pour la bonne raison qu'aucune des histoires racontées n'avait pu être substantiée. La plupart des spécialistes religieux et historiens du temps s'étaient moqués du livre, ridiculisant l'écrivain qui tomba dans l'oubli.

Peu de temps après que l'ouvrage eut été publié, l'auteur fut assassiné. On retrouva son corps mâchouillé, vidé de son sang. Autour du corps à demi dévoré, on releva les traces de pattes de chat.

— Merde! s'exclama Mike, se renfonçant dans son siège et relisant la dernière histoire du livre, un chapitre

portant sur une secte appelée les Adorateurs du Chat. Comme il lisait, submergé par un sentiment inhabituel d'irréalité, il ne put s'empêcher de lever la tête et de regarder les alentours.

— Une enfant et une chatte, lut-il tout haut. La fille et la chatte peuvent changer de forme, se substituer l'une à l'autre. Elles survivent en mangeant de la chaire humaine... et en s'abreuvant de sang. Morsure très dangereuse, avec danger de contagion. Elle peut produire certains effets sur l'organisme humain comme le vieillissement ou engendrer une sorte de rage, ainsi que d'autres phénomènes curieux. Dans les périodes difficiles, l'enfant, nommée Anya, nom de la femme qui copula supposément avec le Démon, peut en appeler à Satan lui-même ou à l'un de ses mignons. La religion tire son origine d'Égypte, croit-on, mais la rumeur veut qu'elle soit répandue dans le monde entier.

— Merde! lança Mike.

— Que marmonnes-tu? demanda Carl surgissant près de la portière.

Mike sursauta, se frappa la tête à la toiture de l'automobile.

— Ohhh! Merde, tu m'as fait peur!

Carl se moqua de lui.

— T'en as fini avec tes derniers examens?

— Terminés.

— Qu'est-ce qui ne va pas, Mike?

— Ça te dérangerait que je t'accompagne chez toi?

— Mais non. Même si tu démolis en cinq secs le budget alimentaire de ma mère, mes parents sont toujours heureux de te voir.

Mike ignora la plaisanterie. Il se pencha et ouvrit la portière à Carl.

— Monte, je pense avoir trouvé ce que ton père cherche.

— Est-ce que j'ai le temps d'empaqueter mes affaires?

— Non.

Au moment où la noire créature lui sauta dessus, le faisant choir sur le plancher du gymnase, Bowie recula d'horreur et de saisissement. Pour se protéger, il leva son bras. Une douleur insupportable lui traversa tout le corps lorsque

162

les dents de la créature déchirèrent des morceaux du muscle de son bras droit. Le sang gicla partout. Bowie réussit à décrocher son bâton et en assena plusieurs coups sur le crâne de son repoussant agresseur. Ce qui avait déjà été Mickey, se mit à rugir de douleur et roula loin du policier, d'étranges grognements sortant de sa gueule, pendant qu'un sang puant sortait des blessures faites par l'instrument contondant. Bowie se roula dans la direction opposée à la créature, cependant que sa main gauche cherchait désespérément à dégainer son arme.

Trébuchant, Mickey s'efforça d'atteindre la sortie du gym, glissant et patinant dans sa hâte de l'atteindre. Le pistolet dans sa main gauche maladroite, Bowie tira. Il manqua la cible, le plomb éraflant le plancher avec un bruit sec. Mickey se mit à l'abri derrière l'équipement de nettoyage de l'école.

Dan et Taylor approchaient de la porte principale quand ils entendirent les cris de Bowie. S'arc-boutant, ils défoncèrent la porte avant de l'école et s'engouffrèrent à l'intérieur.

— Le gymnase est à l'arrière, précisa Dan, pour Taylor. Par ici, dit-il, désignant l'endroit du doigt. Bowie! Bowie! Crie encore!

— Dans le gym, shérif, gémit Bowie. Mais bon Dieu, soyez prudents!

Taylor vit l'adjoint ensanglanté, courut à la voiture de ce dernier, fit un appel d'urgence, ambulance comprise, enleva le fusil de chasse scié de Bowie, retenu à des sangles, et retourna à l'intérieur.

— Par où s'est-il enfui? demanda-t-il à Dan.

— Derrière l'équipement de nettoyage, capitaine.

— Tiens l'coup, mon garçon, l'aide s'en vient.

Taylor fit un examen rapide du bras de Bowie. Pas très joli à voir. Des morceaux de chair avaient disparu, dénudant l'os. Un bandage serré ne servirait pas à grand-chose. Utilisant la ceinture de Bowie, Taylor mit en place un tourniquet, arrêtant l'écoulement du sang.

— C'est contre les règlements, capitaine, dit Bowie, avec humour. Ne savez-vous pas que je suis capable de me payer un avocat habile et de vous poursuivre en Cour pour ça?

— Je vais prendre une chance, rétorqua Taylor. Je dirai

au juge que le démon m'a forcé à le faire.

Mickey avait réussi à grimper sur les immenses boîtes de détergent, représentant l'équipement de nettoyage. Il enfonça la paroi et se glissa dans le noir, sur les genoux et les mains; se déplaçant au-dessus des salles de classes, il se dirigea vers l'extrémité de la bâtisse.

— Était-ce Mickey Reynolds, fiston? s'enquit Taylor.

— Je vous jure capitaine que je ne le sais pas. C'était une sorte de monstrueuse créature.

La dernière phrase de l'adjoint se perdit dans un long gémissement. Son bras noircissait, sa peau se ridait.

— Taylor?

— Présent, Dan.

— Attrapez le mégaphone. Ordonnez qu'on investisse l'école mais que personne n'y rentre.

— D'accord.

— Comme les cowbows et les Amérindiens, fit remarquer Bowie, avec un sourire jaune. Il souffrait terriblement.

Mickey trottinait tel un rat. Il atteignit la partie extrême de l'édifice, fit un trou dans le plafond du laboratoire et s'y laissa glisser. Il ouvrit une fenêtre, l'enjamba et courut à perdre haleine jusqu'au garage. Là, il reprit son souffle, se dirigea vers le ruisseau qu'il franchit avec effort, car il détestait le toucher de l'eau. D'abord marchant en aval, il obliqua vers l'autre rive, choisit soigneusement l'endroit où il prit pied, dans des buissons épais qui cacheraient ses empreintes... et disparut dans l'arrère-magasin d'un petit centre commercial.

Là, il se reposa.

Chuck, le premier, découvrit que la fenêtre à guillotine avait été soulevée. Il gara sa voiture près de l'endroit et en sortit armé jusqu'aux dents. Il inspecta la pièce et vit le trou au plafond.

— Il s'est enfui. Était-ce Mickey? demanda Chuck.

Dan examina le trou à son tour.

— Diable! personne ne le sait, Chuck. Bowie souffre d'un choc quelconque. Il est en mauvais état. Le bras est bousillé.

— Mordu?

— Exact.

— Oh, la la!

— Hélas! Nom de Dieu, Chuck, j'en ai assez. Au diable

l'OSS, Dodge et tout le monde impliqué dans cette affaire. Ça prend des proportions affreuses dans ses conséquences. Plus de cachotteries avec la presse et les payeurs de taxes.

— Non, shérif, pas de publicité.

— Dan et Chuck se retournèrent prestement. L'homme appelé Lou, se tenait devant eux, souriant.

— Nous ne devons pas alarmer les citoyens inutilement, Messieurs, susurra-t-il entre ses dents.

— J'aimerais bien voir qui va m'en empêcher, Lou, peu importe votre nom, répliqua Dan. Cette merde a assez duré.

— Ça commence seulement, shérif, répondit Lou.

À ce moment-là, personne ne pouvait réaliser à quel point tout cela était vrai.

— C'est votre problème, reprit Dan.

Lou ne cessait de sourire.

— C'est un point de vue. Vous connaissant comme un citoyen à l'esprit civique, nous avions pensé que vous changeriez d'attitude.

Il fouilla dans sa poche et en sortit une petite chaîne en or avec un bijou en forme de coeur. Une bagatelle.

— Vous reconnaissez ça, shérif?

Dan leva les yeux de la main et ses yeux plongèrent dans ceux de Lou. Son regard était chargé de haine et de colère.

— Je vous tuerai pour ça, Lou.

Pour empêcher Dan de donner suite à sa colère, Chuck allongea le bras devant lui; ses yeux avaient aperçu une douzaine d'hommes derrière Lou. Ils avançaient...

— Doucement, Dan, nous sommes submergés.

Dan proféra des anathèmes contre l'homme de l'OSS.

La chaîne en or appartenait à sa fille, Carrie.

— Ce qu'il nous reste à faire, c'est d'attendre, dit Anya.

La chatte comprit et la regarda.

— Les mortels nous ont facilité les choses. Sans le savoir, ils ont permis la réincarnation des Anciens.

Semblant sourire, la chatte s'étira, arqua le dos. Puis elle alla vers une fenêtre et regarda. Ils étaient là, se reposant et dormant. Plusieurs douzaines de chats s'étaient regroupés autour du vieux garage. Sous les chauds rayons du

165

soleil, ils somnolaient.

— Alors, il y en a encore plus qui s'en viennent? demanda Anya.

Pet la regarda, silencieuse, lui transmettant le message.

— Très bien, aquiesça Anya. Quand le temps sera venu, ceux qui nous ont fait obstacle apprendront la puissance du Félin. D'accord, Pet?

Encore une fois, la chatte sembla sourire. Retournant à la fenêtre, Pet miaula fortement, longuement... et ses congénères commencèrent à encercler l'édifice. Quelques-uns s'en furent s'installer à l'orée des bois, comme s'ils montaient la garde. Ce qu'ils faisaient effectivement.

Il y avait là des chats de toutes les dimensions, de toutes les races et de tous les sexes, errants ou gâtés par leur maîtresse. Ces derniers ne serviraient jamais plus, en autant qu'un chat ait pu servir un être humain.

Les yeux d'Anya brillaient d'une lueur étrange. Depuis des centaines d'années, elle n'avait pas ressenti ça. Ses lèvres se détendirent dans un sourire dont l'essence étaient la méchanceté.

— Je crois que notre réveil n'est pas tellement accidentel ou le résultat d'une simple malchance, Pet. Nous avons été appelées. L'humain était un message non écrit. Nous avions raison de croire que les Anciens nous entouraient.

Pet dressa la tête. Ses yeux jaunes brillaient.

Anya fut prise d'une quinte de rire. Ce n'était pas le rire d'une enfant ordinaire, mais celui d'un mal contenu depuis deux mille ans.

17

Lou souriait.

— Détendez-vous, shérif, recommanda-t-il. Votre gentille petite fille est saine et sauve. Elle est à la maison, je crois. Un de mes employés s'est introduit dans sa chambre, hier soir, s'appropriant cette babiole. Toute ça pour vous montrer comme ce serait facile... si nous devions en arriver là. Ce ne sera pas nécessaire... mais ça dépend de vous.

Dan avait peine à contenir sa rage.

— Lou, cracha-t-il.

— Lamotta, shérif. Lou Lamotta.

— Bien sûr, Lou. Je suis certain que c'est votre nom authentique.

Lou hocha la tête.

— Suffit, shérif. Je l'ai déjà utilisé. Il me plaît.

Dan avait pu estimer l'homme à sa juste valeur. Ils avaient à peu près le même âge, sauf que Lou était une masse de muscles. Grand, gros, solide, la peau sombre, ses yeux noirs ne révélaient jamais rien. Dan savait qu'il ne pouvait le défier dans une lutte corps à corps, mais il pouvait le descendre.

Une petite flamme brilla dans les yeux de Lamotta.

— À votre place, je n'en ferais pas l'essai, shérif.

— Une merveilleuse pensée, Lou.

— Vous n'avez pas assez d'audace pour le faire, shérif. Vous avez trop le respect de la Loi et de l'Ordre.

— Ne mets pas trop ta confiance dans cette pensée, Lamotta.

Lou inclina la tête, affirmativement. Son sourire avait disparu. Lui aussi prenait la mesure de l'homme devant lui, comme le bras de la Justice. Il en vint à la conclusion que

Garrett était plus coriace qu'il ne l'aurait cru d'abord.

— La créature dans l'école, c'est Mickey Reynolds? demanda Lou.

— Nous n'en savons rien, admit Dan. L'adjoint n'est pas certain de ce qu'il a vu. C'était probablement Mickey.

Que le diable emporte Lou, se dit-il. Il ne saurait rien des événements survenus chez les Reynolds. Aussi longtemps qu'il le pourrait, il retarderait l'information.

— Eh bien, shérif, d'autres problèmes sont en vue? Alors, je vais utiliser vos adjoints pour nos besoins. Si nous pouvons isoler ces créatures et les contrôler, nous aurons l'arme ultime.

— Espèce d'idiot! éclata Dan. Vous laisseriez massacrer la moitié de la population de ce comté, pourquoi pas!... pour trouver une arme imparable qui nous donnera la supériorité sur les Russes. N'est-ce pas, Lou?

— Absolument. Il fit quelques pas en direction de Dan. Vous et vos gars, vous allez retrouver Reynolds. Quand ça sera fait, appelez-nous. Ne dites à personne, dans cette ville de vermisseaux, ce qui est arrivé, ce qui arrive ou arrivera. Vous connaissez la procédure, shérif? Vous vous tenez coi. Très. J'ai déjà parlé à la plupart de vos adjoints. Je pourrais en faire prendre deux ou trois pour évasion fiscale. Voulue ou pas, pas de différence. Deux ou trois d'entre eux font partie de la réserve militaire ou de la Garde Nationale, et je peux les faire passer à l'active en moins de temps qu'il ne faut pour le dire. Et en plus, rendre cela tout à fait déplaisant. Vous voulez que je continue ou mon message est clair?

Dan rencontra l'acier du regard de Lou, mais n'en fut pas pour autant impressionné.

— J'ai compris, le couteau sur la gorge, rétorqua-t-il.

— Parfait, dit Lou, riant tout haut. Vous êtes un romantique, shérif. Maintenant, partez... et allez faire votre petite randonnée de shérif comme d'habitude.

Lou et ses affreux entrèrent dans l'école à leur tour et furent bientôt hors de portée de voix.

— Dan, j'ai tout entendu! s'exclama le troupier. Je pensait que ce genre de choses n'arrivait que dans les films.

— Étrange, moi aussi je le pensais, dit Dan.

— Tu veux dire qu'il exprimait tout à fait sa pensée?

Avant que Dan n'ait le temps de répondre, Chuck prit la parole:

— J'le pense. Je crois qu'il est juste assez timbré pour avoir l'air d'agir comme s'il était sain d'esprit. Je pense aussi qu'il le ferait avec plaisir. Il a probablement torturé des chiots quand il était gamin.

— Et arraché les plumes des petits oiseaux qu'il capturait, renchérit Taylor.

— Ouais.

Un adjoint s'adressa à Dan, parlant d'une voix essoufflée :

— Nous l'avons perdu, shérif. Il a passé par le ruisseau. Nous n'arrivons pas à trouver l'endroit où il a mis pied sur l'autre rive.

— Appelle M. Mathews et fait venir les chiens.

— Oui, Monsieur. Avant que tout soit prêt, ça va prendre une couple d'heures.

— D'accord. Mets-toi en contact avec lui.

Jake, l'un des plus vieux adjoints, regarda Dan avec intensité.

— L'aînée de mes filles travaille à Washington, shérif. Ils m'ont dit que si je ne coopérais pas avec eux, ça pourrait aller mal pour elle. Comment peuvent-ils agir aussi vite ?

— Ils sont très puissants, Jake. Il m'a aussi menacé. Menacé de faire violer ma femme et ma fille et de tendre un piège à mon fils.

— Allez-vous vous tenir à carreau pour le moment ?

— Pour le moment, Jake.

— Nom de Dieu, shérif ! Est-ce l'Amérique ou la Russie ici ?

Dan hocha la tête. Il ne savait vraiment pas quoi répondre. Mais il était certain d'une chose : il allait se dégager du joug totalitaire de Lou et des gens de l'O.S.S. Si c'était possible, sans mettre en danger la sécurité de sa famille.

Dan se tourna vers Chuck.

— Toi aussi ?

— D'une certaine façon, répondit ce dernier.

Dan savait que Lou s'était fait un ennemi de Chuck, un ennemi vindicatif et vilain. Né et élevé dans les montagnes, le chef-adjoint, un homme sec et nerveux, avait grandi en écoutant des histoires de vendettas et de coups de feu tirés en pleine nuit. Lou avait fait une grave erreur en menaçant Chuck.

Se tenant de l'autre côté de la rue, face à l'école secondaire, Pat Léonard surveillait les allées et venues des policiers. Un troupier venait justement de lui apprendre qu'on pensait avoir pris au piège l'homme responsable de tous les meurtres commis. Cependant, quelque chose chiffonnait Léonard. Le troupier, lui, semblait fichtrement évasif. Il avait l'impression que l'homme cherchait à lui communiquer quelque chose... mais quoi?

Propriétaire et éditeur d'un petit journal local bien rédigé et fort rentable, Léonard avait par ailleurs une vaste expérience journalistique, celle du journaliste ayant travaillé en métropole et ayant appris son métier sur le tas. Pat avait tout appris... et vite. Il avait commencé sa carrière comme porteur de journaux à Richmond, puis comme pigiste de nuit. Plus tard, avant de revenir chez lui, pour prendre la direction du journal local, à la mort de son père, il avait passé dix ans à New York. Pat n'avait besoin de personne pour deviner que quelque chose ne tournait pas rond à Valentine. Il y avait trop d'adjoints au regard inquiet. Trop d'étrangers en ville. Et personne de sensé n'aurait rouvert le vieux terminus. Trop de dettes étaient attachées à cette propriété située trop loin d'ailleurs des routes principales.

Pat ignorait ce qui se passait dans sa ville, mais il avait bien l'intention de le savoir.

Il se mit au volant de sa voiture et se rendit au terminus, ne put s'approcher jusqu'à la grille. Il fut forcé de s'arrêter devant une nouvelle clôture métallique, installée à la sortie de l'autoroute. Cette barrière lui interdisait l'entrée du chemin. C'était beaucoup trop loin pour prendre des photographies. Il sortit donc de son automobile et marcha jusqu'à la barrière.

— Puis-je vous aider, Monsieur? demanda un garde.

Pat se tourna vers l'homme. D'où sortait-il? Et pourquoi portait-il un pistolet à la ceinture et un walkie-talkie? Que pouvait-il y avoir de si important au vieux terminus?

— Simplement curieux, répliqua Pat. Les écriteaux indiquent qu'il s'agit d'une propriété fédérale?

— Exact.

— Abritant une firme de transport par camions? HPB?

— Juste, jusqu'ici. HPB est sous contrat avec le Fed. Les camionneurs qui sortent d'ici travaillent exclusivement pour l'Oncle Sam.

170

— De quel transport s'agit-il?

L'homme eut un sourire amusé.

— C'est confidentiel, Monsieur.

— Oh! secret, secret et tout et tout, hein?

— Simplement confidentiel, Monsieur.

— Je vois. Merci pour l'information.

— Comment va ton adjoint? s'informa Taylor.

— Goodson dit que son état est stable. Mais, il s'agissait d'une information à double sens, comme s'il essayait de me faire comprendre quelque chose.

— L'as-tu pu?

— Non. Je n'ai rien pu déchiffrer. De plus, la famille Reynolds est disparue, mère et enfants. J'ai envoyé un de mes adjoints pour les prendre chez eux, afin de les interroger, mais il n'y avait plus personne.

— De plus en plus étrange, admit Taylor. Dan, j'aimerais te demander s'il te reste quelques contacts à Washington, du temps que...?

— Comme?

— La C.I.A.?

Dan sourit.

— C'est drôle ce que vous me demandez là, Taylor. J'aimerais qu'un de vos troupiers en congé vienne vérifier si mon bureau ou mon téléphone est sur écoute électronique. J'aimerais que ça soit fait avant que je passe un coup de fil. Vous pouvez arranger ça?

— Facile. Ce sera fait, tôt, demain matin. Forbes est l'expert.

— Parfait. Je téléphonerai dès que nous saurons si tout est dans l'ordre.

Dan regarda Mike et Carl entrer dans son bureau. Il fit les présentations au capitaine Taylor, et demanda:

— Que faites-vous, maintenant, l'école buissonnière?

— Mais non, papa, dit Carl, souriant.

— Qu'est-ce qui arrive?

— Des choses étranges arrivent dans votre comté, Monsieur Garret? demanda Mike.

— Oui, si vous voulez l'énoncer comme ça.

— Shérif, croyez-vous au démon?

— Oui, Mike, je crois à l'enfer et au paradis.

— Et vous, capitaine Taylor?

— Même chose, fiston.

Mike déposa le vieux livre tout usé sur la table de travail de Dan.

— Le dernier chapitre de ce livre décrit les aspects d'une étrange religion, curieusement différente de toutes celles qui sont racontées dans ce livre.

Et Mike fit le récit de tout ce qu'il avait lu et appris sur les Adorateurs de la Chatte. Puis, faisant basculer sa chaise vers l'arrière, il enchaîna :

— La fille et la chatte doivent se reposer durant des cycles d'une durée de 25 ans chacun. Si elles sont dérangées, c'est l'enfer qui se déchaîne. Carl m'a parlé de l'essai qu'il a écrit sur la série de meurtres survenus à New York, il y a déjà 25 ans. Y a-t-il un lien entre ces meurtres et ceux qui ont été commis dans Ruger?

— Peut-être, répondit Dan.

Lui et Taylor échangèrent des regards d'intelligence.

— C'est un point de vue. Je suis sur le point de croire n'importe quoi, avoua Taylor.

Dan pointa le volume du doigt.

— Est-ce que les assertions du livre ont pu être vérifiées?

— Non, Monsieur, mais peu après la publication du livre, le corps de l'écrivain avait été partiellement dévoré et son sang sucé. Dans le sang séché, les enquêteurs ont révélé des pas d'enfant et des empreintes de chat.

Taylor soupira :

— Peut-être qu'il y a un lien entre les crimes commis ici et ceux de new York.

— Les gars, vous en avez terminé avec vos derniers examens?

— Oui, Monsieur, répondit en choeur, Carl et Mike.

— Rendez-vous à la maison, Carl et Mike. Restez-y! Surveille ta mère et ta soeur. Ne les perdez jamais de vue! ordonna Dan. Vous êtes tous les deux de bons tireurs. Je le sais, je vous ai enseigné le tir. Alors, Carl, tu prends les carabines M-1 dans le placard, tu les charges avec leurs magasins de trente balles... et tu les gardes à la portée de la main.

172

— Dad?...

— Dès que je serai à la maison, je vous expliquerai. Merci tous les deux pour l'information que vous m'apportez. Maintenant, partez! N'oubliez pas de rester à la maison.

Les deux jeunes gens partis, Taylor regarda le vieux bouquin placé sur le coin du bureau de Dan. Pour une raison inexplicable, il refusait d'y toucher.

— Je n'arrive pas à y croire, Dan.

— Moi non plus.

Dan fit cesser la sonnerie du téléphone en décrochant. Il écouta un moment, raccrocha avec un bref merci.

— Il y a quelques minutes à peine, Denise Moore est morte. L'appel provenait d'un de ces soi-disant médecins du terminus. Il n'a pas dit de quoi elle est morte.

— Êtes-vous un homme pieux, Dan?

— Pas depuis longtemps. Vous pensez que la prière est la réponse à cette folie?

— Certain que ça ne nuirait pas.

L'interphone de Dan s'anima soudainement.

— Les chiens sont prêts, shérif.

— O.K.!

Vous vous rendez à l'autopsie? demanda Goodson.

— Pas encore. Je veux jeter un coup d'oeil sur l'adjoint. Montrant le cadavre de Denise, il pointa le pouce vers le bas. Elle attendra bien quelques heures.

L'homme s'en alla, fermant la porte de la chambre froide de la morgue improvisée du terminus. Le corps de Denise y reposait sur une table étroite. Un drap la recouvrait de la tête aux pieds. Une vibration particulière emplit la petite pièce, et jarres et bouteilles placées sur les étagères se mirent à vibrer aussi. Des morceaux de gaze chirurgicale se détachèrent et tombèrent sur le plancher. Le drap quitta le corps étendu sur la table et glissa doucement au sol. Les parties recousues par les chirurgiens s'ouvrirent soudainement, le sang en jaillissant.

Denise ouvrit les yeux.

LIVRE DEUX

«Obscurité, vers, linceul et sépulcres.»
Keats

1

Le ton blasé, ne cédant pas d'un pouce à Lou, Pat déclara:

— Je n'aime pas être menacé.

— Quoi, je ne vous menace pas, protesta Lou mettant un air d'innocence sur son visage hâlé. Je n'ai pas prononcé un seul mot menaçant, n'est-ce pas?

Le sourire de Pat ne respirait pas la gaieté.

— Impliquant, interférant.

— Non, non, Monsieur Léonard. Pas du tout. Je fais seulement appel à votre patriotisme, c'est tout.

— Sûr, sûr. C'est du sentimentalisme bidon et vous le savez.

Lou sourit... et fit glisser le téléphone sur le pupitre, le rapprochant ainsi de Pat.

— Appelez votre femme, Monsieur Léonard. Ne pensez-vous pas que tout mari doit s'intéresser à l'état de santé de sa compagne?

Les yeux de Pat se rétrécirent.

— Enfant de salaud!

Les insultes personnelles n'atteignaient pas Lou, glissaient sur lui comme l'eau sur le dos d'un canard. Il pratiquait son sale métier depuis très longtemps, et peu de choses pouvaient vraiment le toucher. En quelque sorte, Lou était fou. Fonctionnellement aliéné.

— Mais c'est rien, Pat, rien du tout. Appelez tout simplement cette chère et petite Sissy.

— Comment savez-vous le nom de ma femme?

— Je sais beaucoup de choses, Pat. Je sais même quelles sont les mesures de son buste. Le soutien-gorge fait un très joli effet sur une poitrine pareille.

Il riait tout en fixant le journaliste.

— J'imagine, poursuivit Pat, que de toute façon vous avez mis la main sur Dan et ses hommes. Peut-être même sur la police de l'État, mais vous ne m'intimiderez pas. J'appelle le F.B.I. et ensuite l'A.P. pour les alerter. Vous pouvez me croire, l'histoire va sortir.

Lou haussa les épaules.

— Monsieur Léonard, je ne vais certainement pas vous obliger physiquement à faire quoi que ce soit, à vous arrêter.

Pat nota l'aspect **physique** de la remarque.

— Votre femme prend des piqûres tous les jours, n'est-ce pas? poursuivit Lou.

Pat fit une pause, le doigt suspendu au-dessus du cadran. Il leva les yeux.

— Oui, ma femme est diabétique.

— Je suis un peu curieux, Pat. Qu'est-ce qui arriverait si elle passait quatre ou cinq jours sans en prendre? Est-ce que ça lui causerait une quelconque difficulté?

— Quelle vilenie! Et vous feriez cela?

— Monsieur Léonard, je n'ai pas dit que je ferais quoi que ce soit, dit Lou d'une voix basse et apaisante. Vous avez l'imagination fertile. J'ai seulement posé une question, voilà tout.

Pat replaça l'écouteur. Il soupira et hocha la tête.

— Très bien, o.k. Monsieur?...

— Lamotta, Lou Lamotta. O.K. quoi?

Pat regarda l'homme comme s'il eût été un serpent à sonnettes.

— Que voulez-vous de moi, Monsieur Lamotta?

Le visage de Lou s'éclaira. Il sourit largement.

— Je savais que vous étiez un vrai Américain de souche, Pat. Je le savais quand j'ai appris que vous étiez un vétéran. Je suis aussi un vétéran. Nous devrions nous réunir parfois et parler de ces temps douloureux mais exaltants. D'accord, Pat, établissons les règles de base.

— Où diable as-tu été durant tout ce temps? hurla Mille.

— Faire à New York ce que tu m'as commandé, rétorqua Kenny. Jésus, Marie! je ne suis pas un surhomme, tu sais.

178

— Qu'est-ce que tu as trouvé, Kenny?

— Laisse-moi m'asseoir et me détendre un peu. Depuis que je suis parti d'ici, je suis sous pression.

Bière à la main, ses vieilles espadrilles de tennis lancées au loin, un gros orteil sortant par le trou de la chaussette sale, Kenny souriait. Comme la fameuse chatte de l'histoire.

Mille lui sourit à son tour.

— Tu as l'information, n'est-ce pas?

Kenny pointa son doigt vers elle et lança:

— Bingo, Mille, mon bébé. Nous avons la grosse affaire.

Dan pensait que la journée ne se terminerait jamais. Paul Moore s'engouffra dans son bureau, réclama, menaça et, finalement, s'écroula en pleurs sur une chaise, le visage entre ses mains.

Dan ne croyait pas qu'il se sentirait un jour peiné pour Paul Moore, riche, arrogant, pompeux... et presque toujours désagréable. Mais l'espace d'un instant, il eut de la sympathie pour lui.

Mais Moore balaya aussitôt ce courant de sympathie momentanée en levant la tête en hurlant:

— J'aurai votre peau! Vous perdrez vos emplois! Je paie des taxes... le savez-vous? Vous et le reste des ratés qui portent une insigne de policier. Alors, où est ma fille?

Dan lui avait montré la porte de son bureau.

Les chiens pisteurs de Mathews ne furent d'aucune utilité. Ils ne trouvèrent rien. Leur comportement fut confus. Ils semblèrent avoir peur... particulièrement des chats qu'ils rencontrèrent. Un adjoint fit remarquer qu'il n'avait jamais vu autant de chats dans la région.

Au grand soulagement des adjoints en service ce jour-là, la très longue journée se termina finalement. Taylor annonça qu'il se rendait à l'hôtel pour prendre une douche bouillante, avaler un repas léger... et se coucher.

— Le patron doit vieillir, commenta le troupier Collins devant son collègue Lewis.

Heureusement, Taylor n'entendit pas le commentaire.

Faisant route vers son domicile, Dan remarqua lui aussi qu'un nombre inhabituel de chats erraient dans la campagne. Mais personne ne portait vraiment attention à

179

leur nombre grandissant. Pas encore.

Vonne rencontra Dan sur le perron avant de leur résidence. Elle ne cachait pas sa colère.

— J'ai essayé une partie de l'après-midi de te joindre au téléphone, Dan. Je veux des explications et je les veux tout de suite. Quelle idée as-tu eu de m'envoyer les garçons avec ordre de s'armer pour me protéger?

En signe de résignation, Dan leva les bras.

— S'il te plaît, puis-je entrer et prendre une bière? Je vais tout vous expliquer... à tous. Pour l'amour du ciel, donne-moi une chance, Vonne, veux-tu?

Les garçons avaient pris au sérieux les recommandations de Dan. Les deux carabines militaires étaient chargées et appuyées sur le mur de la salle de séjour. Carl et Mike avaient également un pistolet à portée de la main.

Dan enleva son chapeau et le lança sur le crochet de la patère.

— Carl, veux-tu aller me chercher une bière? Prends-en une pour Mike et toi. Je sais que vous en buvez tous les deux, aussi bien le faire devant moi.

— Et prépare-moi un Bourbon avec de l'eau, demanda Vonne.

Surpris, Dan regarda sa femme.

— C'est la veille du Nouvel An?

— Qu'est-ce que je bois? s'informa Carrie.

— Du thé glacé pour toi, décida Vonne.

— Je ne suis pas une enfant, fit remarquer Carrie.

Cette précision amena Dan à reconsidérer sa décision d'exclure Carrie de la conversation. De toute façon, Lou avait mentionné le nom de Carrie, et elle était en droit de savoir.

Il les fit asseoir, conscient que la maison pouvait être sur écoute électronique. Sans omettre un détail, il commença à raconter toute l'affaire, depuis le début. Il termina, ouvrit une autre bouteille de bière et s'appuya sur le dossier de sa chaise. Sa famille le regardait, dont Mike, considéré comme un membre de la famille.

— C'est tout... tout ce qu'il y a à dire sur le sujet.

Dan évalua les réactions de Carrie. Elle ne savait pas si elle devait sourire ou se montrer sérieuse. Elle n'était pas certaine que son père parlait sérieusement.

180

— C'est tout à fait vrai? demanda-t-elle.

— N'en doute pas un instant, reprit Dan. À partir de maintenant, ne quitte pas cette maison sans ma permission ou à moins que tu ne sois accompagnée par ta mère, ton frère ou Mike. C'est clair?

— Oui, père. Et au sujet de Linda? Elle va venir demain passer quelques jours avec moi. Ses parents quittent la ville pour un certain temps.

— Je lui parlerai. À partir d'aujourd'hui, chère, dit-il s'adressant à sa femme, tu portes une arme. À n'importe quel moment. Tu tires aussi bien que la plupart des femmes du comté, à l'exception de Susan Dodd, peut-être. Tu mettras dans ton sac le .380, chargé, prêt. Garde surtout à l'esprit cet axiome policier: je préfère être jugé par 12 jurés que porté en terre par six copains.

Vonne se moqua de lui, riant à gorge déployée.

— T'es sérieux? Voyons, voyons! Dan. Ce n'est plus amusant.

— Amusant! hurla Dan, perdant son sang-froid. Non de Dieu, Vonne, penses-tu que je vous fais une blague?

Les yeux de Carrie s'agrandirent. Son père ne parlait jamais ainsi à sa mère.

Vonne s'emporta:

— Ne crie pas comme ça après moi.

— Ma foi! laissa tomber Mike.

Carl, très sagement, opta pour le silence.

Respirant un bon coup pour se calmer, Dan agrippa le bras de sa chaise:

— Écoutez-moi, vous tous. Vous êtes en danger. Dans toutes les directions. Lou Lamotta est un psychopathe. Jamais je ne vous le répéterai assez. Il fera n'importe quoi, et je dis bien N'IMPORTE QUOI, pour que ce qui se passe dans ce comté ne transpire pas auprès du public et surtout de la presse. Je ne veux pas vous rendre paranoïaques, mais vous devrez tous vous montrer prudents à l'avenir. Dans tous vos déplacements, et même ici à la maison. Mickey Reynolds est en fuite. Sa rencontre certaine avec une des créatures l'a transformé en une sorte de monstre enragé, puant comme les autres. Monstre est le mot. Deux êtres seulement savent exactement de quoi il s'agit et qui sont ces monstres qui rôdent dans le comté.

— Deux êtres? demanda Vonne, d'une toute petite voix, depuis qu'elle réalisait l'impact du récit de son mari.

— Deux êtres? questionna Carrie, dans un écho.

Les yeux de Dan parcoururent brièvement le groupe.

— Oui, Dieu et Satan, dit-il.

Mercredi

Dan se réveilla tôt, avant l'aurore, se leva tranquillement, sans bruit, se doucha, se rasa et s'habilla. Il débarra le cadenas, ouvrit le placard aux armes, en extirpa une demi-douzaine d'Ingram-M-10 et une boîte de chargeurs de rechange pour chaque fusil mitrailleur. Les chargeurs de rechange contenaient chacun trente projectiles .45. Il se retourna vivement en entendant un léger bruit derrière lui.

— C'est devenu grave, Père? demanda Carl en jetant un rapide coup d'oeil à l'armement.

— Oui, fiston, je le pense sérieusement. Aide-moi à porter cet équipement à ma voiture, veux-tu?

Au dehors, le soleil émergea derrière les monts. Tous deux près de la voiture-patrouille, le père et le fils conversaient.

— Cette bande de l'O.S.S. vous tient dans quelque piège, n'est-ce pas?

— Hélas! dit Dan. Mais j'ai une idée là-dessus. J'ouvrirai les dents du piège.

Carl n'insista pas. En temps et lieu, son père lui dirait tout.

Dan regarda autour de lui.

— J'ai toujours voulu une maison à la campagne. Aujourd'hui, je préférerais qu'elle soit plus près de la ville. Nous sommes bien isolés ici.

Carl le rassura:

— Nous prendrons soin de tout, père. Il n'y a pas de meilleur soutien que Mike. Tu te rappelles quand il a atteint ses quinze ans.

Dan opina du bonnet. Une bande de voyous avaient pénétré par effraction dans la résidence des Pearson, située hors de la ville. Ils avaient terrorisé ses grands-parents. L'adolescent s'enfuit par la porte arrière, alla chercher un fusil de chasse, le chargea avec des trois pouces magnum. Il tua deux des gredins, en blessa deux autres grièvement, les lais-

182

sant étendus sur le plancher de la salle de séjour. Il avait alors pris par la crosse le fusil vide, pour l'abattre sur la tête du cinquième qui s'en était tiré avec une fracture du crâne. Défendu par un avocat marron, le triste sire avait réussi à collecter des dommages à la personne, grâce à un juge naïf.

— Ce fut un véritable nettoyage, hein, Carl?

Le fait que ce voyou de fond de cour ait pu collecter des dommages laissait un goût amer dans la bouche de Dan.

— C'en fut tout un, père. Ne craignez rien. Nous allons prendre soin de tout à la maison.

— Si tu es forcé de te servir de moyens violents, Carl, n'hésite pas. Ce n'est pas du cinéma. Presse sur la détente et massacre l'assaillant. Vise entre le cou et la poitrine. T'es le fils d'un flic, mon garçon, tu vas faire un bon policier. Mais tu ne l'es pas encore et tu n'as pas à tenir compte d'un tas de restrictions imposées à un flic.

Il serra l'épaule de son fils.

— Je me fie à toi, Carl. Je sais que tu feras ce qui doit être fait. La tête haute à partir de maintenant.

— Oui, père.

Forbes s'activait dans le bureau au moment ou Dan y entra. Il y travaillait depuis quelques heures. Il avait vérifié tous les circuits possibles de communication, extérieurs et intérieurs, démonté les appareils téléphoniques et fait une inspection des murs avec un senseur électronique. Tout était en ordre.

— Naturellement, expliqua Forbes, quelqu'un peut avoir un micro directionnel à longue portée pointée sur votre fenêtre. Mais si c'est le cas, il n'y a pas grand-chose que nous puissions faire.

— Quel réconfort vous m'apportez, Forbes, dit Dan, avec un sourire teinté d'ironie.

— C'est peu, je sais, répliqua le jeune troupier, avec un sourire. Mais la vie n'est-elle pas un enfer?

Le capitaine Taylor et Chuck arrivèrent ensemble au bureau. Dan distribua les M-10, s'en réservant une pour lui-même. Taylor refusa le mini-mitrailleur, préférant son 1100 Remington. Il s'agissait de son arme de chasse personnelle et, avec l'extension, ce petit instrument pouvait quand même cracher neuf trois pouces magnum.

Dan s'informa s'il y avait du neuf auprès de la garde de nuit. Rien à rapporter. Taylor, Chuck et Dan s'assirent dans le bureau de ce dernier, buvant du café et causèrent jusqu'à neuf heures. Alors, Dan passa un coup de fil à son copain de la C.I.A. L'appel fut acheminé — passant par différents bureaux — jusqu'à son correspondant.

— Gordon? Dan à l'appareil.

— Dan? Mon dieu! Une voix d'outre-tombe. Tu portes toujours des bottes de cowboy et ta plaque étoilée?

— Non.

— Non?

— Une plaque en or.

— Oh! Toutes mes excuses, collègue. Alors, vieille branche, comment ça va?

— Ton téléphone est sur l'écoute?

Une courte pause.

— Il ne l'est plus maintenant. J'imagine qu'il ne s'agit pas uniquement d'un appel de politesse, n'est-ce pas?

— Pas du tout... et je l'regrette. Je ne vais pas tourner autour du pot, Gordon. Que sais-tu au sujet de l'Office des Études Spéciales?

La deuxième pause fut un peu plus longue.

— Ne me dis pas que vous avez ces enfants de salaud dans votre coin?

— Hélas! oui. Je suis pris jusqu'au cou avec eux.

— Je regrette d'entendre ça, l'ami. Vraiment. D'accord. L'O.S.S. Eh bien, c'est légal. Pas mal de civils et une bonne partie du gouvernement l'appuient. Puissant, très très puissant, mon vieux. De nombreux sénateurs et de représentants sont en faveur de ce groupe. Évidemment d'une façon discrète. Tu comprends ce que je veux dire? Je simplifie au maximum. Tu te rappelles l'équipe? Après le gâchis survenu en Utah, le nom a été changé pour celui de CODE BLEU. Puis en O.S.S. Tu me saisis?

— Très bien.

— C'est à peu près tout. Ils recherchent toujours un *low profile*. Ils possèdent de nombreuses entreprises tout à fait honnêtes, intégrées à leurs opérations. Profitables par surcroît. De plus, pas mal d'anticommunistes plus ou moins bien informés contribuent de leurs deniers et encouragent

184

l'organisme. Beaucoup d'argent. Lou Lamotta est-il encore avec eux?

— Ouais.

— Un aliéné, Dan. Un vrai psychopathe. Mais il fait bien ce qu'on lui demande de faire. En échange de son expertise, ses chefs acceptent son état mental. C'est un ordinateur en chair et en os. Il a une capacité phénoménale à mémoriser et à se rappeler. Qu'est-ce qu'ils font dans l'coin?

— Es-tu bien assis sur ta chaise, Gordon?

— Toujours, l'ami.

Sans rien omettre, en commençant par le début, Dan fit le récit des événements. Quand tout fut dit, Gordon resta silencieux durant dix bonnes secondes. Soudainement, il se mit à rire.

— Allons, Dan, tu m'as bien eu, mais c'est fini. Arrête de me tirer la jambe. C'est Mack qui t'as mis ses idées en tête? Aujourd'hui, c'est mon anniversaire... et c'est le plus incroyable présent que j'aie jamais eu. Allons, admets-le, Dan.

— Je te raconte l'exacte vérité, Gordon.

La pause fut un peu plus longue. Quand Gordon reparla, sa voix n'était plus qu'un souffle et Dan fit un effort pour le saisir.

— La vérité? T'es pas en train de me jouer un tour? Mack ne t'a vraiment pas incité à me raconter une bonne blague?

— Je n'ai pas revu Mack depuis des années, Gordon. Je ne sais même pas où il est. Gordon, j'ai besoin d'aide et vite. Je ne peux combattre l'O.S.S. avec mes moyens. Ils ont pu faire chanter des personnages haut placés dans cet État. J'ai besoin d'aide absolument.

— Jésus-Christ! Dan. Je pensais... j'veux dire... Dan... qu'est-ce que je peux faire? Si seulement dix pour cent de ce que tu me racontes est vrai, mon vieux, l'affaire est sérieuse. C'est du pesant. Si seulement un seul mot transpire à l'effet que l'O.S.S. est dans votre comté, l'endroit sera bientôt truffé d'agents russes. Ils viendront comme pêcheurs, touristes, chauffeurs de camion, etc. T'as l'embarras du choix.

— Je te le répète, tout est vrai. À qui peux-tu faire confiance à l'agence?

— Ah! ces beaux jours sont disparus, Dan. Attends un

moment. Tiens ferme. Personnellement, rien ne me ferait plus plaisir que de mettre en faillite ces puants de l'O.S.S. Tous et chacun pensent que nous sommes derrière eux. Ça nous donne un mauvais renom. Peux-tu attendre quinze minutes?

— Je ne bouge pas de mon bureau, et voici le numéro où tu peux me joindre, Gordon.

— D'accord, je te rappelle. Es-tu certain que ton téléphone et ton bureau ne sont pas sur une table d'écoute?

— Un expert de la police de l'État de Virginie vient justement d'en faire l'inspection.

— Je t'appelle dans quinze minutes, vingt au maximum.

— Je serai là.

Dan raccrocha et regarda Taylor.

— Après tout, nous aurons peut-être de l'aide.

— Je l'espère.

Chuck grimaça affreusement et dit:

— Voilà la maudite féministe libérée. J'pensais que nous en avions fini avec elle.

Dan leva la tête. Mille Smith se tenait à l'extérieur de son bureau, le fixant à travers la vitre de la porte. Le jeune homme qui l'accompagnait était l'expression même de la bizarrerie laide et dégoûtante. Il n'avait pas vu une pareille tête, depuis la vague hippiste. Une vraie tête de carnaval.

2

Le docteur Reed crut que Bennett avait placé le cadavre de Denise dans la chambre froide. Bennett pensait que le docteur Robert avait rangé le corps quelque part. Goodson s'était dit que le docteur Avery avait glissé le corps dans un des compartiments-tiroirs de la chambre froide. Tous s'efforçaient tellement de sauver la vie de Bowie, qu'ils ne pensaient plus à la morte.

Petit à petit, Bowie s'engageait dans le même processus de parcheminement de la peau que l'homme-momie. Sans énervement mais fébrilement, Goodson étudiait les échantillons de peau prélevés sur le malade. Il essayait de trouver une drogue, un médicament, une solution intra-veineuse, un sérum, quelque chose qui pourrait arrêter le processus de vieillissement. Rien ne réagissait. Néant. Dégoûté, il jeta sa plume... et, fatigué, il se massa les yeux. Rien n'avait de sens.

Mickey avait attaqué et la fille et l'adjoint. La première avait en quelque sorte contracté la rage, l'autre non. Mais comme l'ingénieur, qui avait été attaqué lui aussi, mais par qui... par quoi? il commençait à vieillir. Voilà où se trouvait la réponse, évidemment.

D'une façon très peu professionnelle, Goodson marmonna entre ses dents:

— Jusqu'à ce que nous trouvions les premiers attaquants, nous gaspillons notre temps. Ce sont eux les porteurs. Il faut les trouver.

Il quitta le laboratoire et se rendit à la clinique des soins intensifs. Debout autour du lit de Bowie, les médecins de l'O.S.S. ne savaient trop quoi faire dans les circonstances.

— Je vais prendre quelques échantillons sur le corps de

la fille, dit Goodson à Bennett. Je n'ai encore pu rien apprendre de positif.

Bennett tira le premier tiroir de la chambre froide. Rien. Il ouvrit les deux autres. Même chose. Vides, sauf le sac qui contenait ce qui restait du corps de Nick Hardy. Goodson se dirigea vers la quatrième roulotte qui avait été mise en service peu après que Al, l'ingénieur, eut refusé tout simplement de mourir... ce qui les avait tous surpris.

Il examina Al.

Retenu par des courroies de cuir attachées au lit, le pauvre homme roula des yeux. Il regarda Goodson et se mit à parler dans un langage dont les consonnances ressemblaient étrangement à de l'arabe ou de l'ancien araméen. Le ton de sa voix était presque plaintif.

— Si je savais comment mettre fin à votre état misérable, je le ferais, lui dit Goodson.

Le cerveau, le coeur et autres organes vitaux avaient subi de terribles dommages par les balles et les plombs crachés par les fusils des policiers. Puis, fait étonnant, les organes s'auto-réparaient. Sous leurs yeux incrédules, les chercheurs avaient vu se dérouler le phénomène. La créature avait réussi à surmonter un état dans lequel une douzaine d'hommes seraient morts automatiquement, car chacun des coups portés était fatal. Mais la créature refusait de mourir.

Goodson s'avança vers le lit et contempla ce qui avait été un être humain vivant et productif.

— Qui êtes-vous? Pour l'amour de Dieu, qu'est-ce qui vous est arrivé? demanda-t-il.

La momie se remit à parler dans son étrange langue.

Goodson savait — il avait pris connaissance du curriculum vitae d'Al — que ce dernier n'avait jamais étudié de langue étrangère pas plus qu'il n'avait voyagé hors des frontières des États-Unis d'Amérique.

Ce cas absurde était une gifle en plein visage de la science. Était-il possible qu'un autre être — quelque chose venu du néant — soit entré à l'intérieur de l'homme?

Goodson balaya cette idée... ne sachant plus que croire ou penser.

Goodson, avant de quitter la pièce, s'adressa au garde!

188

— Qu'allez-vous faire si la créature réussit à se débarrasser de ses liens?

— Je n'en sais rien, docteur.

— Je vois, dit Goodson fixant l'arme que le garde tenait au bout du poing. Eh bien, si Diogène était là, il ne serait pas déçu.

Le garde cilla des paupières.

— Docteur?...

Goodson hocha la tête.

— Rien, mon gars, seulement le babillage d'un vieil homme.

Il s'en alla et procéda à une fouille complète des autres roulottes. Irrité, il fit marche arrière... vers la roulotte principale.

— Qu'avez-vous fait de la fille?

— Denise Moore?

— Oui.

— Elle est étendue sur une table dans la chambre froide.

— Elle n'est pas là, répliqua Goodson.

Bennett se tourna vers Robert.

— Ne l'avez-vous pas placée dans la voûte?

— Non, je croyais que vous l'aviez fait.

— Êtes-vous certain qu'elle a disparu? demanda Bennett se tournant vers Goodson.

— Nom de Dieu, docteur, ça ne m'arrive pas de confondre les vivants avec les morts! Habituellement je suis certain.

La peur apparut dans les yeux de Bennett mais elle s'estompa aussitôt.

— Bien, elle n'aurait pu marcher hors d'ici.

Goodson le regarda dans le blanc des yeux et martela les mots:

— Si j'étais à votre place, je ne gagerais pas.

— Le petit jeu est terminé, shérif, déclama Mille, d'un ton péremptoire. Je m'en vais soulever le couvercle de votre vilaine petite cachotterie et vous faire exploser dans les airs.

— Oh! intéressant, mademoiselle. Où donc avez-vous

pris l'idée que nous cachons quelque chose?

— N'insultez pas mon intelligence, shérif, sinon je vous rendrai la pareille.

— Très bien, mademoiselle Smith. Le plancher est à vous, il me semble. Alors, allez-y.

Mille consulta son bloc-notes.

— En 1965, shérif, à New York, il y a eu une floppée de meurtres. Le même M.O. qui a été enregistré là-bas se retrouve ici dans le comté de Ruger. En 1940, la même chose s'est produite à La Nouvelle-Orléans. Même M.O. En 1915, le scénario est répété à Saint-Louis. Là encore, même M.O. En 1890, on se retrouve à Boston, puis en Angleterre, en 1865. Même M.O. Allez-vous rester assis derrière votre bureau et me dire que vous et les autres ignorez ces faits?

Dan pianota sur sa machine à calculer.

— Entre chaque date, il s'est écoulé 25 ans, mademoiselle. 25 entre 1965 et 1985. Qu'en pensez-vous?

Dan se rappela les mots de Mike? Était-ce possible? Est-ce que le cycle de repos avait été perturbé? Après tout, la religion existait. Mais qu'est-ce que ça pouvait bien avoir affaire avec Ruger?

— Je ne sais pas. Cependant, il y a trop de similarités pour que ce soit une simple coïncidence, répondit Mille.

— Vous avez peut-être raison, mademoiselle, enchaîna Dan. Non, je n'étais pas au courant de tous ces meurtres, avoua-t-il, à la grande surprise de son interlocutrice.

Il réfléchissait vite, essayant de reculer l'échéance. Gordon devait appeler d'un moment à l'autre. Même si Mille Smith lui déplaisait, il n'avait pas envie de la donner en pâture à Lou Lamotta. Il y avait peut-être un autre moyen. Dan avait obtenu des renseignements sur elle et son frère. Quand il s'agissait de la police, elle avait l'esprit mal tourné. N'étant point sot, Dan savait qu'il y avait de nombreux policiers marrons aux États-Unis.

Beaucoup de policiers se comportaient comme si chaque citoyen était d'abord coupable et devait prouver ensuite son innocence. Dan refusait cette théorie. En matière de justice, il ne tolérait ni ne pratiquait le système de deux poids, deux mesures. Personne n'était au-dessus de la Loi. Lors de sa candidature au poste de shérif, riches et puissants du comté ne l'avaient pas appuyé. Le citoyen moyen l'élisait et le réélisait. C'est la raison pour laquelle cette fausse couverture l'embêtait prodigieusement.

Il leva les yeux sur Mille.

— Je vais négocier un accord avec vous, mademoiselle.

Elle sursauta... comme si elle avait reçu une décharge de mitraillette.

— J'aimerais mieux faire affaire avec le diable! s'exclama-t-elle.

Dan sourit... sans aucune ironie.

— Ça pourrait être plus près de la vérité que vous ne le croyez.

— Quoi?

— Pour le moment, je vous demande de garder l'histoire au frigo. En retour, et je le mettrai par écrit, je vous donnerai la primeur quand ce sera le temps de lancer la nouvelle.

Elle hocha la tête.

— Je ne vous crois pas, shérif. Vous mentez sûrement.

— Non, mademoiselle, j'essaie simplement d'être juste avec vous. Dans ce comté, j'ai dix mille hommes, femmes et enfants dont je dois m'inquiéter. Dix mille raisons de passer un accord avec vous.

Mille dressa la tête, fixa l'homme froidement, essaya visuellement de trouver le défaut de la cuirasse de l'honnête flic.

— Vous me donnerez des interviews exclusives et cela vous inclut?

— Exact.

— Combien de temps devrai-je m'asseoir dessus?

— Je ne peux pas vous le dire de façon précise. Mais je ne crois pas que vous aurez longtemps à attendre.

Tout en réfléchissant l'espace d'une minute, Mille regarda Dan. Puis, résolue, elle trancha:

— D'accord, shérif, si vous jouez fair-play avec moi.

Quelque chose dans ce flic de campagne faisait vibrer la corde sentimentale très bien enfouie dans son esprit. L'homme semblait tellement sincère. Avec des yeux tendres d'épagneul. Balivernes!

— Nous devons nous faire mutuellement confiance, mademoiselle. Vous comprendrez pourquoi je vous dis ça quand vous saurez ce qui en est. Pour le moment, j'aimerais que vous quittiez mon bureau avec le capitaine Taylor.

Décelant un soupçon naissant sur le visage de la fille, Dan ajouta rapidement :

— J'attends un appel téléphonique d'un copain. Gouvernement fédéral. Il acceptera peut-être de nous aider dans cette affaire. S'il le fait, il mettra son emploi, sa carrière en jeu et, possiblement, il risquera une peine de prison. Sans parler de sa propre vie.

Le doute disparut du visage de Mille.

— Quelqu'un au CIA. Un super agent? insinua-t-elle.

Rapide, nota Dan. Intelligente comme tout. Sans que son visage ne change d'expression, il répliqua :

— Le capitaine Taylor vous expliquera tout. Dès que je serai libre, vous pourrez me poser les questions que vous voudrez. D'accord?

Mille lui tendit la main.

— D'accord, shérif.

Elle ne l'admettrait jamais à haute voix, mais dans sa vie elle avait rencontré deux ou trois, peut-être trois ou quatre, flics décents.

La vérité... toute la vérité... rien que la vérité.

En retour, une espèce de garantie, appelez ça comme vous voudrez, une sorte d'assurance risque contre Kenny et moi. Nous la signerons. Vous pourriez dire...

Elle soupira. Ouvrant son sac à main, elle en sortit une petite bouteille qu'elle jeta négligemment sur le bureau de Dan.

— C'est plein de cocaïne. Kenny, donne-lui la tienne.

Kenny avait l'air de quelqu'un à qui on arrache les deux yeux. Il fit quand même ce que Mille lui demandait et déposa sa bouteille sur le bureau de Dan.

Dan sourit et branla du chef. Pourquoi font-ils ça? se demanda-t-il, jetant un coup d'oeil sur les bouteilles. Il se posait la même vieille question qui revenait en tête de tout flic correct. Jeunes et talentueux, ils veulent ruiner leur vie. Puis, d'un haussement d'épaules, il repoussa cette idée, remit les bouteilles aux deux jeunes gens... et leur tendit la main.

Un air de doute sur le visage, Chuck regardait la scène. Tout ça lui paraissait équivoque.

Kenny regarda le chef-adjoint et, intérieurement, frissonna. Chuck avait l'air étrange.

Hors de la clôture ceinturant le terminus et le terrain adjacent, Denise se trouvait dans les bois, nue. Elle regarda le chat jaune assis à ses pieds. Le chat se mit en marche et elle lui emboîta le pas. Les fines aiguilles qui entrèrent en contact avec ses pieds nus et ses mollets ne la dérangèrent pas. Depuis belle lurette, elle ne ressentait plus aucune douleur. À leur approche, les oiseaux déguerpirent. Sur leur passage, les écureuils et autres animaux de la forêt se terrèrent. Les yeux de Denise ne cillaient pas, regardaient fixement devant elle. Ils avaient maintenant pris une curieuse teinte de jaune.

Elle marcha à travers bois jusqu'à ce qu'elle perçut un faible bruit de bulles. Elle se dirigea vers une source d'eau putride qui surgissait du sol. Une mare liquide s'était formée.

Elle s'agenouilla à côté et but à satiété, le chat à ses côtés lapant le liquide nauséabond.

Une fois repus et satisfaits, Denise et l'animal se reposèrent un certain temps auprès de la mare.

Durant la nuit, Eddy Brown, prenant toutes sortes de précautions, avait pénétré dans la ville. Il se reposait maintenant dans l'obscurité poussiéreuse du soubassement de l'église. Un chat était assis sur une boîte pleine de livres d'hymnes usés.

Les deux attendirent.

Ils attendaient l'appel final.

Mickey Reynolds avait quitté le centre commercial pour l'école secondaire. Un sixième sens l'avertissait que cet endroit était le plus sûr. Les chasseurs n'y reviendraient pas une seconde fois. Il s'introduisit dans le sous-sol et rampa jusqu'à un endroit caché par un amoncellement de boîtes et de claies. Il scruta l'obscurité. Un chat était assis sur une boîte et le regardait aussi.

Ils attendirent.

Alice Ramsay et Emily Harrison prenaient le thé dans le salon de la jolie maison d'Alice.

— Avez-vous une idée de ce qui se passe à Valentine? demanda cette dernière.

— Sûrement qu'il existe un lien entre ce qui se passe à Valentine et la réouverture du vieux terminus à l'extérieur de la ville. Quelque chose de vraiment étrange se passe actuellement sous nos yeux. Imaginez que Quinn, ce matin, m'a répondu sèchement quand je lui ai demandé des explications sur sa conduite curieuse qui, depuis quelque temps, bouleverse notre vie quotidienne. Jamais, au grand jamais, il n'a été comme ça auparavant.

— Vous avez des binoculaires, Alice?

— Pourquoi?... Oui. Quinn en a. Naturellement. Quoi? Son visage s'illumina. Oh! oui, je vois. Vous aussi?

Alice regarda l'heure à sa montre.

— Nous devons nous changer et prendre des vêtements plus confortables pour l'extérieur. Je vous rencontre ici dans une heure. D'accord?

— Je serai ici.

— Voici ce que je peux faire, Dan, expliqua Gordon. J'ai été autorisé à partir en congé, un court congé. Court, dépendant du temps que ça prendra pour arranger toute l'affaire. Donne-moi une heure pour emballer mes affaires, puis je me mettrai en route. J'emmène une collègue avec moi. June Pletcher. J'insiste sur un point précis, Dan: nous ne disposons d'aucune autorisation officielle. Aucune. Tu connais les règles. Lamotta ne connaît aucun d'entre nous. Nous arrivons comme agents de IRS sur la route. (Il se mit à rire.) Si Lamotta fait des vérifications, il va réaliser que tout se tient. Nous avons assuré l'angle autorité de l'État de Virginie également.

Dan sourit. Il savait qu'une certaine section de la CIA s'occupait autant de la loi interdisant toute activité à l'intérieur des frontières des États-Unis d'Amérique, qu'un cochon se serait occupé d'avoir de bonnes manières à table.

— Honte à toi, Gordon.

194

— Je sais, l'ami. Chaque jour, avant de me coucher, je prie le Tout-Puissant de m'éclairer. Je te vois au milieu de l'après-midi.

Il raccrocha.

Dan ressentit un certain soulagement. Gordon arriverait avec des ordres précis. S'il y avait un moyen d'arrêter le jeu de puissance de l'O.S.S., Gordon le trouverait et s'en servirait. Si ça devait se terminer par un peu de tir au pigeon, ça ne dérangerait nullement Gordon.

Dan se tourna vers Taylor, Mille et Kenny et leur fit signe d'entrer dans son bureau. Une fois que tout le monde fut assis, Dan regarda la jeune femme.

— On vous a tout appris?

— Oui.

— Maintenant, Mille, vous comprenez pourquoi nous attendons avant de rendre cette affaire publique.

Mille soupira... et regarda Taylor, puis Chuck lorsque ce dernier entra dans le bureau.

— Ce n'est pas une tricherie, shérif? Je n'arrive pas à croire que vous parlez sérieusement. Il m'est difficile d'avaler ce qui m'a été raconté.

Dan haussa ses fortes épaules.

— Croyez-moi, Mille, j'aimerais que ce soit un mauvais rêve. Je ne peux vous montrer les photos des victimes qui ont été prises, elles ont été volées dans nos archives par l'O.S.S.

Mille eut un mince sourire, aussi mince que de la glace en automne.

— Vous voulez dire que la fraternité de l'insigne a été violée?

— Lamotta n'est pas un flic, ma fille, et je ne sais pas exactement ce qu'il est, grogna Taylor.

Dan enchaîna:

— Laissez-moi mettre l'emphase sur une chose, Mille: pas d'antagonisme avec Lou. Il regarda Kenny: aucun d'entre vous. L'homme est un vrai psychopathe. Vicieux... mais intelligent malgré tout. On vous a parlé des menaces faites par Lou. Vous voyez ce que je veux dire?

— J'ai souvent essayé d'expliquer aux gens que ce genre de choses arrivait dans notre pays! s'exclama Mille. Personne n'a voulu me croire.

— Ça n'arrive pas très souvent et nous essayons d'y mettre fin quand nous le pouvons, Mille, rétorqua Dan. Ce sont des abus de pouvoir intolérables. Mais je crois avoir trouvé le moyen. J'en saurai un peu plus dans quelques jours.

— Shérif, dévoilez tout, le pressa-t-elle. C'est simple.

— Pas maintenant, Mille. Pas encore.

Elle ouvrit la bouche pour protester, mais Kenny l'interrompit:

— Tais-toi, Mille. Tout devient clair. Le scénario se développe comme autrefois. Incidemment, je pense à cette affaire sur laquelle nous avons travaillé il y a cinq ans. Tu te souviens? Nous étions à peine sortis du collège. Quel nom avions-nous découvert qui désignait cette opération? Code Bleu... je pense. Quelque chose comme ça.

Mille regarda Dan.

— Même bande, nom différent, renchérit-il.

— Des monstres, shérif?

— C'est le seul mot qui convient pour traduire ce que nous avons vu.

Mille se leva.

— En attendant, nous allons à la chasse d'un peu d'information. Si nous découvrons quelque chose de particulier, peu importe son importance, nous vous tiendrons au courant. C'est promis.

— J'en serai très heureux, mademoiselle Smith.

— Mille, suggéra-t-elle avec un charmant sourire.

— Mille, reprit Dan en souriant.

Une alliance à l'équilibre délicat venait de prendre forme entre deux adversaires.

Toujours aussi sceptique sur la validité d'une telle initiative, Chuck regarda Kenny. À son tour, Kenny regarda Chuck en se demandant comment quelqu'un pouvait avoir l'air aussi... *straight*.

Pas très loin du terminus des camions, des adolescents flânaient à travers bois. Sur leur gauche, une petite crique fit miroiter son eau paisible.

Deux garçons, deux filles.

Les garçons terminaient leur dernière année à l'école

secondaire, les filles en étaient à leur première année. Aucun d'entre eux ne prêtait l'oreille aux histoires qui circulaient en ville, ces rumeurs au sujet des monstres. Tout le monde savait que les flics étaient stupides. Comme ils n'avaient pu mettre la main sur les vrais coupables, ils avaient probablement inventé cette histoire. À ce sujet, les jeunes se gaussaient du shérif et de ses adjoints.

Les quatre jeunes gens avaient leur propre opinion concernant la fugue de Denise et Reynolds et ils n'hésitaient pas à la commenter en termes gaulois. Qui aurait pu penser cela? Bien des plaisanteries fusaient sur le sujet.

— Je me demande depuis combien de temps elle lui a livré la marchandise, dit l'un d'eux à voix haute.

Tous s'esclaffèrent.

Les jeunes promeneurs n'avaient pas remarqué les ombres furtives qui semblaient les suivre. Elles essaimaient autour d'eux, rapides et vives... en avant, à l'arrière, sur les côtés. Petit à petit leur nombre augmentait. Insensiblement, plus compact que jamais, le cercle se resserrait autour du quatuor.

Les jeunes gens s'amusaient ferme, profitaient pleinement de ce congé scolaire inattendu. Leurs parents ne croyaient pas aux monstres errant en liberté dans la campagne. Alors, quoi! Pourquoi ne pas donner un peu de corde aux enfants. Il n'y avait aucun danger que quelque chose de fâcheux leur arrive.

Plus observateurs, les écoliers se seraient aperçus que les petites bêtes les suivant pas à pas se glissaient à travers les fourrées. Leur nombre augmentait sans cesse. Mais cette constatation n'aurait pu que les effrayer davantage au fur et à mesure que les chats avançaient. Pour les jeunes gens, il n'y avait plus d'échappatoire possible.

Aux États-Unis d'Amérique, personne ne connaît vraiment le nombre exact de la population féline. Néanmoins, des estimations conservatrices la situe autour de quelques millions.

— J'ai entendu dire que nous n'aurons pas d'examens de fin d'année à passer, dit l'une des filles.

— Vraiment?

— Ah, ce serait formidable!

— Non, je dis la vérité. Ils vont simplement établir une

moyenne de nos pourcentages. Et voilà...

Un garçon s'exclama d'un air sinistre:

— Raté encore une fois!

Les rires jeunes et frais éclatèrent à travers bois et se répercutèrent par monts et vallées. Bientôt, il n'en resterait plus rien de cette joie. À jamais.

Les jeunes gens s'éloignèrent de la bordure des clôtures. L'un des garçons crut déceler une sorte de bouillonnement accompagné d'une odeur fétide. Le vent vira de bord, et le son et l'odeur s'évanouirent.

— Ce n'est pas ce que j'ai entendu, reprit le garçon. J'ai entendu dire que les tueurs — les monstres — seront pris... et on nous renverra à l'école illico.

— Magnifique! dit l'une des filles. Mon emploi d'été est fichu.

— Bah, après tout, peut-être pas. Ça dépend à quel moment ils vont attraper les gars qui ont fait ça.

— J'croyais que c'étaient des monstres.

De nouveaux rires éclatèrent.

Levant la main en signe d'arrêt, l'un des garçons stoppa.

— Qu'est-ce qui ne va pas?

Il secoua la tête.

— J'sais pas. Étrange. Écoutez. J'n'entends plus rien.

— Entendre quoi? Y a-t-il quelque chose que nous devrions entendre?

— C'est ce que je veux dire. Rien. Il y a quelques minutes, tous les oiseaux chantaient. Là, c'est tranquille, trop tranquille.

— Et puis après? Ça signifie que nous les avons effrayés, dit une fille. C'est tout, hein?

Elle regarda autour d'elle et son attention fut attirée par le côté insolite de la situation. Quelque chose se mouvait curieusement à travers les arbres. Puis, la chose s'arrêta.

— C'est drôlement étrange dans l'coin, fit-elle remarquer.

Un garçon approuva.

— Ouais. C'est ce que je veux dire.

Regardant autour de lui, il vit les chats les observant; ils étaient assis, patients et immobiles. Le garçon sentit la peur l'empoigner. Mais pourquoi avoir peur d'un chat? Dix

198

chats. Il jura intérieurement, et ses yeux firent un calcul visuel des bêtes rassemblées. Il y en avait de trois à quatre cents. Il n'avait jamais vu autant de félins en même temps. Qu'est-ce qu'ils faisaient là? Qu'est-ce qu'ils voulaient?

Se regardant les uns et les autres comme s'ils attendaient un signal, les félins commencèrent à agiter la queue.

— Pour faire quoi? se redemanda le garçon.

— Dieu! que de chats! dit une des filles.

Silencieux, les jeunes gens regardèrent les chats.

L'autre fille, pointant du doigt une jolie chatte d'Espagne, attira l'attention du groupe.

— C'est Nanny. Elle appartient à nos voisins. Elle s'agenouilla. Nanny, appela-t-elle, viens ici. Viens, Nanny. Ici, minou... minou... minou.

Majestueuse, Nanny se dressa doucement sur ses pattes, cilla au son de la voix, s'étira, arqua le dos, et trottina vers la fille sans que ses yeux ne quittent ceux de l'adolescente.

L'animal se pourléchait les babines.

— Vous voyez! cria la fille. Vous êtes des peureux. Viens, Nanny.

Le chat s'approcha.

— Bonjour, Nanny.

Sifflant, crachant et grognant, Nanny bondit, ses dents aiguës mordant violemment la lèvre inférieure de la fille. Le sang gicla. En chuintant, les autres bêtes convergèrent vers les enfants. Griffes découvertes, l'une des pattes de Nanny accrocha l'oeil de la fille, arrachant le globe de son orbite. La fille hurla et roula sur le sol.

L'odeur de la peur et du sang emplit l'air chaud environnant. Les chats, par centaines, se comportaient comme s'ils n'étaient qu'un. Excités par l'odeur du sang qui les renvoyait loin dans le temps, alors qu'ils n'étaient les félins domestiques de personne, maîtres de leur territoire, craints par les chasseurs pour leur cruauté, ils sautèrent littéralement sur les jeunes gens, griffes et dents déchirant et arrachant tout.

Certains, juchés sur la tête des victimes, traçaient avec leurs griffes de longs sillons rouges sur les visages.

En pleine agonie, la première fille attaquée se roulait sur le sol. L'un des garçons se porta à sa rescousse, mais il fut renversé par une cinquantaine de félins qui le déchiquetèrent à belles dents. Pendant que certains félins arrachaient la chair, d'autres lapaient le sang.

L'un des jeunes gens vivait les convulsions de la mort; les jambes agitées par de brusques sursauts, les chats lui déchiraient la gorge.

Sortant du choc causé par la peur, la fille encore vivante fit une tentative pour s'éloigner de la scène sanglante. Trop effrayée pour crier à la vue de ce spectacle d'horreur, elle prit ses jambes à son cou... mais les chats la rejoignirent et réussirent à la faire tomber. Elle se débattit, retrouva le son de sa voix, poussa un horrible cri. La courte chasse avait excité les bêtes à un degré incroyable. Quel plaisir peut-on trouver à dévorer une proie sans la chasser? Ennuyeux. Ainsi, ça devenait plaisant. C'était comme avant, il y avait de cela très longtemps. Et, comme il leur avait été promis, ça devait continuer comme ça.

Ils mangèrent de bon appétit.

Enfin, les hurlements s'arrêtèrent. Dans le corps des écoliers, la vie n'existait plus. Les chats pataugeaient dans le sang et les chairs en lambeaux, léchant les os; les pattes dégoulinantes, ils s'étiraient puis retournaient à leur festin, tel un chien tueur de poulets ou un coyotte savourant la mascotte domestique. Pour la première fois, ils mangeaient de la chair humaine. Jamais plus ils ne pourraient reprendre d'aliments en sac ou en conserve. Ils avaient goûté et apprécié le goût du sang et de la chair humaine... hautement délectables.

Chasseurs des antiques millénaires, ils étaient redevenus des déprédateurs craints et respectés. La route à suivre leur avait été indiquée.

Et dans toute la région, des meutes énormes commençaient à se former.

3

La voix de Lou, tel un mauvais présage, résonna à l'oreille de Dan.

— Nous pourrions avoir un petit problème à résoudre, shérif.

— Qu'est-ce qu'il y a? demanda Dan, faisant signe à Taylor de prendre l'autre récepteur.

Ce dernier obéit prudemment... relevant le menton vers Dan.

— La fille Moore a disparu.

— Partie? Si ça ne vous fait rien, expliquez-moi donc ça, Lou?

— Ouais. Partie. Elle n'est plus ici.

Le shérif et le troupier se regardèrent longuement.

— Que diable en avez-vous fait, vous et votre gang?

— Eh, shérif... nous n'avons rien fait avec elle. Nous... pensons qu'elle a dû s'en aller d'ici en marchant... tout simplement.

Taylor se tassa sur sa chaise, ses yeux exprimant la surprise.

Vertement, Dan répliqua:

— Lou, Denise est morte!

— Non, elle ne l'est pas, shérif. Comme l'homme-momie, elle est redevenue vivante... en quelque sorte.

Le capitaine Taylor se signa.

— Lamotta?

La voix de Lou se durcit.

— Ne commencez pas votre sermon sur le civisme, shérif. Maintenant, et plus que jamais, il nous faut garder le silence. Votre équipe doit la retrouver, shérif. Mes hommes sont trop dispersés, actuellement. Trouvez-la. Vous le faites,

201

c'est tout. Et pas un mot à qui que ce soit.

Il raccrocha.

— Dispersés, marmonna Dan.

Avant qu'il n'ait le temps de réfléchir davantage, il vit le visage de Taylor. Il était très pâle. Pas de frayeur. Dan le savait, mais du choc causé par la nouvelle. Dan pensait que le capitaine n'avait pas peur de grand-chose.

Taylor retrouva la parole.

— Comment pouvez-vous tuer quelqu'un qui est déjà mort?

Dan secoua la tête.

— Les morts ne reviennent pas à la vie par quelque... moyen scientifique connu.

Taylor semblait à la fois embrouillé et intrigué.

— Qu'est-ce que tu racontes, Dan?

— Vous vous rappelez quand nous avons parlé de faire appel à un prêtre?

— Oui.

— Eh bien! dans cette affaire, il me semble que le moment est peut-être propice à une intervention religieuse sérieuse.

— C'est le sous-bois le plus dégoûtant qui soit, se plaignit Alice. Des chardons s'étaient incrustés sur ses jeans, une branche l'avait cravachée en pleine figure, elle se faisait piquer et elle aurait pu jurer qu'elle était couverte de puces.

Alice n'avait jamais été fille de la grande Nature.

Elle transportait assez d'effets pour se rendre en jungle profonde, en safari prolongé. Dans son sac à dos, elle avait apporté une demi-douzaine de sandwiches (la croûte en moins), une bouteille d'eau, de la lotion contre le soleil et les insectes, un livre décrivant les plantes empoisonnées et les serpents venimeux indigènes de la Virginie, un livre d'adresses, des binoculaires, une trousse de premiers soins, une torche avec des piles de rechange, un bloc-notes, un crayon, des chaussettes de rechange et quelques autres articles qu'elle pensait utiliser durant son court voyage en forêt, incluant un rouleau de papier hygiénique, parfumé, naturellement.

En dépit du côté farfelu de l'expédition, même si elles

se rendaient à un endroit situé à 1 500 pieds à peine de l'autoroute, Alice, incidemment, avait prévu juste.

Dans un étui sous son aisselle, Emily portait un pistolet de calibre .22 et deux chargeurs supplémentaires dans les poches de sa veste.

— Peux-tu vraiment te servir de ce machin? demanda Alice.

— T'en fais pas, j'le sais, répliqua Emily.

Alice réprima un gloussement. Jouer aux vilaines était tellement amusant.

Les femmes s'enfoncèrent plus profondément dans les bois. De temps à autre, elles apercevaient la futaie de la clôture type Stelco ceinturant le terrain où se trouvait le vieux terminus. Par endroit, elles pouvaient voir les réparations qu'on y avait faites. Des écriteaux placardés ici et là en interdisaient l'accès. Elles suivirent l'orée de la forêt et, pendant un certain temps, elles ne virent plus la clôture.

Alice s'arrêta, regardant autour d'elle.

— Oh! Seigneur, nous sommes perdues! pleurnicha-t-elle.

— Mais non, Alice, s'impatienta Emily. Les lignes à haute tension sont ici, indiquant du doigt un point vers la droite. Lorsque nous sommes arrivées sur les lieux, elles étaient à notre droite. C'est un point de repère.

— Emily, tu es tellement une fille... des bois!

Ne sachant trop si elle devait prendre ça pour un compliment, Emily répliqua:

— As-tu déjà été dans les Guides, Alice?

— Dieu du ciel, non! dit Alice, mettant sur son visage un air horrifié.

— J'aurais dû savoir. Question stupide, marmonna Emily.

— J'étais dans la danse, avec l'accent sur le **an**.

— Très bien, parfait, Alice.

Emily dissimula un sourire amusé.

— À la ferme, nous avions beaucoup de plaisir à voir le taureau saillir les génisses.

Un certain temps, Alice demeura silencieuse.

— Nous avions également des lapins, enchaîna Alice.

— C'est... bien.

À ce moment-là, une odeur familière oubliée depuis

longtemps, parvint jusqu'à Emily. Elle étendit le bras.

— Un instant, Alice. Tu sens ça?

Alice renifla légèrement... et porta à son nez un mouchoir parfumé.

— Yerk! Qu'est-ce que c'est?

— Du sang, Alice, beaucoup de sang. Emily avait travaillé trop longtemps sur des ambulances de l'autoroute pour ne pas se rappeler rapidement de quelle odeur il s'agissait. Viens!

Alice eut un mouvement de recul.

— Où allons-nous, ma chère? Je veux me reposer un moment.

— Il y a des ours dans la forêt.

Quand elle en manifestait le désir, Alice pouvait se déplacer très rapidement.

— Je suis prête, Emily, dit-elle, regardant autour d'elle pour voir s'il n'y avait pas de grizzly.

— Je savais que ça te ferait bouger, sans que tu t'accroches à mes basques, Alice.

S'avançant avec précaution à travers le bois, les femmes sentirent que l'odeur devenait de plus en plus forte. La mort, pensa Emily. Mort humaine. Lors d'une mort violente, une odeur particulière émane du corps humain.

Quelque chose de gluant colla à la chaussure de tennis d'Emily. Elle regarda. Son pied était posé sur une partie d'intestins humains. Elle leva la tête... et vit le carnage. Des corps à demi dévorés, des cavités stomacales mâchouillées, des visages arrachés, des os dénudés déjà blanchis. Des mètres et des mètres de boyaux intestinaux couraient sur le sol. Autour des corps, des coeurs et des poumons dispersés. Le sol était couvert de sang gluant.

Derrière elle, Emily entendit un bruit de chute. Elle ne regarda même pas, sachant de quoi il s'agissait. Tournant la tête légèrement, elle vit qu'Alice s'était évanouie.

Du bout de son espadrille, Emily toucha légèrement la cuisse d'Alice. Le muscle devint raide. Or le muscle d'une personne inconsciente reste mou. Évidemment.

— Allons, debout, Alice. Je sais que tu joues la comédie.

Alice ouvrit les yeux.

— En cas de grande tension nerveuse, ma mère m'a

204

toujours répété qu'une dame devait promptement s'évanouir.

— Ta mère était une grande farceuse. Lève-toi!

Alice ferma les yeux, se mit à gémir.

— Celui qui a fait cela pourrait bien être dans les alentours.

Une fois de plus, Alice démontra devant l'adversité, si grande fût-elle, une remarquable habileté olympienne de récupération rapide.

Enfin debout, elle visionna le carnage. Dégoûtée, elle détourna la tête. Emily ne l'en blâma point. Du doigt, Alice montra ce qui restait d'une des deux filles.

— Je sais... je crois... que celle-ci... était... Carla Andrews.

Mais Emily regardait ailleurs. Pour les jeunes gens, rien ne pouvait être fait. Excepté mettre leurs restes dans une fosse commune. Emily avait perçu un léger mouvement autour d'elle, comme une tentative pour les encercler.

Elle tira le pistolet de l'étui, fit venir une balle dans le canon, le gardant armé... d'une main ferme.

Avalant péniblement sa salive, Alice l'observait.

— Qu'est-ce qui ne va pas, je veux dire, en dehors de ce qui est évident?

— Reculons jusqu'à la clôture, Alice. Vas-y doucement. Pas de panique et ne cours pas. Ne cours pas, tu comprends?

À son tour, Alice nota le léger mouvement dans l'herbe. Cela devint une solide rangée de chats. Des centaines de chats.

— Des chats? dit Alice, doucement.

— Ouais, des chats, Alice. Des sacrés félins.

— Bouge, Alice. Regarde en avant.

Petit à petit, les chats encerclaient les femmes. Un mouvement en multi-couleurs, une masse vivante refermant le cercle doucement.

Emily n'avait jamais beaucoup aimé les chats; elle ne leur faisait pas confiance. Jamais. Les chats, elle le savait, étaient des bêtes cruelles.

— Ne regarde pas en arrière, Alice.

Bêtement, Alice s'arrêta... et se retourna.

— Ah! oui, je les vois. Regarde ces chats. Sont-ils assez jolis.

— Non pas. Marche, Alice.

— Mais pourquoi, Emily? D'où viennent-ils donc?

— Diable, je ne sais pas, Alice. Ils tiennent peut-être un congrès annuel. Viens-t'en. Change de direction maintenant. Tourne à droite.

— Mais tu m'as dit d'aller vers la clôture, Emily.

— Nous ne pouvons plus y aller, les chats ont bloqué le chemin.

— Ah! pour l'amour du ciel, Emily, ce n'est pas vrai.

— Alice, ne discute pas avec moi!

Emily voyait les bêtes refermer le cercle autour d'elles. La seule chance de s'en tirer était de fuir par les bois.

Alice commença à agiter les bras comme un épouvantail à moineau.

— SShhhhhh! Partez! Mais pourquoi ne s'en vont-ils pas? demanda-t-elle.

Assis sur le sol, sans bouger, sans ciller, les chats fixaient les deux femmes, d'un air cruel.

— Alice, veux-tu arrêter, nom de Dieu! Merde, ne les excite pas.

— Qu'est-ce qu'il y a, Emily? Ce sont juste des chats.

— Ouais, sûr. Alice, regarde le petit gris là-bas. Non, ne t'arrête pas de marcher. Qu'est-ce que tu vois?

Emily concentra son regard sur la bête. Son visage pâlit.

— Mais.. jeee... Elle faillit s'évanouir, se souvint. Ils sont couverts de sang. Tous sont couverts de sang. Penses-tu que les chats?...

— Continue de marcher, Alice. Je suis certaine que ces chats ont attaqué les enfants.

— Mais pourquoi? Pourquoi faire une telle chose? Emily, est-ce que tu crois que ça peut être lié à l'étrange comportement de Quinn et de Bill?

— Exactement, Alice. Plus quelques autres pensées du genre.

Se tenant à environ une centaine de pieds des deux femmes, les chats commencèrent à pousser l'allure, les suivant avec des yeux fixes et cruels. Il y en avait de tous les types, du chat racé au chat de ruelle. Gros, petits, minces, gras, ils suivaient silencieusement Alice et Emily.

Comme les félins n'avaient pas encore attaqué, Alice reprit:

— C'est ridicule, Emily. Il n'y a aucune raison pour que des chats domestiques attaquent les gens, n'est-ce pas?

— Exact, Alice. Continue de marcher.

— Alors, pourquoi se retourneraient-ils contre les gens?

— Continue d'avancer. Ne t'arrête pas, Alice. Je n'ai pas envie de résoudre des énigmes. Je ne sais pas pourquoi... mais ils l'ont fait. Et ils m'ont l'air encore affamés...

Alice marcha un peu plus vite.

— Pas trop vite, Alice. Tourne un peu par ici. Alice, regarde dans ma direction. Tu vois cette vieille maison là-bas? Dirigeons-nous vers elle.

— Oh! Emily, ce n'est pas une maison.

— Alors, comment veux-tu l'appeler?

— C'est un camp en ruine.

— J'm'en fous, Alice. Nous n'avons pas le choix. Je ne peux descendre trois ou quatre cents matous au .22. Maintenant, en vitesse.

Les femmes se mirent à marcher plus vite, tournant vers la gauche. Les chats pressentirent leur hâte intempestive et virent le changement de direction. Ils forcèrent l'allure, s'approchant des femmes. Elles commencèrent à courir, une odeur de peur atroce flottant jusqu'aux odorats délicats des félins.

Cette odeur les enragea et les remplit d'une émotion primitive toujours présente chez n'importe quel chat ou chien de chasse: policier allemand, husky, chow-chow, doberman.

— Emily, ils se rapprochent!

— J'le sais, dit Emily, essoufflée. Continue, Alice.

Les bêtes se mirent à miauler de haine, à hurler, diminuant la distance qui les séparait des deux femmes. L'un des félins sauta sur le perron pourri, juste un pas derrière elles. Emily se retourna, le tira à travers le corps, le tuant net.

Le bruit d'une arme à feu était familier aux félins. Un moment, ils s'arrêtèrent... juste le temps nécessaire pour que les deux femmes s'engouffrent dans les ruines, cherchant fébrilement un endroit où se cacher.

— Il n'y a pas de fenêtre dans cette vieille baraque, cria

Alice, d'une voix quasi hystérique.

— Tiens l'coup! On va y arriver! cria à son tour Emily.

Elle poussa Alice dans un vaste placard, la suivit, et d'un coup referma violemment la porte.

Les bêtes remplirent la place, rampèrent jusqu'au toit délabré qu'ils couvrirent de leurs petites carcasses nerveuses. Ils miaulèrent, émirent des sons, hurlèrent... sifflant leur rage démente... furieux d'avoir raté leur proie. Ils s'élancèrent sur la porte, leurs griffes égratignant le vieux bois. L'un des chats introduisit l'une de ses pattes sous la porte. Alice leva son pied... et l'écrasa d'un coup de talon. Le chat hurla de douleur.

Autour et au-dessus du camp abandonné, le remue-ménage prenait l'allure d'un bruit d'enfer.

Sur le plancher poussiéreux couvert de crottes de rats, les deux femmes se laissèrent choir effrayées et épuisées.

— Emily?

— Oui, Alice.

— Qu'allons-nous faire, maintenant?

— Sais pas. Nous verrons bien.

Pour arrêter le flot de questions de sa copine, Carrie secoua la tête.

— Je ne peux t'en dire plus. Dès qu'il sera là, papa t'expliquera. Il a promis de le faire.

— Est-ce que c'est relié avec ces histoires de monstres dans le comté, non?

Carrie aquiesça.

— Comme c'est excitant! Elle s'approcha de Carrie. Et puis, pensons-y, nous avons deux étudiants en plus, pour nous protéger.

Carrie jeta un coup d'oeil sur son frère et Mike.

— Des étudiants... si tu veux.

— Je pense que Mike est bien mignon.

Carrie soupira. Mike était comme un frère pour elle, et les frères ne sont pas généralement mignons. Pas avant quelques années pour Carrie. Si elle arrivait à vivre jusque-là. Si les membres de la maisonnée arrivaient à vivre les quelques jours et quelques nuits à venir.

Linda supplia.

— Allons, Carrie, au moins dis-m'en un peu plus.

Mais Carrie était assez avisée pour ne pas désobéir à son père. Elle hocha la tête, resta muette sur le sujet.

— Attends que papa soit ici. Pas avant, je te l'ai dit.

— Très bien. Gros secrets. Oh! Je voulais te demander si ton chat est ici?

En entendant prononcer le mot chat, Mike et Carl portèrent un peu plus d'attention au bavardage des deux filles.

— Euuuh! Oh... oui. Je pense. J'imagine. Elle doit être quelque part. Elle est un peu sauvage... et n'aime pas beaucoup se trouver à l'intérieur. Je suppose qu'elle est autour de l'annexe. En y pensant bien, je ne l'ai pas vue depuis une couple de jours. Pourquoi me demandes-tu ça?

— Ce n'est peut-être pas important, mais dans mon voisinage, tous les chats ont à peu près disparu. Même notre Nanny. Ils... s'en sont allés. Un peu étrange, n'est-ce pas?

— Ouais, puisque tu en parles, c'est assez étrange.

— J'imagine que Nanny va revenir à la maison un jour ou l'autre.

— C'est certain. Quand elle aura faim. Parlant de faim, préparons-nous un sandwich et retirons-nous dans ma chambre. J'ai un nouvel album de Rick Springfield.

Les chats étaient oubliés.

— D'accord, répondit Linda.

Les filles parties, les garçons s'entretinrent à bâtons rompus... jusqu'à ce que la stéréo de Carrie résonne par toute la maison.

— Ouais, j'ai entendu, dit Carl se tournant vers Mike. Penses-tu ce que je pense?

— Comme je ne suis pas omniconscient, j'en ai aucune idée. Mais il y a gros à parier que je pense ce que tu penses. Je me demande si c'est juste incidentel et localisé à la superficie du comté.

Carl réfléchit un moment.

— Ouais, peut-être.

Sa mère entra dans la pièce, le regard étonné.

— Les gars, voudriez-vous jeter un coup d'oeil par ici?

Les deux jeunes gens se levèrent et la suivirent dans la cuisine.

— L'heure de manger? blagua Mike, se tapant sur le ventre.

— Tu es un puits sans fond, répliqua Carl.

— Si je suis nommé, je n'accepterai pas. Si je suis élu, je ne servirai pas. Mais montre-moi de la bonne bouffe et je mangerai.

— Après avoir vu ce que vous allez voir, vous ne voudrez peut-être pas dîner, leur dit Vonne. Ni un ni l'autre.

— Mais qu'est-ce qu'il y a, maman? demanda Carl, souriant.

Du doigt, elle montra la fenêtre de la cuisine.

— Regardez et dites-moi ce que vous en pensez?

Les deux jeunes gens regardèrent par la fenêtre au-dessus du lavabo... et en perdirent le sourire.

— Nom de Dieu! laissa tomber Mike.

Il ferma les paupières, se frotta les yeux et les rouvrit.

Le même spectacle s'étalait devant lui.

— Damnation! murmura Carl.

La cour, du côté de la maison et aussi loin que la limite du terrain, était remplie de chats. Des centaines de chats. Ils étaient assis sur les meubles du jardin, sur la voiture de Mike, perchés sur les branches des arbres et se reposaient sur le toit de la remise.

Tous, ils regardaient vers la maison.

Sans bouger.

Sans ciller.

Fixant la maison de leurs yeux froids et cruels.

4

Kenny respira un grand coup.

— Mille, quel risque tu as pris! Je peux te dire que je me suis senti mourir quand tu as jeté nonchalamment ton sac de cocaïne sur le bureau du shérif.

Mille sourit en se rappelant le regard catastrophé de Kelly, quand elle lui avait demandé de faire comme elle.

— Il est correct. Je pense que nous avons rencontré un flic en or, un policier intègre, répondit-elle.

Kenny n'était pas aussi rassuré que Mille.

— Ça se peut, mais ce sacré shérif-adjoint avait l'air d'être tout à fait le contraire.

En jetant un coup d'oeil à Kenny, Mille ne put s'empêcher de rire.

— Qu'est-ce qui ne va pas avec toi?

— Rien... rien du tout, Mille. D'accord, admettons que le shérif est de mèche avec nous. Quel est notre point de départ. Et ne me parle pas du tout début.

— Nous cheminons par les mêmes sentiers, Mille. Personnellement, je pense que cette affaire de monstre est une fable. Du moins, je l'espère. Si ce n'était pas ça?

Il suspendit son débit, s'assit, silencieux, regardant la fenêtre.

— Deux têtes valent mieux qu'une, poursuivit-elle, parlant pour lui.

— C'est quelque chose comme ça, dit Kenny.

Elle nota l'indifférence dans sa voix... et enchaîna:

— Quelque chose ne va pas, Kenny? Veux-tu m'en parler?

— Intérieurement, je me débats avec moi-même, Mille. Ce quelque chose va affecter toute ma vie.

Il se regarda dans le miroir.

— Jésus-Christ, Kenny, vas-tu te marier? Est-ce ça?

— Non, non. Je crains que ça soit plus important que ça.

Une idée pénétra alors l'esprit de Mille.

— Ah! mon Dieu, Kenny! Ne me dis pas que tu vas t'enrôler dans l'armée?

— Non, plus que ça, Mille. Si je te posais une question délicate, me donneras-tu une réponse tout à fait sincère? Je veux dire, sans biaiser?

— Tu sais très bien que je le ferai.

Kenny soupira longuement.

— Mille, penses-tu que je devrais me faire couper les cheveux?

Mille ne put que s'esclaffer!

Soudainement, on enregistra une diminution de la population canine dans le comté. Non pas que les chiens eussent été moins nombreux, mais ils se faisaient moins visibles. Un peu comme à l'approche d'une catastrophe ou d'un orage violent, les chiens sentaient sourdre une sorte de danger autour d'eux... et se montraient prudents.

Rien de très manifeste, seulement une nervosité inquiète qui se saisissait d'eux. Les animaux possédaient un sixième sens suffisamment développé pour appréhender le danger. Donc, les chiens se terraient. S'ils s'aventuraient loin de leur environnement habituel, ils se déplaçaient en meute... et les pires ennemis devinrent des alliés sérieux. Maintenant, la possession d'un territoire ne signifiait plus grand-chose. Plus important encore, la survie devenait chose essentielle.

Très peu d'humains décelèrent ce changement notable dans les habitudes des animaux. Quelques-uns s'en aperçurent, mais beaucoup trop tard pour ceux qui travaillaient hors des habitations ou qui vivaient seuls habituellement.

Ou encore pour ceux qui aimaient les balades en soirée.

Tenant l'appareil téléphonique, Dan demanda:

— Des chats? Des chats domestiques?...

— Exactement, père, répondit Carl. De toute mon existence, je n'ai jamais vu un si grand nombre de chats rassemblés sur un même terrain. Et pas de bagarre entre eux. Ils sont là, surveillant la maison, la fixant avec insistance.

— Restez à l'intérieur, conseilla Dan, à son fils. Ferme toutes les fenêtres... et bloque-les. Barre les portes.

Une drôle d'angoisse lui nouait l'estomac. Très inconfortable émotion. Des faits épars commençaient à prendre forme... et Dan n'aimait pas le sens que ça prenait. Dan devina que Taylor le regardait avec intensité.

— Êtes-vous toujours là, papa?

— Quoi? Oui, je suis là, fiston. Ferme tout, Carl. J'arrive.

—Quoi encore? s'inquiéta Taylor.

Dan lui expliqua.

— Des chats? Des chats domestiques?

— Eh, oui. Des chats domestiques. Venez. Apportez votre fusil à gros boum.

Avant de sortir, Dan s'adressa à l'appariteur.

— Quelqu'un a téléphoné pour rapporter un rassemblement inhabituel de chats domestiques.

L'adjoint Ken Pollard le regarda avec un drôle d'air. L'appariteur leva la tête.

— Monsieur?

Dan répéta ce qu'il venait de dire.

— Des chats? Un regroupement important de chats...

— Curieux, Monsieur.

— Ah! pourquoi?

— Ma mère m'a téléphoné ce matin, d'Ashby. Elle était bouleversée. Son vieux chat l'a quittée, et tous les chats des voisins sont partis aussi. De tous les côtés. De haut en bas de la ruelle où elle habite. Tous partis. Mon chat a également disparu. En y pensant bien, j'ai... il s'arrêta un moment, son sourire se ridant pendant qu'il réfléchissait. En venant, au travail, ce matin, j'ai vu un groupe considérable de chats. Environ... oh! cinquante ou soixante. Peut-être plus. Toute une bande.

— Qu'est-ce qu'ils faisaient ces chats? demanda Taylor.

L'appariteur le regarda.

— Rien, monsieur. Ils étaient là, assis dans un champ vague. Attendez... que j'y pense un peu plus. Oui, ils étaient assis en ligne, fixant je ne sais quoi... je n'en sais rien...

comme une bande de soldats alignés pour la parade.

Dan nota que Ken l'avait écouté avec attention. Alors, le shérif se rappela sa promenade, une journée plus tôt... tous ces félins qu'ils avaient vus rôder en groupe, au hasard, semblait-il.

— Je veux que vous vous rendiez au central, dit Dan. Prévenez toutes les patrouilles de noter ces rassemblements inusités de chats. Laissez faire les chiens.

Il se tut un moment. Diable, il ne se rappelait pas avoir vu un chien depuis les dernières vingt-quatre heures.

À son tour, Taylor fit remarquer:

— Depuis quelque temps, je n'ai pas vu un seul chien errant.

— En y pensant bien, dit Chuck, je trouve que mes chiens agissent curieusement depuis peu.

— Comment ça? demanda Dan.

— Ils sont nerveux. Comme s'ils avaient peur. Mais de quoi?

— Peut-être des bandes de chats, précisa Dan. Demandez aux patrouilles de noter sur leurs rapports le lieu et le nombre de chats rassemblés lorsqu'ils rencontreront une bande de félins, dit-il à l'appariteur. Je m'en vais chez moi, maintenant. N'oubliez pas ce que je viens de vous dire, n'est-ce pas?

— Oui, Monsieur.

Au moment de sortir, Dan aperçut Pollard qui téléphonait. Sur le coup, il ne se posa pas de question.

En route vers son domicile, Dan demanda au capitaine:

— Quelle est cette citation d'Alice au Pays des Merveilles?

— Eh? Oh, ouais. Qu'est-ce que c'était? Ouais. De plus en plus curieux. Ça convient à la présente situation, n'est-ce pas? Nom de Dieu, Dan, surveille ta droite!

Une fois de plus, un malaise indéfinissable s'empara de Dan.

Tels des léopards miniatures, des chats en nombre incroyable, cinquante ou soixante, étaient perchés sur les branches d'un grand arbre, mini-reproduction d'une scène d'animaux sauvages en Afrique. Tout ce qui manquait au décor, c'était un veldt et un baobab.

— C'est la première fois que je vois autant de chats domestiques agir de cette façon! s'exclama Taylor.

— Ouais, dit Dan, ne pouvant rien ajouter de plus.

Les deux policiers, tout à fait déroutés par une telle scène, ne dirent plus un seul mot le reste du trajet.

Dan engagea son véhicule dans l'entrée de sa maison, et, Taylor et lui, médusés, regardèrent le spectacle.

La cour de sa résidence regorgeait de chats, des centaines et des centaines de félins. Assis, couchés, ils regardèrent les deux hommes qui les fixaient.

La radio de Dan interrompit le suspense.

— La base à Ruger un.

— Ici le numéro Un. Allez-y.

— Les docteurs Ramsay et Harrison viennent de téléphoner. Leurs femmes ont disparu. Mesdames Armstrong, Bradbury et Como ont aussi appelé, hystériques. Leurs enfants manquent à l'appel. Ils voyageaient dans la voiture d'Armstrong, mais ils ont décidé de faire une promenade non loin du vieux terminus.

— Merde! le mot s'étrangla dans la gorge de Taylor.

— Bon, dit Dan. Envoyez quelqu'un au terminus. Il faut inspecter les bois. Pas de solitaire, une paire de patrouilleurs. C'est un ordre. Compris?

— Dix-quatre, shérif.

Dan raccrocha le micro, juste au moment ou un énorme chat jaune, aux oreilles à moitié arrachées, un vrai matou de ruelle, sauta sur le capot avant. Il s'assit, regardant les deux hommes à travers le pare-brise. Griffes sorties, le chat lança sa patte sur la vitre. Lentement, avec un bruit grinçant, il la laissa descendre, un peu comme des ongles sur un tableau noir.

Dan et Taylor sentirent un frisson leur passer dans le dos.

Comme s'il les provoquait, le chat semblait leur sourire étrangement.

Dan mit les essuie-glaces en marche. D'un air amusé, le chat regarda les lames aller de droite à gauche.

Dan klaxonna.

Le bruit ne sembla pas déranger la bête.

Surveillant le comportement de l'animal, Dan n'avait pas remarqué ce que faisaient les autres chats.

Taylor, observant une scène étrange, le rappela à la réalité.

— Les chats me donnent l'impression qu'ils veulent nous encercler.

Dan regarda autour de lui. En effet, les félins encerclaient l'automobile. Leurs yeux n'avaient pas — Dan cherchait le mot exact — l'air normal. Il ne se rappelait pas avoir vu une telle sauvagerie dans les yeux d'un chat.

— C'est un mauvais rêve. Je vais sûrement me réveiller tantôt, murmura-t-il.

— J'espère être dans ton rêve et que nous nous réveillerons au plus vite, dit Taylor.

Plus loin, Dan aperçut des visages familiers qui regardaient en sa direction à partir des fenêtres. Il leur fit signe de demeurer à l'intérieur. Vonne lui répondit d'un signe de tête.

Après que le véhicule eut roulé sur l'allée centrale, les deux policiers, apercevant la meute de chats, avaient prudemment relevé les vitres des portières. De leur siège, ils regardaient les chats se promener autour du véhicule. Décelant un plan d'opération visant à les encercler, les yeux de Dan s'élargirent.

— Regarde, indiqua-t-il à Taylor. Le groupe le plus près va dans le sens des aiguilles d'une montre. L'autre groupe dans le sens opposé. Et ainsi de suite. Les chats n'agissent jamais ainsi.

— Comme s'ils étaient dirigés à distance. Mais par qui? Par quoi? demanda Taylor.

Même s'ils étaient protégés par les vitres épaisses. Dan cria :

— Attention!

Tous ensemble, les chats s'élancèrent contre la voiture, se jetant sur le métal et le verre, hurlant et crachant leur haine. Leurs petites dents découvertes, acérées étaient prêtes à mordre, à déchirer, à déchiqueter. Leurs griffes grattaient la peinture...

— Tenez-vous bien, dit Dan.

Il poussa à fond la première, tourna en forme de huit, avec des crissements de pneus et de hurlements de freins. Happés d'un bord et de l'autre, de nombreux chats, poussant

216

un concert de miaulements, de gémissements et de hurlements, furent écrasés.

Ayant peu d'espace pour manier son fusil, Taylor n'en descendit pas moins la vitre pour décharger son .357, le vidant et le rechargeant à nouveau.

Les bêtes enragées se retirèrent progressivement vers le pré donnant sur le champ arrière, mais pas avant que Carl et Mike, leur fusil chasse à la main, ne fissent claquer leurs pétoires, du perron de la maison. Des morceaux de chair de félins volèrent sur le gazon et la clôture. Vonne avait rejoint les garçons sur le perron, son pistolet semi-automatique .22 à la main. Elle en vida le magasin, chaque coup envoyant un chat rejoindre ses ancêtres.

Carrie et Linda, les mains sur les oreilles, se terraient dans la salle de séjour, la peur aux flancs.

Quand la fusillade eut pris fin, et que l'écho des explosions successives se fut dissipé pour faire place à un silence inquiétant, au moins soixante-quinze chats étaient étendus raides morts sur le champ de bataille, plus les blessés.

Dan prévint tout le monde.

— Ne laissez aucun des chats blessés s'approcher de vous et vous mordre.

Il approcha son auto-patrouille près de la maison, autant qu'il put.

— Carl et Mike, allez sortir le rouleau de filet métallique que vous trouverez dans la réserve. Apportez des cisailles. Le capitaine et moi montons la garde. Et pour l'amour de Dieu, soyez prudents! Vous les clouerez sur les fenêtres. Bougez-vous, les gars!

Il décrocha son micro et pressa le bouton de l'émission.

— Ruger un à la base.

— La base.

— Branchez-vous sur la bande de la radio centrale. Aussi sur toutes les auto-patrouilles.

Six patrouilleurs se rapportèrent et se mirent à l'écoute sur la même bande-radio.

Dan regarda Taylor.

— Je pense que je vais avoir l'air d'un parfait crétin.

Les yeux de Taylor firent le tour de la scène du carnage.

— Pas après qu'ils auront vu ça.

— Je viens d'être attaqué par une bande de chats... domestiques, lança Dan, grimaçant.

Dans l'une des voitures de patrouille qui se dirigeaient vers les bois et les prés entourant le vieux terminus, Herman demanda à Frank, son coéquipier:

— Qu'a-t-il dit?

Prestement, Chick attrapa le micro; il n'arrivait pas à croire ce qu'il entendait.

— Shérif, voudriez-vous émettre neuf sur dix vos derniers commentaires?

Dan pressa le bouton.

— Je répète, le capitaine Taylor et moi avons été attaqués par une bande de matous enragés. Je sais que c'est pas facile à croire... et que j'ai vaguement l'air idiot en vous répétant ça. Ce n'est pas une blague. Il s'agit peut-être d'un incident isolé, mais j'en doute un peu. Si vous voyez un rassemblement inusité de chats, montrez-vous prudents.

Tous accusèrent réception, chacun se sentant un peu idiot.

— Alors, quoi? rouspéta Taylor

— Nous allons assujettir le filet métallique sur les fenêtres, après quoi je vais dire un mot à Linda. Il faut absolument qu'elle se rende compte de la situation. Alors?...

Taylor attendait.

— Je ne sais vraiment pas trop quoi faire, dit Dan.

— Joins-toi au club, nous sommes tous dans le même bateau.

Pas très loin du vieux terminus d'autobus où Denise, zombie de Satan, et le chat attendaient, la petite mare de liquide, pétillant de bulles nauséabondes, s'agrandissait au fur et à mesure que la faille dans le sol s'élargissait. De ce liquide épais et coloré s'échappaient des fumées putrides et délétères. La morte-vivante et le chat s'assirent pour écouter le bruit léger produit par le brassement intérieur de la mare. Quelque chose essayait de se frayer un chemin à travers ce gargouillement. Un objet grotesque, mal formé, qui avait à peine la forme de doigts, s'efforçait de s'extirper de la mare, mais le trou dans la terre n'était pas assez grand pour lui livrer passage.

Pas encore.

Devenue une créature sans âme, moins que jamais une créature terrestre, et confinée dans une nouvelle enveloppe charnelle, Denise, nue, la chair blanche comme de la craie, attendait, assise sur le sol, en compagnie du chat. L'attente serait plus ou moins longue. Peut-être un autre jour, deux tout au plus... et ce qui dormait profondément enfoui dans la croûte terrestre depuis des centaines d'années pourrait s'en échapper et sortir par le trou de la mare.

Alors, les promesses de l'Ange Noir, Maître de la Noirceur des profondeurs, s'accompliraient.

Ils attendirent.

Sur une table, dans le coin de l'un des petits laboratoires installés dans la roulotte, le bras amputé reposait... oublié. Des choses plus importantes occupaient les chercheurs-médecins. Le bras ne ressemblait guère à ce qu'il avait été originellement. Depuis que la hache l'avait amputé du corps du jeune homme, il avait grossi considérablement, produisant de nouvelles formes de vie.

Sous l'aspect de vers, ces objets se reproduisaient, croissaient et alors s'échappaient du bras. Ils tombaient sur le plancher, grouillant tels des asticots dévorant une chair pourrie. À toutes les soixantes secondes, un autre de ces vers s'ajoutait aux autres. Ils glissaient, roulaient... et parcouraient le chemin qui les menait sous les cabinets, tables et casiers des classeurs.

Ils attendirent et crûrent en volume.

Le plancher en ciment du soubassement craqua. Pas plus qu'un seizième de pouce de large. Des échappées légères de fumée se formèrent et flottèrent au-dessus de la faille. Un moment après, un liquide épais et coloré suinta hors de l'espace fendillé, s'étendit peu à peu, recouvrant chaque côté de la fente, approximativement un pied carré. L'épais liquide palpitait d'une nouvelle vie qui cherchait à se libérer. Cette vie se gonflait comme si elle voulait respirer. Alors, durant un moment, le liquide ne bougea plus. Puis, la palpitation recommença. À travers la mince fente accessible, la chose informe se manifesta, grandit, les contours se définissant. Une odeur de vin infecte, une puanteur semblable à celle s'échappant d'une sépulture longtemps oubliée, se répandait. C'était de la pourriture fétide, un miasme. La chose exhala une respiration qui sentait la corruption.

La créature, autrefois appelée Mickey Reynolds, s'accroupit sur le plancher et regarda s'étaler la mare de liquide coloré. De la déjection vivante et nauséabonde.

Ils surveillèrent et attendirent, le chat et lui.

Ce qui avait été Eddy Brown sentit, de l'endroit où il s'était placé et se reposait, l'humidité croissante s'emparer du plancher. Quelques moments auparavant, son esprit animal avait décelé le léger craquement, mais il n'y avait pas porté attention. Ça ne semblait pas représenter un danger quelconque. Soudain, il s'assit, scrutant les ténèbres.

Le plancher se zébra un peu plus et une sécrétion épaisse s'échappa brusquement du ciment fendu. Une odeur impure emplit le soubassement, pendant que la présence informe se manifestait, s'épaississait. Venant de la fente du plancher poussiéreux, un gémissement gras, tel un murmure rauque, évanescent, se répandit.

Un objet mince, humide et gluant, ayant la forme d'un doigt, passa à travers la fente. De multiples fois, il tenta de s'évader de sa prison, sans y réussir. Pas encore.

Eddy et son nouvel ami, le chat, attendaient toujours, surveillant l'opération.

Betty Reynolds et ses enfants se tapirent dans les ruines de ce qui avait été une station-service doublée d'un motel situé près de l'autoroute. Depuis des années, l'endroit était inhabité et inutilisé. Le plancher en dur du garage s'était fendillé. Un liquide rouge foncé, d'odeur nauséabonde, s'échappait par une fente du plancher, étalant un mucus de nécrose huileux, affreux, dans l'espace réduit du plancher sale et crasseux. Un objet tout ridé, ressemblant vaguement à un doigt de simiens, pointa à travers la fente, bougeant de bas en haut, se retirant, ressortant, essayant d'élargir l'interstice dans le ciment.

Betty et les enfants s'accroupirent dans leurs propres déjections et la crasse environnante.

Ils observaient et attendaient.

Au second plancher du garage-entrepôt, Anya se mit à rire doucement. Un rire maléfique, exprimant l'ultime dépravation.

Pet avait dirigé la démarche de la cohorte de chats rassemblés autour de l'édifice abandonné. Elle leur avait appris à rester le plus près possible de l'édifice. À ce méfier particulièrement des humains qui pourvaient s'introduire dans les lieux, car le temps n'était pas encore venu de s'exhiber au grand jour. C'était presque le moment... mais pas tout à fait.

Pet se tourna et regarda sa compagne s'esclaffer. Dans l'obscurité incertaine, les yeux d'Anya brillaient d'un éclat qui illuminait la cache pleine de toiles d'araignées et d'amas de poussière. Les traits de la fille se transformaient, son visage devenant un masque vieux et laid qui reflétait dix mille ans de libertinage, d'envie, de haine et de torture. Continuellement, ce visage se métamorphosait, passant de celui d'une fillette à celui d'une vieille fée Carabosse édentée, ratatinée, chassieuse. Les mains de la fille avaient pris la forme de serres de rapaces, s'ouvrant et se refermant au rythme de son rire démoniaque.

Petit à petit, le visage redevint celui d'une fillette, à l'exception des yeux qui continuèrent à briller d'un éclat satanique.

La fille et Pet sentaient que les Anciens s'efforçaient de se libérer de la gangue terrestre dans laquelle le Maître de tout ce qui était bon et beau sur Terre les avait emprisonnés. Des tonnes et des tonnes de roc étaient leur geôle.

Anya cracha sur le plancher en pensant à Lui, le Tout-Puissant. Elle alla jusqu'à un coin de la remise et se mit à hurler sa haine et son mépris pour celui qu'elle abhorrait.

Le moment était proche... très proche. Elles le savaient. Tout ce qu'il fallait, c'était de montrer un peu de patience. Quel coup de chance que le jeune ingénieur ait pénétré dans la cachette où elles se reposaient; elles s'étaient réveillées de leur long cycle d'ensommeillement.

Le rire dépravé d'Anya devint un gloussement.

Ses yeux reprirent l'apparence de ceux d'une fillette, des yeux d'ingénue, noirs, indéchiffrables. Et les mignons cachés de Satan, qui reposaient sous la surface de la Terre, partout dans le monde, luttaient pour se libérer, dans la région même du comté, pour quitter leur sombre prison et accéder à l'air libre, à l'écoute de la Voix de leur Maître, l'Ange déchu.

Oui, le moment était proche, très... très proche.

5

Dan lança un appel à la radio:

— Toutes les unités de patrouille se rapportent, ordonna-t-il.

Les unités rapportèrent la même chose: aucune bande de chats n'avait été aperçue. Quant aux chiens, ils se comportaient d'une étrange façon, comme s'ils avaient peur, comme s'ils étaient inquiets.

Dan demanda à une patrouille de s'approcher de l'arbre où les chats, juchés sur les branches, avaient été aperçus. Pas de chat dans l'arbre en question.

— Alors, ils ont été prévenus, conclut Mike se tenant derrière les policiers.

— Pas très certain d'avoir bien entendu, Taylor demanda:

— Avertis? Par qui?

Avant que Mike ne pût répondre, une station-wagon roula dans l'entrée. Le sigle HPB trucking était peint sur les portières. Lou Lamotta était au volant.

Dan récupéra son M-10, dans sa voiture, glissant une balle dans le canon. Il vérifia le sélecteur de feu, le plaçant à 180° de semi à plein automatique, et vira le cran de sécurité de neutre à prêt à tirer.

Les yeux de Lou s'agrandirent. Très soigneusement, il referma la porte de sa voiture.

— Eh! shérif. Woah! je suis de votre côté, n'est-ce pas?

— Lou, vous n'êtes du côté de personne. Vous vous cachez dans les plis du drapeau comme dans un linceul. Alors, ne nous racontez pas d'histoire. Que faites-vous sur le terrain de ma propriété.

Lou esquissa un sourire, ce sourire irritant qui était sa marque de commerce.

— J'ai intercepté votre communication, l'ami.

Dan eut l'idée de le traiter de menteur, mais il se tut, un soupçon traversant soudainement son cerveau alerte. Quelqu'un au bureau renseignait Lou. Ça crevait les yeux. Dan avait examiné l'équipement de radio des O.S.S. Il n'était pas muni de décodeur. Conclusion : à l'intérieur de l'équipe du shérif et tout particulièrement de son quartier général, Lou avait un informateur.

L'homme de l'O.S.S. enchaîna :

— Je voulais voir de près ces tueurs, ces charmants petits chats méchants. Un groupe de laboratoire est en route pour venir ici.

Il jeta un coup d'oeil sur le meurtrier petit fusil mitrailleur .45 que Dan tenait bien en main. Son sourire s'élargit.

— N'est-ce pas, shérif, que vous aimeriez bien utiliser ce joli petit joujou sur ma modeste personne ?

— Je n'aimerais pas ça, mais je le ferais.

De la bouche de Dan, les mots sortaient bas et menaçants.

— Même quand, il s'agit de votre propre vie, Lou, et je donne plus d'importance à la vie que vous.

Approuvant d'un signe de tête, Lou encaissa la leçon.

— Peut-être. Dan, j'y suis allé un peu durement avec vous. Je vous ai mal perçu. Alors, je retire ce que j'ai dit. Oubliez ça si vous le pouvez. Vous ne saisissez pas l'importance de mon travail, voilà tout.

— Je la saisis, Lou, mais c'est la méthode qui ne me convient pas. N'oubliez pas que je travaillais dans l'Ouest quand vos gens abattaient les bêtes des fermiers et des ranchers sans aucune compensation pour les pertes encourues par eux.

— Je n'oublie pas, shérif.

Dan le croyait.

Même s'il était cinglé, Lou était quand même brillant.

Dan avait vu sa femme quitter le perron et rentrer dans la maison. Elle en ressortit à nouveau, faisant claquer la porte-moustiquaire ; dans les mains, elle avait une carabine chargée de 30 balles.

Soupirant et fixant l'arme, Lou la regarda.

224

— Alors, dit Vonne, l'interpellant. Vous êtes celui qui allez me violer avec ma fille, n'est-ce pas?

Lou prit une profonde respiration.

— Vous aimeriez peut-être essayer ça aujourd'hui? demanda Vonne.

— Non, Madame, répliqua Lou, mais je me souviendrai, avec certitude, que vous m'avez menacé.

Vonne leva le canon de son arme, le dirigeant vers la partie du corps de Lou, là où se trouvent les bijoux de famille d'un mâle normalement constitué.

Péniblement, Lou avala sa salive... et se tourna de côté. Il préférait recevoir un projectile dans la fesse plutôt qu'à l'endroit où logeaient ses mâles attributs.

— Mon Dieu, Madame Garrett, n'avez-vous aucun sens de l'humour?

— Monsieur, comme femme et mère d'une adolescente, je ne peux considérer le viol comme une affaire sans importance.

Soudainement, Lou perdit le sourire. Néanmoins, il fit un effort pour qu'il réapparaisse sur ses lèvres.

— J'imagine, Madame. En usant d'une approche aussi péremptoire auprès de vous, je crois avoir commis une erreur. Mais je ne peux défaire ce qui a été dit.

Deux vannes s'approchaient de la maison, et il détourna les yeux.

Lou entrevit Carl et Mike. Ces deux-là n'étaient pas des collégiens volages que l'on pouvait bousculer. Il connaissait l'aventure de Mike avec les voyous et devinait que Carl ressemblait à son père. Si une décision était prise, il n'était pas du genre à reculer. Les deux jeunes gens avaient un fusil de chasse dans les mains et chacun portait un revolver à leur ceinture.

Taylor avait modifié sa position. Dans la main, il tenait un fusil de chasse particulièrement menaçant. La modification, avec le tube en extension, lui donnait l'allure d'une arme de choc, car le magasin s'arrêtait à peu près à la gueule.

— Le magasin est de marque Remington, modèle 1100?

— Euuh! Belle arme, dit Taylor.

— Excellente. Voilà un homme qui a les yeux durs, pensa Lou. Vous vous en êtes déjà servi... utilement?

— Hein, hein !

— Salissant ?

— Efficace, rétorqua Taylor, avec un sourire glacial. J'ai déjà tiré sur un homme à une distance de 15 pouces. L'épine dorsale n'a pas tenu le coup. Elle a éclaté... ainsi que la plus grande partie des viscères, de même que quelques autres parties de la région centrale du quidam.

Lou avala difficilement sa salive.

— Euuh... ouais. Eh bien, je vais aider les gars à ramasser les gentils chats.

Le regard peu amène, Langway entérina :

— Faites donc.

Un M-16 à la main, il s'était dissimulé dans un coin de la maison, protégeant les arrières de Dan et Taylor. Je suis arrivé par l'arrière, expliqua-t-il brièvement à Taylor.

— Bienvenue, joins-toi au party, lui recommanda son lieutenant.

Lou, marmonnant, s'éloigna, prenant soin de ne pas poser les pieds aux mauvais endroits. Ma foi, la bande a la gâchette nerveuse, se dit-il.

Avec beaucoup de dextérité, l'équipe du laboratoire s'affaira à mettre les bêtes dans des sacs que l'on plaça dans les vannes. Les hommes portaient des gants épais, métalliquement renforcés. La plupart des chats n'étaient que blessés ; piqués avec une drogue soporifique, ils furent mis à part.

Taylor regardait la scène.

— Dan, dit-il, j'ai l'impression que ce n'est pas la première fois qu'ils font ce travail. Sans crainte de me tromper, je peux même dire qu'ils ont fait ce travail plus d'une fois.

— Eh oui ! confirma Dan, conscient que toute sa famille était à l'écoute. J'le sais. Je les ai vus faire avec le bétail au Colorado et les moutons en Utah.

— Que faisaient-ils avec le bétail, Monsieur Garrett ? demanda Mike. Plutôt, pourquoi faisaient-ils ça ?

— Je n'ai jamais pu le savoir. On m'a dit qu'il s'agissait d'une expérience relative à des gaz innervants. Mais je doute qu'il n'y ait eu que ça.

Mike et Carl découpèrent le grillage métallique et commencèrent à le fixer avec des clous dans toutes les ouvertures des murs. Pour les fenêtres les plus basses, ils mirent une double épaisseur.

Taylor s'exclama:

— Je me sens un peu con de ne pouvoir dire exactement ce qui se passe.

— Encore une autre expérience de ce genre, et je vais tout raconter, dit Dan. Lou Lamotta peut tomber raide mort, je m'en fous.

En écoutant la dernière remarque de Dan, les deux garçons esquissèrent un sourire entendu.

Le nettoyage terminé, les gens de l'O.S.S. se préparèrent à partir. La tête hors de la portière, Lou parla avec un accent du sud emprunté.

— À partir de maintenant, vous m'entendez, soyez prudents!

— J'ai horreur de cet homme, dit Vonne, entourant de ses bras Carrie et Linda. Il me donne la chair de poule, avoua-t-elle.

La peur dans les yeux, Linda déclara:

— Je n'y comprends rien.

— Vonne va vous expliquer, lui dit doucement Dan.

Il jeta un coup d'oeil à sa femme. En signe d'accord, elle battit des paupières. Elle s'occuperait de Linda.

— Ce qui me semble intéressant, fit remarquer Mike, c'est que l'homme du fédéral n'a même pas demandé d'où venaient ces bêtes et comment elles se trouvaient là. Il n'avait pas du tout l'air intéressé d'apprendre que... eh bien, des puissances au faîte de la hiérarchie aient pu être mêlées à cette affaire.

— Plus hautes puissances? s'étonna Vonne, à présent sur le perron de la maison.

— Par exemple, Dieu et Satan, ajouta Mike.

— Pensez-vous, fiston, que les deux soient impliqués? demanda Taylor.

Sans hésiter, Mike confirma:

— Je le pense. Ce qui est survenu ici touche au surnaturel. Nous, simples mortels, ne pouvons pas y faire grand-chose. Je ne suis pas très religieux, mais il me semble qu'il serait souhaitable de réclamer l'aide d'un exorciseur appartenant au clergé catholique.

— Au beau milieu d'une région baptiste, dit Dan, sans

parvenir à dissimuler un certain sourire.

Vonne, interprétant bien la proposition de Mike, gronda :

— Dan !

— Je ne pense pas ici que quelqu'un sache ce qu'il affronte exactement, dit Taylor.

Comme tout bon policier, même si elle pouvait paraître assez loufoque, Taylor ne craignait pas d'explorer une idée nouvelle. D'accord, Mike. Quand penses-tu que nous saurons exactement ce qui se passe ?

— Quand Dieu et Satan seront prêts.

— Dan, crois-tu que Dieu, dans cette affaire, va nous accorder son aide ? demanda Mike.

— Je le crois... mais pas d'une façon directe. Il y a bien longtemps que tout ce qui arrive aujourd'hui était décidé. Mais ça ne peut nuire de lui demander son aide.

— Je l'ai déjà fait, avoua Taylor, simplement.

Dan s'appuya sur la voiture et contempla le gazon souillé et piétiné. Petit à petit, un sourire malin détendit son visage.

— Lamotta est arrogant et insupportable, mais il est sûrement avisé.

— Que voulez-vous dire par là, shérif ? s'enquit Langway.

— Même si nous alertons le public, qui nous croira ? Nous avons laissé Lamotta enlever les corps du délit — sans prendre la moindre photographie — de tout ce qui s'est passé ici. Nous n'avons aucune preuve physique évidente à présenter.

Fâché contre lui-même, Taylor inspecta le champ environnant. Sous son nez, il avait laissé Lamotta agir sans bouger.

— Que le diable m'emporte ! grogna-t-il. Il regarda le ciel et ajouta : Seigneur, excusez-moi.

Dans le cagibi où elles s'étaient réfugiées, Alice et Emily se sentaient fort à l'étroit. Elles avaient peur, chaud, mal partout... et ressentaient douloureusement les effets de la fatigue. Ayant brisé sa montre, Emily ne pouvait savoir l'heure exacte.

Alice ne portait pas de montre. Quelle heure était-il? Au juste, elle n'en savait rien. Sauf que le temps leur avait paru anormalement long dans le placard. Des heures.

— Emily, murmura Alice.

— Oui, Alice.

— Je dois faire pipi.

— Moi aussi, Alice. Retiens-toi encore un peu.

— Je vais essayer, Emily.

— Oui, Alice.

— Il me semble qu'il n'y a plus autant de chats qu'avant. Qu'en penses-tu?

— Oui, j'ai la même impression. Peux-tu pointer la tête dehors, pour voir?

— Je n'le crois pas, Emily.

Les deux femmes avaient entendu les chats se défiler par petits groupes; leurs piétinements légers n'étaient plus perceptibles. En restait-il encore sur place? Et combien? Étaient-ils encore dans les alentours ou partis... loin? Où se terraient-ils? Attendaient-ils qu'elles sortent de leur cachette pour leur tomber dessus? Questions angoissantes!

Finalement, après beaucoup d'hésitation, Emily prit une décision.

— Alice, je vais entrouvrir la porte pour voir ce qui se passe. Au moins, nous saurons à quoi nous en tenir.

— Ou nous écraser, commenta Alice s'efforçant de faire de l'humour.

Emily sourit et apprécia l'effort.

Alice, somme toute, se dévoilait comme étant une femme agréable. La plupart des réticences d'Emily vis-à-vis d'Alice s'estompaient rapidement. Elle commençait même à aimer Alice. Dépouillée de son snobisme, la vraie Alice se montrait sous son vrai jour.

Dans la demi-obscurité du placard, Emily regarda Alice.

— Prête?

— Allons-y, Emily.

Emily gloussa... et poussa légèrement la porte.

Herman et Frank découvrirent la voiture d'Emily Ramsay, stationnée à environ un demi-mille du vieux terminus. Ils l'examinèrent, n'y virent rien d'anormal.

— Avant de téléphoner, allons un peu plus loin. On pourrait retrouver la voiture des mômes, suggéra Frank.

— Tu conduis.

Juste au tournant, ils virent l'automobile enregistrée au nom de Clyde Armstrong. Ils se hatèrent de téléphoner pour rapporter leurs découvertes.

— Ne bougez pas, ordonna Dan. Je vous rejoins dans quelques minutes.

Dan regarda sa famille.

— Entrez dans la maison et n'en bougez pas. Et ne sortez sous aucun prétexte. Et ce n'est pas une suggestion que je vous fais.

— Tu es toujours un cochon chauviniste et sexiste, lui répliqua Vonne avec un sourire désarmant.

— Naturellement, lui dit Dan, lui rendant son sourire.

Vonne le salua de la main.

— Sors d'ici! Sois prudent!

En route vers l'endroit où les policiers avaient retrouvé les véhicules des femmes et des adolescents disparus, Taylor demanda:

— Je me demande bien si Lamotta a réellement entendu notre appel.

— J'en doute. Je pense qu'il a un informateur ou une informatrice dans mon bureau. Je ne sais pas qui c'est. De toute façon, s'il écoute sur notre fréquence, lorsque nous serons sur le site, nous l'apprendrons.

— J'aimerais bien savoir comment tout ça va se terminer.

Dan le regarda.

— Vraiment, Tay? Vraiment?

Taylor se signa et resta coi.

La vieille cambuse était vide d'animaux. Des centaines de félins qui s'y trouvaient peu de temps auparavant, il ne restait que des crottes jonchant le plancher pourri.

Précautionneusement, Emily entrouvrit un peu la porte et regarda, son pistolet à la main. Puis, elle ouvrit la porte largement. Aucun félin en vue, hurlant, sautant, gémissant, miaulant. Le seul bruit audible était le battement précipité de leur muscle cardiaque.

Ses genoux craquant en se déployant, elle inspecta la pièce. Pas de chat. Toujours dans le cadre de la porte de la vieille remise, elle regarda à travers les fenêtres trouant le mur branlant. Pas de chat en vue. Mais le vent tourna, transportant une odeur de décomposition. Cette odeur lui était devenue familière, une odeur qui lui offensait l'odorat.

— Pfiou! s'exclama Alice. Quelle est cette senteur?

— Je l'ignore... mais elle ne m'est pas inconnue. Je... Soudain, ça lui revint en mémoire. Du sang corrompu et de la chair pourrissante. Elle évita d'en parler à Alice, mais se demanda d'où provenait l'odeur et ce qui en était la cause.

Emily sortit... et examina la pièce d'entrée pleine de toiles d'araignées. Ses yeux firent le tour des autres pièces. Pas de matou.

Emily se retourna quand, à sa droite, une apparition entra dans le champ de sa vision périphérique. Le coeur débattant, elle resta figée.

— Alice, mumura-t-elle, regarde à ta droite, par la fenêtre, là, dit-elle pointant du doigt. C'est la fille Moore, ajouta-t-elle d'une voix à peine audible.

Emily cligna des yeux.

— Ouais, c'est ce que je pensais aussi. L'apparition refusait de disparaître.

— Je ferme les yeux, dit Alice. Quand je vais les rouvrir, je le sais, cette chose ne sera plus là.

Elle ferma brusquement les yeux, les rouvrit. Denise était toujours au même endroit, pas très loin du chalet.

Ahuries, les deux femmes regardaient fixement la créature... inhumaine.

Un mot leur parvint... qu'elles ne purent saisir.

— As-tu parlé, Emily?

— Non, je pensais que c'était toi. C'était toi, Alice, n'est-ce pas?

— J'n'ai rien dit.

— Calmons-nous. C'est une hallucination, c'est tout. Fermons les yeux et respirons un bon coup.

Les deux femmes rouvrirent les yeux. Denise s'approchait du chalet.

— Non, non, non, non, c'est pas possible! répéta Alice.

Nue, pâle, fantomatique, le corps torturé de Denise brillait sous le soleil. Elle se tenait dans la clairière, fixant le chalet, un chat assis près d'elle. Lentement, elle leva le bras... désigna la cambuse. Elle parla clairement et distinctement en anglais.

— Venez, venez... venez avec moi!

Alice s'écroula. Cette fois-là, son évanouissement n'avait rien à voir avec jouer la comédie.

6

— Pas de signe de vandalisme?

— Non, Monsieur, répondit Herman. Absolument rien qui indique quoi que ce soit.

— Très bien. Vous deux, prenez vos walkies-talkies. Vérifiez s'ils fonctionnent bien. Emportez vos fusils de chasse, et remplissez vos poches de cartouches. Par le diable, je n'ai aucune idée de ce que nous allons rencontrer.

— L'enfer, voilà le mot juste, dit Taylor.

Chuck rangea sa voiture sur le talus, suivi de près par celle de Susan. Les escortaient aussi tous les troupiers en vacances, tous habillés en civil, incluant Langway.

Dan scruta les environs. Curieux, pensa-t-il. Les prés et les bois étaient anormalement silencieux et pas un oiseau ne chantait ou n'était visible. Partout, régnait un silence de mort.

Taylor et Dan se regardèrent.

— Dan, ça ne me plaît pas du tout.

— À moi encore moins.

— C'est son terrain de jeu, Dan, fit remarquer Taylor. Nous sommes seulement des visiteurs. Tu ouvres le jeu.

Balayant de la main l'espace devant lui, Dan exposa sa stratégie.

— Nous allons nous déployer en éventail, mais en gardant une distance de 50 à 60 verges entre nous. Que les armes soient prêtes à cracher. Pas de geste héroïque, les gars. Je vous le répète, nous ne connaissons pas la nature de l'ennemi. Créatures du diable, monstres, félins... peu importe.

— Et le chien Pataud? blagua le troupier Hawkes.

Taylor le regarda avec des yeux à faire geler des boules de neiges dans le Sahara.

— Une tentative d'humour, capitaine, se défendit Hawkes.

— Rodney Dangerfield, notre grand humoriste, n'a rien à craindre de ton esprit d'escalier, siffla Taylor entre ses dents.

Hawkes prit un air penaud.

Le vent devenait plus frais, transportant vers eux la même odeur cadavérique.

— Pouah! Qu'est-ce que c'est? s'écria Susan.

— En Corée, expliqua Taylor, je suis tombé sur un tas de cadavres qui avaient gelé l'hiver et subi la chaleur de l'été. L'odeur était semblable à celle qui agace nos narines, aujourd'hui.

— Corée, hein? dit Hawkes, le visage baignant dans la plus pure innocence. Je pensais plutôt que vous aviez combattu durant la Première Guerre mondiale.

Taylor virevolta vers lui, et Hawkes accéléra le pas, disant au-dessus de son épaule:

— Je m'en vais vers l'extrémité, là-bas.

Malgré lui, Taylor sourit. Il se rappelait lui aussi ses moments d'insolence, il y avait belle lurette de ça.

— Avancez, les gars, tranquillement... et sans vous énerver.

Cette fois-là, Alice n'avait pas feint l'évanouissement. Elle était sans connaissance... totalement.

Emily utilisa ce qui restait d'eau dans la cabine, lui baigna le visage, tout en essayant de garder l'oeil sur la forme fantomatique de Denise.

Mais après qu'elle se fut penchée sur le visage inanimé d'Alice, elle releva la tête pour constater que Denise et le chat avaient disparu.

Elle réussit à sortir Alice de son sommeil inopiné et la fit asseoir.

— Denise Moore est morte! Ça ne pouvait être elle tout à l'heure. Nom de Dieu, Emily, ce n'est pas possible!

Emily aida Alice à reprendre pied.

— Ça l'était. Nous l'avons vue toutes les deux. Nous n'avons pu avoir la berlue toutes les deux en même temps. Allons donc.

234

Ouvrant le chemin, les deux femmes sortirent de la pièce principale de la cambuse, franchirent le perron pourri, s'arrêtèrent un moment au bas des marches, regardant, angoissées, si les chats, tels des meurtriers menaçants, n'étaient pas encore tout près... à l'affût.

— L'odeur s'est estompée un peu, fit observer Alice.

— Tu es tombée sur de la défécation de chat, et tu sens mauvais toi-même, Alice.

— Burk! Je ne vois aucun de ces maudits bâtards. Et toi?

— Non, Alice, mais je me demande s'ils ne nous observent pas.

— J'aurais apprécié que tu ne me dises pas ça, Emily.

— Allons-y! Tiens-toi près de moi, Alice.

— T'en fais pas! Je n'y manquerai pas.

Chuck fut le premier à apercevoir les deux femmes; il les vit se glisser à travers les arbres minces et rabougris, les interpella, leur faisant des signes de la main. Aussi vite que leurs jambes pouvaient les porter, elles se précipitèrent à sa rencontre et faillirent bien le renverser dans leur hâte.

Pendant un bon moment, Dan et ses coéquipiers écoutèrent le récit d'Alice, qu'elle s'efforçait de raconter d'une façon aussi cohérente que possible, dans un babillage haletant et incompréhensible. Tout y passait: des milliers de chats, des corps déchiquetés, leur fuite, leur séjour dans le placard malodorant, la vision de Denise, la morte-vivante...

Comme de raison, les policiers n'y comprirent rien.

Alice interrompit le flot de paroles.

— S'il te plaît, Alice, arrête-toi un peu!

Chuck intervint, démontrant sa compréhension masculine de l'aristocratie (ou supposément) femelle virginienne.

— Peut-être aimeriez-vous vous reposer un moment dans ma voiture, Madame Ramsay? Dès que vous serez prête à la donner, je prendrai votre déclaration par écrit.

Elle regarda l'adjoint-chef de la même façon qu'Hélène d'Astolat avait dû regarder Lancelot.

— Oh! merci. Monsieur? demanda-t-elle, s'attendrissant.

La rougeur empourpra le visage de Chuck.

— Klevan, Madame. Chef-adjoint Klevan.

Elle s'empara du bras qu'il lui tendait, et il la conduisit

à l'endroit où les véhicules étaient stationnés. Touchant.

— Quel couple! s'exclama Hawkes.

— Alice est une excellente personne, répliqua Emily. Elle est seulement prétentieuse de temps à autre.

— Emily, qu'est-il arrivé? demanda Dan.

Succintement, avec la précision et la concision d'une bonne infirmière O.R., elle fit le récit de son aventure. Quand elle eut terminé, les policiers, les yeux grands comme des pièces d'or, la regardaient bouche bée.

Taylor se racla la gorge.

— Madame Harrison, vous avez réellement vue, vivante, la fille Moore?

— Non, Monsieur, elle n'était pas vivante comme vous et moi.

Pour une fois, Hawkes ne trouvait rien de drôle à dire. Il était tout pâle.

— Pouvez-vous nous expliquer? demanda Taylor.

— Un quelconque aliéné a fait à cette fille quelque chose de pas très chrétien. Elle a été littéralement recousue. D'étranges dessins apparaissent sur son corps comme s'ils y avaient été gravés. Personne ne peut survivre à ça. Je le sais, j'ai déjà vu des gens saignés à mort. Elle avait l'air vidé de son sang. Toute nue, sa chair était pâle, blanche, légèrement teintée de bleu. D'abord, elle nous a interpellées dans une langue incompréhensible. Alors qu'elle s'approchait de nous, j'ai pu voir les cicatrices sur sa chair. Elle nous parla à nouveau, nous invitant — dans notre langue — à le suivre. Un chat l'accompagnait. Puis, ils ont disparu dans un petit boisé.

Hawkes pâlissait de plus en plus. Il regardait autour de lui, très nerveux.

Respirant profondément, Taylor secoua la tête.

— Et les corps des enfants? demanda Dan.

Emily regarda autour d'elle, visionna les fils à haute tension, cherchant des points de repère.

— Laissez-moi m'orienter. Oui, c'est par là, dit-elle, montrant du doigt un endroit précis.

Dan la remercia avec un sourire.

— Merci, Madame Harrison. Frank, veux-tu escorter Madame jusqu'aux voitures. S'il te plaît, ne la quitte pas.

— Shérif?

— Oui, Madame.

— Deux choses, s'il vous plaît. Premièrement, je veux savoir ce qui se passe dans ce comté. Deuxièmement, vous aurez besoin de quelques sacs pour mettre les corps... ou ce qui en reste.

— Madame, je crois qu'il est grand temps que tous et chacun sachent ce qui se passe dans ce comté.

Une voix détestable et familière se fit entendre derrière la rangée de policiers.

— Je ne le pense pas.

Mille et Kenny avait laissé leur voiture stationnée près du chemin de gravier et se tenaient maintenant à la limite des pâturages d'apparence paisible, bordés de trois côtés par des arbres centenaires.

— Que regardes-tu, Mille? demanda Kenny, qui n'aimait pas le grand air.

— J'sais pas exactement. Rien de particulier. J'ai besoin de marcher, de prendre l'air... de mettre de l'ordre dans mes idées.

— Dans cette affaire, la prévint Kenny, il va falloir se montrer prudents. Je pense que le shérif a dit la vérité quand il a décrit Lamotta comme un malade mental dangereux.

Mille regarda Kenny.

— De monstres? dit-elle. Des créatures étranges? Des hommes-momies? Des chats de maison transformés en assassins? Une chatte et une fille vieille de deux mille ans? Est-ce que le shérif se fiche de nous?

— Au premier abord, je le pensais aussi, Mille. C'est toi qui avais confiance.

— Ce n'est pas une réponse à mes questions. Mais oui, j'ai des doutes. Plusieurs.

Un pick-up s'approcha d'eux, les dépassa, s'arrêta... et recula. Un fermier au visage plaisant les dévisagea.

— Jeune homme, n'avez-vous pas entendu parler des monstres? demanda-t-il avec un large sourire. Ce n'est pas très sécuritaire de se promener au grand air quand ces créatures errent dans l'coin.

Mille, avec un visage d'ange, répliqua:

— Nous n'avons pas entendu parler de ça. Je suppose que vous ne donnez pas beaucoup de crédit à de pareils racontars?

L'homme se mit à rire joyeusement.

— Jeune dame, il y a longtemps que je ne crois plus aux fantômes et aux revenants. Il les salua de la main. Prenez soin de vous et n'effrayez pas mes vaches.

— Nous ferons ce que vous dites, le rassura Kenny.

Il dirigea son véhicule vers le chemin de gravier, tourna sur le chemin de terre et s'éloigna rapidement. Un mille plus loin il s'arrêta, n'en croyant pas ses yeux.

— Gentil, ce Monsieur. Il n'a pas été surpris par ma chevelure, fit remarquer Kenny.

— Es-tu devenu gêné par tes cheveux, Kenny?

— En quelque sorte.

Ils se remirent à marcher.

— Eh bien, à ce que je vois, l'histoire du shérif commence à circuler, et il semble, j'imagine pourquoi, que peu de gens y croient.

Pour la première fois de sa vie, Kenny se sentit du côté de la Loi.

— Je ne sais pas, Mille. Je crois en cet homme. Je ne pense pas qu'il sache comment mentir.

Ils traversèrent le pré parsemé des fleurs hâtives de l'été et de quelques bouses de vaches qui masquaient cette autre odeur qui flottait dans l'air.

Des vents chauds, soufflant tel un murmure, couvraient le bruit des pas se rapprochant du reporter et de son enquêteur. Sentant le danger, Mille jeta un coup d'oeil circulaire, mais elle ne put rien voir.

— Qu'est-ce qu'il y a, Mille? demanda Kenny.

— Rien, probablement. J'étais sous l'impression que quelqu'un nous surveillait. Je pense que je suis influencée par les histoires de revenants. Mon imagination, après tout.

— Ben oui. C'est... Mille.

Kenny pirouetta sur lui-même, le visage contorsionné par la souffrance.

Un dard dépassait de sa fesse droite.

— Jésus-Christ, Mille, j'ai reçu un dard.

— C'est un tranquillisant, Kenny. Quelqu'un...

Une douleur vive coupa la parole à Mille. Elle sursauta,

regarda. Un dard dépassait de sa hanche.

— Nom de Dieu! s'exclama-t-elle. Qu'est-ce que c'est?

En quelques secondes, Mille et Kenny, incapables de contrôler les mouvements de leurs jambes, glissèrent sur le sol. Spasmodiquement, ils tressautaient, leurs pieds frappant le sol. Finalement, ils ne bougèrent plus.

Ils pouvaient entendre les voix, mais ils étaient dans l'impossibilité de les reconnaître. Un voile léger recouvrait leurs yeux grands ouverts, brouillait leur vision, appesantissait leur esprit.

Une voix commanda:

— Amenez le fourgon en passant par le chemin de terre, près de la ligne des arbres. Par là. Nous les porterons. Dépêchez-vous. Emmenez-les au vieux terminus. Le fait d'être enfermés les calmera. Nous ne les aurons plus dans les jambes. Allez. Enlevez-moi ça.

Tranquillement, Dan emprunta le chemin qui allait dans la direction indiquée par Emily. Placés en éventail, l'arme au poing, les policiers avançaient prudemment, sur la pointe des pieds, à travers prés, bois et buissons.

Lou Lamotta, portant un M-16, marchait près de Dan.

— Vous avez donc décidé de tout dévoiler, shérif? demanda Lou.

— Lamotta...

Dan essaya de discuter avec ce fou mais réalisa que l'effort était futile. Même s'il devait anéantir toute la population des États-Unis d'Amérique et d'autres peuples, pour sauver du désastre une nation mal en point, son pays passait en premier. Lou était un fanatique de droite. D'une façon certaine, averti par ce sixième sens du policier d'expérience, Dan savait maintenant que Lamotta était un dément.

— Ne sacrifieriez-vous pas un comté pour sauver le pays? insista Lamotta.

— Je ne veux plus discuter, répondit Dan. Vous ne changerez pas, Lamotta. Permettez-moi de vous dire que vous êtes fou à lier.

Lamotta éclata de rire.

— Oh! oui, shérif, je ne le nie pas, mais je me contrôle

bien. C'est la seule raison pour laquelle je ne suis pas dans une camisole de force.

Taylor regarda Lou et jura entre ses dents.

Maintenant, l'odeur les rejoignait, forte, écoeurante. Une odeur tangible de mort. Cinquante pas plus loin, ils débouchèrent sur la scène du carnage. Immobiles, choqués, dégoûtés, les policiers regardèrent. Lou leva son walkie-talkie, appela sa base, précisa l'endroit, ordonnant de venir sur les lieux le plus vite possible.

Alors, à la surprise de tous, Lou se mit à rigoler.

D'un geste de la main, il fit reculer les policiers, puis s'accroupit, toujours riant, et examina le sang et les débris d'os et de chair.

— Des chats, lança-t-il. Une bande de bâtards domestiqués ont fait ça. Mon Dieu! Si nous pouvions apprendre comment les contrôler, les États-Unis détiendraient une arme extraordinaire. N'est-ce pas, shérif?

Dan savait que l'agent de l'O.S.S. cherchait à le provoquer. Il regarda Lou et, de dégoût, secoua la tête.

Lou continua à se moquer de lui.

Taylor cracha énergiquement; jurant entre ses dents, il s'éloigna de Lamotta.

Quant à Langway, il pensait sérieusement à loger une balle dans la tête de ce maniaque. Il lança un regard furibond à Lou, serrant si fort son fusil que ses jointures en devinrent blanches.

Hawkes l'avertit doucement.

— Mollo, sergent. N'oubliez pas que vous êtes notre chef.

Lou marmonnait, se parlant à lui-même:

— Du vieux sang et de la viande humaine pourrissante. C'est ce que la femelle Harrison a prétendu avoir reniflé. Mais l'odeur n'est pas autre chose que celle des excréments. Alors, où donc a-t-elle senti ça? Est-ce que cela a quelque chose à voir avec le comportement de ces félins enragés?

À nouveau, il regarda Dan.

— Je n'en ai aucune idée. Mais ai-je la permission de poursuivre mon enquête, Ô Grand Homme du O.S.S.?

Lou semblait s'amuser. Il se leva au moment où un étranger fit irruption sur le site. C'était Dodge.

240

— Mais, où étiez-vous donc? demanda Lamotta, comme s'il eût voulu le mordre.

Dodge le pointa du doigt.

— Calmez-vous, Lamotta. J'étais en dehors de la ville. Rappelez-vous que je ne prends pas tous mes ordres de vous.

— Pour faire quoi? demanda Lou.

— Ça ne vous regarde pas.

— Il y aura un rapport sur vous, Dodge. Votre attitude sera connue en haut lieu.

— Bien, magnifique. Faites donc ça, Lamotta.

Dan récidiva:

— Mon enquête, Lamotta.

— D'accord, d'accord, shérif, s'impatienta Lamotta, agitant la main. Allez-y et jouez au détective.

Montrant Dodge, il ajouta:

— Emmenez ce cave avec vous. Ne vous mettez pas dans nos jambes, c'est tout. Rappelez-vous, quand vous partirez d'ici, que vous ne devez rien dire. (Ses yeux se durcirent et son sourire se changea en rictus.) J'ai essayé de me lier d'amitié avec vous, shérif, de m'excuser pour avoir été trop dur avec votre famille. Mais vous et les vôtres m'avez renvoyé la balle avec votre mépris. Vous avez un problème de comportement, l'ami. Mais je pense que j'ai trouvé un moyen de vous circonvenir et de vous faire fermer la trappe. Vous êtes tellement super respectueux de la Loi, soucieux du bien public et tout, et tout. Je pense que c'est le temps de redevenir dur. J'ai demandé à quelques-uns de mes gens — j'ai fait venir du renfort — d'attraper mademoiselle Smith et cette sorte de loque humaine qui travaille pour elle. Durant la durée de notre opération dans cette région, ils seront mes invités, l'ami. Maintenant, si vous me jouez un sale tour, la demoiselle et la pédale qui l'accompagne se feront faire mal, très mal, et alors, l'ami, je continue avec les gens du coin. Vous avez bien enregistré, shérif?

Sortant de ses gonds, Dan s'écria:

— Vous êtes la poubelle de l'humanité, Lamotta!

Lamotta se moqua de lui ouvertement.

— Oui, j'le sais. Shérif, allez votre petit bonhomme de chemin et amusez-vous à jouer au policier et au voleur.

241

Mais ne vous mêlez pas de mes affaires!

Bouillonnant intérieurement, Dan demanda:

— Au sujet des parents des enfants morts?

— Dites-leur que leurs enfants ont fait une fugue. C'est l'histoire que vous devez leur raconter et souvenez-vous-en.

Dan et ses coéquipiers flânèrent sur les lieux, jusqu'à ce que les gens du lab de l'O.S.S. fissent leur apparition, quelques minutes plus tard, venant par la barrière arrière, pour que personne ne puisse les voir.

Quand les sacs contenant les restes mortels de ce qui avait été des adolescents joyeux et pleins de vie eurent été chargés à bord du fourgon qui attendait, Dan, ses hommes et Dodge quittèrent les lieux, pénétrant plus profondément dans le boisé pour découvrir la source de cette épouvantable odeur dont Emily parlait.

Mais l'un des agents de l'O.S.S., récemment arrivés dans le comté, l'avait déjà trouvée. Brièvement, il allait regretter de l'avoir découverte.

7

Près de la mare de liquide rouge qui sentait horriblement mauvais et bouillonnait dans le sol, l'agent O.S.S. s'agenouilla. La pestilence en était si forte et si désagréable que l'homme, pourtant pas une mauviette, faillit rendre son petit déjeuner.

Quoique possédant une formation scientifique adéquate, il n'arrivait pas à reconnaître, même approximativement, la matière composant cet amas vivant et pollué.

Fouillant autour, il dénicha un long bâton qu'il enfonça d'environ six pouces dans la mare. Il prit soin de ne pas toucher au liquide.

Le bâton lui fut arraché.

Surpris, l'agent tomba sur le dos.

— Nom de Dieu! s'écria-t-il.

Le trou où le liquide bouillonnait, d'un diamètre d'un pied environ, sembla s'animer... comme s'il exhalait un soupir.

Fasciné, l'homme regarda:

— Que diable, ça me cause!

Il trouva une autre perche plus lourde. La tenant d'une main ferme, il la rentra aussi profondément qu'il put dans l'ouverture bouillonnante, la sortit et la poussa à plusieurs reprises avec une sorte de plaisir sadique. La perche rencontra un obstacle, quelque chose de solide... comme une méduse ou quelque chose de semblable. C'était en même temps solide et gluant.

L'agent enfonça la perche plus profondément dans le trou, lui imprimant un mouvement giratoire. Le soupir se transforma en un gémissement qui devint un murmure de colère.

— Qu'est-ce que c'est? demanda l'homme à haute voix.

Il essaya de retirer la perche. En vain. Elle bougeait seulement de quelques pouces vers le haut, mais une quelconque force ramenait le bâton à sa position première, duel qui réussissait quasiment à faire perdre pied à l'assaillant.

L'agent se fâcha carrément.

— Aye, toi! cria-t-il, de toute la force de ses poumons, le visage rouge de colère et de fatigue.

Il tira une fois de plus sur le bâton, le retirant de quelques pouces de plus.

— J'tai, morviasse!

Cette fois-là, il faillit choir dans la mare dégeulasse, échappa le bâton et le regarda disparaître doucement dans le liquide gluant.

C'était — ce qu'il pensait — comme si une force surhumaine se cachait à cet endroit.

— Ridicule, murmura-t-il.

Prenant dans sa poche un couteau à cran, il se dit: Je vais arranger ça. Il trouva un long bout de bois, aiguisa l'une des extrémités pour en faire une lance. Retournant vers le trou, il enfonça vivement et profondément dans le même trou son arme improvisée.

Un rugissement de douleur et de rage jaillit du liquide. La peur l'éperonnant, l'agent recula prestement.

Le bout de la lance — elle avait presque cinq pieds de long — se mit à bouger et à osciller. L'agent revint au trou, agrippa la lance une autre fois, la poussa de toutes ses forces dans le trou et recommença le manège un certain nombre de fois.

— Prends ça, et encore ça! hurlait-il, la sueur dégoulinant sur son visage.

Il se mit à rire.

Sous la nappe de liquide, quelque chose se mit à rire aussi.

— Non, c'est impossible, proféra l'agent d'une voix rauque.

Il ne vit pas la membrane ayant un peu la forme d'une main qui rampait vers lui pouce par pouce. Noirs et ridés, les doigts étaient armés de griffes recourbées. Comme une serre, la main saisit la cheville gauche de l'assaillant.

La peur déformant son visage, l'homme poussa un cri

244

perçant et prolongé. Il tomba... essaya de se libérer, mais en vain. La main ne relâcha pas son emprise. L'agent brailla de panique.

Lentement mais sûrement, la main, dont les doigts s'incrustaient dans la chair, tira l'homme vers le trou puant.

— Nonnnn! Dieu, aidez-moi! S'il vous plaît! Je vous en priiiie! hurla-t-il.

Tel un bruissement de bulles, un cri indescriptible jaillit de la marre.

Le pied, la cheville, enfin la jambe jusqu'au genou, s'enfoncèrent lentement dans le liquide rouge et visqueux. Les doigts fourchus s'enfoncèrent de plus en plus dans la chair pantelante, tirant, déchirant des lambeaux entiers de chair. Dans l'agonie et la souffrance, l'agent gémissait. La main grotesque, hideuse, apparut une fois de plus, suivie d'un poignet et d'un avant-bras épais, squameux, poilus. Les doigts crochus montèrent jusqu'à la cuisse, serrèrent avec la force des griffes d'un vautour, creusèrent la chair à travers le tissu du pantalon. Le sang jaillit des trous faits jusqu'à l'os. Les cris de l'homme s'envolèrent à travers bois et prés. Cris d'angoisse et de douleur.

Les doigts creusèrent de plus en plus dans la chair, déchirant, arrachant des laizes de chair sanguignolente de la cuisse. Les morceaux disparurent dans le trou. Le bruit des mandibules, s'ouvrant et se fermant sur la nourriture, parvint aux oreilles de l'homme torturé. Il fut suivi de claquements de lèvres exprimant la satisfaction.

Avec la perte de sang et la douleur, l'homme s'affaiblit progressivement. Tranquillement, il fut traîné jusqu'à la hauteur du trou, tordu et mis en position pour la longue descente dans le trou. Au fur et à mesure que la chose forçait le corps à passer par la fente étroite, les os des hanches craquaient sous la pression. Au-dessus du sol, le torse était la seule partie qui vivait encore.

D'autres bruits de mastication firent surface.

Se sentant dévoré vivant, l'homme accrocha une racine émergeant de l'humus et la saisit de ses deux mains, se retenant pour ne pas glisser. Il mourut, les bras soudés à la racine épaisse et profonde.

— Mon Dieu! D'où vient ce hurlement humain? cria Taylor.

— Aucune idée, répondit Langway. Par là, je pense...
peut-être. D'un geste vague, il désigna l'endroit.

— Jésus-Christ!

Tous entendirent le troupier Forbes s'écrier: «Sainte-Mère de Dieu!»

Alors le bruit des cris déchirants de Forbes leur parvinrent nettement, les clouant sur place.

Puis les policiers se ruèrent vers l'endroit où les cris d'horreur provenaient.

Ils s'arrêtèrent net, horrifiés et fascinés.

Forbes était couvert de chats. On ne voyait plus que ses bottes. La bande de félins enragés, griffant, crachant, grondant, miaulant, hurlant, l'avait fait rouler au sol. Comme il tombait, quelques-uns des félins se retirèrent à l'écart, abandonnant la partie. Le visage de Forbes n'existait plus: yeux, lèvres, oreilles avaient été arrachés. Irréparables dommages.

Taylor se signa, leva son fusil et expédia chez ses ancêtres, le patrouilleur de l'autoroute de l'État de Virginie. Il vida la Remington, transformant en bouillie informe nombre d'animaux sauvages qui avaient attaqué l'agent. Chair et sang volèrent dans toutes les directions, éclaboussant dans tous les sens la clairière paisible, endormie dans l'air chaud et agréable d'un été doux et clément.

Le reste des chats s'enfuit dans le décor.

Les policiers contemplèrent ce qui restait de l'uniforme de leur collègue, une guénille sanglante. Tous savaient que Taylor avait agi raisonnablement, la seule chose à faire dans les circonstances.

— Si vous ne l'aviez pas fait, je l'aurais fait moi-même, dit Langway à Taylor.

Mais le capitaine n'écoutait pas. Il regardait l'agent de l'O.S.S.

Les yeux écarquillés, tous visionnaient l'horrible scène. Les muscles crispés, ils entendaient le bruit des craquements d'os se brisant sous l'action de mâchoires puissantes, les mâchoires de quelque fauve immonde.

Le torse disparut peu à peu... et le liquide enveloppa la tête. Seuls les bras de l'homme, agrippés à la solide racine, restaient hors de terre.

— Jésus-Christ! s'exclama Lou, le souffle coupé, ayant

couru jusqu'au trou. Il ne put rien faire, sauf regarder le travail de l'abominable créature et contempler ce qui restait de son agent.

Les policiers avancèrent vers le trou, foulant précautionneusement la terre virginienne. Les bruits de mastication et le craquement des os atteignirent une forte intensité... puis s'estompèrent.

Hawkes ouvrit la bouche pour dire:

— La chose l'a dévoré.

— C'est à peu près ça, commenta Dan.

Le liquide bouillonna à nouveau et lança un rot nauséabond.

Les chaussures et la ceinture furent projetées sur le sol.

Silencieux, les policiers restèrent immobiles, fixant le trou et les bulles disgracieuses.

À bout de souffle, un laborantin arrivait au pas de course.

— Vous!... Lou avait peine à parler. Il se racla la gorge. Prenez un échantillon de ce liquide. Pardieu, soyez prudent!

— Où sont les restes de Randall? demanda le scientifique.

— La chose qui est au fond de ce trou l'a mangé tout simplement.

L'homme regarda Lamotta, puis le trou. Il déposa son assortiment d'échantillons sur le sol.

— Monsieur, oubliez ça, dit-il. Tournant les talons, il quitta les lieux.

Lou ne proféra pas une parole. Un moment, il regarda l'homme, leva son M-16 et le tira dans le dos, l'impact projetant la victime en avant, raide morte.

Lou se tourna vers les policiers.

— C'est justement pour vous prouver que je ne rigole pas, bande de mauviettes. Il fit signe à l'un de ses hommes de s'approcher. Va chercher quelqu'un d'autre; en attendant, sers-toi de l'équipement du lâcheur, qui n'aura plus l'occasion de rouspéter, pour prendre un échantillon du liquide. En avant.

— Il est bien inutile de vous énerver autant, dit doucement une voix de femme, provenant derrière le groupe d'hommes. Emily se tenait près de l'un des adjoints de Dan, et regardait la scène d'un oeil froid.

— Je peux vous donner la composition du liquide qui vous obsède. Avec très peu de chance de me tromper, ajouta-t-elle.

— Qu'est-ce que c'est? demanda Dan.

— De l'hémoglobine putride et vieillie.

— Très intéressant, commenta Susan.

La chose dans le trou rôta une autre fois. Les clés de l'agent englouti furent crachées de la même manière que les autres objets auparavant.

Elles tombèrent sur le sol avec un bruit mat.

8

Le fermier — ou ce qui en restait — était étendu à une douzaine de verges de son pick-up. Ses os, blancs comme draps, reluisaient sous le soleil brillant de Dieu. Il avait été complètement dévoré, pas un seul morceau de chair n'ayant été oublié.

À proximité de son squelette, un trou bouillonnait et exhalait son odeur puante. Près du trou, une petite créature était assise, grotesque, hideuse, toute gluante après avoir traversé la mare sanglante et malodorante. Jambes, bras et tête étaient accrochés à une forme vaguement humaine. Sa peau était entièrement recouverte d'écailles et de poils. La tête était énorme et la gueule, munie de dents longues, crochues et acérées. Les orteils formaient comme une toile d'araignée, et les pattes étaient celles d'un saurien. Les mains avaient la forme des serres du rapace dégénéré.

L'Ancien rôta et une odeur de pourri s'échappa de sa gueule monstrueuse. Il se gratta, s'étira, encore immensément affamé. Il se leva, les bras pendant jusqu'à terre, les jambes encore tremblantes de faiblesse.

La créature fit quelques pas hésitants, marchant d'un côté puis revenant sur ses pas. Elle n'avait pas de sexe. Un androïde monstrueux, plein de malice.

Lentement, elle s'éloigna de la mare qui lui avait servi de matrice nourricière.

À Dan et à Taylor, le docteur Goodson montrait l'ingénieur transformé en monstre. Devant la chose, ni l'un ni l'autre ne purent rester impassibles. Horrifiant. S'éloignant de la momie, ils se sentirent mieux, poussèrent un soupir de soulagement.

Puis, ce fut au tour de l'ex-adjoint Bowie de se repaître du spectacle. La réaction de ce dernier ne fut guère meilleure que celle de Dan et de Taylor.

Dans la lumière resplendissante du soleil, ils sortirent de la roulotte, heureux d'apprécier la douceur du jour.

— Avez-vous laissé des gardes près du trou? demanda Goodson.

— Lamotta s'en est occupé, répondit Dan. Ils sont placés à bonne distance de la mare.

Taylor précisa:

— Cet enfant de salaud a envoyé le corps du laborantin rejoindre celui de l'agent. Il l'a jeté dans le trou, sous prétexte que la chose avait encore faim. De toute évidence, elle était affamée.

Choqué par la dureté du chef O.S.S., Goodson resta silencieux.

— Qu'est-ce qu'il a contre vous? demanda Dan.

Parlant posément, avec une colère rentrée, Goodson expliqua ce qui s'était passé.

— Mais comment s'en sortir... se débarrasser de lui? demanda-t-il.

— Je m'en occupe, dit Dan, sans élaborer. Et à propos de l'échantillon prélevé dans le trou?

— Exactement ce que Madame Harrison a dit. Il s'agit de sang vieilli. En ce qui concerne les cellules, bien... je n'ai jamais rien vu de semblable. Jamais. Je... n'peux décrire ça à un simple profane. Je ne doute pas de votre intelligence, mais ça vous passerait cinquante pieds au-dessus de la tête. Je n'y comprends goutte moi-même.

Taylor s'énerva.

— Bon Dieu, docteur, donnez-nous quelque chose de tangible. Simplifiez... si vous le pouvez.

— Messieurs, je ne peux rien vous dire de précis. Tout simplement parce que je l'ignore moi-même. Les cellules, de type humain, ne sont... animales... Elles sont... mais qu'est-ce qu'elles sont? Je ne sais pas... et il n'y a personne que je connaisse sur cette Terre qui puisse le savoir.

Ni Dan ni Taylor ne commentèrent cette dernière observation, mais en leur for intérieur ils se sentaient d'accord avec le médecin.

— Et les chats ramassés dans ma cour? enchaîna Dan.

250

— Nous ne le savons pas encore, répondit Goodson. Le seul côté rassurant dans cette affaire, c'est qu'ils n'ont pas la rage. Pour le reste, c'est une catastrophe.

— Quel est le contrôle exercé sur eux? Par qui s'exerce-t-il? Et pourquoi des chats s'organisent-ils massivement pour attaquer des humains? demanda Langway.

— Aucune idée, dit Goodson, calmement. Intérieurement, il tremblait de peur. Je peux vous dire une chose. Jamais je n'aurais cru qu'elle puisse sortir de ma bouche. Il regarda les hommes excédés et ajouta: pour faire face à ce genre... d'incidents, il faut faire appel à l'autorité religieuse... qualifiée. Dans sa poche, il prit un bloc-notes et inscrivit un numéro de téléphone. Il se nomme Michel Denier, prêtre résidant à Richmond, et toujours membre du clergé, quoiqu'il ne soit plus actif. En quelque sorte, il a été obligé de prendre sa retraite, il y a cinq ans. Dans le monde entier, il est l'un des rares experts à pouvoir traiter des questions sataniques.

Il tendit le papier à Dan, et s'en alla.

Sans dire mot, Dan et Taylor se regardèrent. Dan glissa la note dans la poche de son veston.

— Vas-tu lui téléphoner? demanda Taylor.

— Oh! oui.

Ayant fait le tour du complexe du terminus, les policiers essayèrent de repérer l'endroit ou Mille et Kelly étaient retenus prisonniers, mais n'y parvinrent pas. Le terminus comprenait de vastes édifices et une douzaine de bâtisses de moindre dimension. Mille et Kelly se trouvaient dans n'importe lequel d'entre eux. Ou encore ils pouvaient se trouver à des centaines de milles de l'endroit où ils avaient été kidnappés.

Avec un sourire amusé, Lou surveillait les faits et gestes des deux policiers, devinant leurs intentions. Il avait déjà oublié la mort du troupier. Dans le passé, il avait perdu de nombreux hommes. Deux de plus ou de moins, ça ne faisait pas une grosse différence. La seule chose qu'il désirait — et sans aucune idée de vengeance — consistait à mettre la main sur le secret que recelait le trou. Il croyait fermement avoir trouvé l'arme absolue. Il resterait ensuite à contrôler le phénomène pour mieux l'étudier et l'expérimenter, et à faire valoir ensuite sa découverte.

Si les États-Unis d'Amérique pouvaient l'utiliser — et

Lou croyait à cette éventualité — son pays pourrait mettre les communistes en position d'infériorité. Une fois pour toutes, il fallait exterminer ces bâtards gauchistes, simplement en lâchant les chats et la Chose sur la sainte Russie, et les laisser faire.

Peut-être que les gars du laboratoire seraient en mesure de prendre cette matière bouillante et écoeurante et l'implanter ici et là sur le territoire de l'U.R.S.S. Pour dévorer hommes, femmes, enfants... tous.

Un fou rire s'empara de Lou. Il s'imagina à la Maison Blanche, recevant des mains du Président la médaille de la liberté. Bon Dieu, que ce serait agréable! Toute une sensation.

— Le FBI est loin d'être content de l'O.S.S., confia Dodge, à Dan. Ils doivent être sur les lieux, maintenant, enquêtant discrètement.

— Récemment, je crois avoir vu des étrangers qui n'étaient pas avec l'O.S.S., fit remarquer Dan.

— Très bien. En effet, c'est ce qu'on m'a dit, shérif.

— Ça me convient, mais je pense — avant que toute cette affaire soit terminée — que nous allons devoir nous adresser à une plus haute autorité.

— Au Président?

— Plus haut que ça, dit Dan, pointant le ciel.

— Sérieux?

— Bigrement.

Vers le milieu de l'après-midi, après que Dan eut prévenu les parents des adolescents dévorés par les chats, à savoir qu'ils étaient probablement en fugue, le téléphone sonna sur sa table de travail.

Son numéro privé.

La voix s'exprimait en douceur.

— Venant du Nord, premier motel sur la droite. Les chambres 28 et 30. Derrière. Comment faut-il procéder, Dan?

— Prudemment. Lamotta a des yeux et des oreilles partout.

— Plus que tu ne le crois, l'ami. Lamotta joue la sécurité nationale à fond. Mais ses tactiques outrancières commencent sérieusement à ennuyer des personnes haut placées, dont la patience s'amenuise. Ces individus, type éminences grises de haute volée, se sentent nerveux au sujet de l'O.S.S. Ils pensent que les cornes de cet organisme devraient être coupées. Dans le comté, le FBI dispose d'un certain nombre d'agents, sous la couverture de constructeurs, de géomètres-arpenteurs ou de quelque chose du genre. L'O.S.S. a été trop loin. Ça pourrait être la fin du règne Lamotta. Après cette couverture forcenée, l'O.S.S. va continuer à exister, mais l'organisme aura les ailes rognées.

— Je lis entre les lignes, vieux copain. Je suppose qu'il nous faudra subir l'aventure jusqu'à son dénouement?

— Exact.

— Magnifique. Que diable, sans que je sache comment, nous avons à discuter du sujet un peu plus sérieusement que ça.

— Officiellement, je suis de l'I.R.S., Dan. Dès que Lou aura vérifié mon C.V., il saura que c'est sérieux. Même l'O.S.S. ne se permet pas de jouer très fort avec l'I.R.S. À chaque fois, quand j'utilise la carte d'identité de l'I.R.S., je m'abouche avec la police locale ou le Département du shérif. Il s'agit d'un appel de courtoisie. Dans quinze ou vingt minutes, je m'arrangerai pour te voir.

— Je serai ici, sûrement à mon bureau.

Dan devinait que son quartier général avait été soudoyé, sans pouvoir le prouver. Lou avait probablement intimidé une personne pour lui demander de rapporter tout ce qui pouvait intéresser l'O.S.S. Et l'approche, on le devinait, n'avait pas été subtile, mais du genre plutôt brutal. Menaces de morts ou autres tactiques du genre? La mère, le père, la femme, les enfants ou les proches de l'informateur, avaient sûrement été visés. Écoeurant. Mais lequel de ses adjoints?

L'interphone de Dan se mit à bourdonner.

— Pat Léonard veut vous voir.

— Faites-le entrer.

Dan s'appuya sur le dossier de sa chaise basculante et se frotta énergiquement les tempes du bout des doigts.

Pat s'assit, regarda Dan, et se racla la gorge.

— Ce Lou Lamotta, une sorte de dément, est venu me voir, Dan.

— Ça ne me surprend pas, dit Dan. Il a vu pas mal de gens et formulé des menaces variées, selon le cas. Mais dis-moi ce qu'il t'a raconté?

— D'accord. Rien de précis au premier abord. Langage ambigu, plein de sous-entendus. Rien, vraiment, qui pourrait influencer la Cour contre lui. Mais je ne me suis jamais senti aussi menacé. Mon Dieu, c'est vrai. Sauf en Amérique du Sud, il y a de ça une dizaine d'années, alors que j'étais à l'emploi d'un journal de New York. La Sécurité d'État m'avait séquestré pour me questionner durant de longues heures. Ils m'accusaient de travailler pour la C.I.A. Je...

Dan sourit, levant la main.

— Marche avec moi, Pat. J'ai une idée. Tu vas être interrogé par les gens de l'I.R.S. Il se mit à rigoler et lorgna l'horloge suspendue au mur, à sa droite.

Pat se dressa sur sa chaise, très droit.

— Je vais être quoi? grogna-t-il.

Dan rit à nouveau.

— Pat, joue le jeu. En temps et lieux, je te promets de tout te raconter. Pour un temps, tu n'as qu'à t'en tenir à ma version. Mais pour l'instant, reste là, et laisse transpirer ton inquiétude.

— Ça ne sera pas difficile, je suis très inquiet, Dan.

Le sourire aux lèvres, Dan sortit de son bureau et se dirigea vers l'urne pleine de café. Il se remplit une tasse.

— Pat doit penser que le département du shérif a beaucoup de pouvoir, dit-il à quelques-uns de ses adjoints et troupiers de Taylor. L'I.R.S. enquête à son sujet et il me demande d'intervenir.

Jouant serré, Dan jeta un coup d'oeil à sa montre.

— Imaginez que ce nono a dit aux gars de l'I.R.S. de le rencontrer dans mon bureau. Ils vont arriver bientôt, j'pense bien. J'aurais préféré qu'il me laisse en dehors de cette affaire.

— Ouais, shérif. L'I.R.S. est bien capable de se lancer à vos trousses une prochaine fois, rétorqua Ken Pollard.

— J'entends.

Dan leva les yeux vers un homme et une femme qui entraient dans la bâtisse. Il reconnut Gordon Miller, habillé d'un complet fripé, tenant à la main un porte-documents. Il se donnait l'apparence d'un pauvre. Dan trouva drôle les verres que portait l'homme, pour la frime. La femme, petite et trapue, cheveux très courts, était en pantalon et tenait elle aussi un attaché-case.

— Ça doit être les gens de l'I.R.S., dit Ken, un peu nerveux, lui habituellement très calme. Ils sont tellement visibles, ajouta-t-il.

Exactement ce que Gordon voulait, pensa Dan. Il connaissait la façon d'agir des agents de l'I.R.S. Ils n'étaient pas du genre exhibitionnistes.

— Au boulot, les gars. Donnons-leur une bonne impression. Soyez prudents, leur recommanda Dan.

Le shérif se rappela soudain que le plus jeune frère de Ken souffrait de paraplégie, était confiné au lit et paralysé jusqu'au cou. Quelques années auparavant il avait été victime d'un accident de natation. Peu riche, la famille de Ken aurait été incapable de vivre convenablement sans l'aide du bien-être social. Comme informateur de Lou, Ken était le suspect numéro 1. Il se rappela aussi l'appel téléphonique de Ken, peu après la fameuse discussion sur l'étrange comportement des chats. Tout semblait concorder.

Dan alla jusqu'au comptoir. Fouillant maladroitement dans son porte-documents, pour y trouver une pièce d'identité, Gordon le renversa sur le plancher. Il trouva finalement la pièce, la montra à Dan.

— Monsieur Miller, je n'aime pas être mêlé à ça. Monsieur Léonard est dans mon bureau, complètement bouleversé par votre visite.

Gordon comprit l'astuce.

— Bah, tout ça n'est pas très régulier, shérif. Mais je peux vous assurer que vous n'êtes pas le seul dans notre collimateur. Nous voulons parler à Monsieur Léonard.

Dan savait que l'avocat de Pat s'était absenté de la ville.

— L'avocat de Monsieur Léonard n'est pas en ville, et Pat a voulu que je sois le témoin de cette rencontre. Je ne suis même pas certain d'être dans la légalité. J'espère que ce sera, en ma présence, la première et la dernière rencontre.

Gordon remit ses verres en place.

— En effet, pas très régulier. Mais si c'est là le désir de Monsieur Léonard, nous n'avons pas d'objection, répliqua-t-il, avec un haussement d'épaules.

— C'est par là, dit Dan, indiquant le chemin, et se mettant de côté pour donner passage aux deux personnages. Lorgnant du côté de Ken Pollard, il l'aperçut qui se tenait près du téléphone public, surveillant la scène, hors du carré réservé au personnel administratif.

Alice pointa du doigt son mari, Quinn.

— Maintenant, espèce d'idiot, je veux savoir ce qui arrive avec toi!

Bouche ouverte, médusé, Quinn s'assit sur le lit. Jamais sa femme ne lui avait adressé la parole de cette façon depuis le temps — des années de mariage — qu'ils vivaient ensemble. Il bégaya, cafouilla à quelques reprises.

Le docteur Harrison semblait lui aussi très inconfortable dans sa peau, refusant de regarder sa femme qui le fixait avec intensité.

— Pour l'amour de Dieu! cria Alice, tu es mieux de me dire la vérité pour une fois. Et crois-moi, je suis sérieuse, le prévint-elle.

— Et ça s'adresse aussi à toi, Bill, en triplicata, ajouta Emily.

Les médecins se regardèrent.

— Pas de menace, très chère, laissa tomber Bill, le regard glacial. Je ne peux rien te dire.

— Nous sommes sous serment. C'est une affaire fédérale de très haute confidentialité, s'excusa Quinn.

— Mensonges! cria Alice.

Emily regarda Bill, droit dans les yeux.

— Mon très cher mari, c'est un choix. C'est moi ou votre secret. Penses-y, l'ami, parce que si les chats qui ont tué les enfants, comme tu sais, pour nous prendre en chasse, ce matin, et que ces faits sont du ressort du gouvernement, c'est que tu n'as pas les deux rames dans la bonne eau.

— Ditto en ce qui me concerne, renchérit Alice.

Les deux médecins eurent un long sourire.

— Bon. Quinn, avouons que nous avons été des poires.

— Oui, conclut Quinn. D'abord, mesdames, nous avons

au départ commis une erreur en nous joignant à Lou Lamotta. En temps et lieux, je présenterai mes excuses aux citoyens de ce comté, s'ils veulent bien les accepter. Je commence à m'excuser auprès de vous ici même.

Alice vint s'asseoir auprès d'Emily, pour entendre le récit de son mari.

Après que Pat Léonard eut raconté son histoire, Gordon arrêta le mini-enregistreur qui contenait la déclaration et dit:

— Des menaces voilées, Lamotta n'a pas changé d'un iota.

Dan sentait que ça ne tournait pas tout à fait rond. Quelque chose ne concordait pas... détonnait. Peut-être ai-je tort, pensa-t-il. Il souhaita que ce fut vrai.

Gordon s'adressa à Dan.

— Et tu penses que, dans ton service, quelqu'un joue à l'informateur?

Aussi bien jouer le jeu jusqu'au bout, se dit Dan, espérant que les doutes s'incrustant dans son esprit se dissiperaient d'eux-mêmes.

— Ouais, c'est vrai. Il s'agit de Ken Pollard, précisa-t-il, expliquant le cas du frère de Ken.

— Lou ne peut absolument rien faire de ce côté-là, dit June, riant. Surtout pas s'il s'agit du bien-être social. Il bluffe comme toujours... et le gars l'a cru. Lou et son O.S.S. ont une certaine puissance, mais pas à ce point; pas autant en tout cas qu'il voudrait que les gens le croient. Beaucoup de personnes aimeraient bien que l'O.S.S. ne soit plus en état de nuire à qui que ce soit.

— Fort bien, dit Dan. Moi aussi, je le voudrais. Mais actuellement, Lou n'est pas mon principal sujet d'intérêt. Ce qui me préoccupe, ce sont tous ces phénomènes inexplicables, mais très réels, ces incidents d'ordre... surnaturel.

Gordon et June se regardèrent, se livrant mutuellement un message.

Gordon se tourna vers Dan et demanda:

— Tu as réellement vu tout ça?

— Pas simplement moi, voyons. Mes hommes aussi ont vu ce que je vous raconte. Questionnez-les.

Gordon sourit, et Dan jugea que la situation était inappropriée aux sourires.

L'air très malheureux, Pat doutait maintenant de Dan.

— Et vous avez marché? dit-il à Dan, le ton accusateur.

Il se reprit, secoua la tête.

— Mes excuses, Dan. Je n'aurais pas dû dire ça. Mais combien de gens ont été forcés de faire le jeu de Lou?

— Pas vraiment important, dit Gordon. Il rejetait tout ça comme si tout ce qui s'était dit était secondaire.

— Le fait inéluctable, shérif, c'est que vous ne pouvez rien prouver.

— C'est vrai, admit Dan. Là encore, Gordon sourit. Et j'aurais l'air d'un fou à lier si j'exposais publiquement les faits, ajouta Dan.

— C'est vrai, shérif? demanda June. Elle avait un petit sourire incrédule sur les lèvres.

Mais que diable arrive-t-il avec ces deux-là? se demanda Dan.

Pat protesta.

— Les citoyens de ce comté sont quand même en danger. Pas seulement les citoyens de Ruger, mais ceux de tout le pays et d'ailleurs. Nous ne pouvons nous asseoir indéfiniment sur nos culs et ne rien faire. C'est-à-dire, Dan, si nous croyons à ton histoire de monstres.

— Crois-moi, Pat, reprit Dan. Eddy Brown, Mickey Reynolds, Jimmy, Al, Denise et Bowie ne sont plus des humains véritablement. Je suis comme anesthésié. Je devrais courir partout en hurlant, mais c'est tellement horrifiant que je pense que mon cerveau a bloqué dans ma conscience une partie de tout ce qui pourrait être vraisemblable. J'ai vu — et je ne suis pas le seul — des chats tuer le troupier Forbes. J'ai vu l'agent de Lou être dévoré par cette Chose qui était dans le trou. Devant tout le monde présent, j'ai vu le corps du laborantin nourrir la bête au fond du trou. J'ai entendu les bruits du corps dévoré. J'ai vu les chats attaquer. Vu des chats domestiques... et ce qu'ils ont fait avec des enfants...

Dan mit la main dans la poche où il avait glissé la note fourni par Goodson.

Gordon vit le geste et demanda:

— Qu'est-ce que tu comptes faire, Dan?

— Demander de l'aide.

— À qui? demanda Pat.

Dan n'hésita pas à exposer le plan qu'il projetait.

— Un prêtre, à Washington.

Bêtement, June se mit à rire, ce que Dan n'aima pas du tout.

— Mumbo, jumbo, de la pure superstition, déclara-t-elle.

— Peut-être, dit Pat. Que je sache, Dan, tu n'es pas catholique? Crois-tu tellement à cette affaire d'exorcisme?

Gordon s'interposa.

— Washington, hum?

— Exact.

— Tu lui as déjà téléphoné?

— Pas encore.

— Attends encore un peu. Tu n'en auras probablement pas besoin, Dan.

— Je l'espère, Gordon.

De toute façon, Dan n'avait pas une très grande confiance aux nouveaux venus.

9

— Kenny, j'ai une idée, dit Mille.

Le jeune homme se força à sourire.

— Si elle est bonne, je suis certainement en bonne position pour l'entendre.

Les deux jeunes gens étaient enfermés dans une petite pièce arrière attenante à la bâtisse centrale du complexe immobilier. Très sale, avec une fenêtre haut placée, près du plafond élevé, une porte en bois recouverte d'une feuille de métal et fermée à clé, leur prison était dotée d'une minuscule salle de bains avec W.C. isolée par un rideau souillé et en lambeaux.

— Je me demande ce qu'ils ont fait de nos bagages? demanda Mille.

— C'est ça qui te tracasse?

— Non, voyons. Je me posais seulement la question. Je pense qu'ils ne nous garderont pas bien longtemps.

— Ils vont tout simplement nous assassiner, rétorqua Kenny. Réfléchis. Vont-ils prendre le risque de faire face à une accusation d'enlèvement? D'autre part, ils savent que s'ils nous relâchent, nous irons jusqu'en Cour. Ils sont sans pitié. Nous sommes cuits.

— Voilà une bonne raison de trouver le moyen de nous enfuir, de sauver notre peau, n'est-ce pas?

— J'écoute toujours.

— La serrure de la porte est vieille et peu solide. Je t'ai déjà vu crocheter des serrures bien plus compliquées. Que peux-tu faire avec celle-là?

— J'y ai pensé. Certainement que je peux la crocheter. Et puis après? Il y a un garde de l'autre côté de la porte.

— Un garde, Kenny. À trois heures du matin, je gagerais ma chemise qu'il sera probablement endormi.

— Les autres qui sont éparpillés sur le terrain ne le seront pas.

— Avons-nous le choix, Kenny?

— Non. Alors, quel est ton plan?

Le bras amputé était maintenant couvert d'asticots qui croissaient de plus en plus, se multipliant à un rythme effarant, femelles et mâles copulant au fur et à mesure qu'ils tombaient, se tortillant sur le plancher, rampant, frétillant dans un amas de la hauteur d'une cheville. Et toujours plus d'asticots se bousculant, tombant l'un sur l'autre, sortaient du bras infecté. Les vers étaient d'un blanc-gris, épais comme un pouce d'homme, avec de petites dents pointues.

De plus, ils étaient très, très affamés.

Ils avaient bouffé soeurs et frères plus faibles, la moquette, l'isolant des fils électriques, le plastique, le cuir et les tissus divers qu'ils trouvaient dans la pièce dont ils ne pouvaient s'échapper et leurs parents.

Ils commencèrent alors à lancer des couics aigus et coléreux.

Hors de la roulotte, l'après-midi tirait à sa fin. À l'ouest, le soleil déclinait à l'horizon. Pas certain de ce qu'il pensait avoir entendu, un garde s'arrêta, avança d'un pas, fit une nouvelle halte et regarda autour de lui. Rien, sauf un couinement. Une quantité de couinements irritants et obscènes. Que diable était-ce?

Le garde s'approcha de la roulotte. Ça vient sûrement de l'intérieur, conclut-il. Mais il n'était pas supposé y avoir rien de vivant dans cette pièce. Pas qu'il sache. Seulement un bras amputé. Ce n'était tout de même pas ça qui commençait à couiner.

Il ouvrit la porte, pénétra dans la pièce. Des bruits — comme quelque chose qui s'agitait ou bougeait dans la roulotte. Il referma la porte... et elle se barra électroniquement. Il commença une inspection de toutes les pièces.

Il trouva vite de quoi il s'agissait.

Près du trou où bouillonnait le liquide à l'odeur miasmatique, trou qui avait englouti l'un des agents de l'O.S.S. et dans lequel Lou avait jeté le corps d'un autre de ses agents (qu'il avait descendu d'une balle dans le dos) un garde armé faisait le guet. Accroupi à une distance respectable — sous aucun prétexte il ne voulait s'en approcher — il regardait à une distance d'au moins une quinzaine de pas, le liquide rouge et répugnant.

Un murmure émergea du liquide.

Le garde fronça les sourcils. Murmure? Comme il s'amplifiait, l'agent s'approcha un peu du trou.

— Je t'en prie, aide-moi, Wally!

De stupéfaction, les yeux de Wally s'agrandirent. C'était la voix de Randall. Mais ce dernier était sûrement... mort!

Plus forte maintenant, la voix suppliait.

— Non, non, je ne le suis pas, Wally. S'il te plaît, aide-moi. Wally! Le ton enfla. Wally, je n'ai plus de bras, Wally.

Ça, c'était un fait patent que Wally savait déjà. Randall avait eu les bras arrachés du corps. Il s'approcha un peu plus près pour mieux entendre la voix geignarde de Randall.

À nouveau, la voix murmura... mais trop basse pour que Wally puisse comprendre. Il s'approcha un peu plus.

— Randall? Randall? C'est vraiment toi, là-dedans?

— Mais oui.

Wally s'approcha un peu plus.

— Réellement? Quelque chose n'allait pas très bien dans le cerveau de Wally. Il n'arrivait pas à penser de façon lucide... comme s'il avait trop bu.

— Aide-moi, Wally! Sors-moi d'ici!...

— Te sortir de là? Mais tu es mort, répondit Wally.

Il regarda autour de lui, se sentit idiot.

— Non, je suis grièvement blessé. S'il te plaît, Wally, aide-moi! Sors-moi de cet endroit affreux!

Ces dernières paroles convainquirent finalement Wally. Il déposa sur le sol son M-16, s'approcha jusqu'au bord de la mare.

— Très bien, Randall. Qu'est-ce que je peux faire?

Il s'arrêta brusquement, son esprit recouvrant sa lucidité. Il regarda autour de lui. C'est une ruse, Randall n'a pu survivre.

Presque claire et claironnante, un gloussement accom-

pagnant les mots, la voix de Randall traversa le bouillonnement du liquide.

— C'est possible et voilà.

Une main griffue et tordue se glissa rapidement vers la
cheville de Wally et se referma avec la force d'une serre
d'acier sur la chair et l'os.

Désespérément, Wally se mit à crier.

Dans le sous-sol de l'école secondaire, Mickey Reynolds
regarda sur le plancher de ciment la fente qui s'élargissait.
Le fluide rouge foncé recouvrait tout le plancher du soubassement où il était accroupi près de son compagnon, le chat.

Fixant le trou qui s'agrandissait, Mickey entrevoyait
les yeux qui le regardaient.

Mickey grogna. Les yeux cillèrent leur compréhension.
Une fois encore, il grogna.

Sous le plancher, la créature lui adressa la parole :

— C'est presque le moment. Encore seulement quelques heures.

Mickey reconnut la voix.

D'autant plus que c'était la sienne.

— Quel endroit détestable pour se réincarner, reprit la
voix s'élevant au-dessus de la putréfaction liquide.

Eddy Brown approuva d'un signe de tête... de sa tête
animale. Il ne savait pas ce que la créature voulait dire, son
cerveau ne pouvant plus assimiler et comprendre une pensée humaine. Son esprit appartenait au passé.

À travers l'hémoglobine pourrie, la voix enchaîna :

— Une église. Encore quelques heures, dit la voix familière. Tout de suite, demain après-midi.

Une fois encore, Eddy bougea la tête pour approuver.
Cette voix qu'il connaissait, le calmait. Il lui faisait confiance.

C'était sa propre voix.

Dans le vieux motel-station de service, l'Ancien était
maintenant capable de sortir la tête à l'air libre, hors de la
mare rouge et maledorante.

Il regarda Betty et les enfants.

— Puis-je vous aider? demanda-t-elle.

De sa bouche large et laide, l'Ancien cracha:

— Non. Je dois le faire moi-même. Ce sera bientôt fini. À midi, demain.

Elle connaissait cette voix dont le ton résonnait haut... au féminin. Mais elle ne pouvait la situer dans le temps ni savoir à qui elle appartenait.

C'était sa voix.

Anya et Pet s'assirent sur le rebord d'une fenêtre aux vitres sales et surveillèrent l'homme et la femme qui stationnèrent leur camion et en sortirent. Ils rentrèrent dans leur maison, portant des valises. Un petit chien, qui courait autour d'eux, jappait. L'homme s'impatienta et ordonna au chien de cesser d'aboyer.

— Jusqu'à ce que les Anciens se soient réincarnés, ils ne doivent pas deviner notre présence, dit Anya à Pet. Avertis nos amis de ne pas attaquer.

Le chat cligna des yeux et se dirigea vers ses frères de race.

— Je suggère que nous fassions venir tout notre monde ici et que nous attaquions ce soir, proposa Dan. Nous ne pouvons plus attendre. Le public doit être prévenu des dangers qui le guettent. Nous avertirons les gens de ne pas quitter leurs résidences. Nous pourrions coordonner l'attaque sur le vieux terminus en posant une charge de dynamite dans ce maudit trou à merde.

Gordon le rabroua.

— Tu n'as pas écouté, Dan. Je vous ai prévenu que nous devrons attendre jusqu'à la fin de l'affaire. Les ordres viennent de haut.

Le ton de la voix de Gordon donna à Dan l'impression qu'elle était huilée. Il avait peine à croire ce qui se passait et le fit savoir crument à son interlocuteur.

Du revers de la main, Gordon balaya les objections.

— Dan, est-ce que tu ne veux pas que ton comté progresse?

264

Dan cligna des yeux, regarda Gordon, cherchant à comprendre comment cette question pouvait bien être reliée aux événements qui se déroulaient dans le comté de Ruger.

— Le voudrais-tu? redemanda Gordon.

— Comme gardien de la Loi, non. Pas sans avoir sous la main un peu plus de personnel. Comme citoyen, évidemment. Que cherches-tu à me faire comprendre, Gordon?

— Que dirais-tu d'un large complexe industriel construit aux limites de la ville, employant environ 1 000 personnes?

— Laisse sortir le reste, Gordon, répliqua Dan, d'une voix dégoûtée.

Il savait ce que contenait le reste. Un autre paquet de mensonges.

— Vous n'aimeriez pas ça, Dan.

— Je suis certain que non.

— Laisse l'affaire se dérouler, sans en informer la presse nationale ou les résidents de ton comté, et je dépose en mains propres un document légal et signé, attestant qu'une certaine industrie de haute technologie, à grande échelle, sera bâtie immédiatement. Les autres suivront.

— Je n'ai ni l'envie ni l'autorité pour agréer un pareil projet, dit Dan. La vie des gens de ce comté a une valeur incalculable. Gordon, tu n'es pas mieux que Lamotta. Non, je n'accepte pas ton offre.

— Moi si, dit Pat, avec un air de cupidité digne d'un prêteur usurier. Plus de gens veut dire plus de bonnes affaires; plus de bonnes affaires, plus de publicité; plus d'annonceurs, veut dire plus d'argent. Pour lui, évidemment. Je suis le Président du Comité d'incitation industrielle pour le comté de Ruger. Montrez-moi le document.

— Allons, Pat, dit Dan, raisonne un peu.

June montra le document et le présenta à l'éditeur. Rapidement, il le lut en diagonale.

— Légal et contraignant, fit-il remarquer, en levant la tête.

— Nous le savons, laissa tomber Gordon.

— Si la vie des résidents du comté est physiquement mise en danger, vous retraitez, sauf que le document reste toujours valide? questionna Pat.

— Naturellement, dit Gordon, doucement. En aucune

façon, nous ne désirons que quelqu'un soit molesté.

Dan regarda le plafond, secouant la tête, étonné que Gordon puisse mentir avec une telle facilité.

Pat précisa:

— Je veux un codicille incluant que les compagnies entraîneront les gens de la région et les prépareront aux nouveaux emplois qui seront créés.

Gordon rassura Pat.

— Ça peut s'arranger. Écrivez-le, je le daterai et l'initialerai. Nous voulons pleinement coopérer avec les citoyens de votre comté.

— En retour de quoi? demanda Pat.

— Votre coopération pour trouver ce qui provoque le processus de vieillissement et ce qui se cache vraiment... sous la terre.

— Correct, acquiesça Pat.

Il griffonna sur le document, conscient que Dan le regardait.

— Tu ne sais pas ce que tu fais, lui reprocha Dan.

— Je le sais parfaitement, cria Pat. Si tu avais un peu le sens des affaires, tu le saurais aussi.

— Puis-je utiliser ton téléphone, Dan? demanda Gordon.

— Tu peux te le coller dans l'oreille si tu veux, cracha Dan.

Tout en composant le numéro, Gordon se mit à rire de bon coeur.

— À sceller, dit-il simplement, replaçant l'écouteur sur son berceau. Tout est en ordre, dit-il, souriant, regardant alternativement Dan et Pat.

— J'espère, Gordon, que tu te rends compte que tu es aussi pire que Lamotta.

— Oui, mais plus subtil, l'ami. Détends-toi, Dan. Tout va bien aller.

Le rire de Dan était plein d'amertume.

— Et comment penses-tu me faire taire avec ce vilain bout de papier?

Une fois de plus, Gordon montra sa belle dentition.

— Tout simplement, l'ami, parce que nous allons manipuler tout ça avec une telle adresse et si gentiment que nous ne soulèverons même pas une ride sur l'eau. Actuel-

266

lement, l'état d'urgence est proclamé pour le comté de Ruger. Il jeta un coup d'oeil à sa montre. Nous encerclons Lamotta et ses gens. Dans vingt-six heures exactement, nous allons commencer à leur faire la vie dure. Dans dix minutes, un bulletin de dernière heure informera la population qu'un SST monté sur roues, et chargé de têtes nucléaires, a basculé au fond d'un saut-de-loup. Situation dangereuse s'il en est une. Mes gens s'en viennent en première urgence. Le pont de l'autoroute est fermé, comme le sont les ponts des autoroutes 20 et 26. La circulation sur la 60 est déviée par Farmville et au-delà. La 60 est bloquée et déviée vers le sud sur la 26 jusqu'à la 64. Sur nos instructions, toute circulation sur la 15 retourne d'où elle vient sera ou sera détournée vers l'est ou l'ouest sur la 36. Dans six heures, ton petit comté sera comme un champ clos, Dan. Dans 28 heures, tout retournera à la normale et aucun résident de Ruger n'aura été incommodé ou ne saura ce qui s'est passé vraiment. Alors, cher copain, relaxe-toi un peu, évite toute tension, nous prenons en main vos responsabilités pour quelques heures.

— T'es un vrai copain, n'est-ce pas, Gordon?

— C'est pour le bien de la Nation, Dan.

— Ouais, assurément. Sors de mon bureau. Il regarda Pat, le pouce tourné vers l'éditeur local. Emmène ce perdant-né avec toi.

Le visage rouge de colère, Pat lui lança:

— Je m'en souviendrai aux prochaines élections.

— C'est ça, à ce moment-là, tu n'auras peut-être pas à venir me voir la peur au cul, mon cher Pat.

Libéré de Gordon, de June et de Pat, son bureau lui sembla avoir une bien meilleure odeur. Il fit signe à Taylor, à Dodge et à Chuck de venir le rejoindre et il leur raconta toute l'affaire. Assis bien calés dans leur fauteuil, ils se sentirent tous assez inconfortables... pour digérer les dernières nouvelles.

Dodge s'exprima le premier.

— Il existe des agences gouvernementales qui peuvent venir ici et prendre soin d'une urgence SST dont Gordon a parlé, même des sections militaires spécialisées. Si ça doit se passer comme on me l'a dit, je pense qu'elles ont été dupées par Gordon et ceux qui lui prêtent mainforte dans son opération. Dan, votre copain n'était pas tellement un bon copain. J'aurais voulu vous le dire, mais je savais que vous ne me croiriez pas.

— J'aimerais continuer sur cette lancée, Dodge, car je ne sais pas où vous vous situez.

— Plus tard, dit Taylor, coupant court. Pour l'instant, Dan, la question d'urgence est la suivante: que faisons-nous?

— Nous jouerons notre dernière carte, répondit Dan, avançant la main vers son appareil téléphonique. Il retira sa main pour s'adresser à Chuck. Rattrape Ken et dis-lui que le B.E.S. ne peut pas être enlevé à son frère. Au départ, tout ça me semblait douteux.

Chuck salua Dan et quitta le bureau.

Dan composa le numéro. Au troisième coup de la sonnerie, une voix bien timbrée et profonde répondit.

— Le Père Michel Denier? Oui. Bien. Ici Dan Garrett, le shérif du comté de Ruger. Oh! Vous attendiez quoi, mon père?

Dan écouta attentivement et leva les yeux vers les hommes assis devant lui.

— Le Père Denier vient de me dire qu'il attendait mon appel.

Taylor se signa pour la nième fois.

Dodge avait l'air sonné.

Dan se racla la gorge et discuta brièvement avec le prêtre.

— Je vois, mon Père. Bien, très bien. Je comprends, mais...

Dan écouta très, très attentivement.

— Et comment savez-vous cela, mon Père?

Dan échangea quelques autres paroles avec le religieux et raccrocha.

— Il sera ici dans une heure. Il est déjà au courant de tout. Comment?... Il m'a dit qu'il n'avait nullement besoin de précisions pour se rendre chez moi. Il savait. Vous m'avez entendu lui demander ce que nous pourrions faire en l'attendant?

Les hommes acquiescèrent.

— Il m'a suggéré la prière.

10

Averti par l'expérience, Wally se défendait beaucoup mieux. Bien que la peur et l'angoisse lui étreignissent l'âme, il conservait son sang-froid.

Il se tordit du mieux qu'il put, saisit son M-16, se retourna sur le dos... et pressa sur la détente. Les projectiles frappèrent l'horrible créature au cou et au visage, enfin ce qui était visible au-dessus du sol. Les yeux agrandis par la peur, Wally vit ses balles trouer et déchirer les chairs de la peau noire et ridée. L'un des projectiles pénétra dans la bouche, brisant plusieurs des dents longues et pointues.

Avec la voix de Randall, éructant de sa bouche sanglante et fangeuse, dans un visage gluant et dégoulinant de liquide, le monstre riait et se moquait de Wally. L'agent tira une autre ronde, et les projectiles firent sauter des morceaux de chair gros comme le poing, de la poitrine à demi-dégagée de la créature.

Les morceaux puants volèrent un peu partout, se tordirent, cherchant à s'enfoncer dans la terre autour du trou. Toujours vivants.

Wally se sentait siphonné vers le trou. Une douleur affreuse, lancinante, insupportable, lui vrillait le système nerveux. Sa jambe se tordit; les os éclatèrent en échardes et lui traversèrent la chair. Il perdit momentanément conscience. Quand il se réveilla, il était dans le trou jusqu'à la ceinture. L'intense chaleur qui se dégageait du liquide puant était pire à supporter que la douleur à sa jambe.

Mobilisant ce qui restait de force, il frappa la créature au crâne avec la crosse de son M-16. Ce coup de masse semblait faire plus d'effet que l'impact des balles. Sur la cheville saine qui lui restait, Wally sentit la poigne du monstre se desserrer. Il poussa le museau du fusil mitrailleur dans l'oeil de son assaillant et pressa la détente. L'horrible chose hurla, gémit, relâcha les deux chevilles de Wally; ses yeux avaient explosé dans un jet de fluide. Rugissant de douleur, la créature secoua la tête. Détalant comme il le pouvait, Wally réussit à sortir du trou, rampa et se traîna, la jambe à demi-morte, frottant au sol et laissant dans son sillage une longue trace sanglante. Il s'éloigna aussi loin du trou qu'il le put. La créature essaya elle aussi d'en sortir, mais ne réussit pas tout à fait. Elle retomba dans le trou, s'y enfonçant avec un bruit de succion et dans un bouillonnement nauséabond.

Wallis retrouva son walkie-talkie et réussit à se rapporter. Puis, il s'évanouit, l'obscurité le recouvrant totalement.

— Avez-vous passé d'un côté ou de l'autre de façon permanente? Puis-je croire à la réponse que vous me donnerez? demande Dan à Dodge.

Dodge, Taylor et Dan étaient sur la rue principale. Descendant lentement à l'horizon, illuminant de ses feux mourants le comté de Ruger, le soleil rougeoyait. Il avait presque la couleur du sang, teintant le paysage d'un halo d'irréalité.

Dodge hocha la tête.

— Quoique j'aie travaillé pour eux, dans l'ombre, durant sept longues années, je n'ai jamais été du côté de l'O.S.S. Chaque fois que je croyais détenir assez de preuves pour aller en Cour, les témoins se défilaient. Croyez-moi, je suis peiné. Vous et Taylor, je ne pouvais vous laisser tomber. Aujourd'hui, ça ne me fait plus rien. Lamotta a commencé à soupçonner, il y a déjà quelques mois, que je n'étais pas ce que je prétendais être. Ils ont commencé à me coincer tranquillement. En ce qui concerne votre copain Gordon Miller, qui n'est pas son vrai nom, question de fait, il travaille pour les deux côtés de la rue. Nous pensons même qu'il émerge au budget des soviétiques.

— Non de Dieu! s'exclama Taylor. Miller sait donc tout sur l'O.S.S.?

Dodge eut un rire amer.

— Savoir? Il en fait partie depuis des années, ainsi que la femme qui se trouvait avec lui. Nous pensons qu'elle est une taupe communiste.

Qui croire? pensa Dan. À qui faire confiance? Mais la question était: que puis-je faire?

— Si tu es d'accord, nous rencontrerons le prêtre chez toi, dit Taylor.

Ouais. Nous avons besoin de nous grouiller.

— Je vais prendre une douche et me changer avant, car je sens que je ne pourrais le faire avant longtemps, précisa le troupier.

— Je pense comme vous, Taylor.

— Autre chose, dit Dodge. Dans cette affaire, le gouverneur William coopère avec le F.B.I. Il n'avait pas le choix. Aucun d'entre nous pensait que les choses seraient devenues ce qu'elles sont: monstres, créatures inhumaines, Satan. Mais le gouverneur se dit prêt à prendre le blâme. Il est bien cet homme, mais il a été coincé dans une drôle de situation. Comme nous tous, d'ailleurs.

— Mais pourquoi toutes ces couvertures? demanda Taylor. Pourquoi ne pas nous avoir contactés pour nous prévenir loyalement de leurs intentions?

Dodge soupira.

— Parce que, Messieurs, les agences gouvernementales ont souvent des projets similaires et ça produit immanquablement des conflits de juridiction et des rivalités. Généralement, ça n'a pas une portée internationale, mais ça arrive. Un jour, nous avons demandé au Gouverneur de faire telle chose dans une affaire, alors qu'une autre agence, ignorant que nous nous occupions du cas, lui a demandé exactement le contraire. Le Gouverneur nous envoya tous paître et décida de prendre des vacances.

— Autrement dit, vous avez raté votre coup, dit Taylor.

— Hélas, oui.

— Magnifique! s'exclama le troupier, hargneux. Vous, les super-policiers, semblez croire que vous pouvez faire mieux que nous, troupiers de l'État, pour prendre soin d'une affaire comme celle que nous vivons localement ici?

Ni littéralement ni au figuré, Dodge ne put répondre. Il savait que le capitaine avait raison.

— Je suis peiné pour Forbes, dit-il.

Taylor accepta la médiocre excuse, tourna les talons et se dirigea vers sa voiture. Avant d'y monter, il lança pardessus son épaule:

— Je ferai graver ça sur sa tombe.

Dodge ne fut guère surpris du comportement du troupier. Il comprenait les raisons de sa colère.

— C'est un gars solide, dit Dan.

— Je le sais. Il a toutes les raisons au monde d'être choqué. Je ne le blâme pas du tout.

— À propos du document que Pat a signé? demanda Dan.

Dodge se mit à rire avec un petit jappement de joie.

— La compagnie, dont le nom a été évoqué, n'existe pas. La C.I.A. n'a aucun pouvoir légal pour passer de tels accords.

— C'est ce que je pensais. Venez, rendons-nous chez moi.

Ce qui restait du garde aurait pu être placé dans un petit sac de plastique : de la menue monnaie, son fusil, les munitions, des clefs, un montre et la boucle métallique de sa ceinture. Tout le reste avait été dévoré.

Les vers avaient d'abord attaqué les chevilles de l'infortuné; se déplaçant rapidement vers les mollets, ils avaient fait choir le garde, dont les jambes ne pouvaient plus le porter. Pareils à des piranhas, les vers grouillaient furieusement sur les os dénudés et recouverts d'asticots.

Toutefois, les petites bêtes voraces ne purent quitter la roulette ni dévorer le métal et le verre des fenêtres. Prises au piège, copulant sans arrêt, elles se reproduisaient à un rythme phénoménal. Les petites Bêtes de Satan! ce dernier avait un certain sens de l'humour. Démoniaque.

Les deux médecins et leurs épouses étaient assis, silencieux, dans la belle résidence d'Alice. Inquiets, ils se regardaient, n'osaient poursuivre la conversation. Ils venaient justement d'entendre le dernier bulletin d'information à la télévision.

— Je ne comprends pas. Est-ce vrai? Qu'est-ce que cela veut dire? demanda finalement Alice.

— J'ai de forts doutes, dit Quinn. Normalement, nous aurions été prévenus de l'accident. Dans ces cas-là, nous

sommes le seul Centre qualifié pour adopter des mesures efficaces, non seulement dans le comté... mais ailleurs.

— Ils?... Alice regarda son mari. Mais qu'est-ce que ça
veut dire?

— Que nous sommes isolés, répondit Bill. Personne ne
peut entrer dans le comté et personne ne peut en sortir.

— Pris au piège, nota Emily.

— C'est à peu près ça.

LIVRE TROIS

En autant que j'accumule les
votes, que pouvez-vous y faire?
Tweed

1

À ce moment de la journée, entre la lumière et l'obscurité, l'homme se tenait dans le crépuscule. Dans sa main droite, il avait un petit sac en cuir semblable à une trousse de médecin.

Dans la cinquantaine, les cheveux blancs comme neige, son visage était marqué par des années d'études austères et de combats contre Satan, son vieil ennemi, toujours présent. À ce sujet, nul doute n'existait dans son esprit; Satan n'était pas seul, car les Anciens cherchaient à se libérer de la gangue terrestre.

Depuis des semaines, le prêtre avait attendu, en provenance de Ruger, un appel à l'aide. Il ne le souhaitait pas vraiment, mais il savait qu'il ne pourrait pas refuser. Le mal avait augmenté en intensité, la corruption démoniaque s'amplifiait sous la croûte terrestre.

Également, le prêtre savait que la faute n'était pas imputable aux dix mille résidents du comté. La jeune déesse et sa compagne féline avaient été dérangées par une malchance de la destinée. Peut-être que Satan avait tout provoqué en les guidant dans cette partie du monde. Le prêtre ne le saurait probablement jamais.

Mais le père Michel n'ignorait pas qu'il serait un jour convoqué pour rencontrer Garrett. Il savait également qu'il ferait face à la mort, sa vie étant tributaire de l'appel de l'homme de loi.

Dans la demi-obscurité du soir, il se tenait dans la cour avant, examinant la maison des Garrett.

Regardant par la fenêtre, Carrie dit à sa mère:

— Il y a un homme à l'entrée. Il porte une sorte de robe noire.

276

— Le prêtre, expliqua Dan.

Il sortit sur le perron, s'arrêta, regarda le religieux qui le regardait.

— Père Denier?

— Bonsoir, laissa tomber le Père. Appelez-moi Michel.

Il s'exprimait dans une langue châtiée, avec un léger accent étranger.

— Si je le faisais, je ne me sentirais pas à l'aise, répondit Dan.

— Comme vous voulez.

— Entrez, mon Père.

— Dans un moment: si vous me le permettez, je vais d'abord bénir cette maison et le terrain alentour.

Dan ne savait trop s'il devait rester pour voir la cérémonie. Avec un sourire rayonnant, Denier dit:

— Je ne suis qu'un homme, shérif. Toutes choses relevant de Dieu sont faites pour être vues.

— Comment avez-vous développé ce pouvoir télépathique?

— La plupart des gens possèdent une quelconque capacité psychique. J'ai seulement développé la mienne.

— Je vois.

Le téléphone sonna sur la ligne confidentielle de Dan. Il laissa le prêtre à ses oraisons et se dirigea vers le salon de la maison.

— C'est pour toi. Ce détestable Lamotta est sur la ligne, dit Vonne, lui tendant l'écouteur.

— Cette horreur dans le trou a attrapé un autre de mes hommes, Garrett. Il a quand même réussi a s'échapper, mais en mauvais état, évidemment. Le corps a été atrocement estropié, avec une jambe en moins. Et le maudit trou s'élargit. Très bientôt, ce qui vit dans ce plasma merdeux, va s'en échapper. J'ai donné l'ordre à plusieurs gardes de faire le guet, avec des instructions précises. J'ai aussi fait installer une clôture électrifiée anticyclone, mais je ne crois pas qu'elle pourra contenir la Chose.

— Pourquoi me dire tout ça, Lamotta? Ne m'avez-vous pas averti à maintes reprises de me mêler de mes affaires?

— Parce que vous êtes aussi con que moi. Un peu plus con, et aussi trop cave pour vous en apercevoir. Me prenez-vous pour un imbécile, Garrett?

— Je vous l'ai déjà dit : fou, aliéné. Pourquoi m'interroger?

— Allons, shérif, ne jouez pas au finaud. Vous voulez me faire croire que vous n'avez rien à voir avec l'encerclement qui a lieu actuellement dans le comté?

— C'est exact. Jusqu'à ce que tout soit en place, j'ignorais même que le projet existait. Mon plan consistait à envahir le complexe du terminus et à tout faire sauter, surtout le trou où prospère cette...Chose. En même temps, j'espérais avoir l'occasion de vous faire sauter la cervelle.

Lou rigola et s'amusa.

— La C.I.A. est probablement derrière tout ça, probablement ce faux agent du R.I.S. que vous avec rencontré cet après-midi. N'est-ce pas, shérif?

— Absolument, Lou. Pourquoi pas, pensa Dan. Je ne dois rien, rien du tout, à cette ordure appelée Gordon.

— J'y ai bien pensé. En essayant de le faire investiguer, j'ai frappé un mur de brique, de même avec la gonzesse affreuse qui l'accompagne. Vous savez, shérif — Lou prit l'accent traînard des gens du Sud — nous pourrions éventuellement devenir des alliés avant que toute cette merde soit terminée.

— Lamotta, je suis incapable de m'imaginer quelque chose de plus profondément désagréable.

Cette affirmation fit rire encore plus fort l'inénarrable Lamotta.

— Vous tenez à votre idée, Garrett. Ce qu'on peut dire de vous, c'est que vous êtes tout à fait prévisible.

Et Lou raccrocha.

Dan raccrocha et se retourna, sentant que des yeux le dévisageaient. Le Père Denier se tenait dans l'encadrement.

— Par où commençons-nous, mon Père?

Denier, haussant les épaules, étendit le bras.

Taylor, Dodge, Chuck, la famille de Dan, incluant Mike, avaient pris place dans la salle de séjour, attendant les événements, écoutant. Carrie et Linda, effrayées, s'assirent sur le plancher.

À deux ou trois reprises, Dan respira profondément.

— Tout ça doit vous apparaître stupide, mon Père.

— Petit à petit, les Anciens percent un trou vers la surface, commenta le prêtre.

— Vous les connaissez? demanda Dan.

— Oh! oui. Denier fit un pas dans la pièce, puis un autre, déposa son sac sur la table. Satan est un excellent stratège. Partout, il a des mignons. Dieu les a condamnés à l'ensevelissement dans le fin fond de la croûte terrestre: il y a de cela des milliers d'années, ils les a ensevelis sous des tonnes et des tonnes de roc. Pour essayer de les tirer de là, certaines religions se sont formées. Une seulement y a réussi: le culte des Adorateurs de la Chatte.

Mike fixa le prêtre.

— Alors, ce chapitre que j'ai lu dans le livre, c'est vrai?

— Quel chapitre, et dans quel livre, mon fils?

Mike prit le livre.

— Celui-là, mon Père.

Il ouvrit l'ouvrage... le feuilleta jusqu'au dit chapitre.

Mais il n'y avait pas de chapitre.

À force de le chercher avec frénésie, Mike maltraita le livre.

— Arrêtez! lui commanda le prêtre.

Mike le regarda, son visage trahissant frayeur et confusion.

— Le chapitre n'est pas là? demanda le prêtre.

— Il y était, insista Mike.

— Je sais, dit le prêtre gentiment. Il n'y est plus. Mon fils, j'ai déjà connu cette expérience.

Comme si le fait de bouger la tête pouvait rendre plus claires ses idées, Mike l'agita.

— Comment? Pourquoi?

Denier fit la moue.

— Peut-être pour vous attirer ici. Efficace, c'est très évident. Satan vous a peut-être inclus dans l'un de ses plans. Je l'ignore. L'Ange Noir aime jouer... d'une façon démoniaque. Il le fait souvent. Un verre de trop, alors que quelqu'un a atteint sa limite. L'accélérateur au plancher, alors que vous enfreignez la Loi, en mettant la vie des autres en danger. Ou encore blesser volontairement quelqu'un que vous aimez. La liste est infinie. Satan joue. Croyez-moi, vos vies dépendent d'une foi indéfectible en Dieu. Sur la surface de la Terre, Satan peut faire ce qu'il veut, tout ce qu'il veut... même prendre possession de votre corps et de votre esprit. Il peut prendre la forme du serpent ou de l'humain. Il peut contrôler le vent, la pluie, le vent, l'orage. Il peut être chien, chat ou tout autre animal de son choix. En ce moment même, il peut être dans cette pièce.

Chuck plissa les yeux et regarda le prêtre.

Ne sachant pas grand-chose sur la religion catholique, le chef-adjoint évitait les prêtres et les religieuses.

Denier poursuivit:

— Une seule puissance dépasse celle de Satan: la puissance de Dieu. Parfois, il envoie l'archange Michel. Le guerrier de Dieu aime bien une bonne bataille. Habituellement, avec l'aide de Dieu, les humains battent Satan à son propre jeu.

— Avec l'aide d'émissaires humains? demanda Vonne.

— Habituellement, reconnut le prêtre.

— Dans le cas présent, est-ce vous? demanda-t-elle.

Denier haussa les épaules.

— Peut-être. Plus d'une fois, j'ai combattu l'Ange Noir. De nombreuses fois. Nous sommes de vieux ennemis. Nous nous méprisons et nous nous détestons mutuellement.

— Avez-vous déjà vu le Démon? demanda Carrie.

— Non, mon enfant. Personne ne regarde Satan en face... et survit. J'ai vu quelques-unes des formes qu'il prend, par le biais de ses aides. Quel âge me donnez-vous, Mademoiselle?

— Réellement?

— Oui, oui.

— Oh... soixante-dix ans.

— J'en ai à peine cinquante.

Il nota les réactions sur les visages de ses interlocuteurs.

— Durant toute ma vie d'adulte, j'ai été en guerre contre Satan.

— Dan m'a dit que vous n'étiez pas un prêtre actif dans un ministère? demanda Vonne.

Denier gloussa.

— Je n'irai pas jusqu'à dire ça. Je n'ai pas de cure et n'exerce pas un ministère dans une paroisse. On m'a demandé, suggéré... Le souvenir du passé sembla l'amuser un court instant. J'attirais un peu trop l'attention publique et les critiques de ceux qui venaient me voir si par hasard l'un de leurs proches était possédé du Démon. Et comme je n'avais

280

pas beaucoup de temps, je passais à côté des règles fixées par le protocole religieux en ce qui touche les cas particuliers en matière d'exorcisme. C'est la raison, en quelque sorte, pour laquelle on m'a mis sur les tablettes. C'est une assez longue histoire et nous n'avons pas de temps à consacrer à des choses passées.

Denier les regarda l'un après l'autre. Sous le regard du prêtre, Chuck se sentit beaucoup mieux.

— Dites-moi tout ce qui s'est passé, demanda Denier, insistant. Ne laissez rien au hasard. Le moindre renseignement peut être la clé qui ouvre la porte de la libération aux citoyens de ce comté.

Embarrassé, Dan s'excusa pour son lapsus. Il avait oublié de faire les présentations, ce qu'il fit. Vonne demanda aux filles de se rendre à la cuisine pour aller quérir du café et du gâteau cuit l'après-midi même dans sa cuisinière.

S'efforçant de ne rien oublier, Dan donna sa version des faits. Au sujet des chats agresseurs, Vonne ajouta quelques détails, décrivant le mouvement de la meute, se déplaçant dans le sens des aiguilles d'une montre et vice versa.

Dodge raconta l'incident du sang sur le mur de la cuisine. Taylor décrivit ce qui était arrivé à Forbes et comment il s'était senti forcé de l'abattre.

— Vous avez fait ce qui vous a semblé juste, le rassura le prêtre. Ne vous culpabilisez pas pour quelque chose que vous ne pouviez éviter.

Attentivement, Denier écouta chacun raconter son histoire.

Terminant sa tasse de café, il s'appuya sur un siège.

— Quoiqu'ils n'en sussent rien eux-mêmes, les chats dansaient la sarabande des sorcières. Si vous aviez pu déterminer le sexe des félins, vous auriez remarqué que les femelles formaient un cercle, les mâles un autre, et ainsi de suite.

— Sorcières? s'étrangla Chuck. Vous voulez dire comme les fantômes et autres êtres du même genre?

— Vous le dites bien, Monsieur, approuva Denier.

— Mon Dieu! murmura Chuck. La prochaine fois qu'il se rendrait à l'épicerie, il ne devrait pas oublier d'acheter une gousse d'ail pour la suspendre à la porte d'entrée. Il se rappelait que sa grand-mère, habitant les montagnes de l'Ouest de la Virginie, lui affirmait que ce procédé mettait en fuite les mauvais esprits.

Chuck sursauta et faillit bondir quand le prêtre lui déclara :

— L'ail ne sert à rien.

— Ça ne peut faire de mal, rétorqua Chuck.

Denier s'amusa un peu, se calma et les bouleversa en affirmant :

— Il n'y a pratiquement rien que je puisse faire.

2

Le garde leur apporta à souper. Du pain, une jarre de moutarde... et quelques viandes froides. Il jeta un coup d'oeil dans la place et dit, sarcastique:

— Bonne nuit, les enfants. Dormez bien et ne laissez pas les puces vous dévorer.

— Allez au diable! lui répliqua Mille.

Riant toujours, le garde précisa:

— Lumière coupée à 21 heures. Soyez gentils et vous aurez peut-être un petit déjeuner... après ce festin.

— Vous voulez dire que nous n'aurons pas le plaisir de visionner votre sale gueule ce soir? demanda Mille.

— Eh non! vous n'aurez pas ce plaisir, ajouta le garde avec un sourire sardonique. Il referma la porte.

À peine avait-il quitté la pièce, que Mille et Kenny s'acharnèrent sur une vieille chaise berçante à dossier très haut qu'ils trouvèrent au fond de la pièce, sur une pile de déchets. L'opération terminée, ils eurent en main deux solides bâtons de trois pieds de long. Ils s'assirent, se firent des sandwiches et attendirent que le temps passe.

Le fermier et sa femme regardaient la télévision. Pour l'homme, le visionnement du film n'avait pas plus d'intérêt que de voir des vaches ruminant leur petit déjeuner. Son attention était ailleurs. Il aurait aimé se prélasser devant un long métrage du genre *Rawhide, Gun Smoke* ou *Wagon Train.*

Il s'agita sur sa chaise.

Sans lever les yeux de l'écran, la femme lui lança un avertissement:

— Surtout, ne le dis pas.

Pour l'avoir entendu d'innombrables fois, elle savait ce qu'il allait dire.

— Comment peux-tu regarder une pareille mièvrerie? demanda-t-il.

Elle secoua la tête, sachant ce qui s'en venait.

— J'pense que vais me préparer une assiette et la manger sur le perron.

— Faudra m'passer sur l'corps. Tout ce que tu peux faire à la télé, c'est de regarder les filles nues, lui reprocha-t-elle.

— Tout ce que je veux, c'est de regarder de temps en temps un bon film de cowboy ou de bandits ou d'espionnage. Même si une jeune fille entrait dans le salon en dansant sous mon nez, que voudrais-tu que j'en fasse?

Moqueuse, elle lui ricana au nez, se pencha, l'embrassa sur la joue. Cette petite comédie, ils se la jouaient souvent. Depuis que les enfants et leurs petits-enfants étaient partis pour aller vivre en ville, depuis quelque temps déjà, il n'y avait pas grand-chose à faire. Travailler au jardin, se bercer sur le perron et, le soir, regarder la télévision. Ensuite, amorcer le jeu en discutant de la qualité de la programmation.

Mais ce soir-là serait le dernier où ils discuteraient de programmation télévisée.

L'homme regardait quand même la reprise d'un film pour vacanciers, souhaitant que le bateau périsse corps et biens. Est-ce que les gens de l'âge d'or ne partaient pas aussi en vacances? Est-ce que le monde n'était composé que de jeunes gens? Dans le film, on aurait juré que oui.

Leur vieux chien de chasse se mit à aboyer. Peu à peu, les aboiements se transformèrent en un son étouffé, puis étranglé.

Le mari et la femme se regardèrent.

— Ferme la télévision, dit-il.

Elle se leva, tourna le bouton, pendant qu'il allait au placard prendre son fusil de chasse. Il ouvrit l'arme, en chargea les deux canons, mit quelques cartouches dans la poche de sa veste.

— Reste dans la maison.

Le vieil homme sortit sur le perron arrière et, sous la

284

lumière de la lune, il aperçut ce qui restait de sa bête. Elle était en morceaux, quelques morceaux seulement, avec une flaque de sang sombre et brillante sous la clarté blafarde. L'homme sentit son estomac se retourner. Beaucoup plus qu'un chien, Old Buck avait été un membre de la famille.

À voix basse, douloureusement, l'homme jura.

— Qu'est-ce qu'il y a? demanda la femme.

— J'sais pas. Très mauvais, en tout cas. Quelque chose a littéralement massacré Old Buck.

— Mais quoi? redemanda-t-elle.

— Si j'le savais, je te l'dirais. Viens par ici. Prends ta 4-10 et charge-la. Fais ce que j'dis.

Comme une odeur de pourriture charriée par la brise nocturne atteignit ses narines, le nez du vieil homme se plissa de dégoût. Il n'avait jamais senti une pareille abomination.

Oui, une odeur de mort.

Alors, un événement lui revint en mémoire. Pete n'était pas revenu cet après-midi-là. Il avait vu sa camionnette, soulevant un nuage de poussière, rouler sur le chemin de terre.

Comme il le faisait chaque jour, excepté le dimanche, Pete allait voir son troupeau. Aujourd'hui, il n'était pas revenu. Et la seule façon pour lui de revenir, c'était de prendre aller-retour le damné chemin de terre.

Mais il ne l'avait pas revu.

Les habitudes étaient si solidement établies depuis des années que le vieil homme savait qu'il n'avait pu le manquer. En passant, soit en allant vers son champ ou en en revenant, Pete riait, klaxonnait. Assis dans sa chaise berçante, sur le perron, Walter lui rendait ses salutations.

Où donc Pete était-il passé?

Un son étrange attira l'attention du vieil homme et le fit se retourner brusquement sur lui-même. Il faillit tomber, son damné genou cédant presque sous le mouvement. Pas drôle de vieillir. Mais que pouvait bien être ce drôle de bruit? Une ombre furtive se déplaçait au coin de la maison. Qu'était-ce?

Tenant son fusil d'une main ferme et soulevant le double canon, Walter se rapprocha.

— Pfiou, Walter! Quelle odeur écoeurante?

— J'sais pas ce que c'est. L'ombre avait disparu de sa vue. T'as chargé ton 4-10? Non, elle était là. Qu'est-ce que ça pouvait bien être à la fin?

— Oui, dit la femme, je me sens toute gauche avec cet engin.

— Mieux vaut avoir l'air idiot pour quelques minutes que tomber mort... La Chose bougeait. Dieu! ce qu'elle était laide!

— C'est probablement un ours. Mable m'a averti qu'il y en avait probablement quelques-uns qui erraient dans le coin.

— C'est pas un ours, chère... pas cette fois.

— Mais...

— Chut!

Les yeux de l'homme n'avaient pas quitté la Chose qui se faufilait dans l'un des recoins de la maison. Une sorte de... qui traînait la patte. Ses yeux s'efforçant de trouer le pan d'obscurité, Walter regarda. La Chose avait l'air... huileuse.

— Huileuse?

Descendant les marches, il avança encore un peu plus. La Chose grogna. Ce n'était pas le genre de grognement qu'il avait déjà entendu. À qui pouvait appartenir un tel grognement?

— Qu'est-ce qui grogne?

— Nom de Dieu, ma femme, j'sais pas!

— Surveille tes paroles, mon vieux.

Avec un bruissement, la Chose avança. Alors, elle se montra en pleine lumière, s'approcha avec un bruissement.

— Jésus-Christ! s'écria le vieil homme.

Instinctivement, il appuya à deux reprises sur la détente de son arme. La peur bloquait les mécanismes de son esprit... l'empêchait de bouger.

— Qu'est-ce qui ne va pas, Walter?

— Barre les portes, ma femme, et appelle les flics!

Le vieil homme se souvint qu'il avait un fusil entre les mains. Il l'examina un moment. L'arme avait l'air étrange. Elle fondait, le métal était blanc de chaleur, le canon plia, la crosse prit feu. Les mains de Walter étaient brûlées, pleines d'ampoules. Quand il laissa tomber l'arme, la chaleur était si intense que des lambeaux de peau furent arrachés de ses paumes.

286

Il cria de douleur.

Les yeux de la Chose brillaient dans la nuit, et le vieil homme se sentit aspiré par une force invisible. Il perdit pied, tomba lourdement sur son mauvais genou, sentit ses os de briser.

À nouveau, il hurla de douleur.

— Walter!

— Reste en dedans, parvint-il à dire péniblement. Appelle le shérif. Ne sors pas. Pour l'amour de Dieu, ne sors pas!

La femme courut jusqu'au téléphone. Elle obtint la communication, raconta brièvement ce qu'elle savait à l'appariteur, les suppliant de venir au plus vite. Elle raccrocha vivement, saisit son fusil et courut vers le perron arrière.

Elle regarda, vit son mari se tordant sur le sol. Elle poussa la porte-moustiquaire et sortit. L'Ancien se tourna vers la cause du dérangement, et son visage ridé grimaça un semblant de sourire.

La femme pointa l'arme.

Ses yeux brillant fortement, l'Ancien ricana.

Le fusil fut arraché des mains de la femme, lui brisant plusieurs doigts. Il vola vers la tête du vieil homme et s'abattit une fois, deux fois et d'autres fois encore, creusant le crâne de Walter. Le bruit de l'éclatement du crâne pouvait s'entendre assez loin... mais seule la femme était en mesure d'écouter.

Le vieil homme cria une fois encore, et sombra dans l'inconscience. La cervelle et le sang du vieux fermier teignirent de route la terre qu'il avait tant aimée et culvitée toute sa vie.

La femme fit un effort pour réintégrer la maison, mais la porte se referma brusquement. Elle essaya de l'ouvrir, mais la poignée refusait de tourner. Elle cria, la martela de ses poings. Puis, ses pieds se dérobèrent sous elle et elle tomba en pleine face, la respiration coupée. Elle cria, donna des coups de pieds, essayant de se retourner, d'agripper le bois du perron avec ses doigts et ses ongles.

La force invisible la souleva très haut dans les airs. Elle cria encore lorsqu'elle se sentit projetée un peu plus loin. Atterrissant sur la tête, les muscles du cou craquèrent d'un coup sec. Consciente, paralysée du cou jusqu'aux pieds, elle ne pouvait remuer. Seulement bouger les yeux. La scène qu'elle vit la révulsa d'horreur. Elle gisait là, impuissante, pendant qu'une créature hideuse, accroupie près de son homme, le dévorait.

L'Ancien expédia l'affaire en un tournemain.

Puis, il se tourna vers la femme.

— Je vous demande pardon, mon père? interrogea Dan.

— Je ne peux défaire ce qui a été fait, expliqua le prêtre. Je ne peux qu'assister ceux qui veulent de l'aide. Je ne peux empêcher la réincarnation des Anciens, serviteurs de Satan et de ses mignons. Vous parliez de placer dans le trou une charge de dynamite. Vous pourriez y placer des tonnes d'explosifs que ça ne changerait rien à rien. Seulement Dieu dispose du pouvoir de tuer Satan et ses mignons. Les Anciens doivent être renvoyés à la terre, réenterrés. Quand cela sera fait, le comté de Ruger reviendra à la normale, et le maléfice qui s'étend sur les félins de la région sera détruit. Mais je crains que les infortunés qui ont été contaminés devront être tués. Ils seront pardonnés, car ce qu'ils ont fait n'est pas de leur faute. Il soupira. Peut-être m'est-il possible d'arrêter les Anciens? Et j'insiste sur le peut-être. Ce dont vous serez témoins, vous et les autres citoyens de ce comté, vous remplira... sera un cauchemar éveillé. Cependant, ne croyez pas que Dieu nous a abandonnés. Pas du tout. Il n'a rien à voir avec tout ceci. Il ne veut ni éprouver votre foi ou vous éprouver. Ces choses... arrivent, c'est tout. Ce n'est pas non plus une punition, comme ne manqueront pas de le proclamer hautement des prédicateurs.

— Dans cet effort ou ce que nous ferons, peu importe ce que ce sera, devrons-nous inclure les chefs des autres communautés religieuses? demanda Dan.

Denier sourit.

— Mais oui, shérif. Réunissez les ministres baptistes locaux et dites-leur qu'un prêtre catholique est sur le point de pratiquer l'exorcisme dans le comté de Ruger. Ils seront morts de rire.

Écoutant cette dernière remarque, Vonne n'y vit aucun humour.

— C'est plutôt une déclaration hautaine, dit-elle, les lèvres crispées.

288

Doucement, Denier lui répondit:

— Croyez-moi, Madame, il ne s'agit en aucune façon de critiquer ces révérends. Même que beaucoup de prêtres ne croient pas en la valeur de l'exorcisme. Beaucoup de jeunes prêtres ne croient même pas en Satan. Vraiment je n'entretiens aucune querelle avec quelque église que ce soit. Pensez comme ce serait merveilleux si nous pouvions tous nous entendre. Pensez aux choses extraordinaires que nous pourrions accomplir si nous cessions de nous critiquer, de nous attaquer, de nous plaindre mutuellement... en respectant la religion de chacun. Savez-vous en quoi je crois? Je ne pense pas que cela puisse faire une différence quelconque pour un croyant fréquentant une église ou une autre. Participer religieusement à la vie, c'est là la chose importante. Croire en Dieu est la chose importante. Être ce que nous pouvons être. Pratiquer ce que la Bible nous enseigne. Présenter l'autre joue, si possible, sinon, frapper le premier de façon efficace. Vous pouvez comprendre pourquoi je suis dans l'eau bouillante avec la hiérarchie catholique?

Quand les rires cessèrent, Vonne reprit;

— Vous n'êtes pas un prêtre ordinaire, Père Denier.

— Je ne suis qu'un humain qui a passé sa vie entière à étudier, à prier et à exalter Dieu, Madame, Je déteste l'ignorance, quoique...

— Alors, comment sera interprétée notre conduite vis-à-vis des autres communautés religieuses et leurs chefs? insista Dan.

— Nous manquerions à notre devoir en ne les prévenant pas, répondit Denier. Quelques-uns nous croiront. Très peu. Mais nous devons essayer, car plusieurs fidèles ne voudront écouter que leurs propres ministres du culte. Mais — il leva l'index en signe d'avertissement — pensez un peu à la panique qui surviendra si on nous croit. Où les gens iront-ils? Cela concerne actuellement tout le comté, y compris les citoyens de cette ville, du moins dans le présent. Dix mille personnes résident dans ce comté. Soudainement paniquées, aveuglées stupidement. Tout le monde. Car dans le combat, shérif, il n'a pas d'athées dans l'antre du renard. Les églises ne pourraient contenir tous ces gens. Ils se battraient pour y pénétrer. Ils se battraient dans la rue. Pensez aussi que ça provoquerait des émeutes. Les églises crouleraient sous le poids de cette population.

— Bien... mais... nom de Dieu, Mon Père!

Dan perdit momentanément son sang-froid.

— Dan, c'est un dilemme, n'est-ce pas? reprit Denier, amusé par l'embarras de l'homme de loi.

— Oui, dit Dan, se rasseyant. Peu importe ce que nous ferons, mais nous sommes mieux de le faire tout de suite. C'est tout à fait l'obscurité au dehors.

— Mais qu'est-ce que cela a à voir avec la situation présente? demanda Denier, quelque peu amusé, un sourire ironique éclairant son visage.

— Eh bien, ne dit-on pas que la nuit appartient à Satan? dit Dan.

— Toutes choses appartiennent à Dieu, dit le prêtre hochant la tête. Qu'il fasse jour ou nuit, ça ne fait aucune différence pour Satan. Car, dans la situation particulière que nous vivons, l'Ange Noir est puissant. Les Anciens vont se réincarner. Déjà, l'un d'entre eux a réussi à le faire. Les autres luttent toujours pour émerger du plasma immonde qui les nourrit et dans lequel ils baignent.

— Et qu'est-ce que le premier réincarné fait actuellement? demanda Taylor, curieux d'entendre la réponse du prêtre et la craignant en même temps.

Denier regarda le capitaine dans les yeux. Il devina la peur de l'homme, mais aussi la force qu'il y avait en lui.

— Il mange, répondit-il, laconiquement.

— Je vous demande pardon, mon Père? dit le vieux troupier, penché en avant, comme s'il n'était pas certain d'avoir entendu correctement.

— Les Anciens seront affamés. Ils tueront des humains et les dévoreront.

— Jésus-Christ! Comme cette Chose dans le trou? laissa échapper Dodge.

— Oui.

Dodge frisonna.

— Combien ces Anciens sont-ils?

— Probablement six, car Satan aime beaucoup ce chiffre, précisa Denier.

— Chuck compta rapidement, respira un peu mieux sachant que le nombre de personnes dans la pièce excédait le chiffre six...

Denier avait observé le shérif-adjoint. Un montagnard, pensa-t-il. Endurci comme du cuir de semelle. Un peu étrange, mais ferme dans sa détermination.

Dan posa une autre question.

— Quand vous avez béni la maison et le terrain... je veux dire... je ne suis pas catholique. Je n'ai pas très bien compris ce que vous avez fait.

— J'ai béni votre maison et le terrain alentour; j'ai demandé à Dieu d'en protéger les habitants. Comme me disait un ami juif: ça ne peut pas faire de mal.

Tous rigolèrent. Ce Père Denier est un drôle de *zig*, pensa Dan. Je suis quand même content qu'il soit là.

Denier regarda sa montre.

— Comme il n'y a pas de mot approprié pour désigner la situation actuelle, disons qu'elle en sera à sa conclusion, demain. D'une façon ou d'une autre.

— Et supposons que c'est l'autre? demanda Chuck.

— Alors, nous serons tous morts, répondit le prêtre.

3

Son nom de baptême était William. Mais aussi loin qu'il pouvait se rappeler, tout le monde l'appelait Billy. Adjoint depuis deux ans, il songeait sérieusement à poser sa candidature au poste de shérif, un jour ou l'autre. Ce qui était plus certain, c'est qu'il allait se marier le mois suivant, qu'il aurait trois enfants avec sa future femme — deux garçons et une fille — ce qu'il aimait répéter avec un sourire béat.

Au moment même où il engageait son véhicule sur la ferme des Service, il pensait justement à sa fiancée. Ne sachant trop ce qui l'attendait, il regarda aux alentours. Hystérique au moment de l'appel téléphonique, criant à tue-tête, difficile à comprendre, l'appariteur n'avait pu déchiffrer correctement l'appel à l'aide de la vieille dame.

Billy contacta l'appariteur 10-97, puis sortit de l'automobile, sa torche électrique à la main. Ses yeux, fouillant l'obscurité, cherchaient tout ce qui pouvait surgir d'impossible en pleine nuit, tels des chats, des monstres, etc.

Il se sentait furieux qu'on l'ait écarté de l'accident du transport SST, qui avait capoté dans un fossé au nord de la ville.

Ces enfants de salaud avaient même refusé de lui laisser voir les lieux où l'accident s'était produit. Des civils, l'air arrogant, l'avaient prié de reprendre sa patrouille... sans les embêter. Une bande d'insensibles lascars aux yeux durs. Pas très amicaux les bâtards. Le shérif lui avait conseillé de ne pas insister, mais Billy devinait que Garrett n'était pas du tout content de la tournure des événements.

Billy marcha jusqu'au perron avant et cogna à la porte. Il attendit un peu. Aucun son en provenance de la maison. Il regarda par l'une des fenêtres. Tout semblait en ordre. Pas de meubles renversés comme ça se produisait habituellement dans les chicanes de famille. Pas de trous dans les murs, de télévision brisée ou de rideaux déchirés. L'endroit avait l'air paisible.

De toute façon, ça ne semblait pas être une affaire de famille, Monsieur et Madame Service étant des petits vieux très gentils. Billy les connaissait depuis toujours. Mais on ne savait jamais avec les vieilles gens. Lors d'une chicane, ils pouvaient se montrer tout aussi coléreux et hargneux que des jeunes.

— Walter? Madame Service? Répondez. Où êtes-vous? appela-t-il.

L'obscurité ajoutait au silence. Seule la lumière discrète de la pleine lune répondait à ses appels. Pas très rassurant.

Alors, l'odeur se transporta jusqu'à son nez.

Billy savait ce que c'était. Il avait suffisamment répondu à des appels d'accidents de la route, pour en connaître la cause. Des vessies relâchées, des tripes exposées et du sang répandu. Il commença à faire le tour de la maison et se rappela soudainement les avertissements du shérif: «Ne jouez pas au héros, et n'agissez pas en solitaire dans cette affaire... si vous pensez qu'elle a des similitudes avec ce qui se passe d'inhabituel dans notre comté.»

Le shérif avait une façon très urbaine de présenter l'affaire.

Billy retourna à sa voiture, essayant d'oublier la sensation désagréable qui lui chatouillait l'épine dorsale. Il devinait que quelque chose d'affreux s'était produit. Mais quoi? Ouvrant la portière de son automobile — il réalisa qu'il baignait dans la sueur — il s'y installa. Il savait... savait que quelque chose d'affreux s'était passé. Il prit son micro.

Dan avait mis au moins quatre ans, sans compter les palabres, pour que ses réclamations émargent au budget du bureau du shérif. Chaque appel véhiculé sur la ligne de service était enregistré, même les conversations entre adjoints. Ça pouvait toujours servir de preuves en Cour, et éviter ainsi les poursuites et autres imbroglios.

Cette pratique eut pour effet de stopper tous les appels de service incongrus en provenance du quartier général.

— La base, je suis toujours 97 à la résidence des Service. Demande de l'aide.

— Est-ce dix-trente-cinq?

C'était le signal confidentiel d'avertissement. Dan l'avait choisi pour tout ce qui concernait chats, créatures étranges, O.S.S., et tout ce que l'Enfer pouvait provoquer sur le territoire du comté.

— Dix-quatre.

— Restez en ligne... l'aide est en route.

— Base. Je retourne sur le chemin. J'attendrai là.

— Dix-quatre. Quelque chose de précis?

— Négatif. Une intuition.

— Ne bougez pas. J'avise Ruger Un.

— Dix-quatre.

Billy s'apprêta à reculer jusqu'à la route. À mi-chemin, il freina, ses phares ayant capté quelque chose... Il ne pouvait dire de quoi il s'agissait. Il cligna des yeux... fixa la scène. Rien. Sans doute mon imagination, pensa-t-il.

Non. C'était là. Une forme bougeait près de la maison. Qu'est-ce? Il hésita quelques secondes. Que faire? Il se décida, se saisit de son fusil de chasse accroché au-dessus de lui, plaça une cartouche dans le canon, sortit de la voiture... et marcha doucement le long de l'entrée en gravier. Ses phares, plus haut, projetaient leur lumière artificielle sur la cour avant, laissant des poches d'obscurité dans les buissons et les massifs de fleurs plantés ici et là en rangées autour de la résidence.

Billy s'approcha encore plus de la maison, repérant cette odeur puante, odeur de la mort. Et quelque chose d'autre. Diable, quelle était cette odeur? Ça se précisait. Le mouvement du côté du mur. Billy savait que ce n'était pas M. ou Mme Service. La Chose était petite, un nain presque, trapu, court, large comme un ours.

Billy avança de quelques pas.

— Walter? Madame Service? Répondez-moi, les amis!...

Silence total, et toujours cette maudite odeur.

— Vous, près du mur, venez en pleine lumière, ordonna Billy.

Un gloussement étouffé parvint aux oreilles de l'adjoint.

Il rigole! Billy cria:

— Vous pensez que c'est drôle? Maintenant, avancez!...

Il porta son arme à son épaule. Il détestait avoir les mains humides... comme maintenant.

Soudainement, le fusil lui fut arraché des mains, la crosse — en lui glissant des mains — le happant au bas de la mâchoire.

Le sang coulant de sa plaie, Billy, éberlué, se tenait immobile, sans comprendre. Il dégaina rapidement son .357 et tira, le bruit rompant le silence de la nuit. Quand tout bruit eut disparu, Billy entendit le rire étrange de la créature. La Chose, homme, ours ou quoi que ce soit, se glissait à reculons dans l'obscurité profonde du mur de la maison.

Billy virevolta brusquement, regardant dans toutes les directions et essayant de localiser qui ou quoi avait bien pu lui arracher le fusil des mains. Couvert de sueur — son coeur battait la chamade — la peur s'empara de tout son être. Du sang dégoulinait de sa lèvre inférieure et une poussée d'adrénalime submergea son organisme.

Autour de lui, il ne pouvait rien apercevoir d'humain.

— Billy! (La voix de Walter tremblait dans la nuit, une voix douloureuse, angoissée.) Dieu, Billy. Je suis grièvement blessé, viens à ma rescousse!

— Walter! Où êtes-vous, Walter? cria Billy.

— Derrière la maison, mon garçon. Viens vite. Ma femme est aussi très mal en point. Dépêche-toi, mon garçon.

Billy s'engagea dans l'obscurité, hors des limites du terrain éclairé par les phares. Ses bottes glissèrent sur quelque chose de gluant. Du sang. Il marchait dans du sang. Mais quel sang? Celui de Walter? De Madame Service? Et cette Chose qui...? Si c'était le sang de cet inconnu? Ce dernier devait sûrement avoir un humour de froussard, riant comme il l'avait fait.

— Dieu, Billy, je t'en prie, aide-nous! gémit Mme Service.

En pleine obscurité, Billy courut jusqu'au coin de la maison. Il vit alors la plus horrible créature qu'il n'ait jamais rencontrée de sa vie. Glacé d'effroi, il s'arrêta net. Il cria quand des serres en forme d'oiseau de proie, d'énormes mains griffues aux ongles longs et coupants, s'incrustèrent dans sa chair à travers sa chemise, lui arrachant les viscères. Le sang jaillit et les doigts s'enfoncèrent encore plus profondément.

— Ruger un. Je n'arrive pas à rejoindre Billy. Il ne répond plus, communiqua l'appariteur.

— Ah, non! murmura Dan. Ne lui avez-vous pas dit de pas bouger?

— Dix-quatre. M'a prévenu qu'il reculait jusqu'à la route en attendant des renforts.

Taylor se trouvait avec Dan dans l'auto-patrouille. Sur la banquette arrière étaient assis Dodge et le Père Denier. Chuck suivait. Langway et Hawkes conduisaient les troisième et quatrième véhicules. Son sac près de lui, le prêtre ne disait mot.

Chuck aurait aimé savoir ce que contenait le sac, mais il n'était pas tellement certain de vouloir vraiment en connaître le contenu. Il avait vu plusieurs films portant sur l'exorcisme. Les religieux qui se livraient à cet exercice étaient vraiment des individus à part.

Tous virent l'auto de Billy dans l'entrée, les phares à leur puissance maximum. En plus de leurs armes de poing, Dan et Chuck prirent avec eux leur M-10, en position automatique. Les troupiers tenaient des pistolets ou des fusils de chasse à canon scié. Dodge tenait un M-16.

Dans une main, le Père Denier transportait son sac, dans l'autre une grande croix d'argent.

— La Chose est là, déclara-t-il.

— Mais qu'est-ce qui est là? demanda Dodge.

— La mort et l'Ancien. Ils ne font qu'un.

— Vous ne voulez pas une arme ou quelque chose? demand Chuck, au prêtre.

Denier leva la croix.

— J'ai l'une des armes les plus puissantes sur terre, dit-il.

— L'une des plus puissantes? s'exclama Dan.

— La foi en Dieu est en haut de la liste, rétorqua Denier.

Chuck ne voulait pas passer pour un prétentieux et rabattre le caquet du prêtre, mais il préférait son M-10 en n'importe quel temps.

296

Denier les regarda.

— Vous verrez très bientôt que les armes n'ont pas beaucoup d'effet contre l'Ancien.

Réalisant que le prêtre lisait dans ses pensées, Chuck en eut la chair de poule.

— Est-ce que Billy est mort? demanda Dan.

— Je ne sais pas, répliqua Denier. Je sais seulement que quelqu'un est mort... que plusieurs sont morts.

— Capitaine, allez vers la gauche avec Langway. Dodge, venez avec moi. Chuck et Hawkes, restez avec le Père Denier.

— Non, shérif. J'ouvre le chemin.

— Mon père...

Denier n'eut pas un moment d'hésitation. D'un pas ferme, il se dirigea vers l'arrière de la maison. Bon gré, mal gré, les autres lui emboîtèrent le pas.

Denier s'arrêta soudainement, levant le bras.

— Restez où vous êtes! commanda-t-il sur un ton sans réplique.

Il commandait l'opération. À voix basse et insistante, il commença à prier.

— Suppôt de l'Enfer, dit Denier, d'une voix sans peur. Je n'ai pas peur de toi.

Il leva la croix et la lumière de la lune s'y refléta.

Dans la nuit, un rugissement se changea en un cri dément si strident que les hommes en furent abasourdis.

Curieux, pensa Dan. En dépit des cris, je peux entendre clairement la prière de Denier.

Sous les hurlements de la créature, la nuit trembla littéralement. La foudre lacéra le ciel noir et le tonnerre, tel un immense tambour, roula au loin. Le ciel se remplit de batteurs déments. Une branche énorme fut arrachée à un arbre tout près. Dans les prés et les bois, le vent s'éleva... comme si un orage allait éclater.

Denier se tenait aussi droit qu'un «i», plus solide que le cap de Gibraltar, retenant la mer en furie. La pluie tomba en trombe, fouettant les hommes debout près de la maison. Les gouttes étaient chaudes, grasses, malodorantes.

Les bras étendus, la croix d'argent dans sa main droite, Denier leva son regard vers le ciel et pria.

Comme mû par un seul cerveau, par un seul corps, les

297

policiers reculèrent lorsque l'Ancien s'approcha du prêtre. Les yeux révulsés, ils fixèrent la créature avec horreur. D'un mouvement glissant et maladroit, ses longs bras touchant presque le sol, l'Ancien vint vers le prêtre. Sa tactique ne fit pas bouger d'un pouce le représentant de Dieu.

Alors l'Ancien s'arrêta à quelques pieds de Denier. Ce dernier baissa la tête et fixa la Chose, hideuse et méchante.

L'Ancien et le prêtre se jaugeaient. Alors, la pluie cessa, le vent arrêta de souffler, les éclairs ne sillonèrent plus le ciel, le tonnerre se tut.

Le prêtre sourit.

— Espèce d'imbécile! Alors, votre pouvoir est assez grand pour m'arrêter, mais il ne nous arrêtera pas tous, n'est-ce pas?

Les paroles roulaient dans la bouche de l'ancien. La voix était celle de Walter.

— Si ma foi est assez grande, certainement.

— Votre Dieu ne vous aidera pas, proclama l'Ancien, cette fois avec la voix de Billy, ce qui eut pour effet de secouer les collègues de l'ex-adjoint. Il ne va pas interférer. Contre nous tous, votre foi ne sera pas assez forte.

— Nous verrons bien, vomissement de l'Enfer à deux pattes, répliqua Denier.

L'Ancien se mit à rire à gorge déployée, avec une sorte de caquettement haut perché. C'était la voix de Madame Service.

— Je ne peux en croire mes yeux. Je pense que je vais tuer cet enfant de salaud, dit Dodge.

Il pointa son M-16 sur la Chose.

L'Ancien écuma de rage, regarda Dodge, les yeux brillants d'une lueur malsaine.

— Vois ceci!

En un instant, le corps de Dodge, par la seule force du regard de la créature, fut transformé en torche. Les cheveux brûlèrent, la peau du crâne pelant sous la chaleur intense. Sous le bouillonnement de la cervelle, la tête explosa, le cerveau cuisant tel un vulgaire steak. Les yeux fondirent et dégoulinèrent sur le visage.

— Feu! cria Dan, levant son M-10 et pressant la gâchette. Les autres en firent autant. L'horreur ambulante fut projetée sur le sol de l'arrière-cour, les morceaux s'éparpillant sous l'impact des balles.

Le cri de Denier fit cesser le tir.

— Arrêtez de tirer! Vous ne faites qu'empirer les choses.

Une boule brillant d'un feu intense prit la place de l'Ancien. Les hommes qui assistaient à ce phénomène virent la lumière s'estomper. Puis, de petites boules lumineuses, sur le gazon, qui constituaient des miniatures de l'Ancien, brillèrent.

Les hommes regardèrent le corps calciné de Dodge, transformé en cendres. Le M-16 avait fondu.

— Où donc la Chose est-elle partie? demanda Chuck, se retenant pour ne pas être malade.

— Pas très important, répondit Denier. Croyez-moi, elle est très près. Ce qui importe, c'est de détruire tous les morceaux qui en restent. Regardez-les briller, se mariant avec la terre. Attention pour ne pas mettre le pied dessus!..

— Mon Père, vous ne semblez guère optimiste, commente Langway.

— Ils sont vulnérables, répondit le prêtre. À ce stage, ils peuvent être détruits par le feu. Sinon, dans quelques jours, ils se reproduiront, pareils à l'Ancien que vous venez juste de voir.

Denier marcha vers un morceau brillant qui reposait sur le sol, en face du perron arrière. Avant de mettre le pied dessus, il s'arrêta.

— Oh, mon Dieu! s'exclama Dan, comprenant pourquoi le prêtre s'était arrêté.

Un peu partout, dans la cour arrière, les restes de Billy étaient étalés. Dans le cas de M. et Mme Service, seuls quelques petits morceaux de chair éparpillée témoignaient qu'ils avaient existé. Blancs comme drap, les os du vieux couple reposaient sur le sol. Arrachée du corps, la tête du jeune adjoint était tombée sur l'une des marches du perron. Les yeux étaient grands ouverts, pleins de frayeur et d'horreur. Avant que sa tête ne fût détachée du tronc, les sentiments qui reflétaient sa peur s'étaient gravés sur son visage. Sur la branche d'un arbuste pendaient les intestins gluants, gris. Plusieurs organes encore chauds parsemaient la cour.

Dan s'appuya contre un mur, luttant pour ne pas être

malade. La nausée fut plus forte... et il restitua.

Denier regarda le carnage. Il pria d'abord, puis leva la tête.

— Prenez des photographies, y compris ceux des restes de l'agent Dodge. Nous en aurons besoin pour convaincre les autres groupes religieux du bien-fondé de nos assertions. Satan est toujours présent et vivant dans le comté de Ruger.

— Comment détruire les petites... Langway regarda autour de lui, montrant les petites taches sur le sol... Ces petites choses...

— Brûlez tout. Répandez de l'essence sur le terrain, la maison, les dépendances; détruisez tout, suggéra le prêtre.

— Mais, mon Père, nous n'avons pas l'autorité pour faire ça, objecta Chuck. Les héritiers?

— Brûlez tout! cria le Père Denier.

4

Sur le chemin en face de la maison des Service, les trois pompiers à plein temps du Service des Incendies de Valentine ne s'éloignaient pas l'un de l'autre. Ils avaient vu les restes de Billy et ceux de M. et Mme Service; vomissant leur souper, appuyés au camion, complètement ahuris, ne proférant pas une parole, sans émotion aucune, ils étaient sous le choc de l'expérience qu'ils avait dû subir.

Les trois sapeurs se demandaient bien ce qu'un prêtre pouvaient bien faire là, sachant que les Service n'étaient pas plus catholiques que les gens du reste du comté. Et quelles étaient donc ces choses brillantes éparpillées sur le sol?

En voyant l'expression dure et impitoyable de Garret, aucun d'entre eux ne se risqua à poser des questions.

Suivant les instructions, les pompiers avaient répandu l'essence à haut octane, saturant le sol. Ils attendaient un quelconque signal du troupier sans uniforme. Les pompiers regardaient... pendant que les autres marchaient vers le chemin.

Dan ordonna:

— Brûler-le et restez jusqu'à ce que tout soit brûlé.

— Oui, shérif, mais comment se fait-il que le sol soit si humide par ici?

— Il a plu, expliqua Taylor.

— Seulement ici? demanda un autre sapeur.

— Seulement ici, confirma Taylor. Brûlez tout. N'allez pas dans la cour sous aucun prétexte. Brûlez tout. Tout. Sortez du terrain.

Les camions en position, les pompiers firent ce qu'on leur ordonnait. Par radio, Dan contacta ses deux adjoints, Herman et Frank, toujours sur les lieux, et leur ordonna de rester avec les sapeurs jusqu'à ce que le travail soit complété. Dan se tourna vers le Père Denier.

— L'Ancien, mon Père. Où donc est-il?

— Ce n'est pas un *il*, Dan, expliqua le prêtre ou un *elle* non plus. C'est le mal dans son entier. Le mal qui est sa seule raison d'exister.

— Merci bien, mais ce n'est pas une réponse à ma question, soupira Dan.

— Ce n'est guère possible pour un mortel d'expliquer ça. Oh! l'Ancien surveille, attendant. Je doute qu'il intervienne. Il sait qu'il ne peut m'arrêter à lui tout seul. Il va patienter jusqu'à ce que les autres Anciens le rejoignent. Vos balles n'ont pu l'arrêter, le blesser ou le détruire. Il voulait que vous tiriez sur lui. À l'avenir, dites à vos hommes de ne pas tirer.

— Je ne peux pas faire ça, protesta Dan. Mes gens ont le droit...

Denier balaya l'objection du revers de la main.

— Vous ne comprenez donc pas. Les Anciens peuvent retourner les balles contre vos hommes. Vous avez vu ce qui est arrivé à Dodge? Ces créatures de l'enfer sont toutes puissantes. Créatures de Satan elles sont, comment pourrais-je l'expliquer? — de chair et de sang, oui, mais plutôt énergie qu'autre chose. Elles sont quasi immortelles... Elles peuvent probablement être tuées, mais j'ignore comment. Elles peuvent être stoppées, arrêtées un certain temps. Comment les tuer? Je n'en sais rien.

Dan regarda le prêtre, dont le visage était rougi par les flammes de la maison et de la terre en feu.

— Alors, mon Père, qu'allons-nous faire?

— Pour le moment, je n'en ai aucune idée.

Le jeune couple s'assit sur le lit.

D'abord, ils crurent que le grattement sur la porte n'était que le vent poussant une branche contre la moustiquaire d'une fenêtre. Maintenant, le grattement semblait s'être étendu au toit et à une bonne partie des murs extérieurs de la maison à un étage. Ils écoutèrent plus attentivement. Peu importe ce que ça pouvait être, le grattement se faisait entendre non seulement de l'extérieur, mais également à l'étage inférieur.

— Mon chéri?

— Je ne sais pas ce que c'est, dit-il, sortant du lit et endossant un jeans par-dessus son pyjama. Il chaussa une paire de vieilles pantoufles.

— Ça pourrait être des termites? demanda-t-elle.

Il la regarda pour voir si elle était sérieuse.

— Si c'est le cas, j'espère arriver face à face avec l'un d'entre eux.

— Ah, toi! dit-elle, riant nerveusement.

Il étendit le bras, saisit gentiment l'un de ses seins et en oublia presque le grattement. Mariés depuis six mois, toujours en lune de miel, toujours enjoués. Elle ne lui avait pas encore annoncé qu'elle était enceinte.

Le grattement s'intensifia.

— Je reviens vite, promit-il.

— Fais attention, conseilla-t-elle.

— Ce n'est que le vent. Il ouvrit la porte de la chambre à coucher et pénétra dans le hall. Il se tourna vers sa femme, lui fit un clin d'oeil... et ferma la porte.

Nue à partir de la ceinture, elle resta assise sur le lit, serrant un oreiller dans ses bras.

Elle attendit un long moment — environ trois minutes — qui parut long comme une éternité. Elle crut avoir perçu un cri étouffé. Un seul. Alors, elle entendit le cri le plus hideux jamais ouï par une oreille. Elle se raidit dans son lit. Le cri se répéta.

— Larry! cria-t-elle.

Il hurla encore. Un bruit de pas précipités parvint à sa chambre. Un bruit sourd, aussi, très fort, comme la chute d'un corps... suivi d'un cri strident... comme si des chats se battaient.

Son mari hurla:

— Non! Mon Dieu, non!

— Larry, où es-tu? Ce n'est pas drôle du tout, Larry. Réponds-moi.

Une porte claqua. Celle de la porte d'entrée du placard? Elle n'était pas sûre du tout.

D'une voix faible et mourante, Larry appela:

— Sylvia? Ne viens pas ici. S'il te plaît. Ferme ta porte à clé. Appelle la police.

— Larry? Que se passe-t-il?

Mais le grattement croissant était le seul bruit qui lui répondait. Alors, il diminua en intensité. Un bruit plus faible lui parvint, comme si on traînait un objet. Elle savait que c'était Larry. Elle savait aussi qu'elle n'avait jamais entendu un être humain hurler de la sorte.

— Larry! cria-t-elle.

— Barre la porte, murmura-t-il.

Ses paroles — un son hésitant — étaient à peine audibles. Un ronronnement glissa sous la porte fermée.

Craintive, Sylvia se leva et barra la porte. Le ronronnement devint plus fort, quelque chose grattant la porte. Paniquée, Sylvia fixait la carpette. Le beige changea de couleur, devint rouge foncé, et le liquide lui recouvrit doucement la plante des pieds. Elle se tenait debout dans du sang. Elle cria, cria...

À l'exception de Frank et d'Herman, toujours sur le site de l'incendie, Dan avait fait rentrer tous ses adjoints. Il leur donna un peu de temps pour qu'ils préviennent les membres de leur famille et leur disent de s'enfermer à l'intérieur de leur maison... de ne la quitter sous aucun prétexte... et de ne laisser s'introduire chez eux personne qu'ils ne connaissaient pas parfaitement bien.

— Est-ce que cette consigne a quelque chose à voir avec l'affaire de l'ingénieur retrouvé là-bas, à la montagne, shérif? demanda l'un des auxiliaires.

— Exact. Tout en dépend. Écoutez bien. Je veux que cette ville et ce comté soient parcourus en tout sens, jusqu'à trois milles hors les limites. Utilisez les haut-parleurs sur vos véhicules pour avertir les gens de rester à l'intérieur de leur maison. Qu'ils ferment les portes à clef et leurs fenêtres complètement. Je...

— Shérif, Sylvia Quitman est au téléphone, dit l'appariteur. Complètement hystérique. Son mari aurait été présumément attaqué dans leur résidence du 88, rue des Peupliers.

— Susan, et toi Woody, occupez-vous-en. Restez en contact en tout temps. Emportez vos walkies-talkies. Allez.

Dan s'arrêta pour réfléchir un instant.

En cas de danger, il ne pouvait tout de même donner

l'ordre à ses hommes de ne pas tirer. Ce n'était pas possible. Une autre chose le tenaillait. Quelque chose qu'il avait lu ou appris du temps qu'il fréquentait l'Université. Le Père Denier avait dit que les Anciens étaient composés de chair et de sang... et de plus d'énergie que de n'importe quoi d'autre. Très bien, bonne question. De quelle énergie? Qu'est-ce qui pouvait détruire cette énergie? De quelle sorte d'énergie s'agissait-il? De l'énergie potentielle? De l'énergie cinétique? Les Anciens n'utilisaient sûrement pas l'énergie mécanique. Très bien, parfait. Ça lui revenait. Il restait l'énergie électrique, calorique, cosmique, atomique et chimique. Toutes ces formes d'énergie étaient transmutables.

Langway interrompit la fil de ses pensées.

— Ça va, shérif?

Dan regarda le sergent.

— Quoi? Ah! oui. Je réfléchissais, c'est tout... Prends la relève, Chuck. Capitaine Taylor, Père Denier, allons dans mon bureau s'il vous plaît.

Dans son bureau, la porte close, les deux hommes assis devant lui, le shérif prit la parole:

— Père Denier, vous avez dit que les Anciens sont de chair, de sang et d'énergie, n'est-ce pas?

Du menton, Denier approuva.

— De quelle sorte d'énergie?

— Énergie sans âge, répliqua le prêtre, sans comprendre le sens exact de la question. Ils existent depuis toujours. Depuis que l'homme existe.

Dan eut un geste d'impatience. Il savait que les minutes lui étaient comptées, que les aiguilles avançaient vers un désastre imminent.

— Non, non, mon Père. Vous ne me suivez pas. Essayons de cette façon. En physique, l'énergie se définit comme la capacité de fonctionner, d'accord?

— Ah! Oui, très bien. Je vous suis. Continuez, Dan, répliqua le prêtre.

— Nous pouvons donc présumer avec une certaine exactitude que les Anciens ne sont pas d'origine mécanique; cela nous laisse l'électricité, la chaleur, l'atome et la chimie. Cet Ancien qui se trouvait à la résidence des Service a mis le feu à Dodge, avec une sorte de puissance... une énergie émanant de lui. D'accord?

— C'était la puisance de Satan. Nous ne faisons pas affaire avec un pouvoir connu sur la terre. Ne l'oubliez pas.

— Je le sais, mon Père. Mais toute chose doit avoir une cause, une origine, d'accord?

Le prêtre s'appuya sur le dossier de sa chaise.

— Oui, possiblement, même chez les Anciens. Concept intéressant. J'ai toujours fonctionné à partir du point de vue religieux. Continuez, Dan.

— Mon Père, je n'ai rien de précis qui guide ma démarche, sauf une très forte intuition. Je vais placer l'avenir de ce comté dans la confiance que mon intuition ne me trompe pas, et qu'il ne s'agit pas d'énergie atomique. Je gagerais qu'il s'agit d'un mélange d'énergie électrique et chimique.

Les yeux du capitaine s'amenuisèrent.

— La compagnie hydro-électrique, Dan?

— Oui.

— Très bien, je partage la même opinion. Et si tu as tort?

— Nous aurons un quart de seconde pour le regretter, dit Dan terminant son exposé.

Denier regarda les deux policiers.

— Mais de quoi parlez-vous, Dan?

Dan éluda la question en en posant une.

— Mon père, ces Anciens ont un chef sur terre.

— Oui, la fillette. En présumant qu'elle soit encore ici.

— Présumons qu'elle l'est. Les Anciens iront où elle se trouve?

— J'imagine.

— Alors, il faut la trouver. Bon, les amis, cette nuit même, nous avons beaucoup de travail devant nous. Excusez-moi, mon Père, se hâta-t-il de dire.

Denier eut un sourire en coin.

— Pas de problème, shérif.

À l'exception d'une fenêtre à l'étage supérieur, la maison des Quitman était plongée dans l'obscurité. Susan et Woody sortirent de la voiture, sans oublier leur fusil à canon scié. Tous les sens en alerte, ils approchèrent doucement de la maison... cognèrent à la porte. Aucune réponse. Woody essaya de tourner la poignée. Fermée à clef. Un léger grat-

306

tement sur le toit attira l'attention de Susan.

Elle pâlit.

— Woody, dit-elle doucement, le toit est couvert de chats. Elle respira profondément, se forçant au calme. Regarde à travers la fenêtre et dis-moi ce que tu vois.

Woody regarda... et avala de travers.

— Toute la maudite maison est pleine de chats, Susan. Tous assis sur leur cul, les yeux tournés vers la porte.

Susan éleva la voix un tout petit peu. Woody, bouleversé, la regarda.

— Je crois qu'il n'y a personne à la maison ou bien ce n'est pas l'endroit signalé. Conduisons jusqu'au bout de la rue.

Elle descendit le perron à reculons. Un peu surpris, mais silencieux, Woody la suivit.

— Une bonne tasse de café ferait notre affaire. Qu'en penses-tu, Woody?

— Ouais, j'te suis. Il l'accompagna jusqu'à la voiture, se demandant si sa collègue avait perdu l'esprit. Sains et saufs, ils arrivèrent à l'auto-patrouille, s'y installèrent, levèrent les vitres en vitesse, barrèrent les portières. Woody, le coeur battant, après avoir vu des centaines de félins les fixer méchamment, siffla entre ses dents.

— Qu'est-ce qui arrive?

Elle le regarda par le rétroviseur.

— Ça a marché, non?

Les paupières de Woody cillèrent.

— Tu veux... tu veux dire que ces damnées bêtes ont compris ce que nous disions? Voyons, Susan! C'est impossible!

— Pas tant que ça. Elle prit le micro et appela la base. Nous sommes à la résidence des Quitman. Le toit est couvert de bêtes enragées et la maison en est pleine. C'est ce qui a attaqué M. Quitman. Je suggère que vous appeliez sa femme pour lui dire de rester là où elle est. Peu importe la pièce où elle se trouve, qu'elle la barre n'importe comment. Qu'elle n'ouvre sous aucun prétexte.

— Dix-quatre. Le shérif est là.

— Susan, restez dans la voiture avec Woody... jusqu'à ce que les renforts arrivent. C'est un ordre. L'un comme l'autre, pas d'héroïsme. Quoi? D'accord, Susan, l'appariteur a

307

déjà Mme Quitman en ligne. Elle va bien. Elle est dans sa chambre à coucher, la porte bien verrouillée. Le Père Denier lui parle, essayant de la calmer. Elle dit que beaucoup de sang a coulé sous la porte de la chambre. Elle croit qu'il s'agit de celui de son mari.

— Bien deviné. Elle regarde vers nous, par la fenêtre, continuez à l'entretenir au téléphone, dit Susan levant les yeux vers la fenêtre illuminée.

— Le Père Denier l'a rassurée en lui disant que vous étiez du bon bord, que vous attendez des renforts. Espérons qu'elle le croit.

Le soupir du shérif lui parvint sur les ondes, clair et douloureux.

— J'sais pas, Susan. Dieu du Ciel, je ne sais vraiment pas.

— Shérif... jeee...

Susan avait levé les yeux jusqu'au toit. Les chats n'étaient plus là. Ils étaient partis silencieusement comme ils s'y étaient installés. Elle passa en première, entra dans l'allée centrale, ses lumières au plus haut.

— Susan! qu'est-ce qui se passe?

— Ça va, shérif, le rassura-t-elle. Les chats sont tous partis. Faudra voir l'intérieur de la maison.

Elle regarda derrière elle; des phares brillaient à l'entrée du terrain. Les renforts sont arrivés.

— Je ne peux pas donner de directive précise. Je ne suis pas là. Use de ton jugement. Pour l'amour du ciel, sois prudente! lui recommanda Dan.

— Dix-quatre. Elle raccrocha le micro.

Ken Pollard et le troupier de l'État, Lewis, étaient armés de fusils et de leurs pistolets. Susan et Woody les rencontrèrent sur le gazon, près du talus. Autour d'eux, ils pouvaient entendre le message diffusé aux citoyens par les haut-parleurs; ne quittez vos domiciles, barrez portes et fenêtres. L'avertissement était répété inlassablement.

Ils pouvaient voir aussi les visages surpris ou effrayés des voisins qui, aux fenêtres, se demandaient ce qui se passait, de même les enfants plus curieux que les adultes, dont ils apercevaient les visages collés aux fenêtres des pièces illuminées.

Les quatre policiers allumèrent d'énormes torches au

faisceau large et puissant. Ils fouillèrent les poches d'obscurité que les phares n'absorbaient pas. Pas de chat en vue... mais l'odeur de leurs excréments était là, forte et désagréable.

— Il fait beaucoup plus chaud ce soir qu'hier soir, fit remarquer Ken. Même température que cet après-midi.

— Ouais. T'as raison. Des choses étranges se passent dans le comté.

— Essayons la porte d'avant, suggéra Ken.

— Fermée à clef, dit Woody.

— Dans les circonstances, je ne pense pas que Mme Quitman s'objectera si nous l'enfoncions, proposa Suzan avec componction.

— Allez-y. Après avoir vérifié si les chats sont toujours dans la cabane, ajouta-t-il.

Ce qui fut fait.

Enfermée dans sa chambre. Sylvia était assise en boule sur le plancher, à quelques pas de la tache de sang. Le sang de son mari. Elle le savait, l'acceptait, les yeux pleins de larmes, le coeur serré, l'âme en peine.

Quelqu'un grattait à la porte.

Elle étouffa un cri de terreur.

Le grattement se répéta... mais ce n'était pas le même que celui des chats.

Sylvia se concentra sur le bruit extérieur à sa chambre. Qui donc grattait?

Un gémissement très bas se fit entendre... suivi d'un cri étranglé.

C'était Larry. Elle le sut, instinctivement.

— C'est toi, Larry?

Le gémissement se prolongea et se termina en grognement.

Elle pressa l'oreille sur le bois... écouta. Elle pouvait maintenant entendre distinctement la respiration haletante provenant de l'espace libre entre la porte et la carpette. Un souffle chaud l'accompagnait.

— Larry?

De l'autre côté de la porte, grognements et gémissements lui arrivaient dans un murmure inquiétant. En bas, elle entendit le bruit de verre brisé et de bois qui craquait... et des pas précipités dans l'escalier.

Une voix de femme l'appelait.

— Mme Quitman! Restez où vous êtes, nous arrivons. Les chats sont partis (par où diable étaient-ils sortis?). Nous venons vous chercher.

— Les chats partis, murmura Sylvia. Sa voix s'étrangla dans sa gorge. Elle était au bord de l'effroi et de l'hystérie. Des chats? Quels chats?

Une fois de plus, le grattement sec racla le bois. Les grognements se firent plus forts, désespérés. Doucement, Sylvia ouvrit la porte.

Une main fendit l'espace et retomba avec un son mat. Sylvie poussa un cri dément. La main était presque complètement dépouillée de chair, le visage vide de ses yeux, les lèvres dévorées. Le sang dégoulinait d'un morceau de scalp arraché.

De la bouche sans lèvre, la femme entendit jaillir la plainte. Elle rampa vers le corps étendu. Elle ne vit pas les policiers approcher. Les pieds de Larry, rouges et blancs, brillaient dans l'obscurité. Des os blancs et sanglants saillaient de ses jeans. Ce qui avait été son mari, se mourait dans le hall, les doigts osseux creusant la moquette d'un mouvement spasmodique. Les os claquèrent dans les derniers soubresauts de l'agonie.

Se balançant en avant et en arrière, Sylvia poussa des cris strident, se frappa violemment la tête sur le mur. Les yeux remplis d'horreur, la folie la gagnait... et la salive coula de sa bouche. Démente.

Jamais plus elle ne pourrait se rappeler.

Elle était devenue folle à lier.

5

Mille et Kenny entendaient les cris épars que lançaient des hommes sur le site du complexe. Ils ignoraient les raisons pour lesquelles on poussait de tels cris. Ils avaient interpellé le garde pour lui demander des explications, mais il ne répondait pas. Écoutant à la porte, ils en vinrent à cette conclusion que tout était paisible et que le tumulte n'existait peut-être pas.

— Je pense qu'il s'est taillé, dit Kelly. Mon Dieu! qu'il fait chaud. Qu'est-ce qui arrive dans l'coin.

Mille haussa les épaules.

— J'sais pas. C'est trop inconfortble, ici. Fais sauter la serrure, Kenny.

Utilisant un morceau de fil rigide, Kenny se mit à l'oeuvre. En peu de temps, il ouvrit la serrure.

— Mauvais matériel, jeta-t-il méprisant.

— À tout va, s'écria Mille.

— Chut, tu vas nous faire repérer.

Ils entrebâillèrent la porte et jetèrent un coup d'oeil à l'extérieur. La bâtisse, énorme dans la nuit, paraissait vide. Ils se glissèrent à l'extérieur et repoussèrent la porte. Celle-ci se referma automatiquement derrière eux.

Précautionneusement, ils avancèrent dans l'édifice vide. De temps en temps ils apercevaient les éclairs des lampes de poche. Donc, plusieurs hommes étaient à la recherche de quelque chose. Heureusement, il ne s'agissait pas d'eux. Accroupis près de l'entrée de l'édifice, ils se reposèrent. Avant de foncer, il leur fallait s'orienter.

Un cri perça la nuit.

— Où est Hoyt?

— Les asticots l'ont eu. Il a pénétré dans la roulotte, les

311

vers lui ont sauté dessus... et l'ont dévoré en deux ou trois minutes. Je regardais par la fenêtre. Je n'ai jamais vu une chose pareille.

— Je m'en vais d'ici.

— Nom de Dieu! La voix rude de Lamotta, tel un couperet, accentua le tumulte et la confusion. Reprenez-vous, les gars! Vous êtes des agents entraînés, que diable. Attrapez les barils d'essence et inondez le sol autour de la roulotte. La vermine va brûler tout simplement. Et que ça saute! clama-t-il, d'une voix impérieuse.

Une femme cria, appel aigu qui se répercuta dans le silence de la nuit. Le cri se transforma en un mugissement d'agonie.

— Ils me dévorent vivante, se plaignit-elle.

— Que quelqu'un la tue par balle, hurla Lou. De toute façon elle ne pourra survivre. En avant.

Un coup de feu éclata dans la nuit chaude... et les cris de la femme cessèrent.

Kenny et Mille restèrent accroupis dans l'obscurité de la bâtisse caverneuse, ne comprenant pas ce qui se passait.

— Asticots? A-t-il vraiment dit asticots? murmura Kenny.

— J'pense. Écoute!

Mille siffla entre ses dents.

Le bruit au coup de fusil s'étant estompé, il fut remplacé par un bruit de mastication continu.

— Ce qui est là-bas, dit Mille, est en train de manger cette femme.

— Splendide.

— L'homme-momie est parti, cria une voix.

— Ainsi que l'adjoint, enchaîna une autre voix, ce qui ajouta à la confusion.

— Parti? Que veux-tu dire? parti où? dit la voix rageuse de Lou.

— Comment puis-je le savoir? Suis-je un diseur de bonne aventure? répondit l'homme.

Lamotta cria:

— Eh, Carson! Prends garde. Joue pas au fin finaud avec moi.

— Tant pis. Je sors de cet endroit de fou. Tout de suite, dit l'homme.

— Tu te tires et j'aurai ta peau, le prévint Lou. Un bon contrat pour certains.

L'homme ne répliqua pas.

L'essence prit feu, ajoutant à l'irréalité de tout ce qui se passait.

— Contrat? murmura Mille.

— Le tuer, expliqua Kenny, laconiquement. Je t'ai prévenu au sujet de cette bande.

— Qu'allons-nous faire, Kenny? J'ai peur. Pourquoi es-ce si chaud?

— J'sais pas. J'ai peur aussi. On va y arriver, Mille.

Il regarda autour de lui et vit quelques vieilles boîtes et claies empilées le long du mur.

— Par là, dit-il. Là-bas, on pourrait nous tirer dessus. Nous nous cacherons là jusqu'à ce que nous puissions leur fausser compagnie.

Le corps plié en deux pour ne pas être vus, le reporter et l'investigateur coururent à toutes jambes. Ils atteignirent la pile et se tapirent derrière. De l'endroit où ils se trouvaient, ils pouvaient voir le reflet des flammes sur le complexe immobilier. Sur le mur leur faisant face, les images sautaient et dansaient.

— Ça ressemble à des sorcières dansantes, murmura Kenny.

— Ne dis pas ça. Nous sommes sortis d'une prison pour entrer dans une autre, ma foi.

— C'est un point de vue, murmura Kenny, sarcastique. Nous allons nous tenir tranquilles, Mille, bien tranquilles.

— J'peux te dire quelque chose, Kenny?

— Quoi?

— Je suis vraiment effrayée.

Un tel aveu venant d'une femme qui avait vécu des heures difficiles dans des pays troublés, certains gouvernés par des dictateurs impitoyables, femme reconnue comme la plus brave de toute la nouvelle génération de reporters internationaux, et qui avait fait face à de sadiques tortionnaires de la police secrète, semblait incroyable à entendre.

— Mille, nous nous en sortirons, dit Kenny rassurant.

Du moins il l'espérait.

L'Ancien avait réussi à élargir la fente par laquelle il devait s'extirper du plancher en béton armé. Maintenant, ses mains puissantes arrachaient des morceaux de ciment, l'agrandissant davantage. Assis sur le plancher puant, souillé de liquide gluant, Betty et ses enfants regardaient la masse trapue et poilue de l'Ancien se libérer de la gangue terrestre qui le retenait prisonnier depuis des siècles innombrables.

— Puis-je vous aider? demanda Betty.

L'Ancien lui répondit avec la voix de Betty.

— Puisque vous m'en parlez, oui, oui, vous le pouvez.

— Dites-moi comment?

L'Ancien se mit à rire, un rire aigu de petite fille.

— Je préférerais vous montrer.

— D'accord.

L'Ancien avança ses bras velus et longs comme ceux d'un singe vers la tête de la femme. Il mit ses mains crochues sur le cou de Betty, fit tournoyer la tête l'arrachant d'un coup sec. En jet vif, comme sortant d'un boyau d'arrosage, le sang s'échappa, éclaboussant les murs. Comme s'il se fut agi d'une orange, l'Ancien pela la peau du crâne. Faisant craquer les os, il se mit à manger le cerveau tout chaud. Il fit une pause, regardant les enfants de Betty.

— Excusez-moi, j'avais très faim. Des petits morceaux de matière grise étaient accrochés à ses lèvres.

Les enfants haussèrent les épaules.

— Mangez tout, l'Ancien, dit le plus vieux des enfants.

— Merci.

Du trou bouillonnant près de la clôture métallique du vieux terminus, un léger craquement parcourut la mare, lorsque la terre s'ouvrit.

L'Ancien s'échappa du trou, se tint dans l'obscurité, grogna, gronda et se secoua pour se débarrasser des immondices qui suintaient de son corps poilu. Les longs bras touchant le sol, il regarda les flammes jaillissant du sol enflammé par l'essence qui brûlait autour de la roulotte, transformant cette dernière en métal fondu. Il sourit quand il entendit les bruits de voix criant, hurlant leur frayeur. Il devina que s'il ne s'éloignait pas, il aurait assez de nourriture pour se repaître. Examinant la solide ceinture métallique et électrifiée qui entourait le trou d'où il était sorti, il sourit. Il avança, glissant sur ses pieds, s'approcha de la clôture, la déchira comme si elle eût été du tissu usé et la jeta dans les buissons, hors de son chemin. L'Ancien se dirigea vers l'autre clôture ceinturant le vieux terminus. Se choisissant un endroit confortable derrière un taillis, il s'assit et attendit. Il écouta des choses que lui seul pouvait entendre. Dans l'air, il capta des signaux très contradictoires et compliqués.

L'Ancien grogna doucement. Les signaux étaient des missives entre le Maître et son ennemi. Tout n'allait pas très bien. L'Ange Noir hurlait des anathèmes, des jurons et défiait son ennemi de toujours.

Le Ciel répliquait par des rires, semblant provoquer le Maître et l'Ancien.

Non, tout n'allait pas très bien, comme prévu.

— Je vous remercie d'avoir attendu, dit l'Ancien à Mickey Reynolds.

Mickey grogna.

L'Ancien se mit à rire. Le chat qui se tenait près de Mickey, rit aussi à l'hideuse apparition.

L'Ancien s'arrêta, percevant dans l'éther des choses que seul il pouvait comprendre. Des messages. Des messages furieux. Le Maître se démenait dans une rage folle.

Pas d'importance. À ce moment-là, les messages ne concernaient pas l'Ancien. Il tendit vers Mickey ses grandes mains griffues, recouvrant le crâne de ce dernier. Il serra avec force et la tête de Mickey se fendit. Tirant le cadavre vers lui, l'Ancien suça le cerveau, claquant les lèvres en signe d'appréciation. Il commença alors à déchirer la chair, l'arrachant de la carcasse, remplissant l'ouverture hideuse qui lui servait de bouche.

Le chat surveilla et attendit.

L'Ancien écouta un moment, ne comprenant pas tout à fait les signaux silencieux que se lançaient le Ciel et la Terre. Il secoua sa grosse tête laide et regarda la créature qui avait déjà été Eddy Brown.

— Vous n'avez aucune idée de l'endroit où vous êtes ? demanda-t-il avec la voix d'Eddy.

Ce dernier grogna.

— Imbécile !

L'Ancien écrasa d'un solide coup de poing la tête d'Eddy, l'ouvrant par ce seul geste. Eddy s'écroula, mort, sur le sol cimenté et humide. Tranquillement, l'Ancien commença à dîner, savourant chaque morceau. Il avait amplement le temps. Des heures. Mais cette misérable créature n'arrivait pas à satisfaire la faim d'ogre qui le tenaillait. Pour le moment, il devrait s'en contenter.

Le chat attendit et surveilla.

Les six Anciens étaient libérés de la gangue terrestre qui avait été leur tombe durant si longtemps, et dans laquelle Dieu les avait engloutis. D'autres avaient pu se libérer déjà, mais il y avait de cela des siècles et des siècles. Tous les six recevaient ou écoutaient les messages et les signaux lancés autour d'eux. Aucun d'eux ne savait ce qui les attendait.

Ils étaient certains d'une chose : coûte que coûte, ils devaient obéir.

Le chat s'assit et regarda Anya. La fillette était en transe. Pet savait qu'elle recevait des intructions du Maître.

C'était presque temps.

Dans la maison où Anya et Pet se cachaient, les fenêtres étaient barrées, les portes fermées à clef. Comme le son du haut-parleur s'estompait, l'homme regarda la femme.

— Je me demande bien ce qui arrive ?

Elle regarda par la fenêtre.

— Je n'en sais rien, non plus. Le nombre de chats augmente continuellement. Je n'aime pas ça.

— Je pensais que tu aimais les chats.

— Un par un, corrigea-t-elle son mari. Je n'aime pas que plusieurs centaines se rassemblent autour de notre maison. C'est étrange... irréel.

— Plusieurs centaines?

— Vérifie.

Il se leva du divan et jeta un coup d'oeil.

— Pour l'amour du Ciel!

Pour mieux voir, il pressa le bouton des lumières extérieures.

La cour était pleine de chats.

L'un des chats vint près de la fenêtre, miaula, et s'élança furieusement contre le vitre, ses griffes crissant sur la surface polie. Essayant de briser la vitre, il ouvrit les griffes, hurlant sa haine de l'être humain qu'il entrevoyait à travers la vitre. Sous les coups répétés, la moustiquaire commença à s'effilocher. Il ne pouvait atteindre l'homme, sa fureur en fut décuplée.

L'homme recula, surpris par la violence de l'attaque.

— J'aime pas ça. Je ne sais pas ce qui arrive. Ce n'est pas naturel. Essaie la police encore une fois.

— Je viens de le faire... la ligne est morte.

Silencieux, tous les deux restèrent plantés au milieu de la vaste salle de séjour, écoutant. Le toit de la maison semblait pulluler de félins enragés.

— Je ne veux pas t'alarmer, dit l'homme, mais je crois qu'il vaut mieux renforcer ces fenêtres. Ceci va faire; très bien.

L'homme se dirigea vers un placard et s'empara d'un fusil à double canon. Il ne se souvenait plus où il avait placé les cartouches. Finalement, il s'en souvint et chargea le vieux fusil à percussion ancienne.

Elle regarda le fusil au canon scié, un doute dans son esprit.

— Est-ce le fusil que mon frère t'a donné?

— Oui.

Elle leva les sourcils d'un air sceptique.

— Tu ne penses pas? dit-il. Non, il n'aurait pas...

— Que si, il l'aurait fait.

— Ouais, d'accord. Il l'aurait fait. Aide-moi à retrouver l'autre fusil, celui qui a un canon long.

— Bonne chance, je crois qu'il est dans le grenier.

— Au moins, ces cartouches iront dans l'autre.

— Si elles partent.

— Ça devrait? demanda-t-il, avançant le menton.

— Parce que tu les as achetées à une vente au marché aux puces en 1965.

— Mettez le climatiseur au maximum, demanda Dan à l'adjoint.

— C'est à fond, shérif, répondit ce dernier, jetant un coup d'oeil au thermostat. Ça doit être 120° au dehors.

Denier dit doucement.

— Tout est pensé.

Tous regardèrent le prêtre.

— Comment ça? demanda Taylor.

— Bientôt, les gens voudront ouvrir leurs fenêtres pour respirer. Bientôt, chaque climatiseur de cette région fonctionnera à plein régime. Les interrupteurs et les fusibles sauteront. La charge sera trop considérable pour les circuits vétustes. Les gens seront forcés d'ouvrir leurs fenêtres pour respirer l'air pur. Les chats n'attendent que ce moment pour s'introduire.

— C'est la chose la plus ridicule qu'il m'ait été donné d'entendre, dit un ministre du culte local.

Dan ignora le ministre incrédule.

— Mon Père, vous êtes plein d'optimisme, dit-il.

— Satan joue. Il sait ce que vous projetez. Cette chaleur est une façon de vous faire savoir qu'il sait.

— Balivernes, reprit le révérend têtu et opiniâtre. Shérif, vous ne pouvez prendre au sérieux ce que dit cet homme, ajouta-t-il en regardant Denier.

Le prêtre sourit. Il était habitué à ce genre de réaction provenant d'un certain nombre de membres du clergé.

Dan regarda le ministre méthodiste, Jerry Hallock.

— Qu'est-ce que vous en pensez, Jerry?

— Je crois sincèrent que Satan est vivant et très actif. Ceci... Il pointa la main vers l'extérieur. C'est un peu difficile à prendre logiquement. Mais je l'accepterai tant que quelqu'un — il se tourna vers Louis Foster, le ministre incrédule — ne m'aura pas fourni une meilleure explication.

Louis renifla sa désapprobation.

— Matt? demanda Dan au ministre presbytérien.

Les autres ministres du culte refusèrent tout net la proposition de Dan et du Père Denier. L'un d'eux, après avoir vu le prêtre, lui avait claqué la porte au nez. Cette attitude avait mis Dan en colère, mais Denier ne s'en était pas formalisé.

Matt Askins répondit :

— Je pense comme Jerry. Est-ce que c'est tout ? dit-il, regardant autour de lui. De tous les ministres du culte résidant dans cette ville, voilà le nombre total de ceux qui croient à l'existence de Satan. Mon Dieu, si c'est le cas, qu'est-ce que les autres ont enseigné durant tout le temps qu'ils ont été en fonction ?

— Vous perdez tous les deux le sens des réalités, dit Louis.

— T'appelles les gars de l'Hydro, Dan ? demanda Taylor.

Le troupier en avait plein les bottes de Louis Foster.

— Oui, ils m'ont dit qu'ils n'avaient aucune autorité pour faire ce que je leur demande. Ils ont même dit qu'ils ne le feraient pas… et je leur ai demandé s'ils aimeraient passer un certain temps en prison. Après avoir médité ces dernières paroles, ils m'ont précisé que je devais faire une demande par écrit, la signer et assumer toute la responsabilité de cette action. Je leur ai dit que je le ferais.

— Tu ajouteras mon nom au tien. Je vais la signer aussi, entérina Taylor. L'autre plan tient-il le coup ?

— Oui.

Le troupier approuva de la tête.

Un adjoint les interrompit :

— Shérif, quelques secondes après que la radio se fut éteinte dans un couic caractéristique, Jake a téléphoné. Il affirmait avoir aperçu un énorme feu au vieux terminus.

— Quoi encore ? éructa Langway.

— Ils se sont libérés des entrailles de la terre, expliqua Denier.

Louis regarda Denier avec une hostilité ouverte.

— Qui est libéré de quoi ? Qu'est-ce que ce babillage ?

Sèchement, Denier répliqua :

— Il ne s'agit pas de babillage. Les Anciens sont à l'air libre maintenant.

— Fadaises ! Niaiseries ! Bêtises ! cracha Louis.

Le méthodiste l'invita à se taire. Quant au presbytérien,

il était sur le point d'intervenir un peu plus violemment. Crû-
ment.

— Je conclus que vous ne voulez pas nous aider.

Sur le ton d'un adulte s'adressant à un enfant pas trop
brillant, Louis dit:

— Tout ça peut s'expliquer de façon logique. Je comprends que vous et vos gens êtes fatigués. Vous avez travaillé sous pression, récemment. La fatigue a tendance à
obscurcir l'esprit. Vous avez vu des choses qui n'existaient
pas. Quant à la température, c'est un temps chaud, c'est
tout. Vous verrez. Très bientôt, croyez-moi, vous vous mo-
querez de vous-mêmes.

Maintenant, le méthodiste partageait le point de vue du
presbytérien. Il récitait une silencieuse prière, demandant à
Dieu de lui pardonner les mauvaises pensées — devant une
aussi évidente mauvaise foi — qui lui traversaient l'esprit.

Dan retint un commentaire abrupt. Avec une patience
d'ange, il expliqua:

— Louis, à l'extérieur, la température dépasse cent degrés. C'est au-dessus de toute moyenne possible à ce temps
de l'année, comme durant le reste de l'année... en plein soleil
du midi. Et n'essayez pas de dire que je n'ai pas vu ce que
j'ai vu.

Jusque-là silencieuse depuis le début des échanges, observant ce qui se passait, appuyée sur un mur, Susan Dodd
avança d'un pas et expliqua au ministre ce qui était arrivé à
Larry Quitman, l'étrange conduite des chats, photos à l'appui, prises au Polaroid.

— Ma chère, dit Louis, le ton suffisant, ne devinant pas
à quel point il avait failli recevoir une mornifle sur les babines, cela se peut... et sera expliqué. Il gloussa avant d'ajouter: Quant au diable, il n'a rien à voir avec tout ça.

— Très bien, allez-y, le défia-t-elle.

— Allez-y quoi? demanda Louis.

— Expliquez!...

— Je ne le peux... pour le moment.

— Bon, alors, pourquoi ne pas tout simplement vous
taire et vous rasseoir, jusqu'à ce que vous trouviez une explication plausible.

Claquant des dents, Louis Foster ferma la bouche... et
se rassit.

6

— Votre adjointe peut jouer dans mon équipe tant qu'elle voudra, dit Taylor à Dan, alors qu'ils se dirigeaient vers le vieux terminus. Si elle veut devenir un troupier protégeant l'ordre et la loi sur les autoroutes, je pourrais même me montrer vicieux et lui faire une offre impossible à refuser.

— C'est une bonne policière, admit Dan, volontiers. Mais pensez-vous que nous avons un avenir assuré après tout ce qui s'est passé récemment?

— Un bon point en ta faveur. Ta lucidité mérite des éloges, agréa Taylor.

Du siège arrière, Denier lança:

— Ralentissez! Tournez à la prochaine entrée.

Dan freina, vira à droite, ratant son entrée de justesse. Ce prêtre était un devin. Les phares de l'automobile illuminaient maintenant des centaines de félins pleins d'une ardeur maligne.

— Nom de Dieu! s'exclama Taylor. La moitié des chats du comté se sont donné rendez-vous ici.

Il y en avait partout, aussi loin que les policiers pouvaient voir devant et derrière. Ils recouvraient le toit de la vieille résidence... un toit si grand qu'on pouvait se demander comment la gent féline avait trouvé autant de congénères pour le couvrir entièrement et le cacher à la vue. Partout, des boules de poil aux yeux luisants. Ils recouvraient aussi les véhicules stationnés dans la cour, et se prélassaient autour du garage à un étage et sur le terrain de remisage.

Assis dans la voiture, les hommes regardèrent. Denier remua sur le siège arrière.

— La fille est ici. Est-ce que vous ne pouvez pas sentir l'intangible vérité? demanda-t-il.

— Ça me donne la chair de poule, dit Dan.

— Mes cheveux deviennent raides, et je les sens sur ma nuque, appuya Taylor.

— C'est le mal dans sa forme la plus noire, la plus pure, si vous préférez, ajouta Denier.

— J'aimerais bien que Louis soit ici pour voir ça, reprit Dan, exprimant un souhait irréalisable. Il changerait d'avis.

— Il expliquerait probablement ça en parlant de chaleur et de haut degré d'humidité, fit remarquer Taylor.

— Ne soyez pas trop dur pour lui. Il émettait ses convictions profondes et il en a le droit, dit Denier, cherchant à excuser le ministre.

— Mais vous n'êtes pas d'accord avec lui, reprit Dan tourné vers le prêtre. Maintenant, occupons-nous des braves matous.

— Une voiture dans l'entrée, annonça la femme regardant par la fente laissée dans les meubles entassés en barricade. C'est une patrouille du shérif.

Solennel, regardant le fusil à double canon sur le divan, son mari déclara:

— Je massacrerai ton frère. J'aurai sa peau de vendeur malhonnête pour le punir d'une pareille faute... criminelle.

En dépit de leurs ennuis présents, elle sourit.

— Personne ne t'a forcé à acheter ce damné fusil.

— Ne tourne pas le fer dans la plaie. Ce serpent devrait travailler comme vendeur d'huile de reptile. — Il jeta un coup d'oeil à la fenêtre. — La voiture approche. C'est vrai, la voiture du shérif, je pense.

Dan approcha et utilisa son haut-parleur. Il baissa sa vitre un tout petit peu.

— Ça va là-dedans?

— Oui, cria l'homme. C'est vous, shérif?

— Exact.

— Qu'est-ce que c'est que tout ça? Est-ce un congrès de la gent féline?

Dan regarda Taylor.

— Évidemment, il me pose la question.

Des chats grimpèrent sur le capot. Il fit démarrer la sirène. En vain. Le bruit strident ne les fit pas bouger d'un poil.

— Les chats peuvent-ils entrer chez vous? demanda-t-il.

— Non, cria l'homme. Je ne crois pas. Nous avons de la nourriture et de l'eau en quantité et nous sommes barricadés dans la salle de séjour. Mais il fait chaud.

— Chaud dans tout le comté. Front chaud a annoncé la météo.

— Tu mens avec une aisance. Tu as manqué ta vocation. T'aurais dû devenir un politicien, nota Taylor.

— Je suis un politicien, avoua Dan.

L'homme cria à nouveau:

— Shérif, qu'arrive-t-il enfin?

— Nous sommes en face d'une situation inhabituelle et dangereuse dans le comté, Monsieur. Ces chats attaquent les gens. Nous avons demandé à tous de ne pas quitter leur logis et de n'en sortir pour aucune raison. Ce problème sera probablement réglé dès demain.

— Magnifique, dit l'homme à sa femme.

— Ne pouvez-vous pas nous débarrasser de ces chats? cria la femme.

— J'sais pas comment, Madame. Mais nous trouverons une solution. Jusqu'à demain, soyez patients.

— Guère mieux que ton frère, dit l'homme, sans malice et souriant... Vous ne vendez pas de fusils usagés, shérif?

— Je vous demande pardon, Monsieur.

— Laissez faire. Nos téléphones sont hors d'usage. Nous n'avons aucun moyen de communiquer avec l'extérieur.

— Je le regrette, Monsieur. Le comté a été isolé. Ordre du gouvernement fédéral. Un dangereux percutage est survenu sur la route à l'extérieur de la ville. Tenez le coup, Monsieur.

— D'accord, shérif. On tiendra. Ça va être une nuit chaude, ma petite dame, ajouta-t-il à l'intention de sa femme.

Dan fit marche arrière, souhaitant que les roues du véhicule écrasent quelques-unes des bêtes vicieuses. Elles s'écartèrent vivement.

— Bâtards! dit Dan.

— La maison semble sûre et ils sont barricadés. Ils m'ont l'air raisonnables. S'ils supportent la chaleur, ils passeront à travers l'épreuve, remarqua Denier.

— Ouais, dit Dan. Il freina doucement et un damné chat

glissa, hurlant. Au moins, nous savons où est la fille, je pense.

Le matamore mal rasé cria à sa femme:

— J'me fous de ce que peut dire le shérif. Il regarda les maisons voisines de la sienne, à sa gauche et à sa droite. Elles étaient plongées dans l'obscurité. Toutes les fenêtres étaient closes. Stupide! commenta-t-il. Vivre au milieu de la ville et être forcé de s'enfermer. Je n'endurerai pas ça longtemps. Mais qu'est-ce qui ne va pas avec ce maudit climatiseur?

Sa femme parla, le ton suppliant:

— Vic, allons dans le centre de la maison et enfermons-nous. S'il te plaît?

— Non! Je ne vais pas déménager tous mes meubles pour une bande chats domestiques.

— Les chats sont dangereux, Vic. Ils...

— Au diable les chats, Grace. Ce n'est qu'une bande de chats. Donne-moi mon fusil... je vais disperser cette peste.

— Vic, je t'en prie... ne va pas à l'extérieur. Fais seulement cette seule petite chose pour moi, Vic?

L'homme la regarda, dégoûté. Il but le fond de sa cannette de bière et rota... serra la cannette, l'aplatissant. Quel exploit! Un geste stupide qu'aurait pu faire un enfant de six ans. Grace, va me chercher mon fusil et mes cartouches. Ne discute pas avec moi, va me le chercher!

Cette femme, bien des fois abusée physiquement et verbalement, regarda son mari dans les yeux. Pourquoi ai-je épousé cet homme? se demanda-t-elle, question qu'elle s'était posée souvent. Pourquoi? Elle savait pourquoi. Le gros bonnet à l'école supérieure. Le mâle devenu important, plus tard.

— D'accord Vic. Comme tu veux. Elle lui tourna le dos, alla vers la chambre, revint avec le fusil et les cartouches. Elle le lui tendit, ainsi que la boîte de projectiles. À quoi bon. Ses yeux disaient tout.

Vic chargea le fusil, remplit ses poches de cartouches et dit avec un sourire:

— Tu peux ouvrir les fenêtres maintenant, bébé. Je vais faire peur à ces chats-là.

324

Elle continua à le regarder en silence.

Il aurait voulu lui envoyer une taloche.

— Tu ne m'aimes guère. Tu me détestes. N'est-ce pas, Grace?

— Non, Vic, dit-elle, un peu lasse. Seulement, je ne ressens plus rien, c'est tout.

D'un geste de la main, Vic montra les maisons du voisinage:

— Regarde toutes ces maisons aux alentours. En plein milieu de la ville, tous les gens ont peur. Pas moi. Je n'ai peur d'aucun chat domestique. Pas Vic.

Elle se détourna, s'assit à la table de cuisine, se versa un verre de thé glacé.

Vic ouvrit la porte arrière... et fit un pas sur le perron. Il entendit Grace fermer la porte à clef derrière lui.

— Sorcière stupide, murmura-t-il.

Dans la nuit particulièrement étouffante, il avança sur le perron.

— Ici, petits chats, appela-t-il. Venez voir le vieux Vic. Le vieux Vic a un petit présent pour vous.

Les chats accoururent. Silencieusement, la mort dans les yeux, le goût du sang les activant.

Dan tourna sur le chemin menant au vieux terminus. Les trois hommes purent voir les lueurs mourantes de l'incendie.

Regardant les formes diffuses des édifices, Denier commenta:

— Vous avez bien choisi, shérif. C'est démoniaque. Le sentez-vous?

— Oui, répondirent en même temps les deux hommes.

Mais pas aussi fortement qu'à la maison que nous venons de quitter, ajouta Dan.

— Ça augmentera, renchérit le prêtre. Si vous le pouvez, l'un ou l'autre, dites-moi si un commerce ou une industrie a pu réussir en affaire à cet endroit?

Dan fouilla dans sa mémoire.

— En y pensant bien, non. Pas autant que je puisse m'en souvenir. Je me rappelle avoir entendu mon père dire qu'une douzaine de commerces, tous situés dans le coin, avaient failli. Grand-père disait la même chose. Curieux, n'est-ce pas?

Denier garda le silence, fixant le site du terminus.

— Il y avait là un chemin et un village, je crois.

Taylor s'agita sur son siège et regarda le religieux.

— Durant la guerre de la Révolution. Oui, Monsieur. Toute la ville a été rasée par le feu. Les gens déménagèrent alors à Valentine.

— Pour la très bonne raison qu'ils ne devaient pas être là, dit le prêtre.

— Mais pourquoi donc? demanda Dan.

— Satan a décidé que ce morceau de terre lui appartenait.

Les deux policiers sentirent leur poil se hérisser.

— Prenez garde au terminus, Messieurs, les avertit Denier. Des petites choses très voraces se démènent sur le terrain... comme des vers avec des dents... très voraces.

— Des choses, mon Père? demanda Dan.

— Des choses... des produits de l'Enfer. Soyez prudents.

Dan embraya... et fit avancer la voiture jusqu'à la barrière fermée, chaînée et gardée. Un homme protant un M-16 s'avança.

— Shérif Garrett. Ouvrez la barrière ou je la défonce.

— Pas besoin d'être agressif, shérif, répondit le garde. Vous pouvez entrer. Lou nous a prévenus que vous seriez probablement dans les parages, sur les dents, et ennuyé.

Dan marmonna un juron. Il s'adressait à Lou.

Le garde ouvrit les deux battants de la barrière... et fit signe à Dan d'arrêter.

— Faites attention, les gars! Il aperçut le prêtre. Voulez-vous me bénir, mon Père?

Denier acquiesça.

— Un croyant parmi les païens, dit-il avec un sourire.

Le ton solennel, le garde répondit:

— Oui, mon Père. C'est l'Enfer ici. Je suis sincère, soyez prudents. L'homme-momie s'est échappé, ainsi que votre adjoint qui a été infecté, shérif. Nous avons des gardes postés tout le long de la clôture. D'autres viendront, nous l'espérons. Il y a ici, ajouta-t-il, des formes étranges de vers agissant comme des asticots en liberté. C'est pourquoi vous voyez des bidons d'essence empilés dans le coin. Le feu semble pouvoir les tuer, mais ils se reproduisent comme des lapins... et plus vite encore.

— Que voulez-vous dire quand vous espérez de l'aide? Qu'il y aura plus de gens pour vous aider? demanda Taylor.

— Lou n'arrive plus à sortir du comté. Selon lui, quelque chose cloche quelque part.

— Électrifiez la clôture, suggéra Dan. Ça devrait les arrêter. Vous avez tout ce qu'il faut pour ça.

— Bonne idée. Je vais appeler par radio... et suggérer ça à Lou. Il leur envoya un grand salut de la main.

— N'en faites rien, je lui dirai moi-même.

Dan embraya et entra sur le site du complexe.

— Asticots? Yerk! dit Taylor.

— Petites créatures de l'Enfer, précisa Denier. Je vous l'ai dit, Satan adore jouer. Tout cela et une bonne blague pour l'Ange Noir.

— Étrange sens de l'humour, fit remarquer Dan. Et si les vers s'échappent du terrain du complexe? réflichit-il, à haute voix.

— Doucement, Dan. Un problème à la fois, hein? répliqua Taylor.

Dan stationna son véhicule près des roulottes-hôpital. Il vit qu'une vitrine était brisée à l'une, qu'une porte avait été fracassée à l'autre. Bowie et l'ingénieur, pensa-t-il.

— On n'en a plus le contrôle, hein, docteur? s'enquit-il, sèchement.

— Si c'est censé être drôle, ça ne l'est pas du tout, dit le médecin.

Dan ne releva pas la remarque. Il constata que Goodson refusait de regarder le Père Denier dans les yeux.

— Quand donc êtes-vous arrivé à vos conclusions, docteur Goodson? demanda le prêtre.

— Il y a quelque jours.

Le médecin ne regardait toujours pas le prêtre.

Denier planta son regard dans celui de Goodson.

— Dès que vos soupçons se sont confirmés, vous auriez dû me contacter.

Sans dire mot, Goodson se retourna et marcha vers son laboratoire.

Denier soupira, hocha la tête.

— Goodson! l'enterpella Dan.

Le médecin, se tenant sur le pas de la porte de la roulotte, regarda autour de lui.

— Où gardez-vous prisonniers Mlle Smith et son copain?

La surprise se peignit sur le visage du médecin.

— Quoi?

— Ouais, vous n'êtes probablement pas au courant, dit Dan.

Près de la porte ouverte, Bennett et les autres médecins se joignirent à Goodson.

— Au sujet de cette Smith? demanda Bennett.

— Elle et son enquêteur ont été enlevés par la bande à Lamotta. Ils sont détenus quelque part ici, dit Dan.

— Je ne vous crois pas, rétorqua Bennett.

— Vous pouvez le croire, dit Lou, émergeant de l'obscurité. (Il portait un M-16. Il regarda Dan.) Les gars, je suis heureux de vous voir. Vous venez vous joindre à la fête?

— D'une certaine façon, Lamotta. D'abord, je veux que vous libériez Mlle Smith et Kenny.

— Peut-être que je n'ai pas envie de vous les céder.

— Peut-être que je me fous de ce que vous voulez ou pas, maintenant. À partir de cette minute, je mène le bal.

Lou se mit à rire d'une façon homérique; un rire arrogant et sonore.

— Je vais vous dire, shérif. Vous êtes peut-être un peu con, mais vous ne manquez pas de couilles. Bon, comment croyez-vous qu'un prêtre et deux policiers vont faire ça.

Dan répondit à son rire par un sourire vraiment sinistre. Il jeta un coup d'oeil à sa montre.

— Lamotta, si vous ne faites pas que ce que je vous demande, dans exactement douze minutes, huit adjoints, six auxiliaires, mon chef-adjoint et quatre patrouilleurs de Taylor vont arriver sur place; ils ont l'ordre de tirer à vue. Il leva son M-16 et en pointa le canon sur le ventre de Lou. Et je commencerai à valser avec vous, l'ami.

Tout le groupe de Lamotta sentit que la tension augmentait de plusieurs degrés. Ils levèrent leurs armes et les clic clic métalliques se firent entendre se mariant au craquement des flammes.

— Je crois que vous bluffez, l'ami, lança Lamotta.

— Essayez pour voir! dit Dan, sa voix ayant la dureté du marteau-pilon.

Durant quelques minutes, les deux hommes se regardèrent dans les yeux. Finalement, une légère ride apparut aux commissures des lèvres et Lou, laissant présager qu'il cédait, haussa les épaules.

— D'accord, shérif. Mais vous êtes bête, l'ami. Très bête. Vous savez pourquoi? Parce qu'il suffirait de vous tenir tranquille. Le gouvernement aurait pris tout le blâme sur ses épaules... et plus que ça pour ce.... Il balaya le paysage de la main... dégât effroyable. Et alors, l'ami, grâce à votre intempestive intervention, c'est vous qui serez accusé. D'accord, pas d'offense. Très bien. Il eut un large sourire ironique, essuya son visage avec un mouchoir. Figurativement parlant, cela va de soi. Vous le voulez, l'ami? Vous l'avez. Moi et ma bande en avons terminé ici. Nos partons. En ce qui concerne l'équipement, vous pouvez le garder.

— Mes gens restent, dit le docteur Bennett d'une voix ferme. On aura besoin de nous, j'en suis certain.

Lou renifla avec mépris.

— Le noble médecin que voilà! Il regarda tout le corps médical de l'O.S.S. Encore une fois, il haussa les épaules.

— Ah! et puis, après tout. Nous restons. Nous pourrons peut-être vous aider.

Au même moment, un jeune homme descendit d'un avion à la Station navale aérienne d'Oceana, près de Virginia Beach. Le pilote de la Marine et son copilote qui l'avaient eu pour passager à bord de leur appareil, depuis l'État de Washington, étaient heureux de se débarrasser de ce passager encombrant. Durant tout le voyage, l'homme n'avait pas proféré une seule parole. Assis à l'arrière de l'avion, il lisait un quelconque rapport. Puis, il remit ses papiers dans son porte-documents.

Les pilotes avaient déjà vu quelque part ce genre de porte-documents. Si quelqu'un avait la mauvaise idée de jouer avec, tout sautait... littéralement.

Âgé d'environ 24 ou 25 ans, les yeux durs, gris, glacés, légèrement en amande, comme les slaves authentiques, d'une apparence particulière, le passager, vraisemblablement de l'Est de l'Europe, n'était pas vraiment Oriental.

Une voiture l'attendait.

Il se lança derrière le volant... et démarra sans regarder en arrière.

Eh bien! se dit le pilote.

Auparavant, il avait transporté des gars étranges de la C.I.A. Tout dans le maintien du jeune homme révélait l'habitude d'une discipline de fer. Le quidam aux yeux froids aurait pu endosser un costume de clown, mais en dépit de cet accoutrement, n'importe quel G.I. aurait deviné sa formation militaire.

Le pilote chassa de son esprit l'image de son passager. Lui et son copilote garderaient une discrétion absolue. Même, entre eux, ils n'en parleraient pas. Ils étaient prévenus. Ils savaient reconnaître un tueur quand d'aventure ils en voyaient un.

Silencieux, ils se demandaient qui allait être descendu. Et pourquoi?

Assise dans sa maison trop chaude, Grace sirotait un thé glacé. Il faisait si chaud que les glaçons fondaient au fur et à mesure qu'elle en mettait dans le verre.

Elle avait entendu le cri horrible de Vic. Une fois. Elle l'entendit hurler de douleur. Puis la nuit avait englouti tous les sons, et elle était retournée à sa chaude et précieuse tranquillité.

À travers les fenêtres fermées, elle avait perçu ce qu'elle pensait être un mâchouillement. Elle savait que, normalement, elle aurait dû avoir peur, que la terreur s'emparerait d'elle, et que la révulsion lui retournerait les tripes à l'envers.

Elle ne ressentait rien de tout cela... sauf une seule émotion.

Du soulagement.

Dans la salle de séjour, Alice et Emily étaient assises, observant leurs maris qui discutaient de l'autre côté de la pièce.

Les téléphones ne fonctionnaient plus. La ligne était

morte, Aucun moyen de savoir ce qui se passait à l'extérieur de la maison verrouillée et de plus en plus chaude... incroyablement chaude. Tous savaient, seulement, que la ville était envahie par des bandes de chats furieux. Pardieu, d'où venaient-ils tous? C'était effrayant, une vue d'un impossible au-delà ou d'une autre planète. Les chats étaient partout, chassaient les gens dans la rue, les agressant même chez eux quand ils le pouvaient.

Avec des conséquences horribles.

À quelques milles hors de Valentine, l'homme et la femme fixaient, de leurs yeux agrandis par l'étonnement et l'effroi, les contours estompés par la nuit du garage-entrepôt. Là se trouvaient la majorité des chats et ces derniers agissaient bien curieusement.

Ils encerclaient l'édifice. Le cercle intérieur se déplaçait dans le sens des aiguilles d'une montre, le cercle extérieur dans le sens contraire, la horde formant une douzaine de cercles.

— C'est la première fois de mon existence que je vois un pareil déploiement, dit l'homme.

— Pas moi, répliqua la femme.

Il la regarda, curieux.

— Ah!

— Dans un film d'horreur. Une sorte de danse démoniaque.

— Et qui gagnait dans ce film?

— Satan.

— C'est gai, commenta l'homme.

Dans un périmètre de trois milles, incluant la banlieue, la ville, tel un oeuf sur un pavé torride, cuisait doucement et sûrement. Les chiens, habitant cette aire de surchauffement, se cachaient sous les porches, les perrons, dans les hangars, près des maisons. Pour des raisons de sécurité, ils se tenaient en bandes, en meutes. Ils avaient vu ce qui était arrivé à leurs congénères qui rompaient avec la sécurité de la bande.

— Quand toute cette affaire serait terminée, les chiens

retourneraient à leurs anciennes habitudes : être amis ou ennemis, peu importe. Pour le moment, une trêve canine existait sans avoir été décrétée. Les bêtes ne comprenaient pas ce qui se passait, sauf qu'elles sentaient, instinctivement, que leur survie était en cause. Très important. Si l'un d'eux se levait pour aller boire ou faire autre chose, tous se levaient. Pendant que les uns buvaient, les autres montaient la garde. Ils se tenaient modestement à l'écart, inquiets... en état d'alerte.

D'ailleurs, plusieurs bagarres avaient déjà éclaté, et pas toujours à l'avantage des chiens.

Des douzaines de vers de la taille d'un pouce très gros, voraces et enragés, destructeurs carnivores, avaient échappé au feu. Loin de l'incendie, ils rampaient, s'introduisaient dans les édifices vides, dans les trous dans la terre, dans les véhicules et sous la clôture.

Silencieusement, ils glissèrent du terrain du terminus... vers la campagne... et commencèrent à se reproduire.

7

Mille et Kenny avaient rampé de dessous les claies où ils se cachaient, quand ils entendirent Dan et ses hommes. Debout, silencieux, ils ne cachaient pas leur effroi.

— Vous restez avec nous, mais ne vous mettez pas dans nos jambes, leur dit Dan.

— Oui, Monsieur, promirent-ils.

— Bien, Lou, dit Dan. Je veux un demi-cercle d'hommes à l'endroit où nous pensons que la déesse et sa partenaire se sont cachées. À l'aurore, nous essaierons de les refouler vers cet endroit là-bas. Vous êtes prêts?

— Mais oui, shérif. Autre chose. Qu'arrivera-t-il si Gordon au grand nez et aux vilaines intentions se pointe et envoie ses gens pour nous arrêter et stopper notre entreprise?

— Aucune idée, admit Dan. J'y ai pensé. Ce qui me surprend, c'est qu'il ne soit pas déjà là.

— Ouais, fit Lou, à voix basse. Quelque chose est dans le vent. Avant que vienne l'obscurité, Gordon a fait son apparition... et il s'est défilé. Il a dit qu'il serait bientôt de retour. Je l'ai point revu. Ah! Et puis après, l'ami? J'vois pas où ça représente un gros problème. Dodge pensait qu'il travaillait pour les Communistes, n'est-ce pas?

— C'est ce qu'il m'a dit.

— Facile. Si je le vois, je descendrai ce traître. Je déteste un Rouge.

Chuck vint vers Dan.

— Les employés de la compagnie d'électricité sont ici. Ils ont plutôt la chair de poule. Par hasard, l'un d'entre eux est tombé sur les restes de la femme qui a été dévorée. Pour le forcer à rester, j'ai presque dû lui mettre les menottes.

— Il va rester, même si je dois l'enchaîner à son camion, dit Dan. Et le fil?

— Nous avons en main tout ce que nous avons pu trouver de fil dans la région. J'ai défoncé une quincaillerie et ramassé une douzaine de rouleaux de chaîne de cinq pieds de long. Autre chose, aussi, la situation tourne à la folie.

— Grand Dieu! balbutia Taylor. Quoi encore?

— La patrouille en vadrouille vient de se rapporter. Tous les gens de Miller, les civils, viennent de quitter le comté. Pas de remorque S.S.T., rien. Il reste la garde militaire qui s'occupe des blocages. Les autres se sont volatilisés dans la nature. Les M.P. disent ignorer ce qui se passe et ne savent pas où ils sont partis.

— Je le sais, relança Lou. Tout va de travers. Il y a une heure à peine, je l'ai deviné. Attendez un instant, les gars. Je m'informe.

Il alla vers la roulotte, laissant la porte ouverte. Ils purent entendre sa voix, à peine audible, alors qu'il téléphonait. Il revint après quelques minutes, le regard égaré. C'est la fin de la course, dit-il à l'un de ses hommes. Pris comme un squale sur le sable. L'O.S.S. n'existe plus. Point final. Le FBI ramasse nos gens un peu partout. Le dernier rapport de Dodge nous a eus. Partout, il y a des mandats fédéraux d'amener. La plus grande partie de nos fonds sont bloqués. Les gros légumes se terrent.

— Et nous? demandèrent les hommes.

— Nous coopérons avec le shérif, et cela sera pris en considération. En notre faveur.

Chuck grogna, fixant Lou.

— Bien. Ça veut dire que quand tout sera terminé, j'aurai le plaisir de vous botter le cul.

Lou regarda Chuck et sourit.

— Vous aimeriez essayer, cher petit montagnard misérabiliste?

— J'vais pas essayer, Lou, j'vais le faire, rétorqua-t-il à Lou qui continuait de sourire largement.

— Peut-être, mais plus tard, tête de mule, plus tard. D'abord, vous avez un devoir à remplir. La CIA a mis un tueur sur les traces de Miller et de la garce qui l'accompagne. Il regarda Mille et lui fit une révérence moqueuse. Excusez-moi, très chère, je voulais dire la dame qui est avec lui. Un tueur d'élite s'en vient. Il est peut-être ici actuelle-

334

ment. Je le reconnaîtrai — ou elle — lorsqu'il sera ici, si je le rencontre... ce qui est improbable.

— Je vais rapporter tout ce que je vois et entends ici, l'avertit Mille.

Lou ricana.

— Mais oui, chérie, allez-y. Vous ne pourrez rien prouver.

— Quoi? hasarda Mille.

— D'un grand geste, Lou montra toute la scène... L'opération. Les morts. L'incendie.

— Je ne vous crois pas. Ça n'arrive que dans les films, protesta Goodson.

— Détrompez-vous, Doc. Ça n'arrive pas souvent, mais ça arrive. Il regarda Bennett. La nuit sera très longue, Doc. Passez les bonbons.

Bennett approuva, se rendit à son laboratoire et revint avec une bouteille pleine de petites pilules blanches. Il tendit la bouteille à Lou, lequel en fit tomber une poignée dans sa main... et commença la distribution.

— Je ne toucherai pas à cette drogue, dit le capitaine Taylor.

Dégoûté, il eut un geste de recul.

— Faites pas l'idiot, pieds plats, lui jappa Lou dans les oreilles. Nous en aurons besoin pour rester éveillés, cette nuit, et possiblement demain matin. C'est du matériel gouvernemental. Il regarda l'heure à sa montre. N'attendez pas d'être à genoux, avant d'en enfiler une deuxième. Chaque pilule vous tiendra éveillé pour huit bonnes heures au moins. Quand l'effet de la première s'estompera, prennez-en une seconde.

— Grand Dieu! Durant toute ma vie de policier, j'ai fait croisade contre l'usage de ces saloperies.

Taylor fit la grimace quand Lou, souriant béatement, lui mit deux pilules dans la main.

— Imaginez, capitaine, que vous êtes un bon vieux hippie.

— Quelle déchéance! grogna Taylor, avalant la pilule. Je ne sens rien... aucun effet, ajouta-t-il, d'un air suffisant.

Lou s'amusait.

— Quand l'effet se fera sentir, troupier, vous allez être beau à voir.

Taylor se récria:

— Jamais! dit-il d'une voix rude.

Dan interrompit cet aparté.

— Capitaine, prenez le micro et faites venir autant de troupiers que vous pourrez. Nous menons le bal, maintenant. Que vos hommes renforcent les barrages. Ceux qui le pourront se joindront à nous.

Taylor se dirigea vers une voiture de la Patrouille des Autoroutes de l'État de Virginie.

— Vos gens sont-ils prêts, Lou? demanda Dan.

— Sûr. Ne vous ai-je pas dit, Shérif, que nous allions travailler ensemble avant que cette affaire ne soit terminée?

Il gesticula, donnant le signal du branle-bas à son équipe.

— Allons-y, les gars et les filles! C'est le temps ou jamais de ramasser en tas fantômes et sorcières.

Dan regarda l'homme qui émoustillait ses subalternes. Lou est probablement le plus grand maniaque hors d'un asile d'aliénés, pensa-t-il, mais ses gens et lui ne manquaient pas de courage. Chacun d'eux savait qu'il risquait sa peau... qu'il fonçait vers l'inconnu et l'horreur.

— Un être complexe, dit Denier, regardant Lou s'éloigner avec son groupe.

— Ce n'est pas tout à fait comme ça que je le décrirais, mon Père. Je me demande s'il sait vraiment ce qui l'attend.

— Il le sait, dit le prêtre, posément.

Chuck vint se placer près de Dan.

— Nous avons trouvé des failles dans la clôture. C'est probablement par là que Bowie et l'ingénieur sont sortis.

— Passez la consigne à tout le monde dans le comté et l'État; tirez à vue et ramenez les corps ici. Ils doivent probablement se trouver avec les autres.

Chuck soupira. C'était une décision très difficile à formuler pour Dan. Tout le monde aimait Bowie.

— Veut, veut pas, nous devons le faire, dit Dan doucement. Seulement, je me demande où il est parti et où ils sont.

Les hommes se retournèrent quand Goodson s'amena portant un tube de verre dans une main, une lampe de poche dans l'autre.

— Regardez, dit-il.

Dan hésita à toucher le verre contenant la vilaine bête.

— Ça ressemble à un énorme asticot.

— Qu'est-ce que c'est? demanda Chuck.

Bennett affirme que son entomologiste n'a pu l'identifier. C'est une nouvelle espèce. Mais celui-là se meurt. Ils ont un cycle de vie très court, environ 24 heures.

— Et pour les tuer?

— Le feu, répliqua Goodson. Les écraser. Rien d'autre ne semble les affecter.

— Splendide, ajouta Taylor, saisissant la fin de la conversation. En plus du reste.

Les hommes notèrent que Goodson ne cessait d'agiter le tube, et Chuck voulut savoir pourquoi.

— Pour l'empêcher de manger le bouchon de liège. Il gobe tout, sauf le verre et le métal.

Taylor regarda le tube, fit une moue de dégoût... et alla rejoindre ses troupiers.

Hors du site du vieux terminus, quelqu'un se mit à hurler. Le son de la voix semblait venir de loin.

— Une personne n'a pas suivi les directives et a quitté sa maison, dit Dan, regardant dans la direction d'où venaient les cris.

— Ça va sûrement rempirer, fit remarquer Chuck.

Plus personne ne surveillait Wally, étendu dans la roulotte-hôpital. Comme les autres, il commençait à se transformer. Le moignon de sa jambe fracassée avait pris la couleur du charbon et puait la gangrène. La peau aussi, maintenant ridée par tout le corps, s'était noircie. Agonisant, il sursautait de douleur. La mutation s'était étendue au cou et atteignait la tête. Son visage se contorsionna, s'altéra et devint aussi noir et ridé que le reste de son corps.

Il tomba de son lit; personne n'entendit le bruit.

Un moment, il resta immobile, la douleur s'apaisant graduellement. Traînant sa jambe à moitié dévorée, Wally réussit à trouver la porte de la roulotte et, sans être remarqué, plongea dans l'obscurité de la nuit. Cherchant les coins d'ombre, il suivit le rebord de la clôture... et trouva finalement une ouverture.

Anya réfléchissait tout haut.

— Même si nous tuons le prêtre, je ne crois pas que ce soit là la réponse. Il y a ici quelque chose de très vrai, et en même temps de très faux. Je crois que Garrett est la clef de tout.

Assis près de la fillette, Pet écoutait, ses yeux froids la regardant sans ciller.

Elles savaient que les bois, tout alentour, pullulaient d'humains. Elles savaient que les Anciens étaient devenus libres comme l'air. Elles savaient qu'à l'aube elles devraient agir. Elles avaient douze heures — de l'aurore à la brunante — ce pourquoi elles avaient été créées. Elles avaient été mises au monde pour être adorées et servir l'Ange Noir. La queste de leur existence consistait à faire le mal, à le répandre partout où c'était possible, à causer la douleur, la souffrance, la maladie et à recruter des âmes pour Satan.

Pour s'ancrer dans cette région, elles ne disposaient que de douze heures. Si, pendant ce temps, elles en arrivaient à dominer la situation, aucun pouvoir sur la Terre ou au Ciel, ne pourrait les en déloger.

Où que ce fût, elle n'avait jamais pu y parvenir. Pas depuis que la base religieuse dans le désert avait été détruite.

Mais maintenant?

Peut-être.

Les deux savaient que cette opération n'était qu'un jeu. Seulement un jeu. Le Bien d'un bord, le Mal de l'autre. Ce jeu, le Maître le jouait souvent, mais il n'arrivait guère à le gagner ni à recruter un grand nombre d'âmes. Cependant, petit à petit, lentement, dans les lieux les plus étranges, de différentes façons et avec les gens les plus curieux, l'Ange Noir gagnait du terrain.

La nouvelle aurore serait peut-être la bonne... la plus grande réussite de tous les temps. Ce serait pour bientôt, dans quelques heures. Si elles pouvaient réussir ce tour de force, elles deviendraient immortelles.

Toutefois, Anya devinait que quelque chose ne tournait pas rond. Elle ne croyait pas qu'il puisse directement se manifester, mais à sa manière. Sans être vue, manipulant gentiment la vie et les événements, il travaillait tranquillement.

Comme toujours, ce brouillon détestable qu'était Michel, l'archange de Dieu, se mêlait de ce qui ne le regardait

338

pas. Le guerrier de Dieu. Plutôt le mercenaire de Dieu. Que le néant l'engouffre!

Un peu plus tôt dans la soirée, Anya avait été instruite de tout, recevant l'ordre de ne pas faillir.

C'était tout. Il ne fallait surtout pas désobéir au Maître.

À peu de distance d'Anya et de Pet attendant les premiers rayons du soleil, Bowie, titubant tel un homme ivre, se dirigeait vers la maison des Garrett.

8

Comme s'il eût été en état de choc, le chef d'équipe de la compagnie d'électricité regarda le shérif.

— Jésus-Christ, shérif! Savez-vous ce que vous me demandez? rugit-il.

— Absolument, répondit Dan, d'un ton sans réplique.

Le chef électricien branla la tête.

Satan serait la cause de ce temps affreux, hein?

— Exact?

— Le contremaître intervint.

— Shérif, pour que tout soit clair, récapitulons. Vous voulez que moi et mes compagnons détournions le courant de ces tours à haut voltage — il les pointa du doigt et que le courant soit envoyé avec un ampérage du tonnerre de Dieu dans le grill métallique que vos hommes sont en train de poser là-bas.

— Exactement.

— Shérif, êtes-vous conscient ou ignorant? Savez-vous ce qu'il y a de voltage dans ces fils qui pendent là-haut?

— Pas vraiment, mais ce sera suffisant. J'en suis sûr.

— Suffisant! cria l'homme. Les gars, ce Monsieur dit que ce sera suffisant, ironisa-t-il. Oh! oui. Amplement suffisant, shérif, quand le jus, là-haut, va se jeter dans le fil étalé sur le sol. Je veux même pas me trouver à dix milles d'ici. Ça va ressembler au feu d'artifice du 4 juillet. Pire encore. Le fil, les chaînes et tout le reste autour... va frire tout simplement.

— Du calme, du calme, recommanda Dan. Il ne s'agit pas de savoir si vous aimez ça ou non. La question, à savoir si vous allez le faire, ne se pose même pas. Si ça peut être fait, vous le ferez. Ma question est la suivante: Pouvez-vous le faire?

Quand j'pense que j'ai voté pour ce fou! pensa le chef d'équipe.

— Oh! oui, shérif... je peux l'faire. Mais si mon équipe et moi refusons... que nous décidions d'aller en prison plutôt que de faire ça.

— Alors, nous ferons sauter la tour, dit Dan. Regardez. Il pointa quelques boîtes bien en évidence. Les explosifs sont là et j'ai des gens pour s'en occuper.

— Vous êtes vraiment sérieux?

— Oui, Monsieur.

L'électricien soupira.

— Pour mon rapport en haut lieu, vous m'ordonnez de le faire... alors que je m'y oppose.

— Tout à fait dans l'ordre. J'en prends la pleine et entière responsabilité.

— Ainsi que la police de l'État, entérina Taylor.

— D'accord, shérif. Allons-nous recevoir la paye de risque pour ce travail?

— Sandwiches gratuits et café à volonté.

— Et vous nous racontez ce qui ne va pas dans le comté, vraiment ce qui en est?

— C'est déjà fait.

— Fort bien. J'pourrai dire à mon surintendant que le Démon m'a forcé à le faire. Allons, shérif, soyons sérieux.

— Vous verrez. Si nous sortons de là vivants...

L'homme devint blême.

— Voir quoi?

— Je vais vous faire un dessin, chef. Qu'est-ce qui arriverait si des millions de volts d'électricité frappaient... alimentaient du matériel radioactif?

— J'sais pas. Je suis électricien, pas physicien. J'suppose que tout sauterait. Mais de quelle quantité s'agit-il?

— Je l'ignore, admit Dan.

— Adorable. Quel homme charmant vous êtes, fit l'électricien enlevant son casque protecteur pour essuyer la sueur qui lui dégoulinait sur le visage. Le Diable se promène dans le comté de Ruger. Cet endroit précis lui appartient. Des petites bêtes rampantes dévorent le monde. Des zombies hantent les lieux. Shérif, je vous le répète, vous méritez la camisole de force.

— C'est comme vous le pensez. Mais en attendant, mettez-vous au travail avant que je ne perde patience et que je fasse sauter cette tour sous vos yeux incrédules.

Le chef d'équipe salua.

— Oui, Monsieur. Tout de suite, mon général. — Il distribua des ordres à ses hommes. — Toi, appelle la station à Valentine. Dis-leur de se tenir prêts pour une interruption de courant. Apportez-moi l'équipement par ici. Montez les réflecteurs. Shérif, vous savez que tout le pouvoir va se concentrer sur cet endroit précis?

— J'le sais, pour un court temps. Quand vous en aurez terminé avec la déviation, l'interruption du pouvoir va cesser jusqu'à ce que nous soyons prêts. D'accord?

L'électricien soupira.

— Ce n'est pas aussi simple que ça, shérif. Je continue à croire que vous êtes loco.

Il fit demi-tour et s'en alla.

— Peut-être que nous le sommes, murmura Denier.

— Et pourquoi dites-vous ça, mon Père? demanda Taylor.

— De simples mortels engagent le combat contre Satan.

Il regarda Dan, une lueur étrange dans les yeux, comme s'il entrevoyait des choses que Dan ne pouvait voir lui-même.

Ce long regard rendit Dan très inconfortable.

— Vous êtes mortel, mon Père, et vous le combattez également... comme vous l'avez combattu avant.

— Pas à une telle échelle.

— Aimez-vous parier, mon Père?

— Ça m'est arrivé une fois de temps à autre.

— Quelles sont nos chances dans ce pari?

— Cinquante/cinquante, dit Denier, haussant les épaules.

Taylor sourit largement.

— Pas mal, hein?

Les nouveaux troupiers étant arrivés, Taylor distribua des consignes à chacun. Selon un plan préétabli, ils aidèrent à dérouler le fil sur le terrain, la plus grande partie courant dans un cercle de quatre à cinq pieds. Une heure après que Lou eut quitté avec sa troupe, Taylor se dressa de toute sa hauteur et regarda autour de lui, les yeux élargis.

— Nom de Dieu! marmonna-t-il.

— Mais qu'est-ce qu'il y a, capitaine? demanda l'un de ses hommes.

— Rien, répliqua Taylor. Il plissa les yeux et se frotta les mains. Au travail, les gars! Le temps perdu ne se rattrape pas. Travaillez, travaillez, travaillez!

Hurlant ses ordres, il se mit à déambuler sur le site du complexe, incapable de tenir en place.

Denier regarda le capitaine se démener.

— Est-il malade? demanda-t-il.

— Non, mon Père, répondit Kenny, le ton enjoué. Il se fait aller le postérieur un peu plus vite que d'habitude, c'est tout.

Tout près de la maison des Garrett, Bowie se tenait près de la fenêtre d'une chambre à coucher. En cours de route, il avait croisé des milliers de chats. Aucun ne l'avait embêté, tous obéissant à des ordres mystérieux. Le vent chaud transportait les voix sombres et maléfiques qu'eux seuls pouvaient entendre.

À travers le fil de fer croisé qui recouvrait la moustiquaire, Bowie regarda à l'intérieur de la chambre, la fenêtre n'étant pas fermée. Sur un lit double, dormaient Carrie et Linda. Seule la lueur pâlote d'une horloge digitale éclairait la pièce. Le bruit du climatiseur, pensa-t-il, couvrirait ses propres bruits. Il regarda. Les filles portaient une petite culotte et un soutien-gorge.

Bowie se pourlécha les babines. La luxure le gagnant, son sang bouillonna de plaisir. Dans sa poche, il prit un couteau, essaya de l'ouvrir, mais ses doigts d'animal, avec leurs formes tordues, griffues, épaisses, le rendaient maladroit. Il se servit donc de l'un de ses ongles longs et acérés pour déchirer le filet de métal et la moustiquaire. Fixant les filles, la salive coula de sa bouche, salissant sa chemise. L'une des filles bougea dans son sommeil, et Bowie se tint immobile, attendant le moment propice. Tout à coup, Carrie se souleva à demi dans le lit.

— Quoi... va pas? murmura Linda.

— Rendors-toi, je vais aux toilettes, dit Carrie doucement.

Elle trottina, laissant la porte de la chambre ouverte.

Les chats se ramassèrent autour des chevilles de Bowie; nerveux, ils sentaient la proie prochaine.

Tel un long zézaiement menaçant dans la nuit, un ronronnement assourdi s'échappa de leur gorge.

Bowie ouvrit la fenêtre et sauta dans la chambre. Du poing, il frappa Linda, la souleva et la jeta par la fenêtre; elle tomba lourdement sur le sol. Bowie reprit le même chemin qu'il avait emprunté pour entrer dans la chambre, rammassa la fille étourdie et pleine de bleus et se mit à courir en traversant le chemin.

Par la fenêtre dégagée, les chats sautèrent dans la chambre, l'investirent, s'allongèrent sur le lit, la commode. L'un d'entre eux appuya le dos contre la porte entrouverte, y imprima une légère secousse; avec un léger clic, elle se referma.

Revenant de la salle de bains, Carrie s'arrêta dans le corridor. La porte était fermée, et elle se rappelait très nettement qu'elle l'avait laissée entrouverte.

Peut-être le vent l'a-t-il fermée, pensa-t-elle. Non, la fenêtre était close — ordre de son père — et il n'y avait pas le moindre vent au dehors. Linda avait-elle refermé la porte? Pas évident. Elle s'était rendormie quand Carrie avait quitté la pièce.

— Alors, quoi?

Carrie plaqua son oreille contre le bois de la porte. Elle entendit des sons qu'elle ne put indentifier... des bruits très légers. Pendant qu'elle restait là, indécise, la peur l'empoigna soudain.

Elle courut vers la chambre de sa mère. Dès que la porte s'entrebâilla, Vonne se réveilla, s'assit sur lit.

— Quelque chose ne va pas?

— Venez, souffla Carrie.

Vonne réveilla Carl et Mike. Pendant qu'ils enfilaient leurs jeans, Carrie raconta ce qui s'était passé au sujet de la porte de sa chambre.

— Allons-y, dit Carl, ouvrant le chemin. À la porte de la chambre de Carrie, il leva la main pour obtenir un silence complet... et y colla son oreille.

Ronronnement.

Il regarda sa mère, invitant tout le monde à reculer au

fond du corridor. Devant l'arc de séparation, il dit:

— La chambre est pleine de chats; je peux les entendre ronronner.

— Mais comment ont-ils pu entrer? demanda Carrie, au bord des larmes. Je suis sortie de la chambre à peine deux minutes. Et la fenêtre était bien fermée.

— Du calme. Je ne sais pas. Je ne comprends pas que Linda n'ait point crié.

— Peut-être qu'elle n'en a pas eu le temps.

— Avant que les chats... j'veux dire... l'aient eue, dit Carrie se mettant à pleurer.

Vonne l'attira vers elle... la retint.

— Je ne pense pas que ce soit ça, dit Mike, donnant son avis. Attaquée, elle se serait débattue... aurait crié. Il nous faut savoir. Quelqu'un a peut-être passé par la fenêtre et l'a enlevée. Carl, es-tu assez brave pour entrouvrir la porte?

— Ouais. Nous n'avons guère le choix. Comment allons-nous procéder?

Carrie échappa aux bras affectueux de sa mère et courut vers sa chambre.

— Linda! Es-tu là? Réponds-moi, cria-t-elle.

Un ronronnement menaçant fut la réponse à sa question.

— Linda!

Vonne attrapa sa fille par les épaules et la traîna littéralement jusqu'au fond du hall. Elle la fit entrer dans sa chambre et se retourna vers les garçons.

— Faites de votre mieux, les enfants, mais de grâce, soyez prudents.

— Chaussons des bottes, suggéra Mike, et allons chercher ce qui reste de filet métallique pour le poulailler. C'est sur le perron arrière. Comme protection supplémentaire, nous allons défaire une porte de placard, y percer un trou, et clouer le fillet de tous les côtés. Quand tu ouvriras la porte de la chambre, je tiendrai la porte en place; pendant que nous la clouerons... nous nous en servirons comme bouclier. Nous regarderons à travers le filet. Qu'en penses-tu?

— Allons-y.

Bowie arracha la culotte et le soutien-gorge de la fille

et la retint au sol, s'efforçant de lui ouvrir les jambes. Par deux fois, il fut obligé d'interrompre son assaut sauvage, frappant violemment sa victime pour l'obliger à se soumettre. Pas très satisfait de la position, il la retourna sur les mains et les genoux, la tint en place, l'enfourcha par l'arrière, tel l'animal qu'il était devenu.

Une fois qu'il eut terminé, il remonta son pantalon et se tint debout au-dessus de la fille pantelante, blessée et en pleurs. Il rejeta la tête en arrière et hurla, poussant un cri éclatant dans la nuit à la chaleur moite.

Bowie prit ensuite sa ceinture pour attacher les poignets de la fille et la maintenir à une branche solide d'un petit arbre. Alors, il grogna et trottina dans la nuit vers son... destin.

Le plus vieux des Reynolds s'adressa à l'horreur vivante qui était devant lui.

— Que voulez-vous que nous fassions?

— Jusqu'à ce que la nuit tombe, restez cachés ici. Si tout va bien, vous saurez. Si tout va mal, vous le saurez également. Vous êtes jeunes et vous reproduirez. C'est l'une des raisons pour lesquelles vous êtes encore vivants. Dans cette région, il y en d'autres comme vous. Si nous ratons notre coup, vous et les autres poursuivrez notre mission. Vous êtes marqués, comme le seront vos enfants. Vous et vos rejetons deviendrez pour toujours les serviteurs du Maître. Vous comprenez?

D'un mouvement de tête, ils acquiescèrent.

— Alors, au revoir. J'espère vous rencontrer dans quelques heures. Sinon!... Il se mit à rire méchamment puis se glissa dans l'obscurité.

Les Anciens bougeaient. À l'église, dans l'auditorium, l'un deux regarda les symboles de l'église chrétienne et de sa foi. Riant, ses yeux brillaient de furie. Un pupitre explosa dans une masse de flammes. Il leva les yeux, et la croix sur le mur, derrière l'autel, fondit. Sous la force de son regard, la table de communion se désagrégea, des morceaux de bois en feu volant de tous les côtés. L'Ancien fixa le vieux piano et rit. Les touches du clavier s'enfoncèrent et un bruit discordant et bruyant remplit l'enceinte. L'Ancien gloussa de plaisir et se fondit dans la nuit chaude.

Dans le soubassement de l'école secondaire où il venait de sucer à blanc sa victime, l'Ancien enjamba les os de ce qui restait de son repas, et grimpa maladroitement l'escalier menant au hall central. Les yeux de l'Ancien brillèrent lorsqu'il vit la porte... qui éclata en mille morceaux incendiés. Tel un projectile éjecté d'un canon chauffé à blanc, la poignée s'envola pour s'écraser au beau milieu d'un casier qui prit feu.

Se sentant débordant d'une énergie nouvelle, l'Ancien éclata d'un rire grinçant. Son rire résonna à travers l'école, réveillant tout ce qui s'y trouvait de maléfique. Des deux côtés du hall, les casiers brûlaient lorsque la créature de l'enfer se précipita dans la nuit étouffante.

Un autre Ancien marchait sans peur dans les rues de Valentine. Sous la puissance meurtrière des yeux de l'immonde créature, les véhicules stationnés prirent feu, les réservoirs explosant dans un vacarme continu.

Tous les Anciens étaient en route vers l'objectif commun, là où se trouvaient leur déesses, Anya et Pet.

De plus en plus féroces, les chats se précipitaient maintenant sur les portes et les fenêtres, miaulant furieusement, hurlant leur haine à ceux qui s'étaient barricadés. Ils avaient faim et soif de chair et de sang humains. Ils sentaient la peur des citadins flotter dans l'air, et l'odeur forte qu'humaient leurs narines dilatées les rendait déments. Quelques malheureux furent attrapés, et les cris de ceux qui tombaient sous la griffe des félins retentissaient par toute la ville. Le parfum âcre du sang flottait et se mélangeait à l'air lourd et humide.

En hordes massives, les chats se déplaçaient. Ils allaient d'une maison à l'autre, l'andrénaline parcourant leurs veines gonflées, leur vieil instinct de chasseur carnivore et insatiable s'étant brusquement réveillé.

— Maintenant! cria Mike.

Carl poussa la porte, frappant à tout venant avec un plaisir évident une douzaine de matous qui se retrouvèrent les quatre fers en l'air. Plusieurs chats furent coincés entre la porte et le jambage. De leurs lourdes bottes, les garçons écrasèrent les têtes. La moquette du hall se teinta de sang et se recouvrit de morceaux de cervelles. D'avoir été pris au piège, les félins exprimèrent leur colère par des hurlements et des miaulements furieux, vrai concert de matous aliénés et frustrés.

Vonne commença à clouer, se tapant de temps à autre sur les doigts avec le marteau. Elle jura. Carl ne fut pas même étonné. Et pourtant.

Les chats se jetèrent contre la porte qui les empêchait d'atteindre leurs proies. Ils essayèrent aussi d'arracher le grillage épais qui protégeait le trou. À travers le grillage en métal, certains glissèrent leurs pattes, vite amputées par Mike et Carl qui maniaient des couteaux tranchants de boucher, armes qui fouillaient dans l'épaisse fourrure des têtes et se frayaient un chemin dans les bouches ouvertes aux dents acérées. Le sang giclait, éclaboussant murs et plancher.

Carl cria:

— Mère, allez chercher Carrie. Je pense avoir trouvé un moyen de nous débarrasser de cette engeance. Remplissez d'eau chaude tous les contenants que vous pourrez trouver.

— Carrie! appela Vonne. Va dans le garde-manger et rapporte la longue section de boyau d'arrosage.

— Très bien, dit Mike. Je vais chercher le ruban gommé. Je sais où il se trouve.

L'un des bouts fut solidement fixé au robinet d'eau chaude et retenu en place avec le ruban collant.

Vonne tourna la clef du robinet, et Carl commença à asperger la chambre.

Au fur et à mesure que les jets atteignaient leur cible, les hurlements augmentaient. L'eau bouillante soulevait un nuage de vapeur que les félins ne semblaient pas apprécier du tout. Certaines bêtes, folles de terreur, étaient coincées dans la fenêtre de sortie, les chats essayant de s'enfuir tous ensemble. Mike la nettoya en poussant son fusil de chasse à travers le filet métallique. Il tira à deux reprises mettant en fuite les chats qui s'attardaient sur place.

Vonne prêta à Carl la torche électrique. Pour voir ce qui se passait, il introduisit le faisceau dans le trou. Aucune présence de Linda.

— Il faut entrer en communication avec son père, dit-il.

Soudainement, toutes les lumières s'éteignirent.

9

Des hordes de félins rôdaient — des milliers de hordes — lorsque les lumières de la ville s'éteignirent tout à coup. Les chats tournèrent en rond, momentanément confus.

Alors, l'électricité revint.

— Qu'est-ce qui est arrivé? demanda Dan, au chef d'équipe.

— Détendez-vous, shérif. Nous avons coupé le courant durant deux minutes. Celui-ci passe par ces fils — il le désigna avec la main — il a été détourné jusqu'à ce que le conduit de dérivation soit fixé. L'électricité est déjà revenue à Valentine et les environs. Ce conduit ne tiendra pas indéfiniment. Il va s'auto-détruire, comme cette bande magnétique dans ce film télévisée que nous avons vu la semaine dernière. C'est comme ça que je l'ai fixé, c'est comme ça qu'il va rester.

— Qu'arrivera-t-il quand ce conduit va céder ou sauter, peu importe? s'informa Taylor.

— Capitaine, plusieurs membres du bureau de direction de notre compagnie bien-aimée ne seront pas heureux du tout.

— Pourrez-vous arranger ça après? demanda Dan, réfléchissant à la situation. Évidemment, s'il y a un après pour quiconque d'entre nous.

— Ce ne sera pas nécessaire. Quand le conduit va brûler, le courant va repartir automatiquement et circuler normalement.

— Eh bien, pourquoi tout ce tralala? demanda le capitaine.

— Capitaine, nous sommes réglementés, inspectés, contrôlés, supervisés, surveillés... et quoi encore, répliqua le

349

chef d'équipe. Car beaucoup de ce fluide merveilleux — il leva la main une fois de plus avec grandiloquence — est vendu en Floride, en Caroline du Nord et jusqu'en Pennsylvanie. Rompre le cours normal est déjà une mauvaise affaire. Disons-le de cette façon: savez-vous ce qu'est un flux d'énergie?

— Nous ne sommes pas complètement idiots, protesta Dan.

Le contremaître répondit du tac au tac:

— C'est à voir, n'est-ce pas? Et moi aussi, ainsi que toute mon équipe, pour vous avoir suivi dans cette folle aventure.

Amer, il poursuivit:

— Pensez un peu à ce qui va arriver aux transformateurs et aux relais quand toute cette énergie cessera soudainement d'affluer et reviendra subitement. Vous voyez ce que je veux dire? Certain que vous ne vous désistez pas?

— Allez-y avec le conduit de déviation, dit Dan laconiquement.

L'électricien jura entre ses dents tout en maudissant tous les fous de la terre en général, et en particulier ceux-là qui l'obligeaient à faire ça.

— Dan! Chuck! Des ennuis à la maison. Carl est en ligne sur notre fréquence-radio. Des chats sont entrés dans la chambre à coucher de votre fille. Sa petite amie Linda est disparue. Ils ne savent pas où elle est.

— Capitaine, vous êtes en charge. Voudriez-vous venir avec moi, Père Denier?

Mille et Denny regardèrent Dan et le prêtre s'en aller.

— Je n'arrive pas à imaginer ce qu'il projette ici. Toi, le peux-tu? demanda Mille.

— Quelqu'un va trouver le terrain très, très chaud, ça en a tout l'air, avec un énorme sursaut en prime.

— Mais il ne peut tuer un esprit?

— Il va certainement essayer.

Denise marchait à travers bois et prés, forme humaine très pâle qui glissait plus qu'elle ne marchait. Son compagnon, le chat, la suivait. À un certain moment, comme ils entendaient le bruit d'une course non loin d'eux, ils s'arrêtèrent auprès d'un arbre. Comme Bowie courait devant eux, grondant et grognant, ils attendirent, sans être vus, changèrent de direction et prirent celle d'où venait Bowie.

À la vue de Denise nue et morte, pensait-elle, les yeux de Linda s'agrandirent. Elle eut un sursaut de frayeur... et s'évanouit.

Denise s'agenouilla près de la fille inconsciente. Elle caressa le corps bien tourné et sans blessure. La peau ne portait aucune des cicatrices et marques que Denise exhibait.

Linda bougea. Ses paupières papillotèrent. Elle ouvrit les yeux et regarda Denise. Le chat observait.

Dénouant la ceinture en cuir, Denise la libéra.

— Tu es morte! s'exclama Linda.

Denise sourit.

— Seulement de la manière que tu connais. Maintenant, nous sommes soeurs.

— Quoi!

Mais Denise et le chat reprirent leur course et disparurent dans le noir.

Alors, l'image de Denise et du chat la quitta. Elle se rappela le viol, sans plus. Elle s'assit, replaça ce qui restait de sa culotte et de son soutien-gorge. Elle se tint debout, chancelante, examina les lieux afin de mieux s'orienter... et se mit à marcher en direction de la résidence des Garrett. Ce n'était pas très loin.

Curieux, pensa-t-elle. Je me sens tellement légère. Comme si j'avais quelque chose à faire dont je ne peux pas me rappeler.

Ça lui reviendrait. En temps et lieux.

Dan et Vonne se tenaient sur le perron. Il n'y avait plus un seul chat visible.

— Je ne sais pas qui ou quoi s'est emparé de Linda.

— Je suis là, appela Linda, dissimulée à côté de la maison. S'il vous plaît, apportez-moi une robe, je suis pratiquement nue.

Vonne se hâta de l'accommoder et la conduisit à l'intérieur.

Dan jeta un coup d'oeil au Père Denier. Les yeux indéfrichables, ce dernier regardait la fille.

— Je vais chercher le docteur Ramsey. Si je peux le trouver, dit Dan.

— Je vais rester ici, dit Denier.

La sonnerie stridente du téléphone les fit sursauter.

— Je pensais que le téléphone ne fonctionnait plus?

Vonne regarda son mari, approuva, se levant pour répondre. Elle écouta un moment. Son visage vidé de sang devint pâle comme un drap. Elle tint l'écouteur et le passa, les mains tremblantes, au Père Denier.

— C'est pour vous, mon Père.

— Qui est sur la ligne? demanda Dan, inquiet. Qu'est-ce qu'il y a Vonne?

— Il... il... (Elle bégaya.)... dit préférer le contact personnel.

— Qui, maman? questionna Carl.

— Satan, répondit-elle.

Elle s'évanouit.

Depuis qu'il avait pris l'appareil des mains pâles de Vonne, le Père Denier n'avait pas prononcé un mot. Il écouta un bon moment, raccrocha, s'assit sans émotion apparente ou refusant de la laisser paraître.

En se rendant chez les Ramsey, Dan battit tous les records de vitesse. Il fit monter les deux couples dans son véhicule et revint à toute vitesse vers son domicile. Sur le chemin du retour il nota les différents feux allumés à maints endroits dans la ville. Il essaya la radio : morte. Il passa au AM/FM de la radio de la voiture. Rien. Morte. Même pas le grésillement statique. Il sauta d'une fréquence à l'autre. Rien.

Et il ne rencontra pas un seul chat.

Quinn s'absorba dans l'examen.

Le pouls d'Yvonne est normal, dit-il, s'efforçant de rassurer Dan. Les couleurs lui reviennent. Sa pression est normale. Je l'ai examinée la semaine dernière et elle était en excellente santé. Je ne peux pas expliquer ce qui lui arrive.

— Je le peux, dit Denier, jusque-là silencieux. Aucun mortel ne peut regarder Satan face à face et lui survivre. Je suppose qu'écouter la voix du Malin peut avoir un effet plus... léger. Elle se réveillera et reviendra à la normale dès que son esprit acceptera ce qu'elle a entendu.

— Mais écouter le Démon ne semble pas vous avoir affecté, fit remarquer le docteur Harrison.

— Je lui ai déjà parlé dans le passé, précisa le prêtre. Dans l'État de New York, alors que j'étais au service de Dieu. Il n'y a pas si... longtemps. Je connais très bien Satan. Il me hait et je le méprise.

Ces mots dits, avec la chaleur s'intensifiant, la colère s'empara du religieux. Il agita la main.

— Oh! va-t-en! cria-t-il. Nous savons que tu es ici. Arrête tes vantardises, bâtard de l'Enfer.

Il laissa tomber sa tête sur sa poitrine, se leva et dit d'un ton abrupt:

— Je dois partir. Je vais prendre mon sac dans votre voiture, shérif.

— Mais... s'étonna Dan.

Denier commanda le silence.

— Je dois faire quelque chose moi-même. Vous seriez dans mon chemin. Les chats ne m'embêteront pas. Il regarda Vonne, étendue sur le divan. Tout ira bien pour elle. C'est une bonne chrétienne. Au revoir.

Il tourna sur les talons et marcha vers la porte.

— Je me demande bien ce que Satan a pu lui dire, bafouilla Emily.

— Je n'ai nullement envie de le savoir, répliqua Dan.

Une étrange lueur s'alluma dans les yeux de Linda.

— Où va le Père Denier? demanda Carrie.

— Combattre Satan, dit Dan.

La haine apparut dans les yeux brillants de Linda.

Dan s'en aperçut, mais il se demanda si ce n'était pas la fièvre. C'était à voir.

Laissant sur place les médecins et leurs femmes, Dan roula jusqu'au terminus. L'équipe de l'Hydro n'y était plus.

— Ils sont partis depuis cinq minutes, expliqua Taylor. Ils refusaient plus longtemps de prendre part à cette folie. Mais ils ont tout branché quand j'ai mis le canon de mon fusil sous le nez du chef d'équipe.

— Allez les chercher. Qu'ils reviennent ici. Je veux qu'ils voient ce qui va se dérouler.

Taylor cria des ordres... et plusieurs de ses hommes se lancèrent à la poursuite de l'équipe.

— Ils vous ont montré comment faire fonctionner... le... peu importe... machin? demanda Dan.

— Ouais. Même à plusieurs d'entre nous. Simple. Viens, je vais te faire voir le conduit ou plutôt le circuit qui provoquera le court-circuit.

À l'est, les premières teintes argentées se peignirent dans le ciel. Dan expliqua ce qui s'était passé à la maison et l'étrange comportement du Père Denier.

— Vous l'avez laissé partir?

— Comment aurais-je pu l'en empêcher?

— C'est vrai.

L'équipe de l'Hydro avait fait courir une ligne aussi loin que possible de la grille métallique qui s'étendait sur des centaines de pieds à l'intérieur du terrain du vieux terminus. Une sorte d'interrupteur gigantesque avait été monté sur un piquet.

— C'est ça? demanda Dan.

— C'est ça. Il suffit de tirer la poignée et, selon le chef de l'équipe, préparons-nous à voir le sol griller.

Dan regarda sa montre, puis vers l'est.

— Éloignez tout le monde de cette grille. Nous verrons bientôt la lumière du jour. Mangeons un sandwich et passons à l'action.

— Pas faim, dit Taylor.

— Moi non plus, dit Dan, souriant. Je sais cependant qu'il vaut mieux fonctionner avec un estomac plein lorsque les choses s'animent un peu vite. Ça m'est déjà arrivé de ressentir cette émotion.

— La drogue, deuxième pilule, c'est pour quand? ironisa Taylor.

— Faut en discuter avec le FBI, répondit Dan en riant de bon coeur.

10

Au jeune homme aux yeux pâles qui se tenait devant lui, un automatique à la main, équipé d'un silencieux, Gordon demanda :

— Qu'avez-vous fait de June ?

— Rien fait avec elle. Elle a absorbé une capsule de cyanure avant que je n'aie le temps de l'abattre. Morte en trente secondes.

Gordon fouilla dans sa mémoire, ses yeux cherchant des précisions dans la lumière encore faiblarde du jour naissant.

— Il me semble vous avoir déjà vu.

— Non ! celui-là est mort.

Le jeune homme se tut.

— J'ai au moins le droit de savoir qui va me bousiller ! réclama Gordon.

— Vous n'avez aucun droit. Vous avez vendu votre pays. Vous êtes un traître. Et vous avez mis en danger beaucoup de vies humaines, d'humains innocents dans ce comté.

— Oh ! gentil. En sus, si tôt le matin, j'ai droit à un sermon.

— Non, seulement à une balle.

Le jeune sourit... et pressa la détente.

Les projectiles de calibre .22 frappèrent Gordon en plein visage. L'un pénétra dans l'oeil, l'autre lui fit un trou entre les deux yeux.

Le justicier ramassa ses affaires et s'en alla.

Ce soir même, il prendrait son dîner dans la salle du mess des officiers à Fort-Lewis.

11

— C'est une petite fille. Elle marche parmi les chats, les flatte et leur parle, fit remarquer la femme.

— Mais qui peut-elle bien être? demanda le mari.

Ils regardèrent Anya, comme cette dernière se tournait vers la maison. Elle se mit à rire, la pointant du doigt. Les chats accoururent, sautant et grondant et se jetèrent violemment contre les portes et les fenêtres. Les fenêtres éclatèrent mais les barricades étaient solides. L'homme ramassa son fusil, poussa les deux percuteurs vers l'arrière et introduisit le double-canon dans un léger espace de la barricade. Il pressa, en même temps, sur les deux détentes. La fenêtre fut vidée de chats, mais le recul de l'arme projeta l'homme vers l'arrière. Plusieurs des chats blessés et percés comme des passoires gisaient ici et là, et des morceaux de chair et de fourrure étaient disséminés sur le côté de la maison.

Anya, dans la cour, cria de douleur et de colère.

— Tu as atteint la petite fille, dit la fille.

— Elle fait partie de ce cauchemar, répliqua l'homme.

Finalement, reprit la femme amusée, le fusil a fonctionné.

— Nous n'en avons pas fini avec les surprises, dit l'homme.

Il rechargea l'arme et regarda à travers la fente de la barricade.

Les chats s'en allèrent; par centaines, ils suivaient la fille — apparemment sans blessure — qui courait sur le chemin.

— J'ai pourtant vu la fille tomber à l'arrière, sous l'impact. J'ai vu qu'elle avait été atteinte par le coup. Pourtant, elle court comme si elle n'était pas blessée, dit la femme.

Elle alluma les réflecteurs extérieurs et la cour s'éclaira violemment. La petite fille se retourna et proféra des obscénités.

Pas de marque sur le corps de la fille.

— C'est pas possible! s'exclama l'homme. Je l'ai eue. Le coup aurait dû normalement la mettre sur le dos. Mais qu'est-ce... que ça?

Anya haranguait les félins. Crachant et grondant, ils revinrent à l'assaut.

La femme ramassa l'autre fusil.

— Tu ne vas pas tirer avec ça, lui défendit son mari.

— Eh! oui. Regarde-moi bien. Prends cette fenêtre, je me poste dans l'autre.

Même jeu, même attaque, même résultat. On aurait dit une bande de fanatiques drogués.

Hors de la portée des fusils, la fille ne se tenait pas très loin de la maison, et elle hurlait des insultes à l'intention de ceux qui s'y trouvaient.

— Dans quelle langue parle-t-elle? demanda la femme.

— On dirait de l'arabe. Mais, après ce tir, mon entendement n'est pas très bon, répondit-il.

— Regarde! dit la femme pointant les bois.

Les bois autour de la propriété pullulaient d'hommes, tous portant des armes automatiques. Ils formaient approximativement un demi-cercle, essayant de pousser la fille et les chats vers un point précis.

Les chats arrêtèrent leur charge insensée et coururent vers les hommes. Ces derniers, bien entraînés, se jetèrent sur un genou et ouvrirent un feu nourri. Seuls quelques félins réussirent à traverser le barrage meurtrier, mais ils furent vite descendus ou écrasés à mort.

Le cercle se referma un peu plus autour de la fille. Avec un mélange de fascination et d'horreur, l'homme et la femme regardaient le spectacle qui se déroulait sous leurs yeux. La petite fille pointa son doigt vers un point précis de la ligne d'hommes. L'un d'entre eux s'enflamma et son corps explosa avec la même violence que si un mortier l'avait frappé.

Anya repointa son doigt de la même manière. Un autre homme s'évapora, ne laissant sur place que ses bottes.

Lou leva son M-16 et mit la fille en joue.

— Pourquoi essayez-vous de me faire mal? demanda Anya, d'une voix forte.

— Parce que vous représentez le mal, répondit Lou.

— Je suis ce pourquoi j'ai été mis au monde, répliqua Anya.

— Je ne savais pas que tu parlais arabe, dit, surpris, l'homme se tenant à la droite de Lou.

— Non pas.

— Que diable, si tu n'lui parlais pas.

Lou hocha la tête. Le gars était mêlé quelque part. Il regarda la petite fille.

— Bouge! lui commanda-t-il.

Elle se moqua de lui.

— Maudite truie, bouge!

Elle se retourna et marcha le long du chemin.

— Tout va bien? lui demanda-t-elle.

— Bouge, c'est tout.

— Vers les lumières que je vois à distance, dit-elle pointant le terminus.

— Ouais, c'est ça.

L'un des gars interpella Lou.

— Allons, Lou, parle notre langue.

— C'est ce que je fais, rétorqua-t-il.

Lou est devenu fou! se dit l'agent de l'OSS, ayant la certitude que Lou avait conversé en arabe.

Les chats encore vivants ou rescapés du carnage, trottinaient dans le sillage d'Anya et de Pet. Les agents suivaient les chats.

Dans la maison, l'homme et la femme se regardèrent, n'ayant pas la moindre petite idée de la scène qui s'était déroulée sous leurs yeux.

— C'est fini pour nous. À présent, nous pouvons nous détendre un peu, dit la femme.

— Comment le sais-tu?

— Je le sais.

— Chérie, parfois tu es aussi étrange que ton frère.

Le chef d'équipe protestait avec énergie.

— Shérif, je n'aime pas que mes hommes et moi soyons traités comme des criminels.

— Pardonnez-moi si je heurte votre tendre susceptibilité, dit Dan. Mais j'insiste pour que vous assistiez à ce qui va bientôt se dérouler ici. Vous allez vous tenir près des prédicateurs. Vous serez en excellente compagnie. Vous et Louis Foster pourrez m'accabler de toutes les épithètes, mais lui non plus n'a pas beaucoup aimé qu'on l'amène ici.

Le contremaître et ses hommes firent exactement ce que Dan ordonnait, tous jurant entre leurs dents.

Dan se tourna vers le capitaine Taylor.

— Quand je crierai, Tay, tirez sur la manette. D'accord?

— Où vas-tu, Dan?

— Là, répondit-il désignant la grille sur le sol.

— Es-tu fou? Dan. Non, non, je ne l'ferai pas. Non.

— Va falloir vous résignez, Tay. Il... Dan leva la main dans la nuit... appelle ces inconnus comme tu voudras, ne seront pas heureux si ce n'est pas moi. Dès le début, j'ai été la mouche du coche. Tu sais qui a été la première personne à enregistrer, légalement, un droit de propriété sur ce bout de terrain.

— Quoi? Non, on s'en fout.

— Mon grand, grand, grand-père, etc. Il y a une demi-heure, je m'en suis souvenu. L'histoire dont personne ne voulait parler dans la famille. Quand j'étais petit, et que j'écoutais les adultes à la sauvette, cet ancêtre, parmi les miens, combattit le Démon ici même. Pendant des années, et toute sa vie je suppose. C'est moi qu'ils veulent. Dites à Vonne que je devais le faire. Dites-lui pourquoi. D'accord?

— D'accord, Dan. Le capitaine étendit le bras et présenta la main.

Dan sourit... et la serra vigoureusement.

— Vous m'écouterez, n'est-ce pas?

— À la revoyure, mon garçon.

Se tenant à quelques verges derrière les deux policiers, Mille se tourna vers Kenny.

— Après tout, ça tout l'air que je vais écrire une histoire favorable sur des flics.

— Il est temps que toi et moi prenions un peu de maturité, répliqua Kenny.

Le Père Denier pressait doucement le plus gros des Anciens, le poussant, le conduisant tranquillement vers le complexe du vieux terminus.

— Je devrais vous tuer maintenant, éructa l'Ancien de sa gueule baveuse.

Le prêtre parla très bas.

— Vous ne le pouvez pas, et vous le savez. Pas par vous-même.

Il leva sa croix et l'Ancien détourna sa tête énorme, proférant les pires anathèmes contre le prêtre.

Le soleil se montra, la température était plus chaude et le ciel embrasé.

— Avance, pourriture, lui ordonna Denier.

— Avance, saloperie démoniaque! cria Lou.

— Vous voulez donc mourir si jeune? lui demanda Anya.

— Nous devons tous mourir un jour ou l'autre, sorcière. Chaque moment vaut l'autre.

— Sorcière? Je suis une sorcière, Pet. Le fou m'a appelé une sorcière. Devrions-nous jouer un peu, Pet?

Le chat fit une gambade joyeuse et hurla.

Le visage de Lou commença à fondre, la chair cuisant sur l'os à gros bouillons et éclatant comme de la viande de porc sur le grill. Il laissa tomber son M-16 et hurla une fois, avant que sa langue ne fonde. Ses yeux se transformèrent en liquide qui coula sur les os des joues. Les vêtements de Lou prirent feu et l'homme tomba sur le sol.

Anya cria à la ligne des agents immobilisés.

— Venez! Suivez-nous. Je vous invite à être témoins de la réincarnation des disciples du Maître.

Elle fit demi-tour et commença à marcher plus vite. Le temps pressait.

— Diable, murmura l'un des agents OSS. Si nous partons, les Fédéraux vont nous attraper et nous coffrer. Si nous la suivons, nous pourrions peut-être nous en sortir. Il regarda en direction de Lou ou ce qui en restait. Tu connaissais l'arabe, sacré menteur.

Vonne sortit de la maison et se tint seule sur le perron avant, ses yeux fouillant l'espace où se situait le vieux terminus. Elle sentit l'angoisse lui serrer le coeur. Elle se tourna à demi quand Carl et Mike la rejoignirent.

— Qu'est-ce qu'il y a, mère?

— Votre père est sur le point d'accomplir un acte très courageux. Elle s'essuya les yeux. Mais il ne faudra pas larmoyer. Il aimerait que nous soyons fiers et forts. C'est ce que nous serons.

— Pour l'amour du Ciel, de quoi parlez-vous, mère?

— Il y a une heure, le Père Denier m'a parlé.

— Mais le Père Denier nous a quittés depuis des heures.

— Il m'a parlé... m'a raconté l'histoire de l'achat du lopin de terre où votre père rencontre le Démon. Je te la raconterai plus tard.

— Pourquoi pas maintenant.

— Que l'image de ton père reste gravée dans ton esprit, Carl, comme celui d'un homme fort, brave, décent et honorable.

— Mère, vous parlez comme s'il était mort.

— Il le sera bientôt, mon fils.

12

Quand Louis Foster aperçut l'un des Anciens, il tomba à genoux et commença à prier ardemment, les paroles sortant de sa bouche comme un torrent.

Jerry Hallock et Matt Haskings regardèrent aussi avec... horreur, et se retrouvèrent avec lui dans la prière.

L'un des électriciens ne put garder le contenu de son estomac et restitua un sandwich et deux cafés. Le chef de l'équipe détourna son visage de la scène et des personnages terribles qu'il avait dans son champ de vision.

À la vue des monstres, les médecins de l'O.S.S. qui accompagnaient le docteur Goodson éprouvèrent révulsion et incrédulité.

Alors, tous aperçurent la fillette et sa compagne.

— Nous avons une audience nombreuse, Pet, dit Anya, réjouie. Après toutes ces années à errer et à chercher, nous sommes arrivées chez nous pour y trouver des spectateurs.

Sentant la victoire toute proche, la chatte sauta et hurla.

Les chats domestiques ou de rue qui formaient le cortège d'Anya et de Pet, tournèrent en rond un moment, se couchèrent, surveillant silencieusement.

La chaleur s'intensifia. À l'est, dans un ciel sans nuage, le soleil apparut rouge et puissant. Tout le monde baignait dans la sueur.

Dan se tint au centre de la grille métallique. Il avait fait ses comptes avec Dieu, et n'éprouvait aucune crainte. Il regarda la démarche vacillante des Anciens. Jamais, de toute sa vie, il n'avait vu un spectacle aussi fascinant et horrifiant. Un peu comme une vache rétive que l'on pique légèrement pour la faire avancer, le Père Denier orientait la marche de l'un des Anciens vers le centre de la grille.

Devinant que quelque chose n'allait pas, Anya se tenait loin du piège. Elle regarda Dan et sourit.

Jolie, pensa Dan. Puis cette pensée sortit de son esprit pour faire place à un sentiment de réprobation pour l'Enfant de Satan, vile et méchante.

Enjôleuse, Anya lui dit:

— Vous m'avez demandé de venir, eh bien me voilà.

— C'est la fin d'un long voyage, fille, répliqua Dan.

— La fin pour vous, le commencement pour moi. Où est votre Dieu? Pourquoi ne lui demandez-vous pas de venir à votre secours? cria Anya.

— Je suis déjà sauvé, fille du Démon, et mon Dieu est présent. Pour en être convaincu, je n'ai pas besoin de le voir.

Tapant des pieds et rigolant, les Anciens huèrent le shérif, le tournant en dérision.

— Vous êtes un sot! cracha Anya. Votre Dieu vous a laissé tomber. Vous mourrez seul... pour rien.

Toujours au centre de la grille, Dan ne répondit pas. Il détourna les yeux d'Anya, une forme distincte se profilant dans son champ de vision. Il reconnut ce qui restait d'un uniforme familier. Si rien n'était humain de la créature, il la reconnut quand même. Claquant des dents comme un chien féroce, Bowie, grognant, grimpa sur la grille.

Dan observait le Père Denier. Celui-ci entra dans le cercle de métal, tenant la croix fermement dans sa main droite.

Denier regarda les six Anciens.

— Tous les six, vous vous êtes vantés de me détruire, dit le prêtre, les défiant. Très bien, je suis ici, avec Dieu me tenant la main. Détruisez-moi!

Brusquement, la température accusa un brusque refroidissement et des nuages épais et sombres se formèrent juste au-dessus de l'endroit de la rencontre. Les anciens fixaient Denier, mais leurs pouvoirs ne jouaient plus.

Se moquant d'eux, Denier s'approcha de Dan.

La voix stridente, Anya cria:

— Ce n'est pas juste. Ce n'est pas comme ça que la partie doit se jouer. Votre Dieu triche. Il ne respecte pas les règles.

— Comment ça va, Dan? s'enquit Denier, doucement.

— Que murmurez-vous tous les deux?

De la place où elle se trouvait, hors du cercle métallique, Anya apostrophia les deux hommes.

— Pourquoi ne pas vous joindre à nous, vous entendrez mieux, l'invita Dan. Avez-vous peur de nous?

Une grimace haineuse passa sur le visage d'Anya. Elle s'approcha, mais resta hors du cercle. Du doigt, elle pointa les deux hommes... sans effet.

Les nuages noirs s'approchèrent de la terre. La fille n'avait plus que des pouvoirs amenuisés. Elle regarda les nuages, hurla sa rage, lança des anathèmes au Tout-Puissant. Les nuages commencèrent à se disperser. Des gouttes d'eau épaisses et propres mouillèrent les bras d'Anya et le sol.

—Tricheur! tricheur! tricheur! pialla-t-elle, protestant contre la pluie humidifiant la terre. Tu ne joues pas correctement.

La température se refroidit encore un peu plus, la pluie tombant soudainement en trombes et balayant la terre.

Dan se frotta les tempes.

— J'aimerais bien que ce mal de tête disparaisse.

— Il disparaîtra, l'assura le religieux.

Gémissant de colère et de frustration, le plus petit des Anciens s'élança vers les deux hommes.

Denier leva sa croix. Se cachant les yeux de ses pattes grossières, l'Ancien s'arrêta.

Denier lui adressa durement la parole.

— À genoux! À genoux devant la puissance de Dieu, ordure!

— Vous ne devez pas. Je vous défie! cria Anya.

— À genoux! répéta Denier.

Crachant, sifflant, Anya fit quelques pas, maudissant le prêtre et le shérif. Elle entra dans le cercle et ordonna aux Anciens de la suivre. Pet en fit autant.

À l'affût, le capitaine approcha la main du commutateur. Il priait silencieusement... constamment.

— Enfant du Démon, vous êtes toute vantardise, dit Dan à Anya, malgré que ses paroles fussent couvertes par le bruit de la pluie.

Grognant, montrant les dents, Anya s'approcha un peu plus.

Denise grimpa sur la clôture et se laissa choir de l'autre côté, hors de l'espace où la pluie tombait. Alors, elle marcha

364

vers le regroupement et entra à son tour dans le cercle.

Une voiture VHP s'arrêta, un troupier en sortit... courut vers Taylor. Toute communication radio étant interrompue, les messages se faisaient de personne à personne.

— Nous avons une sorte de... je ne sais trop comment dire, capitaine... une sorte de momie qui est coincée à l'intérieur d'une grange. Que faisons-nous?

— Brûlez-la, ordonna Taylor, sans quitter Dan et le prêtre des yeux. Brûlez la grange et alors brûlez les cendres.

— Bien, Monsieur, répliqua le policier.

Dan taquinait maintenant Anya.

— Allons, fillette. Détruisez-moi! Je ne pense pas que vous le puissiez. Mon Dieu est plus puissant que votre Maître.

Anya s'approcha encore un peu plus de Dan. Touchez-moi et vous mourrez, le défia-t-elle.

Elle vint près de Dan, et ce dernier lui tendit la main.

— Alors, la voici, prenez-la. Prenez-la, voyons. Je pense que vous avez peur de moi.

Sans quitter les yeux gris de Dan, les siens brillant de rage, Anya s'avança plus près et allongea le bras. Juste avant que leurs doigts ne se touchent, Dan regarda le Père Denier.

— Je regrette de n'avoir pas eu le temps de dire à ma femme que je l'aime.

— Elle le sait, le rassura le prêtre.

Pouce par pouce, la main d'Anya s'étira vers celle de Dan qui, souriant, dit à Denier:

— Façon originale de décrire le prochain feu d'artifice, répondit ce dernier.

Les petits doigts d'Anya se refermèrent sur ceux de Dan, qui attira la fille à lui.

— Maintenant! Maintenant! cria-t-il.

13

Dans une formidable gerbe d'étincelles, la grille explosa, le sol mouillé ajoutant à l'énergie de haut voltage qui grilla littéralement le cercle métallique.

Un instant avant, les formes sur la grille étaient bien précisées, mais un instant plus tard, il n'y avait plus rien. L'impact fut tel que tous les spectateurs présents furent projetés au sol. Sous la pression de l'énorme courant des lignes de haute tension, le courant de déviation éclata. Des nuages de vapeur s'élevèrent du cercle métallique et de la terre mouillée littéralement cuite comme de la porcelaine.

La pluie cessa brusquemment. Une forte brise emporta les nuages noirs et le soleil émergea dans toute sa splendeur.

Un arc-en-ciel — le plus beau qu'on ait pu voir de mémoire d'homme dans le comté — déploya dans le Ciel radieux sa majestueuse coloration marquée.

Taylor s'agenouilla.

— Un halo! C'est un halo! murmura-t-il.

En s'élançant vers le ciel redevenu bleu et clair, le halo s'amenuisa progressivement, décrut.

Puis, il disparut dans les cieux.

14

Les enfants de Reynolds quittèrent la vieille bâtisse et se dirigèrent vers leur domicile. Ils savaient ce qu'ils devraient répondre aux curieux. Ils avaient des réponses aux questions. Ils avaient pratiqué entre eux les questions... et les réponses et n'en démordraient pas.

Ils agiraient normalement et attendraient les prochaines instructions. Ils n'ignoraient pas qu'ils seraient contactés.

Bientôt.

Le capitaine Taylor retourna en voiture au quartier général de sa division. Négligemment, il jeta son insigne sur sa table de travail.

— C'est assez, dit-il.

— Qu'allez-vous faire de votre retraite? lui demanda-t-on.

— Un camp de bois dans les montagnes, voilà ce qu'il me faut pour longtemps, répondit-il.

— Qu'est-il arrivé à Valentine, capitaine?

— Dieu a gagné, déclarait-il un brin mystérieux... ou presque.

En cachette, les vers asticots continuèrent à proliférer, les plus forts survivant et dévorant les plus faibles. Ils se nourrissaient aussi de souris, de rats, d'insectes, de chiens et de serpents.

Jamais de chat.

Vonne reconduisit Linda chez elle.

15

Assise sur la commode de sa chambre à coucher, une chatte noire avec des yeux jaunes, très froids et durs, attendait Linda.

— Allô! petite chatte! D'où viens-tu? lui demanda-t-elle.

Tous les chats de la ville étaient redevenus normaux, jouant, chassant les rats, les souris et se conduisant comme...eh bien...de vrais matoux.

La chatte posa sa patte délicatement sur l'avant-bras de Linda, qui ressentit une légère sensation de brûlure. La chatte retira sa patte... et Linda regarda son bras.

Une légère marque s'était imprimée dans la chair. Linda regarda de plus près. Elle avait la forme d'un...chat.

Linda sourit, contemplant à nouveau la chatte perchée sur la commode.

— Dorénavant, je pense que je vais t'appeler Pet. À sa façon, à sa manière de bête, la chatte lui rendit son sourire.